Scarlet
스칼렛

# Scarlet
## 스칼렛

월야 愛 묻히다

# 월야애몰히다

화연 윤희수 장편 소설

SCARLET ROMANCE STORY

Scarlet
스칼렛

# 차례

서문 · · · · · · · · · · 7
1. 달의 신부 · · · · · · · · · 10
2. 사궁에 달꽃이 만발하니 · · · 40
3. 더럽게 달아 · · · · · · · · 63
4. 신경 쓰여 · · · · · · · · · 86
5. 환장하게 달콤한 · · · · · · 113
6. 사라진 그믐의 아이 · · · · 136
7. 이안 · · · · · · · · · · · 159
8. 달에 취하다 · · · · · · · · 181
9. 초야 · · · · · · · · · · · 203
10. 달꽃 아래서 · · · · · · · 227
11. 그 밤 무슨 일이? · · · · · 261
12. 그믐의 아이 · · · · · · · 285
13. 월야(月夜) 애(愛) 묻히다 · · 309
그리고 아이들 · · · · · · · · 358
후기 · · · · · · · · · · · 382

서문

인계에 흐르는 신비의 강, 명류(命流).

그것은 생의 시작과 끝이 그 강을 따라 흐른다 하여 붙여진 이름이었다. 생을 다한 혼은 월(月)이 명류 위에 수놓은 길을 따라 사해에 이르러 사국(死國)으로 스며들었다. 구전으로 전해지는 이 오랜 이야기는 인의 삶 속에 깊이 뿌리박혀 명류를 귀이 여기게 만들었다. 기나긴 세월 동안 만월의 밤에 인(人)이 명류에 제를 올리고 섬기는 것 또한 그것에 기인한 것이었다.

고서에 이르기를, 명류에 이계의 신(神)이 다스리는 세 나라가 얽혀 있으니 사(死)와 월(月)과 해(海)라 하였다.

달길을 내어 혼을 인도하는 월국은 명이 다스렸다. 미리내의 온화함을 닮은 그는 비단결에 버금가는 부드러운 성정을 지녔다. 또한 명류에 비친 만월은 명이 만들어 낸 이계의 아름다움이라 하여 인들로 하여금 끊임없는 찬사를 자아냈다. 월국에 대한 인들의 섬김은 당연한 것이었다. 명이 인의 세상에 나타나는 일은 극히 드물어 그의 존재는 언제나 신비로움을 불러일으켰다. 세 왕들 중 가장 조용한 성격을 지닌 명은 혼자 지내는 것을 즐겼다. 해서 꽤 오랜 세월 두문불출하며 홀로 월국을 지켰다. 고독의 끝자락에 닿은 그가 미리내의 결정을 모으기 시작한 것은 근래에 들어서였다.

해를 다스리는 해국의 왕, 위랑은 인계를 유랑하며 유희를 즐기는 묘한 취미를 지녔다. 그는 간혹 인을 홀려 곤혹스럽게 만들기도 하고, 사기를 치기도 하여 꽤 오랜 세월 인의 입에 오르내렸다. 고운 미색의 귀공자가 유부녀를 등쳐 먹고 달아나는 일이 비일비재하여 인의 세상이 떠들썩했던 때가 있었다. 하여 관청이 나서 수색을 하였으나 매번 눈앞에서 홀연히 사라지는 요술을 부려 인들의 혼을 쏙 빼놓았다. 그에 관은 이는 필시 술을 부리는 해왕의 짓이라며 노염을 사지 말라 오히려 인을 단속시켰다. 위랑의 화를 돋우면 해일이 인다. 느닷없는 해일은 위랑의 노심이라 인들은 겉으로 섬기며 속으로 그의 변덕을 욕하였다.

사국의 왕은 사악하기가 동서고금을 막론하고 따를 자가 없을 만큼 잔악스럽고 광폭하여 타계의 왕들조차 대면하기를 꺼려한다 하였다. 그의 핏빛 눈동자를 마주하고 감히 살아남은 자가 없다 하니, 살기를 바란다면 그의 그림자도 피해야 할 터였다. 해서 억겁의 세월 동안 사왕에겐 온전한 반려가 없었다 한다. 인의 어린 여식을 취해 그 피로 침전을 물들이며 육체의 향락을 즐기는 죽음의 신. 그 두렵고 두려운 존재가 바로 사왕 이안이라 하였다.

하여 인들은 이계의 왕들 중 사왕을 가장 두려워하였다. 누가 만들어 기록하였는지 모를 고서 말미에 소원문 하나가 적혀 있었다. 지금은 사라지고 없는 그 소원문이 아직도 인들의 입에 오르내리는 이유가 두려움 때문임은 두말할 나위가 없었다.

달도 제 모습을 감추는 은밀한 그믐의 밤.
신비롭고 몽환적인 기운이 사방을 물들이는 묘한 경계의 시간.
월이 사를 애로 물들이리라.

그믐의 달길을 밟아 월을 떠난 달의 신부가 사국을 애로 가득 채우기를. 만월, 차오른 달을 바라보며 인들은 오랜 세월 소원문을 읊조렸다. 은혜로운 월이 그에 응하여 인의 바람을 들어주었다.

# 1.
## 달의 신부

그믐이었다.

달도 그 존재를 감추려 제 몸을 낮추는 그런 밤이었다. 횃불 하나 켜져 있지 않은 암흑의 궁 앞. 검은 의복의 사내들이 소리 없이 움직이고 있었다. 어두운 하늘을 살피던 대사성 은율이 낮게 휘파람을 불었다. 그에 사내들이 일제히 허리를 굽혀 예를 갖췄다.

신부가 온다.

12번째 달의 신부가 사궁(死宮)으로 시집을 온다.

어둠을 밝히는 작은 불빛 하나가 서서히 궁의 외곽을 돌며 땅으로 내려오고 있었다. 은은히 울리던 방울 소리가 멈추고, 달빛을 머금은 화가마도 움직임을 멈추었다. 대사성 은율의 내리뜬 시선 안으로 땅과 닿을 듯 조심스레 떠 있는 화가마가 들어왔다.

딸랑.

물음을 던지듯 화가마 처마에 달린 방울이 울렸다. 은율은 마른 입술을 혀로 축이며 차마 떨어지지 않는 입을 떼었다.

"사구(死口)로 가시옵소서."

사구란 죽어 나가는 문을 이름이었다. 죽어야만 나갈 수 있는 문을 역으로 살아 들어가라. 그것은 죽은 듯 살아가라는 말과 다름이 없었다. 말을 뱉은 은율이 질끈 아랫입술을 사리물었다.

사왕 이안은 달의 신부를 맞을 생각이 없었다. 손만 내밀면 넙죽 엎드려 몸을 바치는 여자들이 널리고 널렸건만 왕비라니. 그런 거추장스러운 것 필요 없다 하였건만 대대로 내려온 맹약이라 어찌할 수 없다니. 그 또한 마땅치 않았다. 해서 보지 않을 참이었다. 어디 한번 무인(無人)으로 살아 보라. 죽은 듯 그렇게 살다 보면 언젠간 제 풀에 지쳐 돌아가겠거니 생각해 내린 명이었다.

명을 받은 은율은 도리어 제가 죽고 싶은 심정이었다. 왕비에게 사구로 들어가라니, 그것이 말이 되는가 말이다. 아마 달의 신부는 지금 제가 들은 말이 잘못되었다 생각하고 있을지도 몰랐다. 참담하여 혹여 넋을 놓지는 않았는지 걱정스럽기 그지없었다.

깊은 한숨을 내쉬며 은율이 다시 입을 열려는 찰나, 화가마가 고개를 갸웃거리듯 이리저리 뒤흔들렸다. 은율의 눈이 음울하게 더욱 내리떠졌다. 두려워 그러는 것이리라. 하여 가지 않겠다, 듣지 못했다, 고개를 내젓는 것이리라. 안타까움에 쓰게 웃음 지은 은율이 막 화가마를 향해 걸음을 옮기려 할 때였다.

"사구가 어디야?"

앳된 목소리가 화가마 안에서 흘러나왔다. 주춤 걸음을 멈춘 은율이 눈을 깜빡거렸다. 화가마 안을 가린 휘장이 흔들리더니 이내 작은 손 하나가 삐죽이 튀어나왔다. 달빛을 닮아 곱고 흰 손이었다. 검지를 쭉 뻗은 손이 여기저기 궁의 문이 있는 위치를 가리켰다. 그러다 손가락이 어둠에 가려 잘 보이지 않는 으슥한 사구를 가리키자 은율이 저도 모르게 고개를 끄덕였다. 다시 손이 화가마 안으로 쏙 사라졌다.

허공으로 떠오른 화가마가 곧 사구를 향해 날아갔다. 모퉁이를 도는 화가마를 따라 사내들의 눈도 움직였다. 사구 앞에서 잠시 망설이는 듯싶던 화가마가 입구에 맞춰 크기를 줄일 때는 모두의 눈이 휘둥그레졌다. 이번 달의 신부는 술(術)을 부릴 줄 안다더니 그 말이 참이었던 모양이다.

화가마가 사구로 사라지자, 기다렸다는 듯 횃불이 밝혀졌다. 환하게 어둠을 밝히는 횃불을 마뜩잖은 눈으로 바라보던 은율이 시선을 내려 사구를 응시했다. 마치 아무 일도 없었던 듯 사구는 여전히 음침한 기운을 흘려 내고 있었다. 은율은 가늘게 뜬 눈으로 사왕의 침전이 있는 동월궁을 바라보았다. 오늘도 동월궁엔 홍등이 켜져 있었다. 누군가 사왕의 몸시중을 들고 있다는 뜻이었다. 그러니 아무도 방해 말라 홍등을 켜 놓은 것이다. 은율은 짧게 혀를 차며 돌아섰다.

오늘은 달의 신부를 맞이하는 밤이었다. 오늘만큼은 참아 주어야 함이 옳았다. 아무리 지독한 호색한이어도 도리는 지켜야 하는 법이다. 그러니 인(人)이 못 되고 사왕(死王)이 된 것인 게지. 자신의 처소로 향하는 은율의 발걸음에 짜증이 묻어났다.

사구로 들어서자 일렬로 간간이 늘어선 횃대들이 길을 밝혀 주었다. 안내하는 이가 없어도 가야 할 길을 찾아 화가마는 천천히 허공을 날아 움직였다. 횃대의 끝자락에서 멈춘 화가마가 마른 땅으로 내려섰다. 흙먼지가 일었다. 무게를 싣지 않은 화가마였다. 그럼에도 먼지가 인다는 것은 그만큼 땅이 메말라 있음을 의미했다.

휘장이 걷히고 작은 발 하나가 가마 밖으로 삐죽이 나왔다. 이어 다른 발이 바닥을 짚었다. 고운 월화를 신은 발로 가만히 땅을 딛고 일어섰다. 가마 밖으로 온전히 몸을 내놓은 달의 신부가 조용하기 그지없는 주변을 휘 훑었다. 적막이 감도는 마당을 거쳐 돌대 위에 올라선 달의 신부는 고개를 갸웃거리며 자신의 거처인 듯싶은 자그마한 궁을 올려다보았다. 한눈에 들어올 만큼 작은 궁이었다. 차마 궁이라 이름 붙이기도 민망한 그곳에 낡은 현판 하나가 걸려 있었다.

"소야궁(小夜宮)."

현판을 읽는 달의 신부의 입술에 엷은 미소가 머물렀다. 보기야 어떻든 달의 신부는 자신의 거처에 붙은 이름이 무척이나 마음에 드는 모양이었다. 흡족한 미소를 짓던 달의 신부가 화가마를 향해 몸을 돌렸다. 달의 신부가 작은 입술을 움직여 뭔가를 읊조리자 그녀의 몸이 공중으로 떠올랐다. 가만히 눈을 감고 고개를 뒤로 젖혀 달의 기운을 삼킨 신부가 이윽고 눈을 떠 화가마를 향해 두 손을 뻗었다.

둥실 허공으로 떠오른 화가마가 작은 소용돌이를 일으키며 서서히 아래로부터 흩어지기 시작했다. 꽃으로 화한 화가마를 그러모으듯 손을 가지런히 모은 신부가 몸을 돌려 자신의 거처를 향해 그것을 흩뿌렸다. 휘리릭 날아오른 꽃들이 소야궁을 감싸더니 이내 은은한 달빛을 내뿜었다. 먼지로 뒤덮였던 소야궁이 어느새 새로 지은 듯 깨끗한 모습으로 뒤바뀌었다. 땅으로 내려온 신부의 두 손에 마지막 꽃잎이 화하여 만들어 낸 둥근 월등이 들려 있었다.

 돌대를 지나 댓돌 위에 올라선 신부가 풍경이 달린 처마 아래로 손을 뻗자 두둥실 허공으로 떠오른 월등이 풍경 곁에 머물렀다. 사시사철 꺼지지 않는 월등이 소야궁을 환하게 비추었다.

 잔잔한 사해에 일대 소동이 일었다. 어족이 터를 잡아 살던 사해에 낯선 것이 스며들었다. 포악하고 난폭하여 쉬이 다룰 수가 없다는 흑룡이 그것이었다. 멋모르고 흑룡의 아름다운 검은 피부에 홀려 다가섰던 어린 어족 하나가 순식간에 눈앞에서 사라져 버렸다. 흑룡의 입속으로 자취를 감춘 어린것은 비명 한 번 지르지 못하고 생을 달리했다. 호기심이 부른 참사였다.
 사해에 정적이 내려앉았다. 그리고 다음 순간 어린것을 잃은 어족의 날카로운 울부짖음이 사해 가득 울려 퍼졌다.
 시끄러운 건 딱 질색이었다. 안 그래도 물건처럼 해국에서 사국으로 넘겨져 기분이 좋지 않았다. 귀한 종족이라 태어날 때부터 융숭한 대접을 받던 흑룡이었다. 헌데 이놈의 사국은 마치 저를 애완용 취급하며 함부로 다뤘다. 감히 영험한 존재인 흑룡을 어족 나부랭이들이 사는 사해에 그냥 던져 놓다니. 이는 저를 하찮게 여겨 그런 것이다. 불뚝 성질이 났다.
 흑룡이 폭발하여 크게 포호하며 사방을 휘젓고 다니자 놀란 어족들이 비명을 내지르며 달아났다. 시끄럽고 짜증스러워 견딜 수가 없었다. 물 위를 힐끔 올려다본 흑룡은 이내 결심을 굳힌 듯 사해 표면으로 거침없이 솟아올랐다. 물기를 흩뿌리며 허공으로 떠오른 흑룡을 그믐의 여린 달빛이 은밀히 비추었다. 싫으면 떠나면 그뿐이다.

"와아! 물고기가 난다!"

느닷없이 들려온 청명하고 맑은 목소리가 흑룡의 귓전을 어지럽혔다. 딸랑. 방울 소리가 그에 맞춰 은은히 울려 퍼졌다. 달을 등지고 허공에 떠오른 흑룡이 가늘게 뜬 눈으로 소리가 들린 모래사장을 훑었다. 조그만 것이 손을 마주치며 까르르 웃고 있었다. 뭐야. 저건? 흑룡의 미간이 꿈틀거렸다.

"예뻐."

팔짝팔짝 뛸 때마다 울리는 방울 소리가 묘하게 신경을 자극했다. 시끄러워.

스륵.

방향을 튼 흑룡이 모래사장을 향해 급히 하강했다. 거친 바람을 일으키며 제 곁으로 다가서는 흑룡을 월야가 꼼짝 않고 바라보고 섰다. 반짝이는 금안을 더 동그랗게 뜨고 집어삼킬 듯 거칠게 다가오는 흑룡 해사한 웃음으로 반겼다. 바로 코앞에서 멈춰 선 흑룡은 마치 저를 안으려는 듯 팔을 활짝 펼쳐 든 월야를 묘하게 바라보았다. 죽이겠다 대놓고 살기를 흘리는데도 무반응이다. 이런 건 처음이다.

흥!

흑룡의 강한 콧바람에 월야의 몸이 휘청거렸다. 요란한 방울 소리와 함께 거센 콧김에 휘날린 머리와 옷자락이 부스스하게 내려앉았다. 순간 놀란 듯 동작을 멈췄던 월야가 눈을 말똥거리며 까르르 웃음을 터트렸다. 한입 거리도 안 되는 조그만 것이 겁도 없이 깔

깔거리며 자꾸만 흑룡의 심기를 건드려 댔다. 흑룡의 미간이 더 깊게 일그러졌다. 뭐 이런 게 다 있어.

"재밌다!"

크릉.

흑룡의 큰 입이 파르르 떨렸다. 보통은 저를 보고 무서워하며 덜덜 떠는데 이것은 당최 무서움이란 걸 모른다. 월야가 앙증맞은 손을 뻗어 흑룡의 긴 수염을 덥석 붙잡았다. 흑룡이 눈을 부릅떴다. 이게 정말!

크르릉!

크게 포호하며 입을 쩌억 벌리자 눈앞에 꼬맹이가 시야에서 사라졌다. 다시 입을 닫자 제 수염을 만지작거리며 고개를 갸웃거리는 꼬맹이가 보인다. 정말 한입도 안 되는 크기다. 이대로 삼켜 버릴까? 한쪽 눈을 모로 치뜨며 흑룡이 골몰히 생각에 잠긴 사이 월야가 품에서 주섬주섬 뭔가를 꺼내 들었다. 그게 뭔지 제대로 인식하기도 전에 월야가 손에 든 것을 쫙 펼쳤다. 긴 올가미가 그대로 흑룡의 목에 감겨들었다. 어라?

제 목을 옭아맨 긴 끈을 따라 옮겨지던 흑룡의 시선이 월야의 가는 손목에서 딱 멈췄다. 열심히 제 손목에 끈을 동여매는 월야의 모습에 기막혀 입이 절로 쩍 벌어졌다. 허어. 목줄. 견이나 묘들에게 주로 채운다는 그 목줄을 지금 저 조그만 것이 제게 채우고 있었다.

흑룡의 현안이 핏빛 광채를 머금었다. 그와 함께 위협적인 으르렁거림도 한층 더 짙게 내려앉았다. 죽이겠다. 빛을 발하며 입을 벌리려는 순간, 월야가 흑룡의 입에 철썩 달라붙었다. 제 딴에는 좋다 안은 것인데 워낙 작다 보니 그냥 들러붙은 꼴골이다. 달콤한 향기가 흑룡의 콧속으로 스며들었다. 모든 것을 부드럽게 녹여 내리는 맛있는 향기였다. 흑룡이 눈동자를 굴려 제 얼굴에 뺨을 비벼 대는 월야를 담아냈다. 단건 질색이다.

날름. 저도 모르게 혀를 내밀어 월야의 뺨을 핥았다. 헌데, 이건 왠지 먹고 싶다. 얼굴 가득 침 세례를 받고도 뭐가 그리 좋은지 월야가 까르르 웃었다. 음. 뭔가 달콤하고 신선하고…… 향기롭다.

"아이, 간지러워."

고개를 흔들며 간지럽다 앙탈이다. 월야의 몸이 허공에 떠올랐다. 청명하게 울리는 방울 소리와 함께 위로 날아오른 월야가 흑룡의 목을 덥석 그러안았다. 목 부위가 부드러운 깃털에 닿은 듯 간질거렸다. 부르르 투레질을 하듯 목을 틸자 월야가 스륵 미끄러져 내린다. 그에 슬쩍 눈동자를 굴린 흑룡이 냉큼 하늘을 향해 수직으로 몸을 솟구쳤다.

대롱대롱 줄 끝에 매달린 월야가 신난다는 듯 즐거운 비명을 터트렸다. 그러라고 날아오른 게 아니었다. 행여 떨어질까 싶어 그런 것인데 오히려 재미있어 죽겠다고 난리다. 반드시 떨어트리고 만다. 오기를 드러낸 흑룡이 빛의 속도로 밤하늘을 날아다녔다.

청명한 방울 소리, 은은한 달빛, 해맑은 아이의 웃음소리. 그리고…… 거칠게 몸부림쳐 대는 흑룡의 발악이 그믐의 밤하늘을 가득 메웠다. 떨어져! 떨어져! 한순간 웃음이 끊기고 낮은 월야의 비명이 흘러나왔다. 아주 낮고 짧은 그 비명에 흑룡이 우뚝, 저도 모르게 몸을 굳혔다. 스륵 움직인 시야로 붉게 물든 월야의 가는 손목이 들어왔다. 벗겨질 듯 아슬아슬하게 매달린 끈을 바라보며 콧김을 뿜어낸 흑룡이 슬쩍 몸을 낮춰 월야를 제 등 위에 올려놓았다. 진짜 떨어질 뻔했다.

"좋아."

조그만 것이 비명을 내지르던 것도 잊고 또 금세 좋다고 해실거린다. 왜 등에 태웠을까. 흑룡도 제가 왜 그랬는지 몰라 고개를 갸웃했다. 흠. 일단 맛있어 보이니까. 조금 천천히 잡아먹지, 뭐. 월야를 태운 흑룡이 사해를 둘러싼 사나무의 숲으로 방향을 틀었다. 저기가 훨씬 더 재밌을 것 같다.

빽빽이 들어선 사나무 사이를 헤집으며 빠른 속도로 날아올랐다. 등에 매달린 월야가 좋다고 까르르거렸다. 이제는 그 웃음이 제법 귀에 익었다.

크릉.

사나무 하나를 빙글빙글 맴돌아 오르는 흑룡의 입에서도 기분 좋은 울림이 새어 나왔다. 조금 짜증스러웠던 기분이 나아졌다.

그때, 월야가 등에서 미끄러져 내렸다. 순식간에 아래로 낙하한 월야가 대롱대롱 끈에 매달려 허우적거렸다. 놀란 흑룡이 서둘러 몸을 낮추자 환하게 웃으며 둥실 몸을 띄운다. 아, 날 수 있었지, 참. 조금 전 월야가 허공에 떠올랐던 걸 생각하며 흑룡이 삐죽거렸다. 괜히 걱정했다.

삐친 듯 고개를 돌린 흑룡의 눈앞으로 월야가 쪼르르 다가섰다. 해사한 웃음을 만면에 떠올린 월야가 저를 가리키며 말했다.

"월야."

흑룡이 눈을 깜빡거리자 다시 한 번 제 볼을 콕 누르며 월야라고 했다. 제 이름을 말하는 것 같았다. 그에 흑룡이 고개를 저었다. 흑룡에겐 따로 이름이 없었다. 그냥 날 때부터 흑룡이라 불렸다. 세상 단 하나뿐인 존재이므로 그리 불러도 헷갈릴 건 없었다.
"없어? 이름?"
흑룡의 커다란 눈망울이 반짝 빛났다. 가만히 고개를 기울여 뭔가를 골똘히 생각하던 월야가 짝, 손을 마주치며 마주 눈을 빛냈다.
"아가! 아가!"
흑룡을 가리켜 아가라고 칭했다. 아가? 듣기 싫진 않다. 월야가 부르니 더 괜찮은 것 같다. 가만히 저를 바라보고 있는 흑룡을 꽉 끌어안으며 월야가 그 큰 입에 입을 맞췄다. 흑룡의 눈에 이채가 서렸다. 깊고 깊은 동공의 안쪽 폭발하듯 빛을 발한 뭔가가 월야를 담아냈다. 각인. 제 스스로도 알 수 없는 묘한 감정이 심장을 두근거리게 만들었다. 좋다.
흑룡의 동공 깊은 곳에 월야가 박혀 들었다. 생애 단 하나뿐인 우령으로의 각인이었다.

이안은 붉디붉은 입술을 제 긴 손톱으로 쓸어 내며 마뜩잖은 표정으로 서 있는 은율을 내려 보았다. 근래에 들어 오냐오냐했더니 저것이 간이 배 밖으로 튀어나온 모양이다. 그렇지 않고서야 감히 사왕인 제 앞에서 어찌 저런 거만한 표정으로 서 있을 수 있단 말인가. 이안은 느른히 몸을 숙여 침상 아래 부복한 은율을 가까이 불러들였다.
굳은 표정으로 다가온 은율의 가슴으로 이안이 손을 내렸다. 그의 손길에 움찔 몸을 뗀 은율이 어지러이 눈을 움직이며 이안을 곁눈질해 살폈다. 부드럽게 은율의 가슴을 더듬던 이안이 왼쪽 가슴 위에 손가락을 세우고 가만히 원을 그렸다.

"간이 이쪽에 있었던가?"

저도 모르게 부릅뜬 은율의 시야에 이안의 붉은 입술이 들어왔다. 피를 머금은 듯 새빨간 그것이 길게 곡선을 그리며 올라갔다. 꿀꺽, 마른침을 삼킨 은율이 고개를 저었다.

"그, 그쪽엔 심장이 있사옵니다."

"그래?"

"예."

여전히 손가락을 멈추지 않은 채 이안이 은율의 면전으로 불쑥 얼굴을 내밀었다. 현옥(玄玉)과도 같은 이안의 검붉은 눈이 집어삼킬 듯 은율의 눈을 마주했다. 파르르 떨리는 눈을 어쩌지 못해 이리저리 동공을 움직이던 은율의 귀에 시린 이안의 음성이 들려왔다.

"난 또 네 간이 미쳐서 이리로 날뛴 건가 했지."

"아, 아니옵니다. 소신의 간은 여기 얌전히 있사옵니다."

"그렇다면 다행이군. 행여 간이 미쳐 날뛴 거라면 내 손수 간을 제자리에 돌려주려 했는데 말이야."

은율은 그 말의 뜻을 되새기고 싶지 않았다. 산 채로 이안의 손에 끔찍하게 갈라진 제 가슴을 상상하는 것도 싫었다. 감히 뉘 앞이라고 불편한 심기를 드러냈더란 말인가. 아무리 달의 신부가 불쌍해 측은지심이 발동하여 사왕이 미웠더라도 미치지 않고서야 어디서 감히 마뜩잖은 얼굴을 한단 말인가. 죽으려고 환장을 하지 않고서야 있을 수 없는 일이었다.

"흑룡은?"

은율의 가슴을 더듬던 손을 거둬 입바람을 휘휘 불던 이안이 늘어졌던 몸을 일으키며 물었다. 번쩍 정신을 차린 은율이 즉시 고개를 조아리며 아뢰었다.

"이미 사해에 풀어 놓았나이다."

"해왕이 순순히 내어 주던가?"

단층을 내려와 문으로 향하는 이안의 입가에 비릿한 미소가 어렸다. 그에 뒤따르는 은율의 입에서 작은 한숨이 흘러나왔다. 내어 준다는 표현이 적절치 않아서였다. 강제로 빼앗다시피 가져온 흑룡이었다. 백 년에 한 번 나올까 말까 한 흑룡을 해왕이 쉽게 내어 줄리 만무했다.

"혼인 선물이라 청했는데 어찌 내어 주지 않을 수 있겠습니까."

주지 않으면 월국과 사국의 원한을 사게 될 것이라 협박을 하는데 해왕이라고 어디 버틸 재간이 있겠는가. 싫어도 눈물을 삼키며 내어 줄 밖에. 사국은 둘째 치고 월의 영향을 받고 있는 해국이 월국과 원을 맺는 건 있을 수 없는 일이었다. 해서 왕의 체면에도 불구하고 눈물을 흘리며 할 수 없이 흑룡을 내어 준 것이었다. 울분을 삼키느라 부르르 움켜쥔 해왕의 손을 떠올리며 은율은 깊은 한숨을 내쉬었다.

그에 반해 흥겹게 사해로 향하는 이안의 발걸음은 무척 가벼웠다. 밤새 색을 나눴던 것도 잊고, 피곤하다 나른히 떴던 눈에 생기를 뿜어내며 이안은 빠른 걸음으로 사해를 향해 걸어갔다. 뒤따르는 은율이 숨을 헉헉거리며 힘겨워하는 것은 이미 이안의 안중에는 없었다.

흑룡이었다.

그것도 백 년 만에 태어난 귀한 종이었다. 자신의 눈과 꼭 닮은 현안을 가지고 있다는 흑룡을 이안은 한시라도 빨리 확인하고 싶었다. 아직 용이라고 부르기엔 미약한 이무기라고 하나, 그 포악하고 잔인함은 쉽게 길들이지 못할 정도라고 했다. 그래서 더 끌림이 있었다. 그래야 길들이는 맛이 나질 않겠나. 포악해 봐야 저보단 못할 것이고, 잔인해 봐야 저를 따라오진 못할 것이다. 사왕보다 잔인하고 포악한 것은 일찍이 본 적이 없으니까.

사해는 이름처럼 검고 깊었다. 인의 세상과 연결된 영혼이 드나드는 문이 그곳에 있었다. 오직 사왕이 허락한 어족만이 사해에 살 수 있었다. 어차피 그 어족들은 곧 흑룡의 먹잇감이 되고 말 테지만.

동월궁과 이어진 사해에 도착한 이안은 현안을 짙게 하여 너른 사해를 면밀히 살폈다. 한바탕 소란이 일었을 것이라 생각한 사해는 이상하리만치 잔잔했다. 이미 모든 것을 점령했단 말인가? 이안의 입매가 매끄럽게 치켜 올라갔다. 놀랍지 않은가. 그 조그만 이무기가 벌써 수백 년 살아온 어족들을 모조리 몰살시켜 버리다니. 흡족함이 깃든 미소를 한껏 지어 보이며 이안은 좀 더 자세히 사해를 들여다보았다. 그러다 문득 조용해도 너무 조용하단 생각이 들었다. 눈에 비치는 그 어떤 곳에서도 흑룡의 흔적을 찾을 수가 없었다.

"은율!"

이안의 부름에 헐레벌떡 달려온 은율이 거친 숨을 몰아쉬며 급히 고개를 조아렸다. 은율을 돌아보는 이안의 눈이 매섭게 번뜩였다. 또 무슨 일인가 하여 이안의 눈치를 살피던 은율의 눈에 바닥을 점점이 물들인 작은 발자국들이 들어왔다.

"어찌 된 것이야! 분명히 흑룡을 가져다 놓았다 하지 않았나!"

분노가 서린 이안의 음성에 번쩍 정신을 차린 은율이 급히 사해를 살펴보았다. 어찌 된 영문인지 사해가 잠잠했다. 어제 풀어 놓았을 때만 해도 용트림을 하며 난리법석이던 놈이 요상하게 조용했다. 은율의 이마에 식은땀이 맺혔다. 등 뒤로 느껴지는 이안의 시선이 섬뜩하여 차마 돌아볼 엄두가 나질 않았다.

"네놈이 감히 나를 두고 농을 한 것이냐?"

"아, 아니옵니다!"

이안을 향해 부복한 은율은 천천히 다가서는 그의 발걸음에 사시나무 떨듯 몸을 떨었다. 정말 어찌 된 영문이란 말인가. 은율로서도 미치고 환장할 노릇이었다. 코앞에서 멈춘 이안의 발이 막 허공으로 올라간 순간, 갑자기 어디선가 은은한 방울 소리가 들려왔다. 워낙에 작은 소리라 귀 기울여 듣지 않으면 지나쳐 버릴 소리였다. 그럼에도 그 소리에 이안이 발길질을 멈춘 것은 워낙 그것이 청명하여 귀는 물론이고 심장까지 은은히 울렸기 때문이었다.

"누구냐!"

사해를 둘러싼 숲 안쪽에서 들려오는 소리였다. 부복해 있던 은율의 눈이 가늘어졌다. 이미 들어 알고 있는 소리였다. 지금은 사왕을 피해야 함도 틀림이 없었다. 안 그래도 싫어 죽겠다, 홀로 죽은 듯 살다 가라, 명했던 사왕이었다. 그런 사왕이 지금 흑룡으로 인해 분노하고 있던 참이다. 눈에 보였다간 당장에 어찌 될지 알 수 없는 노릇이었다. 은율은 두 눈을 질끈 감고 제가 맞고 말자 다짐했다.

"폐하, 흑룡은."

크릉.

방울 소리에 이어 짐승의 울음소리가 들려왔다. 그것도 그냥 짐승이 아닌 야수에 버금가는 낮은 울림이 있는 소리였다. 숲을 바라보던 이안의 입이 비틀려 올라갔다. 그의 눈길을 좇아 숲을 향한 은율의 눈이 크게 떠졌다. 은율의 눈앞에 바닥을 수놓은 작은 발자국들이 어지러이 흩어졌다. 설마 놈이 소야궁 마마를!

목을 우두둑거리며 히죽 잔인한 웃음을 머금은 채 걸음을 옮기는 이안을 제치고 은율이 미친 듯 숲을 향해 내달리기 시작했다. 바람을 휘날리며 숲으로 돌진하는 은율의 모습에 걸음을 멈춘 이안이 어이가 없어 코웃음을 쳤다.

"저게 진짜 미쳤나."

흑룡을 잃어버린 것도 모자라 겁도 없이 왕을 내치고 달음질을 치는 은율의 행태가 그저 기막혔다. 하극상도 이런 하극상이 없었다. 저것을 잡아 죽여 사해에 어족의 먹이로 뿌리지 않으면 내 사왕이 아니다. 이를 뿌득 갈며 은율이 사라진 숲을 향해 이안도 성큼성큼 걸음을 옮겼다.

크릉. 크르릉.

숲에 가까워지자 짐승의 울음소리가 더 커졌다. 방울 소리 또한 그에 맞춰 숲 속 가득 울려 퍼지고 있었다. 분명 무슨 일이 일어나고 있었다. 주먹을 불끈 움켜쥔 은율은 가슴 가득 숨을 들이켜며 숲을 향해 발을 내디뎠다.

소리는 지척에서 들려왔다. 몸을 낮춘 은율이 하늘 높이 솟은 사나무 사이에 이리저리 몸을 숨기며 주변을 살폈다. 사라락거리는 나뭇잎 소리가 들려오자 흠칫 몸을 떨며 자세를 더 낮추었다. 아직 보름이 되려면 한참 남았다. 겨우 그믐에서 하루가 지났을 뿐이니 달의 신부는 여전히 그 몸일 것이다. 질끈 이를 사리문 은율이 막 몸을 일으켜 세울 찰나, 머리 위로 뭔가가 휙 하고 거친 바람을 일으키며 지나갔다. 놀라 커진 눈이 나무를 휘감아 오르는 검은 물체를 잡아냈다.

"허!"

대사성 은율의 눈이 덧없이 깜빡였다.

화르륵.

이안의 손이 닿은 사나무가 검게 타들어 갔다. 이 빌어먹게 키만 큰 나무들을 오늘 안으로 모조리 잘라 버리리라, 이안은 욕지기를 퍼부었다. 빽빽이 들어서 시야를 가리는 나무들로 인해 도무지 앞을 제대로 분간하기가 힘들었다. 사방에서 울려 퍼지는 방울 소리도 그의 정신을 사납게 하기는 매한가지였다. 청아한 울림만 아니었다면 저것 또한 불살라 버렸을 것이다.

"은율!"

으르렁거리는 이안의 부름에 답이라도 하듯 은율의 비명 소리가 들려왔다. 이안의 현안이 번뜩였다. 비명 소리가 들려온 곳으로부터 멀지 않은 곳의 사나무가 바르작거렸다. 그 위를 검디검은 물체가 타오르고 있었다. 나무의 절반이 이미 그것에게 잠식당한 채였다. 아무리 어리다 하나 용은 용이었다. 길이만도 성인의 다섯 배는 훨씬 넘어서고 있었다.

"네놈이 거기서 놀고 있었단 말이지."

입술을 비틀어 올린 이안이 섬뜩하리만치 야릇한 미소를 머금었다. 그가 손을 들어 허공을 휘젓자 거친 바람이 땅으로부터 일어서며 서서히 하늘로 날아올랐다. 뇌를 머금은 소용돌이는 나무를 타고 올라 흑룡의 몸체를 전부 감쌌다. 순식간에 소용돌이에 잠긴 흑룡은 자신을 내리치는 뇌에 괴성을 토해 내며 몸을 뒤틀었다. 그와 동시에 갑자기 소용돌이가 빛을 뿜어내며 허공으로 흩어졌다. 바라보던 이안의 얼굴에서 웃음기가 사라졌다.

그럴 리가.

소용돌이는 사라졌으나 흑룡은 몸을 비틀며 아래로 떨어져 내렸다. 이안의 고운 미간이 구겨졌다. 사왕의 명을 받은 뇌의 번이었다. 그렇게 쉽게 사라질 것이 아니었다. 스륵 비틀어 내린 이안의 고개가 흑룡에게 향했다. 싸늘하게 번뜩이는 현안으로 흑룡을 노려보며 이안이 곁으로 다가섰다.

아직까지 빠지직거리며 몸을 공격하는 뇌에 흑룡이 움찔거렸다. 뇌를 떨쳐 내려 몸을 떨던 흑룡의 품에서 뭔가가 또르르 굴러떨어졌다. 흑룡을 살피며 다가서던 이안의 발치에 그것이 굴러 와 멈췄다.

이안은 사납게 내리뜬 눈으로 그것을 바라보았다. 조그맣고 둥근 그것이 꿈틀꿈틀 몸을 움직였다. 바라보는 이안의 미간이 따라 움찔거렸다. 툭, 발로 건드리자 조그만 손이 발을 붙잡는다. 이안의 눈이 크게 떠졌다. 그것에서 이어 발도 나오고 머리로 보이는 것도 나왔다.

흑룡의 십 분지 일도 안 되는 조그만 것이 또롱또롱 큰 눈을 깜빡이며 저를 바라보았다.

"뭐야, 이건?"

금빛을 머금은 눈이 이안의 현안을 거침없이 똑바로 응시했다. 겁도 없이. 감히 사왕의 현안을 바라본다. 저 조그만 것이. 이안의 미간이 꿈틀거렸다. 조그마한 손에 붙잡힌 발이 손을 툭 쳐 냈다. 그러자 몸을 벌떡 일으켜 앉으며 그것이 해사한 웃음을 지어 보였다.

우두둑.

이안이 목을 돌리며 눈을 가늘게 치떴다. 흑룡의 목에 휘감긴 금빛 천이 그것의 손목에도 감겨 있었다. 흑룡을 훔쳐 간 게 네놈이렷다. 비릿하게 올라간 이안의 입술 사이로 새하얀 송곳니가 번뜩거렸다.

고것 참 맛있겠다.

정말 잡아먹을 것 같은 눈빛으로 툭툭, 앉아 바라보는 그것의 발을 걷어차던 이안이 허리를 굽혀 그것의 뒷목을 움켜잡았다. 붉은 혀가 하얀 이를 천천히 핥고 지나갔다. 간담이 서늘할 만도 한데 그것은 여전히 눈을 빛내며 이안의 눈을 마주했다. 이안의 곧은 눈썹이 움찔 휘었다. 겁도 먹어야 줄 만한 것이다. 아무 감흥이 없는 순진한 눈을 마주하자 짜증이 일었다. 갑자기 입맛이 딱 사라진 이안이 이를 뿌득 갈며 낮게 으르렁거렸다.

"저건 내 거야. 꼬맹이."

말귀를 못 알아들은 것인지 그것은 여전히 눈을 빛내며 그를 향해 해사하게 웃고 있었다. 이걸 그냥 콱 죽여 버릴까? 다시 잡은 손에 힘을 주던 이안의 귀에 은율의 히익, 하고 놀라 숨 삼키는 소리가 들려왔다.

"마, 마, 마, 마, 마마!"

"마마마. 뭐?"

"폐하, 그분을 그리 대하시면 아니 됩니다."

"그분?"

"소야궁. 아, 아니, 그분은 달의 신부이십니다."

"뭐? 하아."

믿을 수 없다 돌아보는 이안의 눈빛에 달의 신부가 조막만 한 손을 다소곳이 모으며 고개를 끄덕였다.

"월야."

"월야?"

이안이 제 말을 따라 하자 달의 신부가 고개를 끄덕이며 손가락으로 자신을 가리켰다. 제 이름이 월야라는 뜻인 듯했다. 이안의 눈이 월야의 몸을 아래위로 훑었다. 슥 훑어보는 아주 짧은 순간이 다였다.

이게 정말 내 반려라고?

고작 다섯 살 아이의 몸을 하고 있는 달의 신부, 월야의 모습에 이안의 현안이 잔뜩 찌푸려졌다. 아무리 싫다고 했다지만 감히 사왕을 어떻게 보고 이런 걸 신부라고 보낼 수가 있단 말인가. 죽일 듯 노려보는 사왕의 현안이 무섭지도 않은지 월야는 금빛 눈을 반짝이며 딸랑딸랑 청아한 방울 소리를 흘려 냈다. 이거 지금 해보자는 건가? 월국?

뿌드득.

월야의 방울 소리와 함께 이안의 이 가는 소리가 숲을 가득 메웠다.

12번째 달의 신부는 달의 흐름에 따라 몸이 변화한다 하였다.

그믐의 밤, 다섯 살 아이의 몸을 한 신부는 여지없이 귀엽고 앙증맞았다. 순수한 아이의 영혼을 가진 월야는 청아한 방울 소리를 울리며 사방을 헤집고 다녔다. 그 뒤를 애완견마냥 따라다니는 흑룡을 이안이 못마땅해하며 한껏 매서워진 눈으로 쏘아보았다.

서궁의 실내를 마치 제집 마당인 양 뛰어다니며 잡기 놀이 삼매경에 빠진 저 겁 없는 것들을 어찌 잡아 족칠까. 성질 같아서는 목을 비틀어 어족의 먹이로 던져 주고 싶지만 하나는 어렵게 구한 흑룡이었고, 또 하나는…… 어이없게도 달의 신부이며 제 반려였다. 길고 고운 손을 뻗어 이마를 쓸어내리는 사왕의 입에서 어울리지 않게 옅은 신음이 흘러나왔다. 갈등이라니. 번뇌라니. 사왕 자존심에 쩍쩍 금 가는 소리가 단 아래 서 있는 은율의 귀에도 들리는 듯하였다.

"까르르르."

부복한 은율의 눈에 도도 바닥을 구르는 월야의 앙증맞은 발이 보였다. 월야가 신은 월화에선 연신 청아한 방울 소리가 울려 퍼졌다. 금사와 은사가 신비롭게 어우러진 월화는 묘한 기운을 뿜어내고 있었다. 왔던 길을 되돌아 다시 바닥을 구르는 월화를 바라보며 은율은 포근한 미소를 머금었다.

크르르릉.

반면 제 덩치가 얼마나 큰지는 모르고 월야의 뒤를 장난스레 뒤쫓는 흑룡의 모습은 요사스럽기 그지없었다. 저것에게 왜 손과 발을 붙여 놓았을까. 굳이 필요치 않을 것 같은 짧디짧은 그것에 은율은 짧게 혀를 찼다. 고개를 절레절레 흔들며 시선을 돌리는 찰나, 바닥을 쓸어 대던 흑룡의 꼬리가 툭 하고 은율이 서 있는 곳의 기둥을 후려쳤다. 후두둑 소리와 함께 기둥의 일부가 부서져 내렸다. 흠칫 놀란 은율이 기겁해 급히 몸을 피했다. 다행히 기둥이 뿌리째 뽑히는 일은 일어나지 않았다.

"그래서 저걸 그냥 두고 봐야 한다고?"

놀란 가슴을 쓸어내리는 은율의 귀에 퉁명스런 이안의 음성이 날아들었다. 손으로 턱을 받친 채 비스듬히 기대 누운 이안이 싸늘한 눈빛으로 월야를 노려보았다. 혀를 가로지르는 그의 긴 손톱을 올려다보며 은율은 마른침을 꿀꺽 집어삼켰다. 여차하면 잡아먹기라도 하겠다. 날카롭게 눈을 벼리며 묻는 이안에 은율은 어지러이 머리를 굴렸다. 이안이라면 충분히 그러고도 남으리라 생각하며 은율은 저 고운 분을 어찌 지킬까 고심에 고심을 거듭했다. 이윽고 은율이 무거운 입을 열었다.

"흑룡이 선택한 령이옵니다."

"그러니까 왜 내가 아니라 저걸 택했냐고."

이안의 긴 손가락이 흑룡의 목을 그러안고 비비적거리는 월야를 지목했다. 그 끝이 파르르 떨리는 걸 보니 분통이 터지는 걸 억지로 눌러 참고 있는 모양이었다. 어떤 령을 택하든 그거야 흑룡 본인의 마음이라고 말하고 싶은 걸 꾹 참으며 은율이 송구스럽다는 듯 고개를 조아렸다.

"예로부터 흑룡은 두 개의 령을 택할 수 있다 하였습니다. 섬기는 령인 선과 정을 나누는 령인 우. 그중 하나를 먼저 택한 듯하옵니다."

"그래서 그 우가 저것이라는 거 아냐."

"저것…… 이 아니라, 소야궁 마마십니다."

"마마는 무슨. 넌 저게 내 반려로 어울린다 생각하느냐?"

"그, 그게. 아직 마마가 성체가 되시지 못한 관계로."

"미친. 수시로 변모하는 괴물을 내가 왜! 받아 주고 참아 주어야 한단 말이냐!"

"괴물이라니 당치 않사옵니다."

"어떻게 변할지 어찌 알아."

"하오나."

"닥치고. 어서 저것들 좀 떼어 놔 봐."

이안이 보기 싫어 죽겠다는 얼굴로 저것들이라 말한 흑룡과 월야를 돌아보며 은율은 보이지 않게 낮은 숨을 흘려 냈다. 잡기 놀이에 지친 듯 월야가 흑룡에게 기대 눈을 감고 있었다. 그런 월야를 보호하듯 흑룡은 조심스레 몸을 말아 똬리를 틀었다. 흑룡과 월야를 번갈아 바라보며 연신 한숨을 내쉬던 은율이 이안의 눈빛에 흠칫하며 마지못해 걸음을 옮겼다.

가까이 다가선 은율을 경계하며 흑룡이 검붉은 눈을 날카롭게 치떴다. 슬쩍 그 눈길을 피해 헛기침으로 목청을 돋운 은율이 작게 월야를 불렀다.

"소야궁 마마."

은율의 부름을 듣지 못한 듯 월야는 여전히 눈을 감은 채 단잠에 빠져 있었다. 그에 은율이 한 발 더 다가서자 흑룡이 머리를 들어 올렸다. 주춤 다시 한 발 물러선 은율이 입구에 늘어선 시비 중 하나를 가까이 불렀다. 서로 눈짓으로 가기 싫다 몸을 사리는 것을 보고 눈을 부라리자 그중 하나가 툭 하고 밀려 나왔다. 누군가 시비의 등을 떠민 것이다. 울음을 터트릴 것 같은 눈으로 시비가 주춤거리며 은율에게 다가섰다.

"마마를 뫼시어라."

"제, 제가요?"

"허면 내가 해야 하겠느냐."

사내인 제가 마마의 몸에 손을 대야겠냐며 서두르라 명했다. 바르르 몸을 떨며 질끈 눈을 감은 시녀가 조심조심 흑룡 가까이 걸어가 떨리는 목소리로 월야를 불렀다.

"소, 소, 소야궁 마마."

"그리 불러서 일어나시겠느냐."

"소야궁 마마!"

화르르륵.

은율의 독촉에 큰 소리로 월야를 부르던 시녀의 몸이 한순간에 잿더미로 변했다. 흑룡이 화기를 뿜어낸 탓이었다. 먼지처럼 바닥으로 내려앉은 시녀의 몸을 바라보며 은율이 눈을 껌뻑거렸다. 이어 이곳저곳에서 비명이 터져 나왔다. 그제야 눈을 비비며 일어난 월야가 검은 먼지 더미를 보며 고개를 갸웃거렸다. 무슨 영문인지를 모르는 월야는 두려움에 차서 우왕좌왕하는 시비들의 모습에 눈을 깜빡이며 흑룡을 돌아보았다. 그에 흑룡이 시치미를 떼며 낮게 콧김을 뿜어냈다. 흑룡의 콧김에 재가 공기 중으로 흩어졌다. 시비들의 얼굴이 경악으로 물들었다.

"큭큭. 재밌는 놈이군."

사람 하나가 죽어 나간 마당에 눈 하나 깜짝 않고 웃음을 터트리는 이안을 은율이 찌푸린 눈으로 올려다보았다. 만족스런 미소를 입가에 머금은 이안이 단상을 내려오고 있었다. 퍽이나 재미도 있겠다. 저만큼이나 포악하고 사악한 놈이니 흥미롭기도 하겠지. 쓴 입맛을 다신 은율은 제 앞으로 다가온 이안에게 깊이 허리를 숙였다.

이안이 저를 향해 크르릉거리며 이빨을 드러낸 흑룡을 향해 손을 뻗었다. 길들이는 맛이 제법이겠다. 입꼬리를 말아 올리던 그의 얼굴이 일순 굳어졌다. 화(火)란 이런 것이다 가르치려 막 염화를 내보낼 요량으로 뻗은 손이건만 그 손을 덥석 움켜쥐며 쥐방울만한 게 매달려 왔다. 주먹을 움켜쥐며 거칠게 팔을 휘저었다. 그럼에도 매달린 것이 대롱거렸다. 파직, 소리와 함께 이안의 미려한 미간에 뇌가 서렸다.

"떨어져."

"배고파."

내려 보는 눈길에 살기가 서렸다. 이안의 팔이 파들거렸다. 현안을 삼켰던 눈꺼풀이 스스르 다시 치켜 올라갔다. 이안의 미간에 머물렀던 뇌가 몸을 타고 내려 팔 전체를 휘감았다. 시야를 자극하는 엄청난 뇌가 번쩍 빛을 발했다. 물러섰던 은율조차 온몸이 저릴 정도로 과한 뇌였다. 결국 저 못된 성미가 폭발을 하고 만 것인가. 휘청거리는 몸을 곧추세운 은율이 급히 손을 휘저어 연기를 쫓으며 월야를 찾았다.

희뿌연 연기가 흩어지자 섬뜩하게 빛나는 이안의 현안이 보였다. 그는 굳은 듯 선 채로 제 팔을 노려보고 있었다. 은율의 눈이 그 시선을 좇아 이안의 팔을 찾았다. 작은 뇌가 빠직거리는 저것은 분명 그분의 머리일 것이다. 겁에 질려 고요해진 서궁에 청아한 방울 소리가 은은히 울렸다. 그에 맞춰 크르릉거리는 흑룡의 심기 불편한 울림도 이어졌다.

"허. 살았어?"

"밥 줘. 배고파."

"왜 안 죽어."

"배고파."

"왜, 죽지 않는 거지?"

"밥, 밥."

다른 이였다면 오금이 저려 숨조차 제대로 쉬지 못하였을 것이다. 헌데 월야는 천진난만하게 놀았으니 꺼진 배를 채우겠다며 감히 사왕을 졸라 댔다. 밥을 달라 조르는 월야와 제 뇌에도 아무렇지 않은 월야를 죽일 듯 노려보는 이안의 모습이 요상하게 어우러졌다. 제 팔에 대롱 매달려 떼를 쓰는 월야를 이리저리 흔들며 이안은 어찌하면 이것을 죽일 수 있을까 골똘히 생각에 잠겼다.

이안이 사왕이 된 이래 단 한 번도 꺼진 적이 없던 동월궁의 홍등이 며칠째 빛을 잃고 있었다. 색도 마다하고 동월궁 침전에 들다니, 사왕이 미치지 않고서는 있을 수 없는 일이었다. 그에 궁인들은 언제 터질지 모르는 활화산을 안은 듯 불안함을 느꼈다. 한바탕 큰 난리가 나겠구나 싶어 몸을 떨었다.

"아직이더냐."

동월궁 입구를 서성이던 비련이 시비에게 다급한 어조로 물었다. 불 꺼진 홍등을 흘깃 바라본 시비가 조심스레 고개를 끄덕이자 비련은 신경질적으로 몸을 돌리며 긴 손톱을 깨물었다. 첩이라곤 할 수 없으나 몸시중 중에선 그래도 사왕의 사랑을 가장 많이 받는다 자만하던 비련이었다. 왕비 따위 알 게 뭐냐 비웃던 이안의 음성이 아직도 귓전을 가득 울리건만 그는 요 며칠 비련은 둘째 치고 몸시중 자체를 마다하고 있었다.

"월야라고 했겠다. 설마 고것 때문은 아니겠지? 아니야. 설마하니 그 어린것이 신경 쓰여 그러실 리는 없고. 대체 왜 그러시는 것인지 도통 알 길이 없으니."

동월궁을 올려다보는 비련의 눈에 색이 서렸다. 몸이 달아 죽을 지경이었다. 그의 미려한 얼굴과 단단한 육체가 눈에 아른거려 도무지 참을 수가 없었다. 게다가 오늘은 반월의 밤이었다. 달빛이 이리 고운데 어찌 색을 마다할 수 있단 말인가. 홍등을 바라보며 비련은 제 몸을 천천히 더듬었다. 열기를 담은 손길에 절로 거친 숨이 흘러나왔다. 비련은 간절함을 담은 눈으로 홍등과 동월궁을 바라보았다.

달이 높이 떠오르기 전에 저 홍등에 불이 켜지기를 간절히 바랐다.

그 조그만 것. 그 쓸모없는 것. 그…… 빌어먹을 쥐방울.

흑룡은 여전히 월야의 뒤만 졸졸 따라다녔다. 어린것이라 저들끼리 통하는 게 있는 듯 날마다 사궁을 이리저리 돌아다니며 놀이에 여념이 없었다. 그가 제 것이라 길을 들일 요량으로 다가서면 흑룡은 잔뜩 경계를 하며 쥐방울을 감쌌다. 쥐방울 따위야 어떻게 되든 상관없었다. 그는 오로지 흑룡만 제 것으로 만들고 싶었다. 흑룡은 선으로 삼은 령을 위해 모든 충심을 다한다 했다. 멋지게 길들여 해왕 앞에서 거만하게 흑룡을 타고 유영하리라. 그 생각으로 즐거웠던 건 단지 사나흘 정도에 불과했다.

쥐방울 그것이 문제였다. 그만 보면 배고파, 심심해, 놀아 줘, 라는 얼토당토않은 말을 늘어놓았다. 무인 취급을 해도 아랑곳없이 매달려 왔다. 금빛 눈을 반짝이며 청아한 방울 소리와 함께 이안의 몸 여기저기 들러붙어 졸라대기 일쑤였다. 아무리 뇌를 쳐도, 화를 뿌려도 월야에겐 통하지 않았다. 이 무슨 개떡 같은 경우가 다 있냔 말이다.

흑룡이 월야에게만 붙어 있으니 보지 않을 수도 없었다. 급기야 그 오만한 것이 제 등을 타고 올랐을 때는 화가 머리끝까지 차올라 하마터면 제 등을 찌를 뻔했었다. 태어난 이래 이리 골머리를 앓았던 적은 없었다. 업이다. 이건 반려를 맞이하는 일이 아니라 업을 안는 일이었다.

"으아아악!"

사궁이 뒤흔들릴 정도의 괴성이 동월궁 밖으로 터져 나왔다. 궐 안 궁인들이 귀를 막으며 괴로워하건 말건 이안은 미칠 듯한 심정을 고스란히 토해 내며 괴성을 내질렀다. 동월궁 담 아래 홀로 애를 태우던 비련이 그 기를 이기지 못해 파르르 떨며 비틀비틀 제 거처로 몸을 숨겼다. 사왕이 미쳤다. 이후 궐 안엔 그런 괴소문이 오랫동안 나돌았다.

가슴이 답답하여 이안은 사해로 난 창문을 활짝 열어젖혔다. 탁자에 놓인 사주를 따라 단숨에 들이켰다. 야릇한 향취가 입안을 맴돌았다. 검은 사해 위로 은은한 달빛이 내려앉았다. 흑옥을 품은 듯 아름다운 그 모습에도 이안은 눈살을 찌푸렸다.

"월국. 만들다 만 파생자를 반려로 보내다니. 가만두지 않겠다."

으득. 이를 사리문 이안은 사주를 병째 들어 입에 머금었다. 잔잔히 흐르는 바람에 실려 묘한 향기가 열린 창으로 스며들었다. 코끝을 간질이는 향기가 사주의 향인가 하여 병을 흔들어 향을 날리던 이안이 고개를 갸웃거리며 창밖으로 시선을 옮겼다. 야릇한 사주의 향과는 다른 달콤하고 상큼한 은은함이 깃들어 있는 묘한 향이었다.

"사향인가?"

몸시중 중 누군가 새로운 사향을 구한 모양이라 생각하며 느른히 눈을 내려 동월궁 아래를 살폈다. 어둠이 내려앉은 동월궁엔 검은 그림자만이 어른거리고 있었다. 번을 서는 자들일 것이다. 저들이 이런 향을 흘려 낼 리 없다 고개를 흔든 이안이 사주를 머금었다.

"술은 몸에 해롭습니다."

"컥!"

느닷없이 들려온 고운 미성에 이안이 머금었던 사주를 내뿜었다. 분명 허공에 둥실 떠 반짝거리는 저것은 빌어먹을 그 월화였다. 잔뜩 찌푸려진 미간을 꿈틀거리며 그가 허공을 향해 으르렁거렸다.

"넌 잠도 없냐! 어린것이 어딜 쏘다녀!"

"월야는 본시 밤에 깨어나는 것이옵니다."

"뭐……!"

"반월입니다. 월야는 반월이 가장 좋습니다."

사락사락.

긴 치맛단을 흩날리며 창턱으로 내려선 그것은 그가 알던 월야가 아니었다. 이안의 날카로운 눈매가 길게 가늘어지며 그것이 신고 있는 월화를 노려보았다. 조막만 하던 것이 조금 커져 있었다. 여전히 청아한 방울 소리를 울려 대는 걸로 봐선 월화가 분명했다. 이안의 눈이 스윽 그것을 훑었다. 조금 더 길게.

"뭐야 또 이건."

두 배로 훌쩍 늘어난 그것이 해맑은 웃음을 지으며 금빛 눈으로 저를 마주하고 있었다. 여전히 겁 없고, 여전히 당찬 눈빛으로 감히 사왕의 현안을 올곧이 응시하고 있었다. 엷게 홍조 띤 얼굴이 부끄러운 듯 배시시 웃음을 머금었다. 저게 미쳤나.

살짝 아랫입술을 깨문 월야가 창턱에 다소곳이 앉으며 고개를 기울였다. 이안의 손에 들린 사주를 힐끗 바라보더니 슬며시 손을 뻗어 그것을 붙잡아 내렸다. 제 손에 닿는 월야의 부드러운 손이 불쾌한 듯 이안이 서슬 퍼런 눈빛으로 월야를 노려보았다.

"놔."

"사주는 요사스러운 기운을 흘린다 들었습니다."

"그래서?"

"몸에 해롭습니다."

"큭. 어린것이 뭘 안다고. 놓아라, 내겐 이것이 그 어느 것보다 좋은 명주니라."

이안이 매섭게 손을 쳐 내자 소녀의 모습을 한 월야가 눈을 동그랗게 뜨고 그를 바라보았다. 고작 열서넛 정도밖에 되지 않은 것이 뭘 안다고. 며칠 전까지만 해도 다섯 살 쥐방울이었던 것이 그새 어른 흉내를 내고 있었다. 기가 막혀서.

네까짓 것이 어찌 사주의 오묘한 맛을 알겠느냐. 비웃음을 흘리며 이안은 보란 듯 사주를 벌컥벌컥 들이켰다. 그의 목울대가 오르락내리락거리는 것을 큰 눈으로 바라보던 월야가 불쑥 손을 뻗어 그것을 만지작거렸다. 결에 사레가 들린 이안이 태어나 처음 눈물이 맺힐 정도로 격한 기침을 터트렸다.

"야!"

　제 목을 만지던 월야의 손을 거칠게 움켜잡으며 이안이 새하얀 이를 번뜩였다. 결에 휘청거린 월야가 중심을 잃고 이안의 품으로 안기듯 쓰러졌다. 머리 위에서 울리는 으르렁거리는 짙은 신음성에 월야가 조심스레 고개를 들었다. 이안의 아름다운 얼굴이 바로 코앞에 닿아 있었다. 월야의 긴 속눈썹이 금빛 눈동자를 가렸다 드러내기를 반복했다. 그의 입가에 비릿한 조소가 서렸다. 고개를 비틀어 내린 이안의 검붉은 입술 사이로 하얀 이가 드러났다. 이안의 붉은 입술이 월야의 입술 위에 닿을 듯 말 듯 머물렀다. 이어 그의 입술이 달싹였다.

"내 몸에 손대면 죽어."

## 2.
### 사궁에 달꽃이 만발하니

 풍성한 속눈썹 아래 얌전히 자리한 금빛 눈이 이안의 입술을 담아냈다. 참으로 붉은 빛깔을 띠었다. 핏빛보다 붉고 홍옥보다 아름다운, 단숨에 시선을 사로잡는 매혹적인 입술이었다. 겨울 찬 서리보다 더 서늘한 이안의 음성이 그의 입술을 빠져나와 고스란히 월야의 입술로 흘러들었다. 꿈쩍도 않는 잡힌 손을 두고 월야는 홀린 듯 다른 손을 뻗어 그의 입술을 매만졌다. 곁에 이안이 들고 있던 주병이 파사삭 먼지가 되어 허공으로 흩어졌다. 독한 사주향이 방 안 가득 진득하게 퍼져 나갔다.

 "허."

 기가 막혔다. 저 겁 없는 것이 진정 간도 빼 버린 것인가. 버릇없는 월야의 손을 그러쥐어 꺾을 듯 힘을 가했다. 움찔 미간을 좁힌 월야가 품 안에서 파들거렸다. 그 앞에선 강아지 같은 선한 눈망울도 소용없었다. 거친 손길이 주저 없이 월야의 뒷목을 움켜잡았다. 이대로 부러트리겠다. 잔혹한 눈빛으로 월야를 내려 보던 이안의 눈이 살랑 불어온 바람에 잠시 멈칫거렸다. 예의 그 달콤한 향기가 이안의 예민한 코끝을 자극했기 때문이었다. 월야의 머리카락이 바람에 흩날려 이안의 볼을 간질거렸다. 잔혹하던 현안이 조금 흔들렸다.

그러고 보니 머리카락도 한참 길어졌고, 몸도 조금 성숙해졌다. 그 조막만 하여 오밀조밀하던 얼굴이 어느새 고운 빛깔을 띠며 신비로운 이미지를 자아내고 있었다. 아직은 어리나 아이라고는 할 수 없었다. 소녀로 화한 월야는 그전보다 훨씬 아름다운 모습을 하고 있었다. 해서 아주 조금 망설여졌다. 만월이 되면 완벽한 성체의 모습으로 화한다 하였던가. 그럼 그땐 또 어떤 모습으로 변하는 것일까. 그것이 사뭇 궁금해졌다.

월야의 목을 그러쥔 손이 느슨해졌다. 결코 월야의 향기에 취한 것은 아니었다. 그저 약간의 궁금증이 일었을 뿐이고, 그에 조금 두고 보기로 결론을 내린 것뿐이었다. 그리고 저 검고 검은 사해의 어둠 속을 유영하는 빌어먹을 흑룡이 약간 거슬리기도 했다. 흑룡에게 우령이라는 것이 어떤 존재인지는 모르나, 선령과 함께 매우 중한 존재임에는 틀림이 없었다. 우령인 월야를 죽이면 그것이 저를 선으로 섬기지 않을 것은 뻔한 이치였다. 그래서 그런 것이다. 단지 조금 귀찮고, 조금 궁금하여 약간의 틈을 준 것이다. 그뿐이다.

"흠."

저를 묘한 눈으로 바라보는 월야를 야멸차게 무시하며 그가 허공을 향해 나직이 외쳤다. 그러자 여태 아무런 기척도 느껴지지 않던 병풍 뒤에서 검은 그림자 하나가 스르륵 나와 그 앞에 부복하였다. 사내는 온통 검은 복색이었다. 검지 않은 것은 오로지 두 눈뿐이었다.

"소야궁에 처박아 놔."

이안의 명에 혼이 망설임 없이 월야를 어깨에 들쳐 멨다. 그리곤 바람처럼 창밖으로 사라졌다. 미처 비명을 내지를 새도 없이 들려 나간 월야의 눈에 환하게 빛나는 반월이 비쳤다. 귓가에 들리는 것이라곤 공기를 가르는 바람 소리와 이름 모를 새들의 울음소리뿐. 도무지 산 것인지 알 길이 없는 혼에게선 그 무엇도 느낄 수가 없었다.

혼과 월야가 빠져나간 창을 마뜩잖게 바라보며 이안이 짧게 혀를 찼다. 문은 모양으로 둔 것인지, 어찌 하나같이 창으로 드나드는 것인지. 월야는 그렇다 치고 평소답지 않은 혼의 아둔함에 이안은 못마땅한 듯 고개를 내저었다. 그러다 문득 월야 저것이 괴이쩍은 돌림병을 퍼트리는 것은 아닌가 하는 생각이 스쳤다. 왠지 자꾸만 신경을 자극하며 깊이 스며드는 향이 의심스럽더라니.

"있느냐!"

"예!"

그의 부름에 화답하며 시비 하나가 들었다.

"방을 즉시 소독하라. 작은 것 하나라도 소홀히 해선 안 될 것이다. 하나도 남김없이 모조리."

"예? 예."

아침나절에도 방을 깔끔히 정리하였고, 그의 불같은 성미를 감안

해 수시로 먼지 한 톨 없이 방을 청소하곤 하였다. 헌데 그것도 모자라 소독이라니. 이것은 분명 무언가 불결한 것이 날아들어 사왕의 성미를 건드렸음이었다. 훤히 열린 창이 원망스러웠다. 지레 겁을 먹은 시비는 사시나무 떨듯 몸을 바르르 떨며 급히 뒷걸음으로 방을 빠져나왔다. 그리곤 당장 침전 시비들을 불러 자칫하다간 오늘이 제삿날이 될지도 모른다 겁박하여 그들을 족쳤다. 그 말이 허언이 아님을 믿어 의심치 않은 시비들이 일사불란하게 움직이며 서둘러 동월궁 전체를 소독하기 시작했다.

 "틀림없어. 뇌와 염이 먹히지 않는 것도, 내 저것만 보면 자꾸 이상해지는 것도 다 그 돌림병 때문이었어. 으으. 이 빌어먹을 월국!"

 이안을 피해 주변 소독에 열심이던 시비들이 그의 괴성에 흠칫 놀라 몸을 떨었다. 심지어 어떤 이는 들고 있던 화병을 놓칠 뻔하기도 했다. 간신히 그것을 붙잡아 제자리에 두곤 서늘해진 심장을 쓸어 내렸다. 한동안 잠잠하다 했던 이안의 포악함이 근래 들어 자주 폭발하는 듯했다. 궁인들의 부러움을 사며 기세등등하던 동월궁 시비들의 삶이 하루살이보다 못한 것으로 전락하고 있었다.

 보내고 싶어 보낸 것이 아니었다. 월야는 미리내의 결정을 모아 만든 귀한 것이었다. 오랜 세월 공을 들여 키운 달물이었다. 제 반려로 맞이하려 그리 온갖 정성을 다하였건만 달의 신부라니. 말도 안 되었다.

갓 태어난 월야의 사랑스러움에 넋을 잃은 것도 잠시, 사국에서 온 사신이라는 작자가 내민 석괴에 월왕 명의 낯빛이 참담하게 일그러졌다. 천 년의 세월을 넘어 대대로 내려온 맹약이라 하였다.

월국에서 미리내의 숨결로 태어난 열두 번째 아이는 달의 신부가 될 것이다.

거기까지는 별스럽지 않았다. 달로 인해 태어나니 당연히 달의 신부라 명하는 게 옳다 여겼다.

허나, 달의 신부는 천신의 맹약에 의해 사왕의 반려가 되어야 한다, 라는 대목에선 눈에 불이 일었다. 어찌 키운 것인데! 월왕의 반려였다. 사왕 따위가 함부로 침을 바를 수 있는 것이 아니었다. 당장에 사신의 목을 비틀어 버리고 싶었다. 인정할 수 없었다. 이건 분명 사기였다.

"월야."

안타까운 마음이 반월에 담기었다. 지금쯤 월야는 곱디고운 소녀의 모습을 하고 있을 것이다. 그 아름다운 것을 사왕에게 빼앗기다니 억울하여 잠을 이룰 수가 없었다. 명의 입에서 한탄스러운 한숨이 흘러나왔다. 잔잔히 물결치던 연못이 이내 출렁거렸다. 사국을 비추던 표면이 거세게 소용돌이치기 시작했다. 잔뜩 일그러진 사왕의 모습에 명의 눈이 시린 빛을 뿜어냈다. 되찾아 올 것이다. 이대로 빼앗기진 않을 것이다. 명은 가늘게 치뜬 두 눈에 힘을 주었다.

출렁이던 물결이 치솟아 올랐다. 솟아 오른 물기둥이 명의 작은 손짓에 순식간에 얼음으로 변했다. 유려하게 움직이던 손길을 멈춘 명이 입술을 일자로 굳히는 순간, 그것에 균열이 일었다. 명이 손을 움켜쥐자 파사삭 소리를 내며 얼음이 파열되어 사방으로 튀었다. 조각난 사왕의 얼굴이 바닥에 흩어졌다.

 매끄럽게 입매를 그려 올린 명이 천천히 그것들을 지르밟으며 동공을 빠져나갔다. 밟혀 부스러진 조각들이 물로 변하여 다시 연못으로 흘러들었다. 못을 품은 동공은 아무 일도 없었던 듯 고요하기만 했다.

❀　　❀　　❀

 사궁엔 꽃이 피지 않는다.
 잿빛의 생명수만이 그 음울함을 드러내며 사해 한 켠을 차지하고 있을 뿐이었다. 흑룡을 타고 사국의 하늘을 유영하던 월야는 잿빛 일색인 사궁을 바라보며 어깨를 으쓱거렸다. 그나마 삭막하다 여겼던 소야궁은 저 드넓은 사궁에 비하면 아무것도 아니었다. 어찌 꽃이 피지 않는단 말인지. 과실을 맺는 일조차 꽃이 필요하건만 대체 사국은 무엇을 먹고사는 건지 의아하기만 했다.
 월야가 월화를 흔들어 방울 소리를 흘려 내자 흑룡이 방향을 선회해 땅을 향해 천천히 하강했다. 내내 고개를 쳐들고 손 그늘을 만들어 지켜보던 은율이 그제야 안도의 한숨을 내쉬며 가까이 다가섰다. 월야를 해치지 않을 것임을 알았음인지 흑룡은 경계를 늦추지 않으면서도 은율이 곁에 오는 것을 묵인해 주었다.
 "대사성, 궁금한 것이 있습니다."
 "예, 마마. 하문하시옵소서."
 "왜 사궁엔 꽃이 하나도 없습니까?"
 "그것이 궁금하셨습니까."

"나물이며 과실이며 먹는 것 모두가 꽃이 피고 저물어 생긴 것이 아닙니까. 헌데 그런 것이 하나도 보이질 않습니다. 조반에 먹었던 것들은 그럼 다 어디서 난 것입니까?"

아침나절 월야가 들었던 조반엔 사궁에 없는 각가지 찬들이 올려져 있었다. 해서 혹여 저가 보지 못한 것이 있나 싶어 흑룡을 타고 살핀 것이었다. 허나 아무리 둘러보아도 사궁엔 꽃이 보이지 않았다. 꽃을 좋아하는 월야로서는 여간 실망스러운 것이 아니었다.

"궁엔 꽃을 들이질 못합니다."

"왜 그렇습니까? 혹여 사왕님이 싫어하여 그렇습니까?"

"그렇다기보다는 이 땅의 음기가 강하여 그를 견딜 만한 종이 없어 그러하옵니다. 따로 키우지 않아도 먹을 것들은 공물로도 충분하옵니다."

사왕이 꽃을 싫어하는 것은 사실이었다. 그 여린 것들을 보고 있으면 화가 치밀어 짓밟고 싶다, 잔악을 부리는 통에 십 년에 한 번 피는 몽화마저 그의 손에 뿌리째 뽑혀 나갔었다. 월야의 심기를 어지럽히기 싫었던 은율은 부러 그 부분을 빼고 습한 사궁의 음기를 들먹였다. 꽃같이 고운 월야를 두고 쥐어틀고 싶다 툭 하면 심술을 부리는 것도 어쩌면 그런 잔혹성 때문이 아닐까. 생각에 잠긴 듯 고개를 갸웃거리는 월야를 보며 은율은 깊은 한숨을 몰래 내쉬었다.

"허면 제가 꽃을 피워도 되겠습니까?"

"예?"

"종이 없어 그런 것이라면 제가 한번 찾아보겠습니다."

"아, 아."

뭐라 답을 하기도 전에 월야가 몸을 돌려 소야궁을 향해 걸어갔다. 그 뒤를 따르는 흑룡이 꼬리로 바닥을 힘껏 내려쳐 흙먼지를 일으켰다. 그 결에 뿌옇게 일어난 먼지가 멀뚱히 선 은율의 몸을 와락 덮쳤다. 부러 그런 것이다. 월야와 다정히 말을 주고받는 제가 부러워 저것이 심술을 부린 게다. 어찌 가면 갈수록 저 흑룡의 성질이 제 주군을 닮는 것 같아 흑룡을 바라보는 은율의 마음은 암담하기 그지없었다.

"콜록. 콜록. 마마. 마마."

터져 나오는 기침에 목이 따끔거렸다. 그럼에도 은율은 목이 터져라 월야를 부르며 그 뒤를 쫓았다. 어째 마음이 불안하더라니. 월야는 이미 심을 것을 찾아 해사하게 웃고 있었다. 달꽃이라 어디서건 만개한다 자랑하던 월야의 환한 미소에 찬물을 끼얹을 수 없어 마지못해 고개를 끄덕였다.

그런데 하필이면…….

그것이 왜 동월궁 앞마당인가 말이다. 안절부절못하며 뒤에선 은율이 동월궁의 입구를 살피는 사이 월야는 달꽃 씨를 한가득 흩뿌렸다. 꽃이 피기 전에 뽑아 없애면 될 것이다. 짐승이 먹은 모양이다 둘러대면 괜찮지 않을까. 속으로 생각을 갈무리하며 은율이 홀로 고개를 끄덕였다.

그 밤.

오랜만에 비련을 불러 사주를 들이켜던 이안은 더워진 열기에 갑갑증을 느껴 창을 열었다. 구름이 걸쳐진 달을 보자 버릇없이 기어오르던 월야가 떠올랐다. 흑룡은 여전히 저를 소 닭 보듯 했고, 월야는 조금 커진 대신 말이 많아졌다. 하옵니다. 아닙니다. 뭐가 그리도 할 말이 많은지 귀가 따가울 지경이었다. 해서 흑룡이고 뭐고 한동안 쳐다보지도 않았었다.

비련이 몸을 야릇하게 움직여 교태를 부리며 잔에 술을 부었다. 잔에 서린 달그림자에 월야의 모습이 겹쳐졌다. 그에 이안의 수려한 눈썹이 꿈틀거렸다. 부여잡은 잔을 단숨에 비워 내 사주를 아그작아그작 씹어 댔다. 마치 사주가 월야인 양 짓씹었다. 그 모습이 어찌나 살벌하던지 이안에게 바짝 붙어 몸을 비벼 대던 비련이 다 움찔거릴 지경이었다.

반월의 밤. 그가 내지른 괴성에 놀라 간담이 서늘했던 비련이었다. 오늘 부름에 기뻤음에도 조심스러웠던 것 또한 그 때문이었다. 사왕이 미쳐 날뛴다는 소문이 사실이면 어쩌나 속으로 두려워 떨고 있던 참이었다.

이안이 소리 나게 잔을 내려놓자 비련이 조심스레 잔을 채웠다. 이안의 붉디붉은 입술이 달빛을 머금어 마력을 뿜어냈다. 어찌 저토록 아름다울 수가 있을까. 바라보는 비련의 애간장이 단숨에 녹아내렸다. 허락 없이 사왕의 몸을 탐할 수는 없었다. 그랬다간 당장에 재가 되어 사라지고 말 것이다. 그럼에도 그 어찌할 수 없는 마력에 흠뻑 취한 비련은 저도 모르게 이안의 얼굴로 손을 뻗었다.

공들여 깎은 듯 섬세한 이안의 턱 선이 눈앞에서 어른거렸다. 떨리는 손끝으로 그의 턱을 조심스레 매만졌다. 돌아보는 이안의 현안이 무미건조하게 비련을 보았다. 내리뜬 그의 시선에 비련의 모습이 담겼다. 넋이 나간 듯 몽롱한 그 모습에 이안의 입매가 비틀어졌다. 이안이 비릿하게 웃으며 입을 벌리자 새하얀 이가 번뜩였다. 매서운 이빨이 날카롭게 벼린 칼처럼 섬뜩함을 자아냈다.

"미련한 것."

그가 길게 자라난 손톱으로 비련의 입술을 쓸었다. 비련의 등줄기를 따라 소름이 돋아났다. 얼어붙은 듯 꼼짝 않는 비련의 몸이 바르르 떨고 있었다. 이안의 손이 스르륵 비련의 턱을 타고 내려 펄떡이는 목 언저리 혈관을 찾아냈다. 그의 손이 닿을 때마다 숨이 멎을 것 같은 두려움이 깃들었다. 혈관 위를 맴돌던 손가락 위로 이안의 입술이 내려앉았다. 두려움에 떨면서도 비련의 입에선 달뜬 신음이 여지없이 흘러나왔다. 그의 선홍빛 혀가 혈관을 느른히 누르며 움직였다. 비련의 몸이 본능을 따라 색을 흘려 냈다.

가늘게 내리뜬 눈이 슬며시 이채를 발하며 번뜩였다. 혀를 삼킨 입이 날카로운 이빨을 드러냈다. 목숨 줄이 입술 아래에서 팔딱거렸다. 산 것의 피였다. 사주가 미처 채워 주지 못하는 열락을 줄 것이다. 허나. 허나…….

바람이 불었다.

딸랑딸랑. 신경을 거스르는 방울 소리가 이안의 귓전을 자극했다. 느른히 눈을 감은 이안의 입에서 낮은 으르렁거림이 흘러나왔다. 저 망할 것. 눈을 번쩍 치뜬 이안이 창밖으로 시선을 던졌다. 또 겁 없이 남의 방 앞을 서성이는 것인가 하여 현안을 깊게 물들이며 밖을 노려보았다.

차오른 달이 구름을 벗어나고 있었다. 달빛 아래 드러난 동월궁은 간간이 불어오는 바람만 있을 뿐 고요했다. 정신을 못 차리고 멍하니 앉아 있는 비련을 밀쳐내고 몸을 창밖으로 내밀었다. 고개를 들어 공기를 한껏 들이켰다. 월야의 향기는 묻어나지 않았다. 이안의 눈매가 가늘어졌다. 이건 또 무슨 괴이쩍은 일인가. 그것이 혹여 술을 부려 농간을 하는 것인가? 분명 방울 소리를 들었건만 어찌 모습도 보이질 않고 향취 또한 없단 말인가. 믿지 못하겠다는 듯 곳곳을 살피던 그의 눈에 뭔가 요상한 것이 잡혔다.

바람이 불자 영롱한 방울 소리가 이어졌다. 그 소리를 따라 시선을 내린 이안의 미간이 뭔가를 발견한 듯 좁아졌다. 달빛을 머금은 듯 은은히 빛나는 작은 구들이 점점이 낮은 허공을 물들이고 있었다. 어떤 것은 금빛이었고, 어떤 것은 은빛이었다. 이안이 허공을 향해 손을 휘젓자 작은 돌개바람이 불었다. 그에 구들이 흔들려 방울 소리를 퍼트렸다. 이안의 입술이 한쪽만 비스듬히 치켜 올라갔다. 파르르 그 끝이 떨리는 것이 광폭하게 물들기 시작한 현안과 관련이 있어 보였다. 저것의 주인이 누군지는 묻지 않아도 알 수 있었다.

"해보자 이건가?"

빠득거린 이가 시리게 빛났다. 창턱으로 올라선 이안이 그대로 날아올라 구들을 향해 뇌를 터트렸다. 이것들이 왜 창으로 드나드나 했더니 과히 편하긴 편했다. 섬광이 번뜩이며 구들을 향해 내리꽂혔다. 나무라니! 꽃이라니! 누구 허락을 받고 저것을 심었단 말인가. 뇌를 받은 달꽃이 환한 빛무리에 휩싸였다. 이어 화르륵 불길이 솟아올라 달꽃을 집어삼켰다. 몸주를 잃어버린 구들이 일시에 사방으로 퍼져 나갔다.

영롱하게 밤하늘을 물들이는 방울 소리에 궁의 시비들과 궁인들이 넋을 놓고 그 광경을 지켜보았다. 안타까움을 드러내며 탄식하는 이들도 더러 있었다. 삭막하던 궁에 아름다운 꽃봉오리가 피어 지켜보는 내내 즐거웠다. 게다가 아름다운 방울 소리까지 더하니 금상첨화였다. 언제 저것들이 사라질까 안쓰럽기도 했었다. 그게 현실이 되고 보니 암담함에 가슴이 뭉클거렸다.

"또 심어 보아라. 죄다 재로 만들어 버릴 테니."

회심의 미소를 지으며 돌아서던 그가 우뚝 걸음을 멈추었다. 등 뒤로 느껴지는 기분 나쁜 기운에 그려 올렸던 입매가 일그러졌다. 사르락사르락. 점점이 쏟아져 내린 구들이 땅을 파고 스며들었다. 그리곤······.

그가 태어나 처음 마른침을 삼키며 돌아섰다. 설마 그럴 리가 없다. 아닐 것이다. 부정하며 돌아선 이안의 눈에 땅 위로 비죽이 솟아오른 푸른 싹들이 보였다. 전보다 더 많은 싹들이 불쑥 고개를 내밀어 보란 듯이 위로 쭉쭉 뻗어 나갔다. 이안의 눈썹이 꿈틀거리며 휘어졌다. 헛웃음이 절로 터져 나왔다. 동월궁 마당을 그득 메운 싹들이 줄기를 따라 솟아오르더니 이내 나무가 되어 봉오리를 피워 냈다. 이안은 현안을 내리감았다.

"크크."

실없이 웃는 그를 보고 궁인들이 슬금슬금 뒷걸음질을 쳤다. 전에 없이 그가 미친 듯 실소를 흘려 내고 있었다. 눈앞에 가득 피어난 달꽃들이 그에 답하듯 영롱한 음색을 퍼트렸다. 사방에서 울리는 방울 소리와 코를 자극하는 달콤한 향에 이안이 마른 손으로 얼굴을 쓸어 내며 크크거렸다. 그의 손에서 파사삭 뇌가 일었다. 다시 드러난 이안의 얼굴에서 서서히 웃음기가 사라졌다. 차갑게 식어 냉기를 뿜어내는 낯빛에서 섬뜩함이 느껴졌다.

달을 바라보는 이안의 현안이 붉게 빛났다. 나지막이 읊조린 그의 목소리가 밤바람에 실려 허공으로 흩어졌다. 뇌가 서린 주먹에서 파지직 섬광이 일며 그의 팔을 타고 올랐다. 이안의 비스듬히 말려 올라간 입술이 비릿한 미소를 머금고 달싹였다. 그의 입술 사이를 비집고 스산한 음성이 흘러나왔다.

"쥐방울……."

달꽃을 우려 마시던 월야는 문득 저를 부르는 소리를 들은 것 같아 주변을 두리번거렸다. 소야궁 툇마루에 앉아 소담하게 차려 놓은 찻상을 마주하고 있던 참이었다. 잘못 들은 것인가? 간질거리는 귀를 손가락으로 후비적거리곤 이내 환한 미소를 지으며 차를 머금었다. 달콤한 향기가 입안 가득 퍼져 나갔다.

내일은 서궁 뜰에도 달꽃을 심어야겠다. 달을 바라보며 한껏 흡족한 미소를 머금는 월야였다.

"뭘 하는 것이냐?"

제 그림자 위로 더 긴 그림자가 드리워졌다. 주머니에서 달꽃 씨를 꺼내 뿌리려던 월야가 등 뒤에서 들린 날 선 목소리에 슬쩍 고개를 돌렸다. 해를 등지고 선 이안이 뒷짐을 진 채 내리뜬 눈으로 저를 바라보고 있었다. 그의 표정은 빛에 묻혀 잘 보이지 않았다.

"달꽃입니다."

월야가 손을 펼쳐 보이며 말했다. 가만히 월야의 작은 손 위에 놓인 씨앗들을 내려 보던 이안이 무심히 그중 하나를 집어 들었다. 손톱만큼 작은 몸뚱이에 솜털이 돋아 있었다. 독한 것. 질기디질긴 것. 이안은 달꽃의 질긴 생명력과 독한 번식력을 저주했다. 달꽃은 작은 싹에서 단숨에 큰 나무로 자라나더니 금세 무수히 많은 몽우리를 피워 냈고, 그도 모자라 순식간에 제 씨를 사방에 퍼트렸다.

밤새 그것을 베고 태워 얻어 낸 결론은 차라리 그냥 홀로 피고 지게 두는 것이 훨씬 이득이라는 것이었다. 달꽃을 바라보는 이안의 미간이 미세하게 움찔거렸다.

"예쁘지 않습니까?"

―어디가.

"향 또한 좋습니다."

―퍽이나.

"우려 마시면 기운을 북돋아 준답니다."

―화를 돋우겠지.

환하게 웃으며 종알거리는 월야의 말에 속으로 토를 달며 불평하던 이안이 월야의 손에 얌전히 씨를 내려놓았다. 이안의 눈이 월야의 손목에서 대롱거리는 주머니에 닿았다. 저 속에 도대체 얼마나 많은 씨가 들어 있을지 생각만으로도 끔찍했다. 그걸 설마 사궁에 다 심어 놓으려는 것은 아닐 테지. 아니다, 그러고도 남을 녀석이다. 허면 저것을 빼앗아 사해에 던져 버릴까? 그도 아니다, 사해마저 달꽃에 점령당할지도 모른다.

이안은 그런 생각조차 끔찍하다는 듯 치를 떨며 아랫입술을 잘근 짓씹었다. 꾹 다문 이안의 입에서 낮은 신음성이 흘러나왔다. 평소에도 좋아 보이진 않았지만, 오늘따라 이안의 심기가 더 불편해 보였다. 눈빛에 검은 그늘이 생긴 것이, 필시 몸이 편치 않은 것이다. 월야는 들고 있던 것을 얼른 주머니에 집어넣고 일어서 이안 곁으로 바짝 다가섰다. 갑자기 다가오는 월야에 놀란 이안이 저도 모르게 한 발 물러서다 움찔했다.

뭐야, 내가 왜 물러서.

짐짓 아무것도 아닌 척 슬그머니 제자리로 돌아온 이안이 물끄러미 제 가슴께에 닿은 월야의 반듯한 이마를 바라보았다. 무엇을 하려는 것인지 월야가 까치발을 하고 끙끙거리며 이안의 얼굴로 손을 뻗어 댔다. 뭔가 마음대로 되지 않았던지 폴짝폴짝 뛰며 이안의 이마를 톡톡 쳐 댔다.

 파지직.

 이안의 머리 위로 뇌가 서렸다. 이것이 지금 내 머리를 친 게야? 빠득 이를 갈며 손을 치켜들려던 이안이 끙끙거리며 연신 뛰는 월야의 괴상한 행동에 고개를 갸웃거렸다. 부러 친 것은 아닌 듯했다. 뇌를 풀어 지우고 슬쩍 고개를 내렸다. 그제야 배시시 웃으며 월야가 이안의 이마에 제 조그만 손을 살짝 눌렀다. 제 이마와 이안의 이마에 손을 얹어 뭔가 생각하는 듯 눈을 깜빡이던 월야가 후 하고 낮은 한숨을 내쉬며 손을 거뒀다.

 "아프신 건 아닌 듯하니 다행입니다."

 무슨 말인지 알아듣지 못해 미간을 좁히던 그가 이내 헛웃음을 터트렸다. 사왕이 아프다니 말도 안 되는 소리였다. 대대로 병으로 죽은 사왕은 없었다. 제 성질을 못 이겨 자폭하거나, 후대의 사왕에게 죽임을 당하거나, 둘 중 하나였지.

 맑게 웃으며 저를 바라보는 월야의 모습에 입술을 씰룩거린 이안이 부러 기침으로 목을 가다듬었다. 이제는 바쁜 와중에 친히 납신 연유를 말할 차례였다.

 "쥐방울, 너 혹여 인(人)의 세상을 구경해 본 적이 있느냐?"
 "인이요?"
 "그래, 인. 그것들이 어찌 사는지 보고 싶지 않느냐."

"그들의 세상에 저희가 들어서는 것은 금기가 아닙니까."

"홋. 그야 저는 신이다 도도하게 폼 잡는 것들이 만들어 낸 규율이지. 나같이 너그러운 신은 간혹 그들의 삶을 두루 살피어 편케 하기 위해 잠행을 하기도 하지."

"잠행……."

역시, 궁금한 것이 많은 어린것들은 금기시된 것에 호기심을 갖게 마련이었다. 미끼를 물었으니 이제 건져 올릴 차례인가? 속내를 감추고 나긋이 입매를 그려 올린 이안이 허리를 낮춰 월야의 귓가에 입술을 대고 은밀히 속삭였다.

"오늘은 인들의 축제가 벌어지는 날이다. 구경할 것들이 많을 것이야. 어찌할 테냐, 내가 허락한다면 잠행에 동행하겠느냐."

기뻐 놀란 얼굴로 월야가 불쑥 고개를 틀었다. 곁에 이안의 입술과 부딪힐 뻔하였다. 흠칫 미간을 좁힌 이안과 달리 월야의 표정은 한없이 밝았다.

"참이십니까?"

허리를 펴 곧게 선 이안이 거만히 월야를 내려 보며 말했다.

"사왕의 말이다. 거짓이 있겠느냐."

말똥거리며 저를 바라보는 월야가 너무 순해 보여 이안은 조금 찔리는 것을 느끼곤 슥 고개를 돌렸다. 낮달이 물끄러미 저를 내려 보고 있었다. 이안이 낮달을 향해 이죽거렸다.

내 말이 곧 법이야. 틀리면 지들이 맞춰야지.

사해에 배 한 척이 떠올랐다. 수십 번의 옻칠로 정성을 다해 만든 사왕의 배는 향혼(香魂)이라는 이름을 갖고 있었다. 향혼은 화려하진 않으나 범접할 수 없는 아름다움을 담고 있었다. 향혼의 중심에 앉은 월야는 잔뜩 기대에 부풀어 뱃전에 선 이안을 올려다보았다. 그는 팔짱을 낀 채 뱃머리를 노려보고 있었다. 이안의 시선을 좇아 월야가 뱃머리를 돌아보았다.

뱃머리를 문 채로 흑룡이 크르릉거리며 이를 드러내고 있었다. 이안과 월야가 저를 두고 떠나려는 걸 알고 저도 따라가겠다 고집을 부려 대고 있는 참이었다. 입술 끝을 비틀어 올린 이안이 흑룡을 향해 뇌를 터트렸다. 섬광을 뿌리며 쏟아지는 뇌를 그대로 받아 버티며 흑룡이 꼬리를 움직여 거센 물살을 일으켰다. 배가 뒤집힐 듯 흔들렸다. 데려가지 않으면 아무도 가지 못한다 부러 심술을 부리는 것이었다.

"저것도 돌림병에 전염이 된 게야. 그러지 않고선 저리 멍청한 짓을 할 리가 없지. 어울려 놀 때 알아봤어야 했어. 대체 저 꼴로 어디를 가겠다고 나서는 게야. 인들이 기겁해 난리가 나길 바라고 저러는 것이야? 미치고 환장하겠군."

이를 사리물며 이안이 혼잣소리를 중얼거렸다. 사방으로 꼬리를 휘저으며 물결을 일으키는 흑룡을 의아한 눈으로 바라보던 월야가 저와 달리 한 치의 흔들림도 없이 서 있는 이안을 돌아보았다. 그에게 다가서려던 월야의 몸이 중심을 잃고 휘청거렸다. 결에 저도 모르게 손을 뻗어 이안이 월야의 허리를 잡아챘다. 뒤로 몸이 젖혀진 월야 위로 이안의 기려한 몸이 기울어졌다. 마주친 눈이 깜빡였다.

"흠. 사해에 빠지면 어족의 먹이가 된다. 조심해."
"아, 저는 괜찮습니다. 흑룡이 지켜 줄 것입니다."

"그래?"

이안이 흑룡을 흘겼다. 난폭하게 휘젓던 꼬리를 조금 추스르며 흑룡이 그를 마주 노려보았다. 아마도 이안의 품에 안긴 월야가 신경이 쓰였던 모양이다. 이안이 흑룡을 향해 이죽거리며 보란 듯 월야를 품에 그러안아 곁에 조심히 내려놓았다. 그에 흑룡이 눈을 가늘게 떴다. 얌전히 옷을 정돈한 월야가 곧은 눈으로 그를 바라보며 물었다.

"헌데, 흑룡은 왜 저러는 것입니까? 혹여 따라가고 싶어 그러는 것입니까?"

이안이 시선을 내려 곁에 선 월야를 바라보았다. 그걸 몰라 묻느냐 타박을 주고 싶은 걸 억지로 참으며 가만히 고개를 끄덕였다. 저도 따라 고개를 끄덕이더니 월야가 흑룡을 돌아보며 환하게 웃었다. 왠지 불길한 예감이 들어 이안의 미간이 꿈틀거렸다. 설마……. 항상 나쁜 예감은 그 범위를 벗어나는 법이 없었다.

"같이 가자, 아가."

"아가?"

"제가 붙여 준 이름입니다. 어여쁘지 않습니까?"

"하아."

기가 막혔다. 제 놈이 뭐라고 내 것에 함부로 이름을 붙인단 말인가. 뭔가 착각하는 모양인데 저놈은 내 것이다. 확실히 말해 두어야겠다 싶어 입을 열려는 찰나, 월야가 품에서 주머니를 꺼내 들었다.

"헉!"

그것을 본 이안이 놀라 숨을 삼켰다. 이것이 도대체 무엇을 하려고 또 저 재앙 덩어리를 꺼낸단 말인가. 부릅뜬 현안이 매섭게 월야를 노려보았다.

"아가. 자, 이것을 먹어."

"안 돼!"

꺼내 든 것을 흑룡에게 내밀자 냉큼 다가온 흑룡이 그것을 집어삼켰다. 월야를 저지시키려 뻗었던 이안의 손이 파르르 떨렸다. 이안의 외침에 놀란 월야가 멀뚱히 그를 올려보며 눈을 깜빡거렸다. 뻣뻣하게 움직인 이안의 현안이 허공에 떠올라 빛을 발하는 흑룡을 담아냈다. 저놈의 환장할 빛무리! 저것만 보면 재수가 없다. 흑룡을 온전히 감싼 빛이 환하게 퍼졌다가 삽시간에 갈무리되었다. 그를 바라보던 이안의 현안이 가늘게 찢어졌.

다음 순간, 배 위로 내려앉은 것은······.

조그맣고 새까만 어린것이었다. 저도 색은 어쩔 수 없었던 모양인지 아이로 화한 흑룡은 온통 검은 빛깔을 하고 있었다. 변한 제 몸이 신기해 흑룡이 연신 몸을 이리저리 훑으며 고개를 갸웃거렸다. 곁에 서서 흡족한 미소를 짓고 있는 월야를 이안이 가만히 내려 보았다. 동그란 정수리가 눈앞에 아른거렸다. 이안의 현안이 싸늘하게 빛났다. 죽이고 싶다. 감춘 속내가 스멀스멀 기어 나와 그의 인내심을 자극했다.

그의 심중을 읽은 것인지, 흑룡이 뽀르르 달려와 월야의 팔을 잡아끌어 멀찍이 떨어진 곳에 앉혀 놓았다. 서늘히 식은 눈으로 노려보는 이안을 한 번 힘주어 쏘아보고는 뭐가 그리 좋은지 월야 옆에 착 달라붙어 도란도란 이야기를 나누고 있었다.

어디 네놈들의 그 어리석은 정이란 것이 얼마나 이어질지 두고 보지.

 이안의 유려한 손놀림에 향혼이 서서히 사해를 가르며 나아갔다. 정답게 담소를 나누는 월야와 흑룡을 이안이 비릿한 웃음을 머금은 채 바라보고 있었다. 간간이 그를 경계하며 노려보는 흑룡의 눈빛이 가소로울 뿐이었다. 멀리 인(人)의 바다가 그 문을 열고 있었다.

 만월의 전야.
 사람들의 축제가 한창이었다. 태어나 처음 보는 신기한 구경거리에 월야가 시선을 온통 **빼앗겼다**. 그 통에 월야의 옷깃을 잡은 흑룡이 자꾸만 한길로 새려는 그녀를 연신 단속해야만 했다. 앞서 걷는 이안의 발걸음엔 배려가 없었다. 그는 거침없이 사람들을 헤치며 인의 물결 속으로 스며들고 있었다.
 "아가, 아가. 저것 좀 봐. 새빨간 과실에 엿물을 묻혀 놓았어. 참으로 달겠다. 그치."
 "응."
 말이 서툰 흑룡이 짧게 답하며 고개를 끄덕였다. 흑룡은 그다지 먹을 것에 관심이 없었다. 워낙 식성이 까다로운 데다 단것은 입에 대지 않았다. 생긴 것과 달리 산 것을 즐겼다. 흑룡이 먹이를 잡는 것을 한 번도 본 적이 없는 월야는 눈에 보이는 먹을거리를 죄다 지목하며 맛있어 보이겠다, 저것도, 이것도, 하며 내내 군침을 삼켜 댔다.
 어미의 손을 잡고 구경 나온 아이들이 먹을거리를 사 달라 졸라 댔다. 축제였다. 마음이 후해진 어미가 아이의 손에 당과를 쥐여 주었다. 지켜보던 월야의 눈에 부러움이 서렸다. 월야가 시선을 내려 제 옷깃을 잡은 흑룡을 바라보았다. 흑룡이 눈을 반짝이며 마주 시선을 맞췄다. 월야가 곱게 미소를 지으며 고개를 끄덕였다. 그에 바라보던 흑룡이 머리를 갸웃 기울였다. 주고받는 눈빛이 같은 뜻을 담아낸 것은 아닌 듯했다.

"사왕님께 부탁해 보자."

"응?"

흑룡의 손을 붙잡은 월야가 저만치 앞서 걷는 이안을 향해 뛰었다. 무심히 사람들을 헤치며 걸음을 옮기던 이안은 제 등을 밀치며 멈춰 선 버릇없는 것을 향해 매섭게 눈을 치떴다. 그러면 그렇지. 겁 없는 것들이 이것들 말고 또 있을 리가 없지.

그가 걸음을 옮길 때마다 사람들이 조금씩 거리를 두었다. 저도 모르게 두려움을 느껴 피한 것이었다. 본능이 살고 싶으면 피하라 이르는 대로 사람들은 그에게서 되도록 멀리 떨어져 걸었다. 이 발칙한 것들만 빼고 말이다.

"뭐야."

"사왕님, 저것 좀 사 주시어요."

"월! 예서 그리 부르면 아니 된다 하였지."

"아차차. 깜빡하였습니다. 그럼…… 서방님, 저희 저것 좀 사 주십시오. 네?"

엄하게 쏘아보던 이안의 몸이 휘청거렸다. 혹여 잘못 들은 것인가 하여 귀를 후비던 이안은 차마 믿지 못하겠단 표정으로 또다시 저를 서방님이라 부르는 월야를 내려 보았다.

"서방님, 저것 말입니다. 당과!"

초롱초롱 눈을 빛내며 이안에게 당과를 사 달라 조르고 있는 월야를 흑룡이 물끄러미 올려다보았다. 월야를 내려 보는 이안의 눈빛 또한 흑룡과 다르지 않았다. 무슨 말도 안 되는 헛소리를 지껄이는 것이냐. 저를 바라보는 어이없고 황당하다는 눈빛이 따갑지도 않은지 월야는 급기야 이안의 팔에 매달려 당과! 당과! 하며 떼를 써 댔다. 이것이 다시 다섯의 쥐방울로 돌아간 것은 아닌가. 의심스러운 눈으로 월야를 노려보다 이내 매섭게 팔을 휘둘렀다. 꼬마 쥐방울에서 조금 큰 것이라 쉬이 떨어져 나갔다.

"씨도 안 먹힐 소릴 어디서 지껄이는 것이야."

찬바람을 일으키며 돌아서는 이안의 모습에 그럴 줄 알았다는 듯 흑룡이 가볍게 혀를 찼다. 어서 빨리 벗어나야겠다. 걸음을 서두르던 이안이 채 몇 걸음 가지 못해 움찔 그대로 굳었다. 월야가 제 가슴을 그러안고 달라붙어 사 주지 않으면 놓지 않겠다, 떼를 쓰며 바지런히 얼굴을 비벼 댔다. 격한 움직임에 이안의 옷이 흐트러졌다. 벌어진 옷 사이로 맨가슴이 드러나고 그 살 위에 월야가 거침없이 얼굴을 비비적거렸다. 미친 게야. 이것이 정녕 미친 것이야.

파들거리는 손으로 연신 입술을 문질러 대는 월야의 머리를 그러쥐었다. 틈이 생기자 그와 동시에 흑룡이 둘 사이에 끼어들었다. 그리곤 월야의 작은 가슴에 얼굴을 묻고 꼭 힘주어 그녀를 끌어안았다. 흑룡이 질투 어린 눈으로 이안을 흘기곤 월야의 머리에 올려진 손을 거칠게 쳐 냈다. 그리곤 뭐가 그리 분한지 뿌득뿌득 이 가는 소리를 냈다.

"네놈들이 정녕 죽고 싶어 환장을 한 것이냐."

낮게 으르렁거리는 이안의 분노에도 아랑곳없이 월야는 그를 바라보며 간절한 눈빛을 했다. 월야의 가슴에 고개를 파묻은 흑룡은 이내 흡족한 미소를 지으며 지그시 눈을 감았다. 이안의 눈썹이 묘하게 치켜 올라갔다. 흑룡의 하는 양으로 보아 잘하면 괭이처럼 그르렁 소리까지 낼 기세였다. 그에 지켜보던 이안의 눈매가 가늘어지며 낮은 신음성이 흘러나왔다.

꽃등이 하늘을 향해 서서히 날아올랐다. 소원을 담은 아름다운 꽃등이 검은 밤하늘을 고운 빛깔로 수놓았다. 고개를 한껏 젖혀 신기한 듯 그 광경을 지켜보는 월야와 흑룡의 두 손엔 어느새 당과가 가득 들려 있었다.

# 3.
### 더럽게 달아


 누각 위로 그림자 하나가 드리워졌다. 훤한 달빛 아래 선 이안은 발아래 대로를 무심히 내려 보고 있었다. 인의 바다가 끝도 없이 이어져 있었다. 그중 인파에 섞여 정신없이 꽃등을 바라보고 있는 월야의 모습이 이안의 현안에 비쳤다. 이안의 입술이 비릿한 웃음을 머금었다.

 "좋으냐. 즐거우냐. 해서 네가 지금 어찌 될 것인지는 깨닫지 못하는 것이냐."

 달빛이 내려앉은 긴 손가락을 유려히 움직여 제 입술을 매만지며 그는 또 비스듬히 웃었다. 꽃등 하나가 길을 잃고 이안의 곁으로 날아들었다. 사락사락 사왕에게 비는 소원이 들린다. 가늘어진 눈매가 서늘하게 빛났다. 그에게 닿기도 전에 꽃등은 재가 되어 허공으로 흩어졌다. 허망한 소망 따위 함부로 비는 게 아니다. 명(命)

이 소망으로 늘어나는 것이더냐. 부질없는 짓이다. 하찮은 인의 명 따위 사왕이 상관할 바 아니다. 이안의 얼굴에 조소가 서렸다.

"너 또한 다르지 않다. 인(人) 속에 있으니 너도 그것들과 같은 하찮은 존재에 지나지 않는구나. 그렇지 않으냐, 월야."

이안의 손이 허공을 잡았다 놓았다. 그와 동시에 월야의 곁에 있던 사내 하나가 가슴을 움켜쥐며 쓰러졌다. 곁에 혼란스러워진 틈을 타 인의 장막이 쳐졌다. 보이지 않는 힘에 의해 저도 모르게 움직인 사람들이 월야와 흑룡을 갈라놓았다. 웅성거리는 사람들 속에 섞여 미처 흑룡이 멀어지는 것을 알아채지 못한 월야는 쓰러진 이를 걱정하며 그곳에 서 있었다.

몰려드는 인파에 뒤로 밀려나던 흑룡이 뭔가를 느낀 듯 날카로운 눈으로 누각 위에 자리한 이안을 노려보았다. 크르렁거리는 경고의 울부짖음이 허공을 뚫고 누각으로 치솟았다. 흑룡의 드러난 이빨 사이로 화염이 뭉클거렸다. 예서 멈추지 않으면 당신을 해하겠다, 이안을 향해 어림도 없는 협박을 해 왔다. 그에 내려 보는 이안의 입매가 야릇하게 비틀려 올라갔다.

"해보아라. 네가 어디까지 할 수 있을지 나도 궁금하구나."

나직한 이안의 음성이 바람에 실려 흑룡의 귓가로 내려앉았다.

크르르릉.

흑룡의 검붉은 눈동자가 분노로 이글거렸다. 처음부터 이상했었다. 죽이지 못해 안달인 월야를 축제 운운하며 꼬드길 때부터 이상하다 여겼다. 그래서 굳이 눈총을 받으며 따라나선 것이었다. 이러려고 꾀어 데려온 것이었다. 저 잔악한 사왕이 나의 월야를…… 버리려고…….

흑룡의 조그만 몸이 화르륵 염을 가득 담아냈다. 죽일 듯 노려보는 눈에 느른히 저를 내려 보는 이안을 가두었다. 누각 위로 아지랑이를 닮은 너울이 일렁거렸다. 스멀스멀 제 발치를 향해 다가서는 그 불온한 것을 이안은 가소로운 눈으로 바라보았다. 터질 듯 붉게 타오르는 흑룡에게 놀라 둘러쌌던 사람들이 비명을 질러 대며 물러섰다. 혼란이 일었다. 귀다! 요괴다! 비명을 내지르며 달아나는 사람들로 인해 일대가 아수라장이 되었다.

혼란 따위 관심도 없었다. 누가 쓰러지건 누가 깔려 죽건 지금 흑룡의 시선은 이 모든 것을 무료한 눈으로 무심히 바라보는 이안에게만 닿아 있었다. 타닥타닥 누각을 집어삼키며 타오른 불길이 이안을 덮쳐 왔다. 시뻘건 불길 속에 잠긴 이안의 입술이 사악하게 말려 올라갔다. 흑룡의 미간이 찌푸려졌다. 웃고 있었다. 저 들끓는 화염 속에서. 사왕은 여유롭게 조소를 머금었다.

딸랑. 딸랑.

급박한 방울 소리가 귓전을 울렸다. 순식간에 굳어 버린 흑룡의 얼굴이 천천히 뒤를 돌아보았다. 사방이 전쟁 후의 폐허처럼 처참했다. 어미를 잃고 바닥에 쓰러져 우는 어린것과 다쳐 의식을 잃은 것, 어지러이 널린 물건들. 멀찍이 달아나는 사람들의 무리가 보였다. 그 속에 월야가 있을 것이다. 의지와 상관없이 휩쓸려 갔을 월야가 걱정돼 흑룡은 잠시 넋을 놓았다.

"함부로 날뛰면 어찌 되는지 이제 알겠느냐."

귓가에 울리는 이안의 음성에 흑룡의 눈이 음울하게 일렁거렸다. 부러 흑룡을 자극하고 화를 돋우었다. 혼란을 야기하여 월야를 더 멀리 떼어 놓기 위해. 그의 간악한 계략에 흑룡의 심장이 열기를 뿜어냈다. 두둥두둥, 터질 듯 울려 대는 심장의 고동이 흑룡의 온몸을 뒤흔들었다.

"너는 아직 미련한 이무기에 지나지 않는다. 결코 저것을 구하지도, 나를 해하지도 못하는 설익어, 덜 떨어진, 우매한 어린것이 바로 지금의 너다."

돌아본 누각은 아무런 변화가 없었다. 거세게 타오르던 화마가 모두 허상이었던 듯 그도, 누각도 처음 그대로였다. 작은 흑룡의 입술이 짓씹은 이빨에 생채기를 입었다. 온몸으로 퍼지는 거센 진동에 흑룡의 몸이 바르르 떨렸다.

나의 우령이었다. 나의 유일한 벗이었다.

크르릉!

포악한 포효와 함께 날카롭게 입을 벌린 흑룡의 눈이 물기를 머금었다. 죽이겠다. 정말 죽여 버리겠다. 허공으로 떠오른 흑룡의 몸이 이안을 향해 날아들었다. 콰지직 소리와 함께 쏟아진 엄청난 뇌가 눈부신 섬광을 터트렸다. 섬광에 휩싸인 흑룡의 몸이 이안에게 닿지도 못하고 고통으로 비틀린 채 검은 강물 위로 내쳐졌다.

강 밑바닥으로 사라지는 흑룡을 매섭게 노려보던 이안이 제 가죽신으로 시선을 내렸다. 검게 그을린 앞코가 신경을 거슬렸다. 어린것이 제법이다. 감히 사왕의 몸에 손을 대다니. 달빛을 머금어 아름답게 일렁이는 강으로 고개를 돌린 이안의 입술이 비틀려 올라갔다. 강은 아무 일도 없었던 듯 고요히 흘렀다.

월야는 저를 잡아끄는 손길이 흑룡인 줄만 알았다. 내처 달리는 우악스런 손길에 의아해할 새도 없이 거세게 밀려든 인파가 그녀를 밀어냈다. 원래 있던 곳에서 한참 멀어진 후에야 걸음을 멈췄다. 허리를 굽혀 거친 숨을 몰아쉬는 월야의 손목이 힘없이 미끄러져 내렸다.

"너 누구야?"

낯선 목소리에 고개를 든 월야의 눈에 본 적 없는 여인이 놀라 당황한 눈으로 저를 바라보고 것이 비쳤다. 여인은 놀람에서 경악으로 순식간에 얼굴빛을 바꾸곤 정신없이 누군가의 이름을 부르며 왔던 길을 되돌아 뛰어갔다. 멈칫 월야의 금안이 흔들렸다. 주변을 돌아보는 월야의 눈에 온통 난리가 난 거리가 들어왔다. 휘휘 사방을 둘러보아도 흑룡의 모습이 보이질 않았다. 멀찍이 떨어져 마뜩잖게 지켜보던 이안의 시선도 느껴지질 않았다.

텅 빈 거리에 홀로 남은 월야의 눈이 깜빡거렸다. 월야가 고개를 들어 하늘 위를 수놓은 꽃등을 담아냈다. 시선을 내리면 그와 상반된, 아수라장으로 변한 거리가 보였다. 월야의 고개가 갸우뚱 기울었다.

"아가."

답이 없다. 분명 어디에 있건 저를 부르면 오겠다 하였는데. 월야의 고개가 다시 갸웃거렸다. 휘리릭 까치발을 하고 한 바퀴 맴을 돌았다. 바람에 나부끼는 치맛자락이 사락거렸다. 은은하게 울리는 방울 소리는 사람들에겐 들리지 않을 것이다. 그 소리를 들을 수 있는 흑룡과 사왕은 여전히 보이질 않았다.

"사왕, 아니…… 서방님."

입술 옆에 손을 그러모아 소리 높여 이안을 불렀다. 휑한 바람이 월야의 발치에 머물다 멀어져 갔다. 털썩 손을 내린 월야가 낮은 숨을 흘려 내며 만월에 가까워진 달을 올려다보았다. 물끄러미 달을 바라보던 월야의 눈이 애처롭게 빛났다.

곁에 아무도 없다는 쓸쓸함에 한숨을 쏟아 내던 월야가 문득 뭔가가 떠오른 듯 손을 번쩍 들어 이리저리 살폈다. 애잔함을 담아내던 눈이 한층 커졌다. 탄식에 가까운 목소리가 월야의 입에서 흘러나왔다.

"아, 내 당과."

어찌 얻어 낸 당과인데. 울상을 짓는 월야의 얼굴에선 근심걱정을 찾아볼 수가 없었다. 지금의 난처한 상황을 그녀는 아직 깨닫지 못하고 있었다. 이 순간 그녀에게 중요한 건 단지 잃어버린 당과였다.

고요한 표면과 달리 달그림자가 내려앉은 칠흑의 강 밑바닥에선 몸서리치게 살벌한 흑룡의 사투가 벌어지고 있었다. 사왕의 사주를 받은 검은 무리들이 흑룡의 몸을 쥐어틀어 움직이지 못하게 가두었다. 포획하여 향혼으로 끌고 오라는 명을 수행하는 중이었다. 크르릉크르릉 끓어오르는 분노를 여실히 드러내며 흑룡이 거칠게 발악했다.

흑룡의 분노에 서서히 강물이 요동쳤다. 붙잡아 옭아맨 무리들이 움찔 몸을 떨었다. 파사삭파사삭 뇌에 휘감긴 흑룡의 몸이 조금씩 그것들을 흡수했다. 전에 없던 변화였다. 더불어 바닥부터 서서히 끓어오르는 물길에 흑룡의 주변을 둘러싼 생명들이 화르륵 타들어 갔다.

—아가.

저를 부르는 월야의 목소리가 머릿속을 울려 댔다. 흑룡의 몸에서 퍼져 나온 파공이 무리를 뒤흔들었다. 흑룡의 팔을 붙잡아 누르던 놈의 몸이 쩍쩍 갈라졌다. 갈가리 찢긴 그림자가 끓어오른 물길에 삼켰다. 이어 흑룡을 둘러싼 무리들이 하나씩 그렇게 사라져 갔다. 무리를 떨쳐 낸 흑룡의 몸이 파르르 경련을 일으켰다.

요동치는 물결 속에 환한 빛무리를 일으킨 흑룡의 몸이 번쩍 섬광을 터트렸다. 빛이 사라지더니 곧 사방이 잠잠해졌다.

스르륵.

잔물결을 일으키며 흑철을 두른 듯 검은 빛을 내뿜는 흑룡의 긴 몸이 수면을 향해 조용히 솟아올랐다.

전보다 더 길어진 몸이 유유히 달빛을 향해 날아올랐다.

향혼에 느른히 누워 향주를 들이켜는 이안의 낯이 무척 밝았다. 원하던 것을 얻었고, 귀찮아 죽겠던 것을 떨쳐 냈다. 간만에 나온 잠행이 꽤 즐거웠다. 사해로 통하는 강물을 따라 향혼이 흐르듯 움직였다.

인의 것들 중에 꽤 마음에 들었던 향주를 입안 가득 머금으며 그는 또 히죽히죽 웃었다. 실성한 사람처럼 실실 웃던 그가 문득 강물에 어린 달그림자에 고개를 기울였다. 웃음을 멈춘 그가 가만히 눈을 내리뜨며 그것을 바라보았다.

유려하게 손을 내려 사락사락 강물을 매만졌다. 그러다 이내 사악하게 입꼬리를 말아 올리며 차락 거칠게 물을 휘저었다. 달그림자가 보기 흉하게 일그러졌다. 만족스러운 듯 비릿하게 웃으며 이안은 다시 향주를 잔에 그득 부어 냈다. 찰랑이는 잔을 사뿐히 들어 입술로 가져가던 그가 멈칫 움직임을 멈췄다.

―서방님.

아름다운 현안이 미세하게 일렁이며 잔에 서린 달을 담아냈다. 이리저리 눈동자를 움직여 주변을 훑은 이안의 현안이 가늘게 늘여졌다.

"하아."

어색하게 헛웃음을 터트린 이안이 냉큼 잔을 비워 내며 아작아작 달그림자를 씹어 댔다. 사특한 이명이다. 빠득, 이를 갈며 소리 나게 잔을 내려놓은 이안의 미간이 한껏 일그러졌다.

정적이 흘렀다.

가만히 눈을 감고 심을 다스리던 이안의 입에서 낮은 신음이 흘러나왔다. 그놈의 딸랑이는 방울 소리. 귀를 막아도, 딴생각을 떠올려도 온통 머릿속을 헤집는 청명한 방울 소리가 그를 짜증스럽게 만들었다.

"망할 것."

파사삭.

손안에 있던 잔이 흔적도 없이 사라져 버렸다. 저를 바라보던 순수한 금안이 떠올랐다. 팔에 매달려 쫑알거리던 작고 도톰한 입술도 떠올랐다.

―당과! 당과!

이명이 끝없이 귓속을 울려 댔다. 꽉 주먹을 말아 쥔 이안의 고운 입매가 씰룩거렸다. 저도 모르게 낮게 가라앉은 신음이 흘러나왔다. 꽃등을 바라보며 활짝 웃던 쥐방울의 얼굴이 눈앞에서 어른거렸다. 움켜쥔 주먹에 힘이 깃들었다. 발칙한 것.

"쳇."

물끄러미 저를 내려 보는 달을 향해 손을 휘젓자 물살이 일어나 하늘로 치솟았다. 그래서 뭘 어쩌라고. 제멋대로 사궁을 휘젓고 다닌 탓이다. 죽은 듯 살라 하지 않았나. 왜, 왜, 주제도 모르고 건방지게 나돌아 다니냔 말이다. 사정없이 내려친 손길에 향혼이 휘청거렸다.

이안은 향주를 병째 들어 입술에 대었다. 그 미련한 것들이 잘못하였다. 감히 사왕을 능멸하지 않았나. 그는 병을 기울여 향주를 들이켰다.

"서방님."

이안의 미간이 잔뜩 찌푸려졌다. 짜증나게 자꾸만 헛소리가 들렸다. 향주를 기울이며 귀를 후비던 이안은 반대편으로 뭔가가 내려앉는 걸 느끼며 고개를 돌렸다.

푸욱!

목젖으로 넘어가던 향주가 그대로 입 밖으로 뿜어져 나왔다. 컥컥, 거칠게 기침을 토해 내는 이안의 얼굴이 곤혹스레 일그러졌다. 파르르 떨리는 손이 얌전히 배 위에 앉아 있는 월야를 가리켰다. 환한 미소를 머금은 월야가 살며시 고개를 기울이며 저를 바라보고 있었다.

기침이 잦아들자 손등으로 입술을 쓸어 낸 이안이 믿을 수 없다는 눈으로 월야를 노려보았다. 찌릿하게 저를 쏘아보는 날 선 눈빛에 시선을 옮기자 월야 옆에 팔짱을 끼고 앉은 낯선 소년이 보였다. 검고 검은 윤기 가득한 피부를 가진 어린것이 죽일 듯 이안을 노려보고 있었다.

"네놈은……?"

"아가이옵니다."

나란히 앉은 월야가 기특하다는 듯 소년의 머리를 쓰다듬으며 말했다. 이안의 눈썹이 치켜 올라갔다. 심경의 변화가 육체의 변화를 이끈 모양이었다. 죽을힘을 다해 탈변을 했다. 단지 저 우렁이라는 빌어먹을 월야를 위해. 이안이 짧게 혀를 찼다.

아가는 무슨. 넌 아직도 저게 아가로 보이냐. 끔찍한 소릴 하고 있어.

비틀린 시선으로 마뜩잖게 흑룡과 월야를 쏘아보았다. 저보다 한 뼘은 더 큰 것을 보고 귀엽다 머리를 쓰다듬는 꼴이라니. 미소년의 얼굴을 한 흑룡은 살기를 품은 눈으로 이안을 직시하고 있었다.

저것이 탈변을 하더니 간도 커져 버린 모양이구나. 감히 어딜 쏘아봐.

눈을 부라리며 이죽거리자 월야가 고개를 갸웃하며 돌아본다. 서로 노려보느라 불꽃이 튀는 이안과 흑룡을 번갈아 돌아본 월야가 저 혼자 결론을 내리곤 고개를 끄덕였다. 그리곤 반듯하게 자세를 바로잡아 이안을 향해 정중히 고개를 조아렸다. 이건 또 무슨 수작인가 하여 마뜩잖게 내려 보던 이안의 귀에 공손한 월야의 음성이 들려왔다.

"심려를 끼쳐 드려 죄송합니다. 제가 그만 꽃등에 정신이 팔려 길을 잃었습니다. 흑룡은 저를 찾느라 늦은 것입니다. 부디 노여움을 푸십시오."

곱게 드러난 월야의 정수리에서 시선을 거둔 이안이 힐끔 흑룡을 바라보았다. 여전히 살기를 품은 채로 안광을 발하던 흑룡이 그와 시선이 마주치자 한쪽 눈썹을 묘하게 휘었다. 나는 네가 몇 시진 전에 저지른 간악한 짓을 알고 있다, 씰룩거리는 흑룡의 입술이 그렇게 읊어 대고 있었다. 말인즉 아직 월야는 자신이 버려졌던 사실을 알지 못한단 소리였다.

왜, 굳이 숨길 이유가 없잖아.

흑룡도 사왕의 사악한 짓거리를 낱낱이 까발리고 싶었다. 그래서 사왕에게서 월야를 구해 저와 같이 살도록 하고 싶었다. 그런데 거리를 정처 없이 헤매는 월야를 발견했을 때 고맙다는 말과 함께 그녀가 흘려 낸 말은 이안이 걱정할지 모르니 빨리 돌아가잔 것이었다. 서방님 소리만 아니었어도 참지 않았을 것이다. 반려를 버리는 자가 무슨 서방이냐 말하고 싶었지만, 월야의 순수한 눈빛을 마주하자니 차마 입이 떨어지질 않았다.

"아참!"

살벌하게 오가는 시선을 끊어 놓으며 월야가 둘 사이에 끼어들어 그 재앙 주머니를 뒤척였다.

"헉."

이안의 입에서 신음이 터져 나왔다. 비스듬히 입꼬리를 말아 올린 흑룡이 의미심장한 눈으로 이안을 바라보았다. 총총히 다가서는 월야를 피해 저도 모르게 움찔 물러서던 이안이 끈질기게 쏘아보고 있는 흑룡을 의식해 몸을 곧추세웠다. 코앞으로 바짝 다가선 월야가 주머니에서 꺼낸 뭔가를 이안의 입에 쏙 밀어 넣었다. 매섭게 부릅뜬 눈을 무색하게 만들며 월야가 환하게 웃었다.

달고 달고 단. 끔찍하게 단. 당과가 입안을 물들였다. 뱉으려고 혀로 슬쩍 당과를 밀어내던 이안은 말똥말똥 저를 올려다보며 '맛있습니까?' 라고 묻는 듯한 월야의 눈빛에 주춤거렸다. 그 눈빛을 마주하며 조금 머뭇거렸다. 꿀꺽, 침을 삼킨 이안이 다시 당과를 혀로 말아 입안에 머금으며 짜증스레 내뱉었다.

"더럽게 달아."

그믐을 닮은 눈매로 한껏 미소 지은 월야가 흑룡에게 달려가 똑같이 당과 하나를 밀어 넣었다.

오도독오도독.

당과를 깨물며 서로를 노려보는 이안과 흑룡의 눈에 불꽃이 일었다.

전각에 앉아 사주를 들이켜던 이안의 시선이 힐끔 동월궁 마당으로 향했다. 미친 듯이 피어난 달꽃이 만개해 있었다. 그 사이를 흑룡과 월야가 휘젓고 다녔다. 마치 제집 앞마당인 양 자유롭게 활개를 치고 다니는 모습이 눈엣가시처럼 느껴졌다. 이안은 차갑게 내려앉은 시선으로 턱을 쓸었다. 월야는 여전히 소녀의 모습을 하고 있었다.

"만월."

가슴을 서늘하게 만드는 차가운 음성이었다. 입매에 서린 미소도 시린 빛깔을 담아내고 있었다. 긴 손가락을 들어 창공에 숨은 낮달을 날카롭게 찔렀다. 이안의 날카로운 손톱에 달이 검붉은 피를 흘려 내는 듯했다.

"달은 차면 기울게 마련이다. 그러니 월야, 너의 운명 또한 오늘 밤이 지나면 기울 것이다."

손톱 끝에 맺힌 피를 핥듯 그가 혀로 손톱을 핥았다. 그 음침한 모습에 전각으로 들어서던 은율이 흠칫 걸음을 멈췄다. 섬뜩함이 깃든 이안의 현안이 제게 닿자 슬금슬금 저도 모르게 은율이 뒷걸음질을 쳤다.

"뭐야?"

이안이 시선을 거두고 사주를 들이켜자 그제야 몸에 서렸던 섬뜩한 기운이 가시는 것 같았다. 가벼운 기침으로 목을 돋운 은율이 들고 있던 서신을 탁자 위에 내려놓고 한 발 물러섰다. 사주를 머금은 이안의 시선이 서신에 닿았다. 붉은 달의 낙인이 찍혀 있었다. 이안의 현안이 싸늘하게 빛났다.

"저 저주받을 문장이 왜 내 탁자 위에 있는 것이냐?"

"월왕 명의 서신이옵니다."

"명이 왜."

"밀봉되어 읽지 못했사옵니다."

밀서라는 뜻이었다. 시답잖은 일로 밀서를 난발하다니. 짜증스레 혀를 찬 이안이 손끝으로 툭 치자 봉합 부분의 낙인이 녹아내려 증발했다. 입을 벌린 밀서의 내용을 확인한 이안의 입 끝이 한껏 비틀려 올라갔다.

"명이 온다는군."

고개를 숙인 은율의 눈동자가 순간 흔들렸다. 이안이 사왕이 된 이래로 왕래가 거의 없었던 사국과 월국이었다. 달의 신부를 맞이하는 일로 월국을 찾은 것이 근 사백 년 만의 일이었다. 그런데 명이 사국을 방문한다는 밀서를 보냈다. 이는 분명 월야와 관계된 일임이 분명했다. 대체 무슨 일로.

"만월이라. 달이 차 넘치는군."

이안도 같은 생각을 하는 것인지 흑룡과 도란도란 이야기꽃을 피우고 있는 월야를 내려 보며 비식 웃었다. 아무것도 모르는 월야는 달꽃을 흔들며 까르르 웃음꽃을 터트리고 있었다. 덥석 달꽃을 입에 문 흑룡이 얼굴을 일그러트리자 또 까르르 웃는다. 뭐가 그리 좋아서 저리 자지러지게 웃고 난리야. 보지도 않고 잔을 기울여 서신에 사주를 뿌린 이안이 마뜩잖은 시선으로 월야를 응시했다.

달꽃보다 화사한 미소를 머금고 흑룡을 바라보고 있는 월야를 지그시 내려 보며 이안이 느른히 난간에 턱을 괴었다. 잔을 내려놓고 흑룡을 향해 손가락을 튕기자 흑룡이 이마를 잡고 뒤로 훌렁 넘어갔다. 벌떡 몸을 일으킨 흑룡이 으르렁거리며 전각을 노려보자 이안이 짐짓 엄한 눈으로 흑룡을 향해 뇌를 날렸다.

"자식이 어디서 까불어."

뇌에 몸을 부르르 떨며 저를 노려보는 흑룡이 가소로워 이안은 코웃음을 쳤다. 감히 어디서. 경고의 뇌를 한 번 더 터트리려는 찰나, 걱정스러운 듯 흑룡을 살피던 월야가 시선을 들어 그를 올려다보았다. 허공으로 떠오른 이안의 손이 멈칫했다. 이어 비릿하게 입술을 끌어 올린 이안이 월야를 향해 손가락을 튕겼다. 눈을 동그랗게 뜬 월야가 멍하니 그를 바라보는 사이 흑룡이 월야를 감쌌다. 흑룡의 몸이 휘청거렸다.

"꼴값을 떤다."

"흑룡이 월야를 무척 아끼는 것 같습니다. 그새 진정한 우령이 되었나 봅니다."

흐뭇한 미소를 머금고 아래를 내려다보던 은율이 문득 등골을 타고 오르는 섬뜩함에 얼굴을 굳혔다. 힐끔 눈동자만 굴려 바라본 이안의 현안이 저를 향해 있었다. 은율의 눈이 파르르 떨려 왔다. 이마 위로 식은땀이 맺혔다. 어색한 미소를 흘리며 슬쩍 뒤로 물러선 은율이 이안의 손짓에 우뚝 멈춰 섰다. 이안이 손가락을 까닥거렸다. 주춤주춤 걸음을 옮겨 그의 곁으로 다가선 은율이 잔뜩 긴장한 채 고개를 조아렸다. 이안이 은율의 귀를 입술 가까이 잡아당겼다. 이안이 흘려 내는 서늘한 기운에 몸서리가 쳐졌다. 이안의 붉은 입술이 달싹였다.

"대사성 은율. 그러고 보니 네 너무 오래 그 자리에 머물려 있질 않았나. 하긴 좀이 쑤실 때가 됐지. 해서 말이야, 네 너를 아껴 귀령으로 추대할까 하는데. 어떤가, 나의 진정한 귀령이 되어 보는 건."

"하. 하. 그 무슨……. 아니옵니다. 소신은 이 자리가 따, 딱이옵니다. 일이 급하여 소, 소신 이만 월, 월왕을 맞을 준비를 하러 가겠나이다."

꽉 잡힌 귀를 두고 멀찍이 몸을 밀어낸 은율이 사색이 된 얼굴로 말을 더듬었다. 은율의 잡힌 귀에서 스멀스멀 피가 새어 나왔다. 입가를 끌어 올린 이안이 사악한 미소를 머금었다.

"귀령이 되면 아무리 다쳐도 몸이 금방 재생되고 이처럼 아픔도 느끼지 못하고 좋질 않나. 이리 피가 날 일도 없고 말이야."

"소신은 피가 좋사옵니다!"

"그래? 그럼 뭐."

이안의 손톱 끝이 날카롭게 은율의 귀를 스쳐 지나갔다. 결에 귓바퀴를 따라 피가 흘러내렸다. 손톱 끝에 묻은 피를 물끄러미 내려 보던 이안이 보란 듯 그것을 혀로 핥았다. 은율의 귀에서 흐른 피가 바닥으로 뚝뚝 떨어져 내렸다. 아프다 말 한마디 흘리지 못한 은율이 납작 고개를 숙였다.

잊고 있었다. 그가 죽음을 즐기는 사왕이라는 것을. 그를 잊고 어찌 그런 과오를 범했단 말인가. 부르르 떨리는 걸음을 옮기며 은율은 자신을 책망했다. 진정 제 간이 배 밖으로 나온 것은 아닌가 의심스러웠다. 달에 취해 그도 잊은 것인가. 은율이 질끈 감은 눈으로 고개를 저었다. 귀에서 흘러내린 피를 신경 쓸 사이도 없이 은율이 발걸음을 서둘렀다. 아니 된다. 정신을 바짝 차려야지. 이러다 쥐도 새도 모르게 사라질지도 모를 일이다.

귀령이 무엇인가. 혼도 없는 껍데기에 지나지 않는 귀가 아닌가. 죽여도 죽지 않는 몸이 혼도 없이 구천을 떠돈다. 그 끔찍스러운 것이 될 바에야 스스로 자결하여 재로 사라짐이 나았다. 은율은 흠칫 몸을 떨며 서둘러 전각을 벗어났다.

날이 기울고 있었다. 해와 달이 맞물린 시간. 고요한 하늘 위로 금사가 길게 늘어졌다. 달길을 따라 명이 사국을 향해 다가오고 있었다. 그즈음 이안은 사해에 향혼을 띄운 채 뱃놀이를 즐기듯 몸시중들을 대동하고 있었다. 술과 음악이 흘러넘쳤다.

소리 없이 뱃전에 내려선 명이 금안으로 천천히 사방을 훑었다. 야릇한 기운을 흘리며 흥에 취한 몸시중들이 느른히 누운 이안 곁에 머물러 있었다. 잠잠히 내려앉은 명의 눈이 곧 사해로 기울었다. 사해 아래로 요사스런 무언가가 은밀히 움직이고 있었다.

"흑룡이다. 내 혼인 선물로 해왕이 준 것이지."

돌아보는 명의 눈이 가늘게 늘어졌다. 끌어 올린 입가에 머문 미소가 인위적인 것으로 보아 축하의 의미는 아닌 듯 보였다. 이안이 잔을 들자 몸시중이 사주를 따랐다. 명을 향해 내민 잔을 몸시중이 들어 날랐다. 색기를 그득 담은 눈으로 요염하게 명을 향해 다가선 몸시중이 그의 면전에 잔을 내밀었다. 명이 손을 들어 잔 위를 스치자 사주향이 사라지고 달향이 은은하게 그 자리를 대신했다. 이안의 현안이 그를 비웃었다. 명의 기려한 손이 우아한 동작으로 잔을 받아 들었다. 지켜보던 몸시중의 눈에 황홀함이 깃들었다. 잔을 기울인 명이 손을 펼치자 허공을 날아 사뿐히 빈 잔이 제 주인에게로 돌아갔다.

제 곁으로 날아든 잔을 물끄러미 바라본 이안이 시큰둥한 시선으로 명을 담아냈다. 은빛인 듯 금빛인 듯 은은히 빛나는 명의 긴 머리카락이 실바람에 우아하게 흩날리고 있었다. 달빛을 머금은 의복이 화려함을 담아 고귀한 빛으로 물들어, 보는 이로 하여금 탄성을 자아내게 하였다. 환하게 빛나는 얼굴 또한 신비롭기 그지없었다. 명은 사왕 이안과는 또 다른 고결한 아름다움을 지니고 있었다. 그는 보지 못했던 긴 세월 동안 더 아름다워져 있었다. 저를 감상하듯 예리하게 훑어 내리는 이안의 시선을 담담히 받아 낸 명이 유리처럼 빛나는 입술을 움직였다.

"월야를 데리러 왔다."

잔의 테두리를 따라 손가락으로 작은 원을 그리던 이안이 입매를 끌어당겼다. 그래, 그랬지. 밀서에 그리 적혀 있었다. 월야를 데리러 가겠다. 맹약이라 보냈으나 생각해 보니 그 맹약을 굳이 지킬

이유가 없다 하였던가. 월야는 운명에 의해 태어난 달의 신부가 아니라 제 손으로 공들여 만든 것이라 하였지. 해서 그 맹약에 적힌 달의 신부는 월야가 아니라 했던가.

초조함을 감춘 명의 얼굴이 굳어 있었다. 그 웃음기 없는 얼굴에 서린 긴장감이 사뭇 비장하기까지 했다. 주지 않으면 빼앗기라도 할 기세였다. 누가 저 시커먼 속내를 알아챌 수 있을까. 겉으론 유순한 척해도 속은 잔악하기 이를 데 없는 것을.

분명 아름다운 미소건만 이안의 미소는 왠지 모를 섬뜩한 기운을 흘려 내고 있었다. 이안의 손끝이 스친 잔의 테두리가 검붉게 녹아내렸다. 그에 곁에 있던 몸시중이 두려움으로 몸을 떨었다. 그가 손을 내밀자 놀란 몸시중이 움찔거리며 조심스레 사주를 내밀었다. 주병을 받아 든 이안이 붉은 입술을 끌어 올리며 가만히 사주를 기울였다. 촉촉이 입술을 적신 사주의 잔해를 혀끝으로 쓸어 내며 이안이 씨익 비스듬히 웃었다.

"그러든지."

의외의 대답에 명의 고운 미간이 찌푸려졌다. 저 사악하기로 악명 높은 이안이 대체 무슨 꿍꿍이를 숨기고 저리 쉬이 내어 주마 말하는 것인지 의심스러웠다. 허공에서 얽힌 시선이 보이지 않는 불꽃을 태웠다. 낮은 신음을 흘려 낸 명이 먼저 입을 열었다.

"월야는 어디 있나."

"⋯⋯글쎄."

그래, 그럴 줄 알았다. 쉬이 내어 줄 놈이 아니지. 명의 금안이 차갑게 내려앉았다. 그런 명을 주시하며 이안이 여전히 미소를 머금은 채 사주를 기울였다. 비릿하게 말려 올라간 입매가 마치 저를 농락하는 것 같았다. 명의 태연한 얼굴과 달리 움켜쥔 손엔 불길이 일었다. 여차하면 저것을 죽여 월야를 데려가겠다, 굳은 결심을 다졌다. 그런 명을 비웃듯 주병을 내린 이안이 나른한 시선으로 동월궁을 바라보았다.

바람에 실려 은은한 달꽃의 방울 소리가 동월궁 밖으로 흘러나왔다. 홀린 듯 소리를 따라 시선을 옮긴 명의 입에서 나직한 신음이 흘러나왔다. 결에 이안의 현안이 가늘게 늘어지며 묘한 빛깔로 응축되었다. 주병을 든 손이 나른히 사해 위로 내려앉았다. 출렁이는 물결이 주병에 부딪혀 흩어졌다. 손끝에 닿는 사해의 물이 무척 시렸다. 흡족한 미소가 이안의 입가에 머물렀다.

초조한 듯 동월궁을 바라보는 명을 향해 이안이 나른한 음성으로 말했다.

"찾아보아라. 요즘 쥐방울이 잡기 놀이에 푹 빠져 헤어 나오질 못하니, 찾기가 쉽진 않을 것이다."

무심한 듯 내뱉은 이안의 말에 명이 가만히 시선을 내려 그의 등을 바라보았다. 엎드려 눕다시피 몸을 늘인 이안이 지겹다는 듯 낮은 하품을 했다. 쥐방울, 아직 성체가 되지 못한 몸을 이름일 것이다. 명의 눈이 떠오르기 시작한 만월을 담아냈다. 첫 번째 만월의 밤이었다. 아직 아무것도 시작되지 않은 순수의 밤이었다. 명의 입가에 엷은 미소가 서렸다.

"후회하지 말라."

소리 없이 떠오른 명이 달빛을 흩뿌리며 동월궁을 향해 날아올랐다. 이안의 시선은 여전히 사해로 향해 있었다. 물길을 내며 기려하게 움직이던 손이 일순간 멈췄다. 심해 깊은 곳으로부터 일렁이던 뭔가가 향혼 주변을 맴돌았다. 작은 구 모양이던 것이 점점 커지는 듯싶더니 향혼을 삼키듯 커졌다. 출렁이는 물살에 몸시중의 비명이 잦아졌다. 이안의 손끝을 향해 맹렬히 움직이던 그것이 찰나의 순간 그가 손을 거두자 수면으로 거칠게 치솟았다.

달 아래 환한 빛으로 반짝이는 그것을 돌아누운 이안이 싸늘하게 바라보았다. 이무기의 모습으로 화한 흑룡의 등을 타고 유유히 하늘을 유영하는 그것은 명이 그토록 애타게 찾던 월야였다. 달빛에 모습을 드러낸 월야가 감았던 눈을 뜨고 이안을 바라보았다. 달빛이 월야의 몸을 감싸며 스며들고 있었다.

이안은 환한 빛에 감싸인 월야를 무심히 바라보았다. 성체, 그것이 어떠하기에 명이 사국까지 찾아와 애닳아 하는지 궁금했다. 이안은 월야를 눈에 담은 채 사주를 기울였다. 진한 사향 대신 달콤한 향기가 코끝을 파고들었다.

달이 기울기 전.

이안은 흑룡과 놀고 있던 월야 앞에 나섰다. 잔뜩 경계하며 눈을 치뜨는 흑룡을 무시하고 맑은 눈으로 저를 바라보고 선 월야에게 시선을 고정했다. 명이 올 것이다. 아마도 이 쥐방울을 데리러 오는 것일 테지. 올곧게 저를 바라보는 월야의 턱을 손끝으로 들어 올렸다.

눈에 가득한 물음을 무시하며 그가 슬며시 고개를 내렸다. 월야의 커다란 눈망울이 눈꺼풀에 갇혔다 드러나길 반복했다. 영문을 몰라 깜빡이는 눈을 차가운 현안으로 마주하며 이안은 월야의 입술 위로 제 입술을 드리웠다. 숨결이 닿을 정도의 거리에 이안의 입술이 머물렀다. 이를 드러내며 덤벼드는 흑룡을 향해 뇌를 날리자 흑룡의 몸이 주르륵 밀려났다.

이안의 현안이 섬뜩함을 담아 경고를 흘려보냈다. 나서지 말라. 그럼에도 흑룡은 몸을 바둥거리며 미친 듯 발악을 해 댔다. 차갑게 내리뜬 눈으로 이안이 뭔가를 쥔 듯 손바닥을 거머쥐자 곧 날카로운 흑룡의 비명이 터져 나왔다. 놀라 돌아보려는 월야의 턱을 단단히 붙잡은 이안이 그녀의 입술 위에 제 입술을 내려놓았다. 차가운 숨결이 월야의 입속으로 흘러들었다. 놀라 커진 눈이 긴 속눈썹 아래 갇혔다. 깊은 잠에 빠져 힘없이 쓰러지는 월야를 이안이 가만히 받아 들었다. 품 안의 월야를 이안이 시린 눈으로 담아냈다.

"사해로 데려가라."

고통이 사라지자 분노가 일었다. 죽일 듯 쏘아보는 흑룡을 돌아보며 이안이 거듭 명했다. 감히 거역할 수 없는 사왕의 현안이 흑룡을 직시했다. 질끈 입술을 사리문 흑룡이 성큼성큼 걸어와 월야를 받아 들었다. 고요히 잠든 월야를 내려 보던 시선을 들어 매섭게 쏘아보자 이안이 보일 듯 말 듯 고개를 끄덕였다. 사왕의 숨결을 불어넣었다. 그것은 사해의 심해에서도 숨을 쉴 수 있다는 의미였다.

분노가 가라앉지 않은 눈으로 사왕을 노려보며 뒷걸음질을 친 흑룡이 사해에 발이 닿자 즉시 본체로 화했다. 그런 다음 제 몸 위에 얌전히 월야를 뉘이고 망설임 없이 사해로 뛰어들었다.

이유가 무엇이든 죽이려는 것이 아니라면 숨어 있으라는 뜻일 것이다. 무언가 월야를 목적으로 하여 사국을 찾았다. 빼앗길지도 모른다. 월야를 숨겨야 한다. 이안의 눈빛에서 무수히 많은 의미를 읽은 흑룡이었다. 지금은 그를 대적할 여유가 없었다. 월야를 그 무엇으로부터 감춰야만 했다. 흑룡은 사해 깊숙한 어둠 속으로 은밀히 숨어들었다.

 빛무리가 눈을 자극했다. 한 번도 월야가 변하는 것을 본 적이 없던 이안은 그 밝음에 눈살을 찌푸렸다. 이러면 곤란하질 않나. 망할 명이 빛을 보고 돌아올 것이 분명했다. 마뜩잖게 빛을 쏘아보던 이안이 눈을 번쩍였다. 순식간에 빛무리가 사라지고 흑룡의 몸 위에 전보다 더 길고 아름다운 것이 우아한 몸짓으로 앉아 저를 내려 보고 있었다.
 딸랑. 딸랑.
 청명한 방울 소리가 은은히 울렸다.
 흑룡의 등에서 훌쩍 뛰어내린 월야가 천녀처럼 눈부신 자태로 이안을 향해 내려앉고 있었다. 달빛을 등진 월야가 느른히 누운 이안에게로 점점 가까이 다가왔다. 가늘게 늘인 이안의 현안에 달빛보다 고운 월야의 얼굴이 담겨졌다. 월야의 아름다움에 넋을 놓은 이들이 흘려 내는 탄성이 향혼에 넘쳐 났다.
 허공에 뜬 채로 이안의 바로 코앞까지 다가선 월야가 방긋 미소를 머금었다. 무표정한 얼굴로 월야의 얼굴을 면밀히 살피던 이안의 시선이 달콤한 향기를 흘려 내는 입술에 닿았다. 맛있을 것 같다. 더럽게 달던 그 당과가 떠올랐다. 짧은 순간 그의 뇌리를 스치는 생각이었다. 월야가 손을 내밀어 그의 뺨을 감쌌다. 그리곤 차가운 시선으로 저를 바라보는 이안의 볼을 쭈욱 늘였다.
 순간 향혼이 정적에 휩싸였다.

곱게 미소를 그리던 월야의 입매가 일자로 내려앉았다. 당황하여 흔들리던 이안의 현안이 사납게 빛났다. 심장을 찌르는 듯 날카로운 눈빛에 간담이 서늘해질 만도 하건만, 월야는 변함없는 얼굴로 새치름히 그를 내려 보았다. 빠득, 이안의 이 가는 소리가 향혼을 가득 메웠다. 천녀는 개뿔. 몸만 컸지 정신머리는 그대로질 않나! 섬뜩한 이안의 현안을 물끄러미 응시하던 월야의 붉은 입술이 감미롭게 달싹였다.

"제 허락 없이 또 입을 맞추면…… 그땐 죽습니다."

"허."

화끈거리는 볼보다 파들거리며 떨리는 이안의 입매가 더 시선을 사로잡았다. 매끄러운 손가락을 쭉 뻗어 월야가 부드럽게 이안의 떨리는 입매를 매만졌다. 곁에 이안의 미간이 확 구겨졌다. 감히 사왕의 입술을 범하다니. 달콤한 향기를 그득 머금은 월야의 입술이 그의 눈을 희롱하며 예쁘게 말려 올라갔다.

"늙으셨나 봅니다. 살이 제멋대로 떨리는 것을 보니."

미끌. 스물 초반의 젊고 아름다운 청년의 모습을 한 이안의 몸이 중심을 잃고 휘청거렸다. 성체로 화한 월야는 귀엽기는커녕 나긋함도 없었다. 새침하고 약간 까칠하기까지 했다. 경련을 일으키던 이안의 입매가 마침내 제자리를 찾았다. 대신 비틀려 올라간 입매가 사납게 이를 드러냈다. 명이 이 자식 어딜 간 게야!

## 4.
### 신경 쓰여

세상 이보다 아름다운 것이 없다는 눈으로 명이 월야를 바라보고 있었다. 월야가 태어나고 첫 번째 맞이하는 만월의 밤이었다. 명도 월야의 성체는 처음이었다. 이토록 아름다운 여체가 또 있을까. 그는 넋이 나간 얼굴로 월야에게서 좀체 시선을 거두지 못했다.

"그래서 어디 뚫리겠어? 차라리 창으로 꿰어 끌고 가지그래."

이안의 비아냥거림이 들리지도 않는지 명은 여전히 월야에게 시선을 둔 채 온화하게 웃고 있었다. 월야가 차를 대접한답시고 제 거처로 안내한 후 흐드러지게 핀 달꽃을 따다 찻물을 우렸다. 명만 데려오면 될 것이지 왜 저까지 끌고 와 이 난리냐 마뜩잖은 표정을 여실히 드러내며 이안은 난간에 팔을 올려 기댔다.

이름처럼 소박하고 아담한 별궁이었다. 이런 곳이 있었다는 것도 잊고 있었다. 미치게 환장할 달콤한 향기를 은은히 흩뿌리며 달꽃이 소야궁을 가득 메우고 있었다. 소야궁에 딸린 작은 정자는 둘만 앉기에도 버거운 곳이었다. 그런 곳에 굳이 성인 셋이 둘러앉아 있자니 움직임조차 매우 부자연스러웠다. 물론 그건 자리의 반을 차지하며 느른히 몸을 기댄 이안의 생각이었다. 찰떡처럼 딱 들러붙어 소꿉장난마냥 차를 우리는 둘은 그다지 불편해하는 것 같지 않았다.

"사궁에 핀 달꽃은 월궁에 핀 달꽃보다 단맛이 덜합니다. 대신 은은함이 깃들어 깊은 맛이 있습니다. 드십시오."

"고맙구나, 월야."

"허어."

월야를 부르는 명의 말끝이 살짝 떨렸다. 얼씨구. 주고받는 말에 비단을 쳤나 보다 어찌 그리 미끌미끌한 것인지 듣고 있는 이의 낯짝이 다 간질거릴 지경이었다. 고운 미간을 잔뜩 구기고 혀를 차고 있던 이안 앞으로 찻잔을 밀어 주며 월야가 환하게 웃었다. 실실 웃는 것이 허파에 바람이라도 찬 모양이었다. 명을 마주하고부터였지 아마. 잔을 들어 단숨에 차를 들이켜는 이안의 미간에 내천(川) 자가 그려졌다.

음미하듯 천천히 차를 들이켜는 명을 올곧이 바라보며 월야가 낮게 뭐라 소곤거렸다. 그에 살짝 월야 쪽으로 몸을 기울인 명이 엷은 웃음꽃을 피웠다. 마치 한 폭의 그림을 보는 것같이 아름다운 장면이었지만, 그를 지켜보는 이안의 눈엔 그저 허접하기 그지없는 졸작에 지나지 않았다. 눈 버린다. 휘이 떨어져.

"월야, 나와 함께 가자. 월국으로."

"월국 말입니까?"

"그립지 않느냐."

"음. 한번은 가 보고 싶긴 하나……."

월야가 말을 흐리며 슬쩍 이안을 곁눈질했다. 빈 찻잔을 손안에서 빙글 돌리며 무슨 말을 하나 귀를 기울이던 이안이 이내 헛기침을 하며 딴청을 부렸다. 때마침 차에 곁들여 먹을 것을 가져오던 시비가 묘하게 흐르는 살기 서린 기류에 몸을 흠칫 떨었다.

탁자 위에 먹거리를 내려놓는 시비의 손이 바들 떨렸다. 혹여 제가 뭔가 실수라도 한 것이 있나 싶어 눈치를 살피는 시비를 향해 이안이 꺼지라는 손짓을 해 보였다. 급히 허리를 숙이며 물러나는 시비 뒤로 명의 귓가에 손을 대고 조곤거리는 월야의 모습이 보였다. 이런 못 들었잖아.

탁.

탁자 위에 소리 나게 잔을 내려놓자 명의 시선이 잠시 이안에게 닿았다. 뭐라 고개를 끄덕이며 이안의 눈을 주시한 명이 고개를 틀어 월야를 마주했다. 아! 하마터면 월야의 얼굴과 명의 얼굴이 겹칠 뻔했다. 명확히는 그 붉어 터질 듯한 입술이 말이다. 멈칫한 명의 얼굴이 홍조를 띠었다. 희멀건 낯빛이 생명이다 시시때때로 달물에 얼굴을 가꾸던 놈이 왜 저리 얼굴을 붉히고 난리인 것인지. 기가 막혔다.

"쿡."

뭐가 그리 우스운지 입을 가리고 다소곳이 웃은 월야가 슬쩍 내리깐 속눈썹을 밀어 올려 명을 마주했다. 저게 미쳤나 왜 저래? 수줍음이라니! 게다가 저 살짝 깨문 아랫입술은 또 뭐란 말인가. 저게 성체로 화하더니 아주 정신 줄도 놓았군그래. 잡아먹을 듯 제게 대들 때는 언제고 망할 명 그놈한텐 왜 이 꼴 같지도 않은 짓거리를 하는 것인지. 이안의 손이 무심히 앞에 놓인 과실로 향했다. 그저 하나를 집는다는 것이 순간 욱하여 한 덩어리를 잡아 사정없이 으깨 버렸다.

팍, 하고 터진 과실즙이 명의 얼굴에 튀었다. 의도한 것은 아니나 워낙 거리가 가깝다 보니 본의 아니게(?) 명의 얼굴로 튄 것이다. 순간 정적이 감돌았다. 반짝 빛을 발하는 이안의 눈과 사뿐히 내리뜬 명의 시선이 마주쳤다. 붉게 홍조가 내려앉은 얼굴에 노란 빛까지 더하니 그야말로 색색으로 물들인 화지가 따로 없었다.

손에 묻은 과실즙을 혀끝으로 핥아 내리며 이안이 눈썹을 꿈틀거렸다. 그리 될 줄 누가 알았나? 그러게 왜 그 훤한 달덩이를 아무 데나 자꾸 들이밀고 난리야. 좀 알아서 적당히 떨어져 앉을 것이지. 놀리듯 입꼬리를 묘하게 말아 올린 이안의 눈이 야릇하게 늘어졌다.

"얼굴이…… 너무 곱습니다."

헐. 어디가! 어떻게! 월, 저것의 눈이 잘못된 게 분명했다. 명의 얼굴을 가만히 들여다보던 월야가 입술을 소매 끝으로 살짝 가리며 수줍게 웃었다. 그에 명이 엷은 미소를 지어 보이며 부드럽게 월야를 내려 보았다. 순간 탁자에 기댔던 이안의 팔꿈치가 삐끗했다. 속이 느글거리는 것이 분명 저 망할 달차에 뭔가를 잘못 탄 것이 틀림없었다. 이안의 가늘게 치뜬 눈이 월야의 고운 얼굴로 향했다.

만월이라 굳이 등을 따로 밝히지 않아도 사위가 훤했다. 허나 그보다 더 훤한 빛으로 주변을 밝히는 두 개의 불빛이 있었다. 달덩이가 달리 달덩이던가. 몸 자체에서 빛을 발하는 두 불청객을 불편한 심기를 가득 담아 바라보던 이안이 낮은 신음을 흘려 냈다. 월야가 품에서 손수건을 꺼내 명의 얼굴을 닦아 주고 있었다. 지켜보는 이안의 눈이 더 시리게 내려앉았다. 꼴에 여자라고 별것을 다 가지고 다니는군.

"시간이 얼마 없구나. 이만 일어나야겠다."

"벌써 가시렵니까?"

"만월의 밤이 길다곤 하나 이미 기울기 시작하질 않았느냐."

"허나, 이대로 가기엔."

"미련은 거두는 것이야. 두는 것이 아니다."

"하오나."

"서둘러야 한다."

슬쩍 이안을 바라보는 눈길을 제 손으로 가리며 명이 월야의 시선을 가두었다. 오로지 저를 담아내는 월야의 두 눈에 시선을 고정한 채 명이 다짐하듯 고개를 끄덕였다. 그에 월야도 체념한 듯 마주 고개를 끄덕였다. 대체 뭔 작당을 한 게야? 솔깃 귀를 기울인 이안이 의문 가득한 눈길로 그들을 주시했다.

"그럼."

명이 월야의 손을 잡고 일어섰다. 좁디좁은 정자의 천정이 터져 나갈 것 같았다. 누가 정자를 이따위로 만든 거야? 매끄럽지 못한 속내를 그대로 드러낸 눈이 월야의 손을 잡은 명의 손을 날카롭게 쏘아보았다. 명이 이안을 향해 시선을 내렸다. 올려다보려니 또 속이 뒤틀렸다. 그래서 벌떡 자리를 박차고 일어나 정자 밖으로 나왔다. 명도 월야를 이끌어 그 뒤를 따라 밖으로 빠져나왔다.

"우린 이만 월국으로 돌아가겠다."

"뭐 그러든지."

이안의 시선이 흘끔 명의 뒤에 선 월야에게 닿았다. 뭐라 말을 할 만도 하건만 월야는 입을 꾹 다문 채 조신하게 명의 뒤에 서 있었다. 제가 언제부터 그리 조신하였다고? 어이가 없어 헛웃음이 터져 나왔다.

그에 상관없이 명이 하늘을 향해 급히 달길을 놓았다. 금사와 은사가 어우러진 달길이 하늘 높이 이어졌다. 명이 월야의 몸을 감싸 안고 달길 위로 발을 옮겼다. 기다렸다는 듯 우아하게 그들을 맞이한 달길이 서서히 눈앞에서 멀어져 갔다. 까만 하늘의 한 점 빛이 되어 사라지기 전 월야가 잠깐 뒤를 돌아보았다. 그에 무심한 척 뒷짐을 지고 덤덤히 서 있던 이안의 눈이 살짝 흔들렸다. 새벽이슬처럼 반짝이다 순식간에 사라져 버린 빛이 그의 눈에 잔영을 만들어 냈다. 정말 간 것인가?

미심쩍은 눈이 달길이 걷힌 하늘을 바라보았다. 애초에 그러했던 듯 하늘엔 이미 기울기 시작한 달만이 덩그러니 남아 있었다.

"거참, 홀가분하군."

툭 내뱉은 말과 달리 돌아서는 발걸음이 무거웠다. 터벅터벅, 동월궁으로 향하던 이안이 걸음을 멈추고 잠시 뒤를 돌아봤다. 달꽃의 은은한 향기가 사방을 가득 메운 소야궁이 소리 없이 그를 배웅했다. 주인의 출타를 알리듯 바람에 흔들린 풍경이 쓸쓸히 울었다. 스윽 주변을 둘러본 이안이 다시 하늘에 눈길을 주었다. 멀리서 사해의 음울한 울림이 들려왔다. 이는 필시 사해 심연 어두운 굴속에서 들려오는 흑룡의 서글픈 울음일 것이다. 저를 두고 떠난 우령에 대한 슬픔을 사해 가득 뿜어내고 있는 것이리라. 이제 끝이다. 너도 곧 그런 허접한 우령 따위 잊고 나를 받아들이게 될 것이다.

"오늘 밤만 그렇게 슬퍼하라. 오늘 만월이 지기 전까지만."

❁   ❁   ❁

달길의 끝이 닿은 월궁의 뜰에 월야가 사뿐히 내려섰다. 제 품을 떠나 한 마리 나비인 양 훨훨 날아 제가 머물던 화동으로 향하는 월야를 명이 아쉬운 눈으로 뒤쫓았다. 가져갈 것이 있다 하였던가. 뉘에게 보여 줘도 괜찮은가 물었던가. 해서 그리 가벼이 발길을 하였던가. 그것이 저가 아님이 조금 서글펐다. 허나 가져갈 수 없을 것이다. 그에게 보여 줄 수도 없을 것이다. 월야는 다시 월궁을 벗어나지 못할 테니까.

화동 안으로 사라지는 월야의 모습을 가만히 응시하다 명이 시선을 들어 월궁에 가까워진 만월을 바라보았다. 만월이 지고 있었다. 이는 첫 번째 애(愛)의 시간이 끝나 가고 있음을 의미했다. 마음이 바빴다. 명은 달길을 거둬 품에 들이고 서둘러 화동으로 향했다.

화동으로 들어선 월야는 곧장 중앙에 있는 연못으로 달려갔다. 연못 중앙에 천정을 타고 내려온 오색 창연한 빛깔의 종유석이 매달려 있었다. 그 종유석 사이사이 월국에서만 자란다는 봉화작이 소담한 몸체를 빛내고 있었다. 봉화작을 바라보는 월야의 얼굴에 해사한 미소가 떠올랐다. 월야가 연못 위로 발을 내렸다. 사뿐히 물 위를 디디며 종유석 앞으로 다가갔다. 얼음처럼 차가운 봉화작이 아름다운 빛을 뿜어내며 그녀를 반겼다. 손을 뻗어 봉화작 하나를 잡았다. 가볍게 힘을 주자 쉽게 무리에서 떨어져 나왔다. 손안에 들어온 봉화작을 조심스레 받쳐 들고 몸을 틀다 그만 중심을 잃고 비틀거렸다.

"월야."

때를 맞춰 도착한 명이 월야를 가뿐히 받아 냈다. 명의 품에 안겨 낙수를 면한 월야가 환한 미소로 그를 올려다보았다. 보드랍고 따스한 온기가 명의 가슴과 팔에 닿았다. 그가 천천히 낮은 시선으로 월야의 얼굴을 더듬었다. 네 이리 고울 줄 내 미리 알았다. 누가 키운 것인데. 어찌 아니 고울 수 있으랴. 명은 만족스런 얼굴로 월야를 품에 가득 안았다. 느닷없이 꼭 그러안는 명 때문에 하마터면 봉화작을 놓칠 뻔하였다. 놀란 월야가 눈을 동그랗게 떠 그의 옆얼굴을 바라보았다. 명은 기려한 속눈썹을 가만히 내리감고 있었다.

"하마터면 귀한 봉화작을 놓칠 뻔하였습니다."

나무라는 투의 목소리도 좋았다. 아무렴, 월야의 것이라면 그 무엇이든 좋았다. 얼마나 그리운 목소리였던가. 미리내의 숨결을 그대로 빼닮아 청아하기 그지없는 아름다운 옥음이다. 나의 반려이다. 내 것이다. 다시는 빼앗기지 않을 것이다.

바르작거리며 품을 벗어나려는 월야를 더 힘껏 그러안았다. 간절한 마음을 담아 다시는 놓치지 않겠다. 힘주어 안고 또 안았다. 월야의 귀에 숨결을 불어넣고 목으로 얼굴을 내려 그녀의 향취를 한껏 들이켰다. 가늘게 늘여 뜬 시선이 파르르 떨렸다.

명의 등 뒤로 조심스레 봉화작을 붙잡은 월야는 순간 귓속으로 흘러 들어오는 낯선 숨결에 몸을 움찔거렸다. 목선을 따라 움직이는 명의 입술 또한 낯설었다. 그리웠으나 뭔가 다른 그리움이었다. 목 언저리에서 흩어지는 명의 숨결에 가슴이 두근거렸으나 그 또한 뭔가 오묘한 이질감을 형성했다. 이것이 아니다. 월야가 고개를 돌렸다. 명의 입술이 바로 코앞에 있었다. 멈칫 눈을 감았다 뜨는 그 짧은 순간 명의 입술이 더 가까이 다가왔다. 명의 뜨거운 숨결이 제 입술 위에서 흩어졌다. 일순 움찔 몸을 떤 월야가 반짝 눈을 떠 명과 시선을 맞췄다. 명의 눈이 초점을 잃은 듯 나른히 내려앉아 있었다.

빡!

경쾌한 소리에 종유석 끝에 맺혀 있던 이슬이 떨어져 물 위에 파문을 만들었다. 명의 눈에 별이 반짝였다. 날 선 코가 불이 난 듯 화끈거렸다. 조금 물러선 월야가 제 단단한 이마를 손으로 문질렀다. 뭔가 뜨끈한 것이 명의 코에서 흘러나왔다. 명이 길고 가는, 투명하리만치 하얀 손을 들어 제 코끝에 대었다. 끈적한 것이 손끝에 묻어났다. 눈앞에 펼쳐진 손에는 붉은 혈흔이 묻어나 있었다.

피. 피라니. 그것도 여자에게 코를 맞아 흘린 피라니. 명이 믿을 수 없다는 눈으로 월야를 바라보았다. 가늘게 눈을 흘긴 월야가 나무라듯 그를 올려다보고 있었다. 어째서. 대체 어째서 그 아름다운 순간에 박치기를 한단 말인가. 피는 곧 멎었으나 명의 정신은 온전치 못했다. 월야는 이해할 수 없다는 얼굴로 바라보는 명을 향해 가볍게 콧방귀를 흥, 뀌곤 그의 품에서 홀연히 빠져나갔다.

"저는 지금 성체입니다. 영체와의 입맞춤쯤으로 생각하시면 곤란합니다."

똑 부러지는 목소리로 당부하듯 말하는 월야를 명이 비스듬히 내려 보았다. 말인즉 월국에 머물던 다섯 살 영체일 때의 입맞춤과 지금의 입맞춤은 다르다는 것이다. 분명 그러하다. 아비의 뿌듯한 마음으로 입을 맞췄을 때와 지금 연인으로, 반려로 입을 맞추는 것은 확연히 다른 것이다. 그는 명이 더 잘 아는 것이었다. 헌데 그것이 왜 가벼운 것인가. 결코 가벼운 마음으로 하려던 것이 아니었다. 입맞춤. 명의 심장이 튀어 나갈 듯 뛰고 숨이 멎을 듯하였다.

"가벼운 것이 아니다."

"허면 여기다 하셨어야지요."

"이마?"

"예, 명은 이곳과 이곳에 하시는 것이 옳습니다."

월야가 제 이마와 뺨을 가리키며 고개를 끄덕였다. 명의 미간이 살짝 찌푸려졌다.

"왜?"

"왜라니요? 당연한 것이 아닙니까. 저는 달의 신부입니다. 사왕의 반려가 되었으니 입술은 이제 아무나 맞추면 아니 됩니다."

"하아."

당연하다는 듯 끄덕이는 고개가 야속했다. 명은 주먹을 꽉 움켜쥐었다. 심장이 아려 왔다. 터질 듯 날뛰다 피를 철철 흘리며 죽을 듯 떨어 댔다. 명의 금안에 불꽃이 일었다. 빠드득, 분노에 이가 갈렸다. 누가 그리하라 하더냐. 나는 두 번 다시 너를 보내지 않을 것이다. 그런 말도 안 되는 맹약 따위 인정할 수 없다. 네가 없는 월국은 죽음이 내려앉은 암흑의 땅과 같았다. 너는 다른 누구도 아닌 나의 반려이다. 다시는, 다시는 그처럼 말도 안 되는 술수에 당하지 않을 것이다.

명이 몸을 돌려 연못 밖으로 나가려는 월야의 손목을 붙잡았다. 돌아보는 월야의 얼굴에 의아함이 깃들었다. 늘 인자한 미소를 머금고 있던 명의 얼굴이 한껏 굳어 있었다. 고개를 갸웃거리며 입을 열려던 월야를 명이 제 품으로 끌어당겼다. 버둥거리는 월야를 한 팔로 단단히 옭아매고 그녀의 뒷머리를 한 손에 그러쥐었다. 놀라 커진 월야의 동공 가득 명의 얼굴이 들어찼다.

파라락.

연못의 물살이 요동을 쳤다. 몸을 지탱하던 기운이 사라지고 이내 둘의 몸이 연못 아래로 떨어져 내렸다. 명의 입술이 거칠게 월야의 입술을 덮쳤다. 그 깊이를 알 수 없는 깊고 깊은 연못 아래로 둘의 몸이 한없이 빨려 들었다.

명을 담아낸 월야의 금안이 의문을 가득 드러냈다. 왜. 왜? 왜? 허나 명은 월야의 모든 것을 취하기라도 하려는 듯 더 깊이, 더 간절하게 입술을 탐했다. 월야의 눈이 연못 위를 향했다. 호흡이 점점 힘들어졌다. 정신이 혼미해질 무렵 월국 하늘 저편으로 온전히 모습을 감추는 만월이 비쳤다. 만월의 밤이 지고 있었다.

❀    ❀    ❀

인의 세상 누군가가 지었다는 시첩을 뒤척이던 이안은 갑자기 아려 오는 심장의 통증에 고개를 갸웃거렸다.

두근두근.

잘게 뛰던 심장의 고동이 어느새 고막을 찢을 것처럼 요란스레 울려 대기 시작했다. 마치 제 것이 아닌 양. 미친 듯이 요동치는 심장이 너무 아팠다. 심장 부위를 움켜잡은 이안의 미간이 심하게 일그러졌다. 낮은 신음이 저도 모르게 흘러나왔다. 등줄기를 타고 스며드는 냉기에 온몸이 떨려 왔다. 생전 처음 이마에 식은땀이 맺혔다. 영문을 알 수 없는 통증이 계속 이안의 몸을 잠식해 나갔다.

'으음. 하아. 왜……. 왜……?'

그의 시선이 붉은빛으로 물든 만월의 끝자락에 닿았다. 이미 모습을 감추기 시작한 만월은 희미한 자취만 남긴 채 붉은 선혈을 흘려 놓고 있었다. 만월이 기울면 저리되는가? 알 수 없었다. 한 번도 새겨 본 적이 없었다. 허나, 그렇지 않으리라 미루어 짐작해 본다. 어쩌면 이 이해할 수 없는 통증의 이유 또한 저 붉은 만월의 잔해에 있지 않을까.

이안은 제 볼을 타고 흐르는 뜨거운 것에 놀랐다. 파르르 떨리는 손을 들어 그것을 쓸어 내자 이내 빈자리를 따라 눈에서 뭔가가 흘러내렸다. 그는 떨리는 손안에서 반짝이는 그것이 제 눈물이라는 것을 차마 인정할 수 없었다. 눈물이라니. 하아. 사왕의 눈물이라니. 이게 당최 말이 되는가 말이다. 있을 수 없는 일이었다.

질끈 감은 눈 아래로 또다시 눈물이 흘러내렸다. 이안이 힘겹게 몸을 일으켜 비틀거리는 걸음으로 동월궁 뜰 아래로 내려섰다. 떠오르기 시작한 해가 같은 빛깔로 사방을 물들였다. 그가 거친 숨을 삼켰다. 잠이 오지 않더라니. 필시 그 달 것들이 제게 주술을 행한 것이다. 감히 사왕에게 주술을 걸다니 죽을 각오는 되어 있으렷다. 이안은 고통으로 일그러지는 얼굴을 애써 굳히며 입술을 사리물었다.

차라락. 차라락.

뭔가가 바닥을 쓰는 소리가 들렸다. 심장을 죄어 오던 통증이 서서히 사라지기 시작할 즈음이었다. 복수를 다짐하며 주먹을 움켜쥐던 이안이 소리가 들린 쪽으로 고개를 돌렸다. 달꽃이 만개한 나무 아래 물기를 뚝뚝 흘려 내는 시커먼 것이 서 있었다. 밝아져 오는 하늘이 아니어도 사왕의 현안을 피해 갈 수 있는 것은 없었다.

그가 얼굴을 적신 땀과 눈물을 손바닥으로 말끔히 쓸어 내며 사악한 미소를 머금었다. 살기를 뿜어내며 달꽃 아래 선 흑룡이 날카롭게 번득이는 눈으로 사왕을 노려보며 한 발 한 발 걸음을 옮겼다. 안 그래도 월야, 그것 때문에 머리가 지끈거리던 차라 괜히 눈에 들어오지도 않는 시첩을 들척였다. 게다가 원인을 알 수 없는 통증에 빌어먹을 눈물까지. 이안의 사악함이 극에 달한 터였다. 그래, 네가 그리 따르고 목매던 월야를 내가 내주었다. 하여 나를 죽이기라도 할 참이더냐. 그래서 월국으로 월야를 찾아 떠날 셈인가. 해 보아라. 안 그래도 뭐라도 하지 않고는 견딜 수가 없던 참이었다. 죽어도 할 수 없지. 그 또한 네가 선택한 네 운명인 것을.

이안이 흑룡을 향해 온전히 돌아섰다. 나직하게 으르렁거리는 짐승의 울부짖음이 흑룡의 온몸에서 흘러나왔다. 흑룡이 가까워질수록 사기도 짙어졌다. 그에 이안의 사악한 미소도 더 깊어졌.

성큼성큼 드센 기세로 다가서던 흑룡이 이안의 바로 코앞에서 멈춰 섰다. 손을 뻗으면 닿을 거리였다. 이안이 천천히 뇌를 손에 응축시켰다. 어깨를 들썩이며 분을 터트리던 흑룡이 일순간 시야에서 사라졌다. 이안이 기감을 발하기도 전에 흑룡의 존재가 그의 눈에 감지되었다. 흑룡이 그의 발아래 부복해 있었다. 응축된 뇌가 이안의 손안에서 파지직거렸다. 이안이 고개를 느른히 기울이며 현안을 가늘게 늘였다.

"뭐야?"

무릎을 꿇고 납작 엎드린 흑룡이 입을 꾹 다문 채 침묵을 지켰다. 참을성 없는 이안이 뇌를 응축시킨 손을 슬며시 들어 올릴 즈음 흑룡이 억눌린 음성으로 간신히 입을 열었다.

"월야를 다시 데려와 주십시오."

"허."

그 높은 자존심은 다 어찌하고 원수같이 생각하던 이안에게 존대를 한단 말인가. 이안의 입매가 한껏 비틀려 올라갔다. 제가 가서 데려오면 될 것 아닌가. 제멋대로 굴 때는 언제고.

"싫다면?"

"간청드립니다. 저의 우령을 되찾아 주소서."

"그래, 너의 우령이지. 나의 우령은 아니야."

흑룡이 번쩍 고개를 들어 이안과 눈을 마주했다. 물기가 어린 것은 비단 흑룡만은 아니었다. 눈물을 지워 냈다 해도 그 흔적마저 지울 수 있는 것은 아니었다. 흑룡의 눈이 잠시 흔들렸다. 그래, 월야는 그의 반려이기도 하다. 마음이 편할 리 없다. 허면.

"사왕의 반려이기도 합니다."

"반려 따위 내겐 필요치 않다."

흑룡의 입에서 낮은 신음이 흘러나왔다. 그러면 그렇지. 저 사악하고 잔악한 사왕이 연정을 품을 리가 없다. 눈에 뭣이 들어갔던 게지. 깊은 한숨을 내쉰 흑룡이 제 가슴 위로 두 손을 그러모으고 가만히 눈을 감았다. 또 무슨 헛짓거리를 하나 싶어 미심쩍게 바라보던 이안의 눈에 이채가 띠었다.

흑룡의 가슴에서 환한 빛이 뿜어져 나오더니 그의 손이 움직이는 것에 따라 서서히 입으로 옮겨 갔다. 흑룡이 입을 열어 여의주를 토해 냈다. 흑요석에 버금가는 아름다운 여의주가 흑룡의 두 손에 올려졌다. 이안의 시선이 여의주에 닿았다가 흑룡의 눈으로 옮겨졌다.

흑룡이 고요한 눈을 들어 이안을 우러렀다. 흑룡의 손이 이안을 향해 내밀어졌다. 흑룡의 맹약을 담은 목소리가 이안의 귀에 닿았다.

"선령 사왕께 흑룡의 심장을 바치나이다. 부디 우령을 반려로 맞으소서."

이안의 입에서 헛웃음이 터져 나왔다. 비스듬히 기울인 고개가 비꼬듯 흑룡을 향했다.

"뭐야. 결국 그런 거였어? 선령. 우령. 그게 그런 뜻이었어? 하아. 이래도 저래도 결국엔 벗어날 수 없단 말인가? 선령이 되려면 우령인 월야를 반려로 맞이해야 한다? 기가 막히는군."

흑룡의 시선은 흐트러짐이 없었다. 올곧게 저를 바라보는 그 눈 밑에 어느새 선령에 대한 충심이 서렸다. 단, 월야를 데려와야 한다는 조건을 붙이고서. 한참 흑룡과 여의주를 바라보던 이안이 나른히 손을 뻗어 여의주를 집었다. 여의주를 이리저리 무심히 돌려 보던 그가 다른 손으로 여의주를 감쌌다. 환한 빛이 여의주를 감싸더니 이내 사라졌다.

다시 드러난 여의주에 이안의 낙인이 찍혀 있었다. 그것을 내밀자 흑룡이 경건히 받아 삼켰다. 올려다본 이안의 얼굴은 무심했다. 잠시 흑룡을 내려 보던 이안이 시선을 들어 하늘을 응시했다. 그의 고운 미간이 살짝 찌푸려졌다.

명이 자식 쉽게 뱉어 낼까?

월국에는 계절이 없었다. 늘 달꽃이 만개하였고 따스한 바람이 불었고, 두 개의 크고 작은 태양과 하나의 달이 월국 하늘을 나란히 선회했다. 낮이었으나 밤이었고, 밤이었으나 낮이기도 하였다. 시간의 변화가 무색한, 시공간의 흐림이 정지된 것처럼 보이는 그런 날이 계속되었다. 해서 월국은 겉보기엔 평화롭고 아름다웠으나 사는 이에겐 그지없이 지루하고 고독한 곳이었다.

사백 년 넘게 월궁 앞뜰에 뿌리를 내리고 있는 애나무는 성인 셋이 팔을 펼쳐도 모자랄 만큼 엄청난 둘레를 자랑했다. 시들함이라곤 찾아볼 수 없는 풍성한 잎들이 실바람에 살랑거렸다. 그 소리가 마치 비밀 이야기라도 들려주려는 듯 은밀했다.

굵은 가지 아래서 월화가 함께 작은 방울 소리를 흘려 댔다. 애나무의 소곤거림에 답하듯 발의 흔들림에 맞춰 딸랑딸랑, 그 청아한 울림을 사방에 흩어 놓았다. 그리움이 한껏 묻어난 아련한 그 울림이 멀리 월야의 모습을 지켜보고 선 명의 가슴을 시리게 만들었다.

명이 애나무 아래로 다가왔다. 어여쁜 월화가 허공에서 흔들거렸다. 월화의 주인은 큰 가지 위에 몸을 의지하고 앉아 있었다. 무슨 생각을 그리 깊이 하는 것인지 명이 온 것도 눈치채지 못한 것 같았다. 월야의 시선이 머문 곳으로 명이 고개를 돌렸다. 보이는 것은 그저 명명한 하늘뿐이었다. 허나 월야의 눈은 그 하늘 너머 누군가가 머물고 있는 곳을 향하고 있을 것이다.

명이 쓴웃음을 삼키며 다시 월야를 돌아보았다. 성체는 그 밤 만월과 함께 사라져 버렸다. 소녀의 모습으로 화한 월야는 이내 정신을 잃었다. 그리고 지금 월야는 명과의 일을 기억하지 못한다.

"무엇을 보고 있느냐."

명의 목소리에 정신이 든 듯 월야가 시선을 내려 그를 바라보았다. 부드러운 미소가 떠올랐다. 그를 보는 명의 가슴이 또 쓰라렸다. 타닥타닥, 장난스레 발을 움직이며 월야가 고개를 기울였다.

"사궁에 핀 달꽃이 어찌 되었을지 걱정이 됩니다. 이쯤 거둬들여야 새 봉오리를 맺을 터인데."

"괜한 걱정이구나. 아무도 신경 쓰지 않을 것이다."

퉁명한 명의 말에 월야가 고개를 갸웃거렸다. 명에게 시선을 맞춘 월야가 눈을 몇 번 깜빡거렸다. 굳은 명의 얼굴이 낯설었다. 늘 온화한 얼굴로 포근한 미소를 지어 보이던 명이 아니었던가.

"어찌 그러십니까?"

"무엇이."

"화난 얼굴을 하고 계십니다."

명의 목울대가 올라갔다 내려왔다. 묘한 긴장감이 스멀스멀 피어올랐다. 뒷짐 진 손안에 땀이 스며들었다. 투정을 부리는 것은 아니었다. 차마 속을 다스릴 수가 없었다. 못난 속내를 감출 수가 없었다. 하여 말투가 곱게 나가질 못하였다. 그저 저를 잊어버린, 저의 사랑을 깨끗이 지워 버린 월야가 야속하여 울컥한 것이다. 저를 받아들이지 않는 월야가 못내 미워 그런 것이다.

왜 나는 아니 된단 말인가.

소녀로 화한 월야를 올려 보는 명의 눈이 시렸다. 그는 월야에게 반려로 인정받지 못하였다. 간절하게 내보였던 사랑마저 외면당했다. 그깟 맹약이 무엇이기에. 그까짓 형식적인 혼인이 뭬 그리 중하다고 거기에 얽매여 벗어나질 못한단 말인가. 인정할 수 없다. 절대 놓아주지 않을 것이다. 깨트리고 말리라. 벗어 던지게 만들 것이다. 굴레든 맹약이든 모두 다.

너의 마음을, 너의 사랑을, 너의 몸까지 모두 내 것으로 만들 것이다.

"화난 것이 아니다."

"허면 어이 그러십니까. 미소가 사라지셨습니다."

"그저."

명의 눈이 사국으로 향했다. 가늘어진 눈이 서릿발처럼 차갑게 식어 갔다. 사납게 번뜩이는 시선으로 하늘 저편을 노려본 명이 부러 안타까움을 담은 탄식을 흘려 냈다.

"너를 버린 사왕이 생각나 그런 것이다."

돌아본 월야의 금안이 흔들렸다. 고운 미소를 지우지 않은 얼굴이 조금 안쓰러웠다. 명은 독하게 마음을 다잡았다.

"네 상처 입은 마음이 걱정되어 그런 것이다."

그에 월야의 눈이 반월을 그려 냈다. 천천히 고개를 저으며 입매를 부드럽게 말아 올렸다. 그를 지켜보는 명의 눈이 짙어졌다. 아무것도 말하지 말라, 그 입을 막고 싶었다. 허나 명의 바람과 달리 월야의 도톰한 입술이 살짝 벌어졌다.

"상처 입지 않았습니다. 버려지지도 않았습니다."

"사왕은 너를 버렸다."

"반려를 버리는 반려는 없습니다."

"반려가 아니었던 게지. 그는 너를 단 한 번도 반려로 여긴 적이 없다."

명의 목소리가 조금 커졌다. 단호하게 부정하는 명의 말에 월야의 미소가 지워졌다. 은은히 울리던 방울 소리도 잦아들었다. 잠시 눈을 감았다. 그리고 다시 눈을 뜬 월야가 명을 올곧이 바라보며 엷은 미소를 머금었다.

"당과가 참 맛있었습니다."

명의 미간이 살짝 찌푸려졌다. 대체 무슨 말을 하는 것인가. 의아함이 깃든 명의 눈을 마주하며 월야가 나긋이 말했다.

"단것을 매우 싫어하는 분이십니다. 허나 제가 내민 당과는 더럽게 맛없다, 하시면서 다 먹었지요. 꽃은 싫어하지만 제가 심은 달꽃은 투덜대면서도 그대로 두었답니다."

"무슨 말을 하는 게냐."

"그런 분이니, 다녀오라 하신 거지요."

"큭."

명의 얼굴이 점점 굳어 갔다. 미미하게 꿈틀거리던 눈썹이 확 구겨졌다.

"하아."

한숨이 터져 나왔다. 명이 고개를 숙여 큭큭거렸다. 음산한 웃음소리에 월야의 눈이 놀라 커졌다. 어찌하면 그 짧은 시간에 그렇게 확고한 믿음을 가질 수 있는 것인지 의문스러웠다. 저와 보낸 시간보다 그와 보낸 시간이 훨씬 짧았음에도 사왕에 대한 월야의 믿음은 확고했다. 명의 말을 깔끔히 무시할 만큼.

명이 고개를 들어 월야를 금안 가득 담아냈다. 시리게 차가운 눈빛이었다. 서늘한 기운이 월야의 등줄기를 타고 스며들었다. 저도 모르게 흠칫 몸이 떨렸다. 한기에 몸을 움츠리고 팔을 쓸어 내는 그 잠깐 동안 명이 월야 앞에 나타났다. 제 눈앞에서 너울거리는 명의 백의에 월야가 고개를 갸웃거렸다.

깜빡깜빡, 월야의 눈이 의아함으로 덧없이 깜빡거렸다. 시선을 들어 명의 얼굴을 마주했다. 내리뜬 눈이 불안했다. 월야가 입을 열어 뭐라 말을 꺼내기도 전에 명의 손이 우악스럽게 월야의 팔을 잡아챘다. 그의 거친 손길에 월야의 몸이 휘청거렸다. 몸이 허공에 뜨는가 싶더니 이내 명의 품에 안겼다. 온몸이 아릴 만큼 월야의 몸을 꽉 그러안은 명이 빠드득 이를 갈았다. 서슬 퍼런 안광에 애나무가 몸을 떨어 댔다. 부스스 바람 없이 흔들리는 잎들의 몸부림이 애절했다.

"명."

"내 것이다. 나의 것이야. 절대 빼앗기지 않을 것이다."

믿을 수가 없었다. 명의 가슴에 얼굴을 묻은 월야의 속눈썹이 파르르 떨렸다. 숨이 막혔다. 가슴이 찢어질 듯 아파 왔다. 아린 가슴을 지그시 눌렀다. 시린 만월이 눈앞을 흐려 놓았다. 환영처럼 떠오른 수면의 달이 너무 아름다웠다. 가물거리는 시야 사이로 비치던 그 달이 지금 월야의 가슴을 짓눌러 왔다. 어째서, 어찌하여……. 명은…… 월야에게 오라비였고…… 아비였으며 동무였다. 월야는 꿈을 꾸는 것이라 여겼다. 잠시 명이 뭔가 착각을 한 것이라 생각했다. 현실이 아닐 것이다. 사왕에게 저를 보낸 것은 다름 아닌 명이었다. 이제부터 너의 반려는 사왕 이안이다, 그리 말한 것도 명이었다.

"그건 네 착각이지."

이죽거림이 확연한 목소리였다. 오만하기 이를 데 없는 건방진 불청객이 누구인지는 보지 않아도 알 수 있었다. 명은 월야를 안은 손에 더 힘을 주었다. 고개 들어 이안을 보려는 월야의 머리를 지그시 누르며 입술을 짓씹었다. 데려가라 하질 않았나, 필요 없다 버리질 않았나. 헌데 어찌 감히 여길 올 수가 있는가.

"돌아가라."

피식.

이안의 입술이 비틀려 올라갔다. 쉬이 내어 주지 않을 것임은 이미 짐작했었다. 이안의 눈이 명의 가슴팍에 안겨 버둥거리는 월야의 옷깃에 닿았다. 제대로 모습을 볼 수 없을 만큼 꼭꼭 월야를 감추려는 명의 수작이 훤히 보였다. 그런다고 감춰질 월야인가. 왜 쓸데없는 짓을. 쯧쯧.

크릉.

검은 윤택이 흘러내리는 미려한 몸을 꿈틀거리며 흑룡이 이안을 보챘다. 제 아래서 몸을 뒤틀어 대는 흑룡을 힐끗 바라본 이안이 발로 툭 흑룡을 걷어찼다. 끙 하는 낮은 신음을 흘려 내며 흑룡이 월야를 바라보던 시선을 옮겨 이안을 물끄러미 응시했다.

"가만히 있어. 번잡스럽긴."

스륵.

시선을 내린 흑룡이 침울함을 한껏 드러냈다. 그 모습이 또 마음에 안 들어 이안이 쯧 하고 혀를 찼다. 이놈이 원래 이리 소심했었나? 거만할 때가 더 낫군. 월야가 떠난 뒤로 내내 풀이 죽어 칭얼거리던 놈의 꼴이 보기 싫어 마지못해 나선 길이었다. 더불어 영문을 알 수 없는 가슴 통증이 간간이 심장을 죄어 오는 이유도 어쩌면 이곳에 있지 않을까 생각했다. 그때마다 어렴풋이 떠오르는 월야의 모습이 생각에 확신을 더했다.

"어이, 꼬맹이."

웅웅거리는 소리만 들릴 뿐 제대로 된 답을 들을 수 없었다. 아마도 그 이유가 숨구멍조차 막아 놓으려는 저 명이 놈의 발악 때문일 테지. 그러다 애 숨 막혀 죽겠다, 이 미련한 놈아. 월야를 감추는 데만 급급한 명의 뒤통수를 향해 툭 가볍게 뇌를 날렸다. 번쩍하고 빛을 발한 뇌가 파사삭 명의 근처에서 부서져 내렸다. 타격을 주려 던진 것이 아니라서 매우 미약한 뇌였다. 부서지는 것은 당연했다.

"죽고 싶은가."

명의 건조한 목소리가 허공에 흩어졌다. 비릿한 미소를 머금은 이안이 눈을 가늘게 번뜩였다. 감히 누가 누굴 죽인단 말인가. 장난삼아 던진 뇌에 죽자고 덤비면 어쩌자는 건지. 정말 죽고 싶어 환장을 한 것인가. 그 얼빠진 꼬맹이 하나 가지자고? 미치겠군.

왜 다들 꼬맹이에 넋이 빠져 환장을 하는 것인지 이안은 도무지 알 수가 없었다. 대체 저것에게 무슨 매력이 있기에. 귀 아프게 종알거리고 귀찮게 들러붙고 가끔씩 뭐 정신을 빼놓을 때도 있지만. 그건 그냥 헤실헤실 바보처럼 사람을 뚫어져라 쳐다보며 웃어서 그런 것이지 별다를 것 없었다. 뭐 저런 것이 다 있나 싶어 두고 보다 보니 잠깐, 아주 잠깐 하던 일을 멈춘 것일 뿐이다.

제 생각이 어이가 없어 고개를 내저은 이안이 이를 드러내며 저를 노려보는 명을 마주 쏘아 주었다. 그 틈을 타 명의 품에서 반쯤 벗어난 월야가 슬며시 고개를 내밀었다. 명을 노려보던 이안의 시선이 월야에게 닿았다. 그의 기려한 눈썹이 살짝 치켜 올라갔다. 꼬맹이가 다시 꼬맹이가 되어 있었다. 이게 지금 무슨 어이없는 광경이란 말인가.

"너 꼴이. 하아. 환장하겠군."

이안의 말에 월야가 입을 뻥긋거렸다. 뭐라 말을 하는 것 같았으나 제대로 들을 수가 없었다. 허공을 가르며 날아온 명의 월도가 아슬아슬하게 이안의 얼굴을 스쳐 지나갔다. 스륵 옆으로 살짝 머리를 움직여 월도를 피한 이안이 보지도 않고 뒤를 향해 손끝을 튕겼다. 이안의 손에서 튕겨 나간 보이지 않는 기운이 다시 날아드는 월도를 쳐 냈다. 여태 방관하듯 장난삼아 말을 내뱉던 이안의 입매가 사악함을 담아 서늘한 호를 그려 냈다.

"손을 향해 살을 날리는 것이 월국의 관례이던가."

"손도 손 나름이다. 청하지 않은 이가 어찌 손이라 할 수 있겠나."

"이런, 이런. 그리 말하면 섭섭하질 않나. 인들의 말을 인용하자면, 나는 백년손이 아닌가 말일세."

"헛소리."

"인들이 이르기를 사위는 백년손이라 한다지. 월왕 명이여, 나의 반려 월야를 데리러 나, 사왕 이안이 왔으니 반겨 맞아야 마땅하질 않겠나. 그대가 내게 친히 달의 신부를 보내지 않았던가 말이야."

이안을 향해 온전히 돌아선 명이 분노에 치를 떨었다. 꽉 움켜쥔 손등에 핏줄이 돋아날 정도로 명은 분노하고 있었다. 낮은 바람이 일었다. 작은 소용돌이를 일으키던 바람이 곧 거세게 주변을 휘몰아쳤다. 월야의 치맛자락이 바람에 거칠게 나부꼈다.

이안이 손을 들어 흑룡의 입을 향해 뇌를 날렸다. 흑룡이 덥석 뇌를 물어 삼켰다. 빠지직거리는 뇌가 흑룡의 몸을 감쌌다. 이안이 몸을 일으켜 천천히 바닥으로 내려섰다. 삐뚤어진 시선으로 명을 노려보자 명이 이를 빠득거렸다. 노려보는 눈길에 불이 일었다.

흑룡이 뇌를 터트리며 곧장 명을 향해 날아갔다. 거침없이 달려드는 흑룡에게 잠시 시선을 옮긴 사이 이안이 아래에서 위로 손을 들어 올렸다. 그에 맞춰 뜨거운 불길이 땅으로부터 솟아올랐다. 화르륵 타오르는 염화가 마치 살아 있는 듯 허공을 맴돌았다. 싸워 보자는 것인가. 명이 이안을 돌아보았다. 이안이 가늘게 늘여 뜬 한쪽 눈을 살짝 감았다 떴다. 벌어진 입술 사이로 새하얀 이가 번뜩였다. 노려보던 명의 미간이 확 일그러졌다. 추파를 던지듯 저를 향해 눈을 찡긋거리는 이안의 행동에 명이 냉정을 잃었다.

"죽일 것이다."

바람이 방향을 잃고 거세게 휘몰아치며 주변을 휩쓸었다. 적을 구분하지 못한 바람이 월야에게도 불어닥쳤다. 명의 품을 벗어나 바람에 휩쓸리는 월야를 흑룡이 온몸으로 감쌌다. 놀란 명이 급히 월야를 돌아보았다. 흑룡이 가까스로 바람을 이겨 내며 버티고 있었다. 하마터면 월야에게 상처를 입힐 뻔하였다.

그 순간 급작스럽게 날아든 염이 명을 집어삼켰다. 이안이 염을 날린 것이다. 화르륵 타오르던 염이 타닥타닥 작은 불씨가 되어 떨어져 내렸다. 불길이 사라진 명의 몸에서 연기가 피어올랐다. 명이 차갑게 식은 시선으로 까맣게 타들어 간 옷깃을 바라보았다. 아직도 열기가 가시지 않은 겉옷을 벗어 던지며 명이 사뿐히 땅으로 내려섰다.

땅을 딛고 선 명을 바라보며 이안이 목을 이리저리 움직였다. 진작에 그럴 것이지. 목 빠지는 줄 알았네.

쯧.

가볍게 혀를 찬 이안이 죽일 듯 저를 노려보는 명을 향해 씨익 웃어 보였다. 그리곤 가만히 입을 달싹였다.

"죽. 여. 봐."

"이안."

"그전에 네가 먼저 죽게 될 테지만."

"절대."

"절대라고 단정 짓지 마. 나도 지금 후회하는 중이니까. 절대란 건 없다는 걸 얼마 전에 깨달았거든. 특히나."

이안의 현안에 저를 향해 다가오는 흑룡이 담겨졌다.

"하아."

나직한 한숨을 토해 낸 이안이 제 곁에 사뿐히 내려앉은 흑룡과 월야를 힐끔 돌아보곤 어깨를 으쓱거렸다. 그리고는 이안이 한 손을 들어 손바닥을 펼쳤다. 그 손 위에 자그마한 손이 올려졌다. 바라보는 명의 눈이 흔들렸다.

"이 꼬맹이한텐 해당되지 않더란 말이지. 절대란 건 있을 수 없어. 워낙 천방지축이라."

"그건 오판이십니다."

"똑바로 말해."

대뜸 저를 지칭하는 말을 부정하고 나서는 월야를 향해 이안이 지그시 눈을 내려 마주했다. 저를 돌아보며 눈을 맞추는 이안을 가만히 올려보던 월야가 싱긋 미소를 띠었다. 그리곤 발을 돋워 그의 볼에 입을 맞추며 나직이 속삭였다.

"다녀왔습니다."

피식.

월야의 입술이 닿은 볼이 간질거렸다. 나른히 월야를 내려 본 이안이 슬쩍 한쪽 입술 끝을 부드럽게 말아 올렸다. 겹쳐진 월야의 손을 살며시 그러잡으며 거보란 듯이 명을 향해 의미심장한 눈빛을 보냈다. 거만한 이안의 모습에 이가 갈렸다. 허나 명은 마음을 다스렸다. 이것이 끝이 아니었다. 아직 끝난 것이 아니었다.

"포기하지 않을 것이다. 아직 너는 온전한 월야의 반려가 아니니까."

이안의 미간이 살짝 찌푸려졌다. 또 무슨 수작질인가 하여 콧방귀를 뀌었다. 그러거나 말거나 지금은 월야를 데려가는 게 우선이었다. 흑룡의 칭얼거림을 더 이상 듣지 않아도 된다는 것이 얼마나 다행스런 일인가. 꺼림칙한 명의 말을 뒤로하고 이안은 흑룡의 등에 올라 제 앞에 월야를 앉혔다.

이안이 월야를 품에 안고 득의양양하여 사국을 향해 날아갔다. 그 뒷모습을 오래토록 바라보며 명이 주문을 외듯 오랜 구절을 읊조렸다.

"열 번의 만월이 뜨고 지고, 어린 달의 신부는 아직 사랑을 모른다네. 진정한 사랑이 오기를 기다려 성체가 되어 님을 그리네. 달의 신부를 깨우는 자, 그 누구인가."

달빛이 해를 가렸다. 은은히 울리던 월화의 방울 소리마저 사라졌다. 가만히 눈을 감은 명이 찢어질 듯 고통스런 가슴을 부여잡으며 나직이 속삭였다.

"달의 신부가 사랑을 노래하네. 그녀의 반려는 누구인가. 그 누구인가."

아직. 아직 월야는 이안을 온전한 반려로 받아들이지 않았다. 오직 아이의 순수함만이 가득하여 육체와 심이 일통하는 사랑을 알지 못했다. 이안, 너는 월야의 진정한 반려가 되지 못한다. 내가 월야의 사랑을 받아 낼 터이니.

5.
환장하게 달콤한

 달꽃이 만개한 이후로 시비들의 일이 많아졌다. 여기저기 떨어진 꽃잎들을 주워 일일이 손질하여 말리는 일도 적잖이 손이 많이 갔다. 처음은 월야 혼자 아등바등 뛰어다니며 꽃잎을 주웠다. 곁을 지키고 선 흑룡이 작은 바구니를 들고 따라다니는 모습을 가만히 지켜보던 이안이 은율에게 명하여 시비를 동원하게 되었다. 번잡스레 사궁을 휘젓는 모습이 보기 흉하다는 말을 굳이 붙여 그리 명했다.
 "그건 다 뭐에 쓰려 하느냐."
 소야궁 뜰 앞에 자리를 펴고 꽃잎을 널어 말리는 월야를 물끄러미 바라보며 이안이 물었다. 열심히 꽃잎을 흩어 놓던 월야가 이안의 느닷없는 등장에 깜짝 놀라 엉덩방아를 찧었다. 들고 있던 꽃바구니에서 월야의 옷 위로 꽃잎이 한가득 떨어져 내렸다. 달꽃을 말리려는 것인지 저를 말리려는 것인지 하는 짓마다 어설프기 그지없다. 고개를 절레절레 흔든 이안이 꽃잎을 하나하나 바구니에 담는 월야의 곁으로 내려앉았다.

"또 흩뿌릴 것을 왜 다시 바구니에 담는단 말이냐. 머리 나쁜 것들은 손발이 고생한다 하더니. 딱 너를 두고 한 말이구나."

"소야궁엔 어인 일이십니까?"

꽃잎 하나를 들고 손끝으로 빙글빙글 돌리는 이안을 가만히 올려보며 월야가 물었다. 좀체 소야궁에 발길하지 않는 이안이었다. 월국에서 돌아온 후로 줄곧 일이 바쁘다며 얼굴조차 보여 주지 않았다. 그런 그가 사궁 깊이 자리한 소야궁까지 발길을 하다니 참으로 이상한 일이었다. 동그란 눈을 말똥거리며 저를 담아내는 월야를 이안이 물끄러미 마주 보았다. 바라보는 이안의 눈썹이 한껏 휘어 올랐다.

참으로 이상도 하지 이 못난 것이 어이 자꾸 눈에 밟힌단 말인가.

인들의 발원이 적힌 소원문을 검토하면서도 뭔가 묵직하게 가슴이 아려 온다 싶으면 여지없이 꼬맹이의 모습이 눈앞에 아른거렸다. 아직도 말도 안 되는 저주를 행하는 것인가 싶어 살펴보면 흑룡과 노닥거리거나 되지도 않는 음을 익힌다며 비파를 튕겨 대고, 그도 아니면 달꽃을 따서 차를 우려 마시곤 했다. 천상 철없는 아이였다.

헌데 이상하게 온 신경이 월야에게 기울고 있었다. 놀아 달라 조르는 월야를 떼어 놓고 부러 바쁜 척 업무를 볼 때도 어느 순간 눈은 월야에게 닿아 있었다. 사해 모래사장을 뛰어다닐 때면 그 모습이 하도 조마조마해 콕 잡아 올려 곁에 얌전히 앉혀 놓고 싶을 지경이었다. 달꽃을 줍는다며 설치고 다닐 때는 저러다 허리가 망가지고 말지, 혀를 차기를 했었다. '허리가 망가지면 큰일이지요. 암만요. 초야도 아직 치르지 아니하였는데.' 라고 옆에서 거들던 은율이 대신 그날 허리가 부러지게 두드려 맞기도 했었다.

사주를 벗 삼아 몸시중과 뱃놀이를 할 때도 까르르거리는 월야의 웃음소리가 연신 귓전을 맴돌아 그를 괴롭게 만들었다. 하여 몸시중의 옷고름을 풀려 하다가도 멈칫 주변을 살피게 되니 욕정을 제대로 풀어낼 수가 없었다.

한없이 순진한 얼굴을 하고 저를 바라보는 월야의 눈빛에 이안은 낮은 한숨을 내쉬었다. 하는 짓거리가 하도 한심하여 그런 게지. 달리 이유가 있을 리가 없었다. 코끝으로 달콤한 향이 스며들었다. 손에 든 달꽃이 아니면 지천으로 깔린 달꽃이 흘리는 향일 테지. 고개를 저으며 일어서려는 그의 면전으로 월야가 바짝 얼굴을 디밀었다. 한층 짙어진 향기에 이안이 저도 모르게 숨을 삼켰다.

"달꽃은 그냥 먹어도 맛있습니다."

엉거주춤 갑자기 다가선 월야 덕에 몸이 뒤로 기울어진 채로 멈췄다. 그 위를 서슴없이 올라선 월야가 이안의 손에 들린 달꽃을 받아 그의 입 앞으로 내밀었다.

"아."

"……"

"아아."

입술을 톡톡 두드리는 달꽃보다 월야의 향취가 더 이안의 코끝을 자극했다. 월야의 조그맣게 벌어진 입술 사이로 말캉한 혀가 보였다. 이안의 시선을 사로잡은 것은 달꽃이 아니었다. 먹고 싶은 것 또한 달꽃은 아니었다. 저도 모르게 벌린 입술 사이로 달꽃이 습격해 들어왔다. 깜짝 놀라 입을 다물며 시선을 올려 월야의 눈을 마주했다. 반월처럼 휜 눈이 반짝거리고 있었다. 슬쩍 눈을 내려 곱게 올라간 입매를 더듬었다. 뭐가 이렇게 달아.

"더럽게 달아."

"상큼하기도 하지요."

"그건 먹어 봐야 알지."

"예? 허면 더 드릴까요?"

동문서답. 말하는 대상이 틀렸다는 것을 굳이 알려 주고 싶지 않았다. 서로의 몸이 겹쳐진 것에도 별다른 반응을 보이지 않는 월야가 말을 한다고 그 뜻을 알기나 할까. 흐음. 사내의 용심이란 어찌 이리도 우매한 것인지. 짐승의 그것을 벗어나지 못한 못난 육체를 비난하며 이안은 허리를 바로 세웠다. 곁에 중심이 흐트러진 월야가 이안의 품으로 쓰러졌다. 푹 안긴 꼴이 되어 버린 월야의 눈앞에 이안의 너른 가슴이 보였다. 그의 몸에서 맑은 물 내음이 났다. 청정하기 이를 데 없는 맑고 깊은 물의 기운이 물씬 풍겼다.

월야가 손을 뻗어 이안의 가슴을 더듬었다. 어디서 이리 좋은 향이 나는 것일까? 코끝을 대고 그의 가슴에 이리저리 얼굴을 비볐다. 이안의 미간이 일그러지는 것도 모른 채 월야는 그의 몸 여기저기를 비비고 더듬었다. 환장하겠군. 참다못한 이안이 제 몸을 더듬는 월야의 손목을 낚아챘다. 놀란 월야가 그제야 그를 올려다보았다. 화가 난 듯 잔뜩 구겨진 그의 얼굴을 보고서야 제가 한 짓을 알아챘다.

"아! 죄송합니다. 좋은 향기가 나서 저도 모르게."

"……좋은 향기?"

이안의 몸에서 떨어져 나온 월야가 그 앞에 꿇어앉으며 고개를 끄덕였다. 대체 무슨 향기가 난단 말인지. 손을 들어 코끝에 대고 숨을 들이켜던 이안이 월야의 올곧은 눈빛에 머쓱해 주춤 손을 내렸다. 짐짓 무심한 척 딴청을 부리는 이안의 옆으로 월야가 무릎걸음으로 다가왔다. 슬쩍 시선을 내려 바라보자 월야가 이안의 턱을 쥐더니 앞으로 돌려놓았다. 감히 사왕의 턱을 잡아 돌리다니. 그도 어처구니가 없는 일인데, 이안의 귀에 입을 댄 월야가 옅은 숨을 흩어 놓았다. 귀밑 신경이 바짝 곤두섰다. 코로 숨을 들이켜는 소리가 들렸다. 향취를 맡는 모양이었다.

"향기는 이곳이 가장 강하다 들었습니다."

"……하아."

월야가 떨어져 나간 목 언저리를 손으로 더듬으며 이안이 헛웃음을 터트렸다. 뭐 이런. 아리던 심장이 미약하게 두근거리고 있었다. 미친 게지. 미친 게야. 저것을 보고 어찌. 진저리를 치며 아니다 부정하는 이안의 얼굴로 월야가 불쑥 제 목을 들이댔다. 이안의 현안이 가늘게 늘어지며 흔들렸다. 어쩌라고.

참으로 친절하게도 목으로 내려온 머리카락까지 깔끔히 걷어 내며 희고 가는 목을 들이댄다. 그 밑으로 빨갛게 잘 익은 입술이 달싹였다.

"저는 어떤 향기가 납니까? 참 아쉽습니다. 제 것을 맡을 수 없다는 것이."

월야의 가는 목을 바라보는 이안의 눈빛이 몹시 어지러웠다. 흠집 하나 없이 곱고 희디흰 목이 눈앞에서 유혹하듯 어른거렸다. 이안은 저도 모르게 손을 꽉 움켜쥐었다. 꿀꺽, 마른침을 삼키며 조금 월야의 목으로 다가섰다. 눈을 감고 숨을 한껏 들이켜자 달콤하고 은은한 향기가 물씬 풍겨 왔다. 흡족함에 입꼬리가 한껏 말려 올라갔다.

나른히 눈을 뜬 이안이 스윽 월야의 목선을 따라 내려갔다. 흠칫 묘한 느낌에 몸을 편 월야가 그를 향해 고개를 돌렸다. 그의 머리카락이 얼굴을 간질였다. 윤기가 흐르는 이안의 검은 머리카락은 마치 흑요석처럼 눈을 매혹시켰다. 손을 뻗어 머리카락을 매만지던 월야의 볼을 이안이 가만히 감쌌다. 의아해 그의 얼굴을 보려 고개를 들려 하자, 이안의 손이 그를 저지시켰다. 가만히 턱을 감싸 월야의 얼굴을 반대편으로 돌려놓고는 이내 옅은 숨을 토해 냈다. 뭔가에 홀린 듯 눈을 빛내며 제 입술을 핥던 이안이 그 붉디붉은 입술을 벌렸다.

"혹여 지금 잡수시려는 게."

귓속을 파고드는 은율의 불안한 음성에 이안의 눈이 번쩍 뜨였다. 막 월야의 가는 목에 이를 박으려던 참이었다. 은율을 돌아보는 이안의 눈이 멍했다. 지금 대체 무슨 짓을 하려고 한 것인지. 저도 잘 모르는 듯했다. 불안스레 이안의 눈치를 살피며 살금살금 곁으로 다가선 은율이 그의 품에서 월야를 빼냈다. 마치 먹이를 취하려는 들짐승에게서 날짐승을 구해 내듯이. 기가 막힐 따름이었다. 어쩌다 이런 꼴까지 당한단 말인지.

월야를 제 뒤에 감추며 은율이 경계 가득한 눈으로 이안을 바라보았다. 저것이 미쳤나. 누구에게서 누구를 보호한단 말인가. 벌떡 자리를 박차고 일어난 이안이 으르렁거렸다.

"무슨 짓이야."

낮게 목소리를 깔아 차갑게 말하는 이안의 눈치를 슬쩍 살피며 은율이 더듬더듬 말했다.

"허기가 지신다고 아무거나 막 드시면 아니 됩니다."

"아. 무. 거. 나?"

"그것이 아직 덜 영글어 맛도 제대로……."

"닥쳐."

"허니 조금 더 기다리셨다가."

결국 입을 잘못 놀린 은율은 이안이 날린 뇌에 바삭바삭 구워졌다. 파지직거리며 번뜩이는 뇌의 잔해에 머리가 쭈뼛 섰다. 뒤에선 월야가 은율의 옷깃을 슬쩍 건드리자 파사삭 가루가 되어 흩어졌다. 물끄러미 뒤를 돌아본 은율과 월야의 시선이 마주쳤다. 월야가 손에 떨어진 가루를 펼쳐 보이자 은율이 무심히 고개를 끄덕였다.

"저는 잠시 옷을 갈아입으러 다녀오겠사옵니다. 마마는 그만 안으로 드시지요."

깊이 허리를 숙이고 물러나는 은율의 뒤로 훨훨 검은 가루가 날렸다. 멀어지는 은율을 매섭게 노려보며 이안이 빠득 이를 갈았다. 누가 아무거나이고, 뭐가 아직 덜 영글었으며, 뭘 조금 더 기다리란 말인가. 인의 나이로 열셋이면 애도 낳는다. 그게 뭐가 어린단 말인가. 저를 욕정에 눈먼 놈으로 몰아세운 것에 대해 빠득빠득 이를 갈아대던 이안이 문득 생각을 멈추고 고개를 갸웃거렸다.

월야가 손에 묻은 것이 신기한 듯 후후 불어 내고 있었다. 그를 내려 보는 이안의 눈길이 조금 침잠해졌다. 정녕 저것을 먹으려 했단 말인가. 이안은 가만히 눈동자를 굴리며 생각했다. 그저 향기에 취해 그런 것이다. 저것이 하도 단것을 들이밀어 그에 물이 들어 그런 것이다. 그것뿐이다. 오락가락하는 마음을 애써 아니다 단정 지으며 이안은 서둘러 소야궁을 빠져나왔다.

"목욕을 해야겠다."
동월궁으로 들어서며 명을 내리자 시비들이 서둘러 목욕 준비를 했다. 동월궁 침전 아래 마련된 목욕탕으로 내려가자 몸시중들이 그를 맞아 일제히 허리를 숙였다. 속이 훤히 비치는 엷은 장옷만 걸친 채 하나같이 요염한 몸짓으로 교태를 부려 댔다. 요사스레 뱀이라도 취한 것인가. 어찌 저리 몸을 꼬고 취한 것마냥 비실거린단 말인가. 쯧.

오늘따라 몸시중들의 교태가 그의 심기를 건드렸다. 하나 달라진 것이 없건만 이안은 그들을 보며 눈살을 찌푸렸다. 이안이 팔을 벌리자 기다렸다는 듯 몸시중이 달려들어 조심조심 그의 옷을 벗겨 냈다. 이안의 가장 얇은 속옷을 벗겨 낼 때는 비련이 모두를 제치고 나섰다.

옷깃을 잡아 풀어내는 손길이 끈적거렸다. 천 위로 피부를 쓰다듬는 손길이 워낙 은밀하여 이안의 가슴 돌기가 딱딱하게 굳었다. 그에 흡족한 미소를 띠며 더 야릇한 눈길을 흘리는 비련을 이안이 건조한 눈으로 내려 보았다. 그 눈길 하나에 비련의 애간장이 사르르 녹아내렸다. 막 옷의 여밈을 풀어내고 속살을 드러내려는 찰나 이안이 비련의 손을 붙잡았다.

"되었다. 내가 할 터이니. 그만 물러나거라."

"예?"

"나가."

"하오나."

 미련을 떨치지 못하고 그의 옷깃을 잡은 손을 놓지 않는 비련을 내치듯 억지로 떼 놓으며 이안이 귀찮다는 듯 손을 내저었다. 그에 의아해하면서도 근래 들어 이안의 심기가 매우 불편하다는 것을 알고 있던 몸시중들이 이내 군말 없이 그곳을 빠져나갔다. 뭔가 못마땅한 듯 혀를 차던 이안이 문득 고개를 돌려 뒤를 바라보았다. 아직 자리를 뜨지 않은 비련이 그를 애절한 시선으로 바라보고 있었다. 그가 몸을 돌려 비련을 차가운 시선으로 쏘아보았다.

"꺼지라고 한 말이 먹히질 않는 모양이군."

"홀로 씻으신 적이 없질 않사옵니까. 제가 시중을 들겠사옵니다."

 그의 서슬 퍼런 눈빛에 몸을 떨면서도 비련은 끝내 미련을 버리지 못하고 이안의 몸에 집착했다. 이안이 낮은 숨을 흘려 내며 눈을 감고 나른히 목을 움직여 몸을 풀었다. 어찌하여 저것들은 하나같이 본분을 망각하여 쓸데없이 명을 재촉한단 말인가. 욕심을 부려 무엇을 얻겠다고. 긴 속눈썹 아래 다시 드러난 현안이 섬뜩함으로 물들었다. 저는 특별하다 생각하며 그의 곁에 있겠다 고집을 부려 대던 비련의 몸이 사시나무 떨리듯 떨리고 있었다. 그가 한 발 내딛자 주춤주춤 뒷걸음질을 하던 비련이 그 기운을 견디지 못하고 깊이 고개를 숙이며 서둘러 그곳을 빠져나갔다.

 자칫 사왕의 심기를 잘못 건드렸다간 쥐도 새도 모르게 먼지가 되어 사라지고 말 것이다. 아직은 때가 아니었다. 조금만 더 그의 마음을 얻는다면 달의 신부 따위는 제 발끝에도 미치지 못하는 미천한 존재가 될 것이다. 서두를 필요는 없었다. 수시로 변하는 괴물 따위에게 마음을 빼앗길 사왕이 아니었다. 비련은 불안한 마음을 다독이며 처소로 무거운 발걸음을 옮겼다.

어둠 속에 은밀히 숨어 있던 그림자 하나가 그런 비련을 주시했다. 여자라는 족속들은 종족을 막론하고 애(愛)에 저토록 미련하게 목숨을 걸어 댄다. 그것이 설사 제 것이 아니라 해도 부질없는 욕심을 부려 종내에는 되돌릴 수 없는 사단을 내곤 하였다. 그러기 전에 단단히 조심하여 차단하는 것 또한 그림자의 몫이었다. 비련이 사라진 곳을 주시하던 혼이 동월궁으로 다가서는 또 다른 인기척에 눈길을 돌렸다. 어둠을 뚫고 다가서는 발걸음의 주인을 알아본 혼은 다시 어둠 속으로 스르르 몸을 숨겼다.

속옷마저 벗어 던지고 탕 속으로 들어간 이안은 눈을 내리감으며 낮은 한숨을 내셨다. 어찌 하나같이 마음에 안 드는 것들뿐인지. 죄다 물갈이해 버릴까 갈등하며 두통이 밀려오는 관자놀이를 한 손으로 눌렀다.

문이 열리는 소리가 들리자 이안의 미간이 찌푸려졌다. 아무도 방해 말라 일렀거늘. 이것들이 정녕 죽고 싶어 환장을 한 것인가. 사락사락 바닥을 스치는 옷자락 소리에 입술을 깨물며 손을 거두고 번쩍 눈을 떴다.

순간, 시야 가득 무수히 많은 눈꽃이 흩날렸다. 그것도 죄다 달꽃으로 이루어진 눈꽃이다. 이안은 어안이 벙벙하여 눈을 깜빡이며 그것들을 멍하니 바라보았다. 사라락 물 위로 내려앉은 꽃들이 달콤한 향기를 흘려 냈다.

"달꽃은 목간에도 쓰입니다. 미리 말씀하셨으면……."

활짝, 만면에 웃음을 머금은 월야가 탕으로 몸을 기울였다. 달꽃으로 가득한 탕을 휘저으며 종알거리던 월야가 시린 이안의 눈과 마주치자 얼른 말을 삼켰다. 그의 촉촉이 젖은 머리카락이 근육으로 탄탄하게 다져진 몸에 달라붙어 묘하게 색스러웠다. 물기를 머금은 몸은 옷을 벗은 채였다. 탕을 휘젓던 손이 멈칫거렸다. 굳어 있던 이안의 입매가 한껏 비틀려 올라갔기 때문이었다.

"저도 달꽃으로 목간을 하였더니 몸도 좋아지고 키도 조금 크고."

이안의 강렬한 눈빛에 머뭇거리며 주절주절 두서없이 말을 늘어놓던 월야가 그의 눈을 피해 시선을 내렸다. 어쩐지 얼굴이 자꾸만 간질거렸다. 볼이 화끈거리는 것이, 분명 봐선 안 될 것을 본 듯도 했다. 아무 생각 없이 들어선 것이 문제였다. 목간이 무엇을 의미하는지 알면서도 깊이 생각하지 못했다. 그가 이리 온전히 벗고 있을 것이란 것은 미처 생각지 못했다.

"그래……?"

"예."

슬쩍 자리를 뜨려 몸을 일으키는 월야의 손목을 이안이 덥석 움켜잡았다. 놀란 월야가 동그랗게 뜬 눈으로 그를 돌아보자 히죽, 비릿하게 웃은 이안이 팔을 잡아당겼다. 휘청, 중심을 잃은 몸이 그의 손길에 맥없이 흔들렸다. 결에 탕 속으로 끌려 들어간 월야의 몸이 물에 흠뻑 젖어 버렸다. 얼굴에 묻은 물을 털어 내느라 고개를 젓던 월야를 이안이 바짝 끌어 품에 안았다. 월야의 금안이 깜빡거렸다. 느른히 시선을 내려 월야의 몸을 훑은 이안이 월야의 눈을 제 현안 속에 가두었다.

"그럼 얼마나 컸는지 내 친히 확인해 보지."

"……아, 그게."

"쉿. 몸으로 하는 일에 굳이 말은 필요 없다. 월야."

이안의 내리뜬 눈이 긴 속눈썹에 가려 더 은밀하게 물들었다. 저를 향해 다가오는 이안의 붉은 입술이 월야의 시선을 사로잡았다. 닿을 듯 말 듯 다가선 이안의 입술에서 짙은 숨결이 흘러나와 월야의 입술에 닿았다. 사악하게 말려 올라간 매혹적인 입술이 월야의 입술 위에서 달싹였다.

"몸이 어찌 좋아지고 얼마나 컸는지 심히 궁금하군."

월야를 농락하듯 지그시 맞물린 이안의 입술이 아주 미세하게 움직였다. 입술을 간질이는 묘한 자극에 월야의 신경이 온통 입술에 몰리는 것 같았다. 간간이 스며드는 이안의 숨결이 월야의 입안을 뜨겁게 물들였다. 월야는 자꾸만 찌릿해져 오는 발가락을 한껏 오므렸다. 왜 그런지 모르겠으나 뇌를 맞은 듯 발가락과 손끝이 자꾸만 저릿해졌다.

이안이 내리뜬 시선을 들어 월야의 눈을 응시했다. 또롱또롱 말간 금안이 위로 올라가 있었다. 뭔가 새로운 것을 맛보았을 때의 그 음미하는 표정이 고스란히 드러나 있었다. 월야는 이안을 맛보고 있었다. 이안의 미간이 왠지 모를 불쾌감으로 찌푸려졌다. 누가 누구를 맛봐?

이안의 현안이 음침함을 담아 가늘어졌다. 품 안에서 꼼지락거리는 월야를 더 힘껏 껴안고 붉은 혀를 내밀어 입술을 핥았다. 색다른 느낌에 월야의 몸이 움찔거렸다. 속으로 웃음을 삼킨 이안이 더 과감히, 더 농밀하게 월야의 살짝 벌어진 입술 사이로 혀를 밀어 넣었다. 그에 놀란 듯 월야의 눈이 커다래지더니 이안을 뚫어지게 응시했다. 슬쩍 말려 올라가는 입꼬리를 애써 감추며 이안은 능숙히 혀를 움직여 월야의 입안을 탐했다.

처음은 사리분별도 못 하고 시도 때도 없이 도발하는 월야의 맹랑함에 일침을 가하려 한 행동이었다. 조금 겁을 주면 저도 놀라 조신하게 굴겠지. 아무리 뭣 모르는 아이라 하나 여자였다. 어린 여자. 아직은 성체가 되지 못하였으나 사랑이 뭔지는 알 수 있는 소녀였다. 경계선이 불분명한 도발은 위험을 초래할 수 있다는 것을 조금만 몸소 알려 주면 깨달을 수 있을 것 같았다. 해서 조금만, 아주 조금만 건드려 볼 생각이었다. 입맞춤 정도야 대수롭지 않다 여겼다.

헌데 멈추어지지가 않았다. 멈출 수가 없었다. 어찌 이리 달콤하단 말인가. 단건 질색인데. 미치게 달아서 도저히 입을 뗄 수가 없었다. 월야의 입안을 헤집는 이안의 혀가 점점 더 거칠어졌다. 흐트러진 호흡이 이내 엷은 신음을 흘려 냈다. 월야의 젖은 등을 쓸어내리던 이안이 순간 흠칫 몸을 떨었다. 미친. 신음이라니.

월야의 팔을 잡아떼어 놓으며 이안이 눈을 부릅떴다. 마치 모든 잘못이 월야에게 있다는 듯 매섭게 쏘아보았다. 이안이 믿을 수 없다는 듯 월야의 입술을 바라보았다. 저것이 당최 무엇이기에! 이안의 현안이 흔들렸다. 믿을 수가 없다. 내가 정녕 색한이었단 말인가. 고개를 절레절레 저으며 떠오른 생각들을 부정하는 이안의 귀에 월야의 달뜬 목소리가 스며들었다.

"휴우. 숨이 막혀 죽는 줄 알았습니다."

거칠어진 호흡을 힘겹게 내쉬는 월야의 얼굴에 홍조가 떠올랐다. 그를 바라보는 이안의 미간이 움찔거렸다. 저 어린것의 입에서 어찌 저런 색스러운 음성이 나온단 말인가. 숨을 몰아쉬느라 오르락내리락거리는 봉긋한 가슴이 이안의 시야를 어지럽혔다. 그의 고개가 갸웃 기울었다. 절로 움직인 손이 월야의 가슴을 향해 뻗어 갔다.

크르릉.

낮은 경고의 으르렁거림이 목욕탕 안으로 침범해 들어왔다. 이것들이……. 이안은 경고의 근거지인 사해를 향해 빠득 이를 갈았다. 제 가슴 앞에서 우뚝 멈춘 이안의 손을 월야가 무심히 내려 보았다. 펼쳐졌던 손이 파들거리며 꽉 쥐어지는 것을 가만히 지켜보며 월야가 고개를 갸웃거렸다.

"사왕님은."

저를 부르는 월야의 목소리에 이안이 짐짓 아무렇지 않은 듯 손을 거두며 시선을 들어 마주했다. 월야가 눈을 말똥거리며 진지하게 물었다.

"제 몸이 좋아진 것을 어찌 혀로 맛보아 알 수 있습니까?"

이안은 그 질문에 선뜻 답을 할 수가 없었다. 미세하게 움찔거리는 이안의 눈썹을 의식하지 못하고 월야가 또 고개를 갸웃거리며 꽉 움켜쥔 이안의 손을 바라보았다.

"신기합니다. 허면 가슴을 만져 보시면 제 키가."

"안 만져."

"예?"

"안 만진다고."

이를 사리물고 소리를 흘려 내는 이안의 음성이 다소 거칠었다. 그저 궁금하여 물은 것뿐인데 어찌 저리 화를 내실까? 월야는 의아한 눈으로 이글거리는 이안의 현안을 응시했다. 그러다 문득 일자로 굳은 이안의 입술에 눈이 갔다. 항시 거친 언사만 흘려 내는 입술이건만 맛은 참 묘하게 달콤하고 부드러웠다. 그때 맡았던 청량한 향기가 입속에서도 물씬 풍겨 왔다.

"……뭐야."

제 무릎 위에 얌전히 앉아 있던 월야가 사륵 몸을 움직여 기대오자 이안이 당황하여 말을 흘렸다. 물속에서 움직이는 부드러운 천의 감촉이 그의 맨 살결을 스치며 허벅지 위로 올라왔다. 뭐라 형용할 수 없는 야릇함이 이안의 신경을 자극했다. 월야의 손이 그의 가슴을 사뿐히 눌렀다. 가슴 돌기 위를 지그시 누르는 손이 그대로 피부를 투과하여 심장 위로 내려앉았다. 월야의 젖은 머릿결이 물 위로 아름답게 너울거렸다. 내리뜬 눈을 가린 긴 속눈썹 위로 방울방울 맺힌 물기가 이안의 심기를 어지럽혔다. 그 아래 반쯤 가려진 금안이 이안의 입술을 옴짝달싹 못하게 가둬 놓고 있었다.

두근두근.

이안은 낯선 제 심장 소리가 마치 이명처럼 느껴졌다.

주술에 걸린 듯 꼼짝없이 굳은 이안의 입술 위로 월야의 말캉한 혀가 스치듯 지나갔다. 이안의 현안이 염을 품은 듯 화르륵 타올랐다. 또 한 번 이안의 입술을 핥은 월야가 고개를 갸웃거렸다. 그리곤 겁도 없이 물기 흐르는 손을 들어 이안의 아랫입술을 지그시 내리눌렀다. 이안의 속눈썹이 파르르 떨렸다. 이것이 대체……!

"으음. 이 맛이 아닌데."

뭐라 중얼거리더니 지그시 눌러 벌린 이안의 입술 사이로 혀를 쏙 들이밀었다.

"헉!"

이안이 놀라 급히 숨을 삼켰다. 할짝할짝, 이안의 입속을 핥아대는 건 분명 월야의 혀였다. 그에 놀라 비틀거리는 바람에 하마터면 물속으로 미끄러질 뻔했다. 다행히 벽에 기대 있던 터라 쉽게 물속에 잠기지는 않았다. 헌데 뒤는 벽이고 앞은 월야가 덮쳐 제대로 움직일 수가 없었다. 그야말로 진퇴양난이었다.

감칠맛 나게 할짝이는 월야의 혀 놀림에 이안의 인내심이 뚝 끊어졌다. 신경질적으로 와락 월야의 허리를 낚아채 눕히듯 기울여 거칠게 입술을 덮쳤다. 선무당이 사람 잡는다는 인들의 속담이 왜 있는 것인지 이제야 알겠다. 이런 걸 두고 하는 말이 아니던가. 이 뭣 모르는 어린것의 호기심이 이안을 미치게 만들고 있었다. 안 그래도 요 근래 욕정을 제대로 풀어내지 못해 미칠 지경이었건만, 왜 도발을 하는가 말이다. 집어삼킬 듯 탐욕스럽게 월야의 입술을 범하던 이안의 손이 월야의 볼과 목을 스치고 쇄골로 내려갔다.

크르릉. 크르릉.

더 거칠어진 으르렁거림이 이안의 머릿속을 정신 사납게 울려댔다. 가까스로 움직임을 멈춘 손이 월야의 가는 목을 감쌌다. 절로 감겼던 눈을 뜨며 이안이 입술을 뗐다. 숨이 막혀 붉게 상기된 얼굴로 월야가 이안을 올려보고 있었다. 알지 못할 것이다. 제 몸 위에서 파르락거리는 그 작은 움직임에도 이안의 온 신경이 바짝 곤두선다는 것을. 가라앉은 눈으로 이안이 월야를 내려 보았다. 떨리는 목울대를 스쳐 낮은 한숨이 새어 나왔다. 이것을 언제 키워서 잡아먹는단 말인가.

덧없는 한숨이 또 흘러나오는 동안 문이 소리 없이 열렸다. 음울함을 한껏 드러낸 소년으로 화한 흑룡이 안으로 발을 들였다. 고분고분하다 싶더니 오늘따라 반항적인 심기를 여실히 드러내고 있었다. 저를 바라보는 눈빛에 다분히 서린 적개심을 고스란히 받아 곱씹으며 이안이 비릿하게 웃었다. 하나같이 저를 곱지 않은 눈으로 바라본다. 뭘 어쨌다고.

"월야."

눈길을 거두지 않은 채 흑룡이 월야를 향해 손을 내밀었다. 이안을 바라보던 월야가 저를 부르는 소리에 흑룡에게로 고개를 돌렸다. 흑룡의 재촉하는 눈빛에 몸을 일으킨 월야가 슬쩍 이안을 올려보았다. 허리를 감싸고 있던 손을 거둬 내는 이안의 눈빛이 매서웠다. 이안은 품을 빠져나가는 월야에게는 눈길조차 주지 않고 오로지 흑룡을 향해 날카로운 이를 드러내고 있었다.

월야가 탕을 빠져나가자 물이 출렁거렸다. 찰박찰박, 바닥을 적시는 발소리가 이안의 귓속을 파고들었다. 흑룡이 다가선 월야의 손을 잡아 감추듯 제 등 뒤로 이끌었다.

"감기 들어."

"아, 괜찮은데. 물이 따뜻해서."

"젖었잖아. 가서 옷 갈아입자."

"응."

흑룡이 경계하듯 이안을 빤히 바라보며 등 뒤의 월야에게 말했다. 물기가 뚝뚝 떨어지는 옷을 쭉 짜서 털어 내며 월야가 고개를 끄덕였다. 월야의 손목을 잡은 손에 은근히 힘을 주며 흑룡이 숨을 가득 들이켰다. 이안의 현안이 저를 꿰뚫고 월야에게 닿을 것만 같았다. 위험하다. 흑룡은 벽면에 등을 기댄 채 느른히 바라보는 이안에게 고개를 숙여 보이곤 이내 몸을 돌려 월야와 함께 그곳을 빠져나왔다.

텅 빈 공간을 한참 노려보던 이안이 가만히 눈을 감았다 떴다. 짙은 한숨을 토해 내며 스르륵 물속으로 가라앉았다. 물에 이리저리 흔들리는 머릿결이 꼭 제 혼란한 심경을 대변하는 것 같았다. 불쾌하고 억울했다.

내가 뭘 어쨌다고. 당한 건 오히려 나란 말이다. 이 무지한 것들아.

뿌득.

분노로 이글거리는 현안을 짙은 어둠 속에 가두었다. 꼭 다문 입술 사이로 참담한 신음이 새어 나왔다. 망할 것들.

이안은 읽고 있던 서신을 툭 던지듯 내려놓았다. 시립해 있던 은율이 시비에게 눈짓하여 차를 대령시켰다. 찻잔을 들어 한 모금 삼키던 이안이 눈을 치떠 은율을 바라봤다. 저를 향한 날카로운 이안의 시선을 피해 은율이 슬쩍 고개를 돌렸다. 툭 튀어나온 은율의 입이 뭐라 구시렁거리며 삐죽였다. 찻잔을 단숨에 비워 소리 나게 내려놓은 이안이 차갑게 말했다.

"그 주둥이 한 번 만 더 삐죽거렸다간 네 그 머리와 같은 꼴이 될 것이다."

"흡!"

단번에 입을 집어넣은 은율이 고분이 머리를 조아렸다. 뇌를 맞아 타들어 간 머리카락은 귀밑에 겨우 닿을 듯 말 듯 한 길이로 줄어들어 있었다. 세상 이보다 더 고운 비단은 없다 금빛으로 물든 머리를 자랑삼아 치렁치렁 흩날리던 은율이었다. 시비들의 우러르는 눈빛을 취미 삼아 즐기는 것이 유일한 낙이었는데, 이제 사라져 버렸다. 그에 마음을 조금 삐뚤게 먹었더니 여지없이 표가 나고 말았다. 겁도 없이 사왕 앞에서 구시렁거리다니 죽고 싶어 환장을 했나 보다. 제 행동에 진저리를 친 은율이 소매 끝으로 조심스레 입을 가렸다.

"이건 또 뭐야? 왜 사주가 아니고 그 빌어먹을 달 것이야?"

"그것이 소야궁 마마께서 사왕님의 건강을 걱정하시어."

"미친."

"네?"

"난 지나치게 건강해. 건강해서 밤마다 미칠 것 같다고. 그러니까 그 빌어먹을 달 것 말고 사주를 달란 말이다."

마치 달차가 요물이라도 되는 양 노려보며 분노하는 이안을 의아해 바라보던 은율이 시비가 들고 있는 찻주전자로 눈을 돌렸다. 의미심장하게 주전자를 투시하던 은율이 고개를 끄덕이며 다시 이안에게로 시선을 돌렸다.

"처음 알았습니다. 달차가 정력에도 좋다는 것을. 그래서 소야궁 마마께옵서."

은율은 말을 다 끝맺지 못했다. 입술을 향해 날아든 찻잔이 그의 말을 막았기 때문이다. 제대로 자국을 남기고 떨어지는 찻잔을 손에 받아 든 은율이 마른침을 꿀꺽 삼켰다. 이안의 분노에 서궁 누각이 뒤흔들렸다.

"뭐야? 환영식이 뭐 이래?"

이안의 분노를 불식간에 뭉개 버리는 또랑또랑한 목소리가 그들의 뒤에서 들려왔다. 누군지 보지 않아도 알 수 있었다. 근일 찾아갈 터이니 성대한 환영식을 준비하라는 돼도 않는 서신을 보낸 장본인이었다. 서신을 보낸 지 불과 한 시진 만에 떡하니 나타나 환영식 운운하는 해왕 위랑을 이안이 사나운 눈으로 돌아보았다.

누각 난간 위에 올라선 위랑이 이안을 내려 보며 히죽 웃었다. 바람에 흩날리는 옷자락이 너울처럼 일렁거렸다. 선하고 고운 얼굴에 부드러운 미소가 떠올랐다. 소년의 모습을 한 위랑을 이안이 마뜩잖은 눈으로 바라보았다.

"꼴이 그게 뭐야?"

"왜? 인들의 여식들은 자지러지던데. 간혹 요상한 눈빛을 보내는 사내들도 있고 말이야. 꽤 재밌어."

"천한 것들의 눈요깃감이 되는 것이 그리 좋단 말이냐."

올려 보는 것도 귀찮다는 듯 돌아앉은 이안이 시비가 들고 있던 주전자를 손짓하여 받아 들었다. 옆에 선 은율의 손에서 찻잔을 낚아채 차를 따랐다. 그러나 이안이 입으로 가져가던 찻잔을 누각으로 내려선 위랑이 빼앗아 들이켰다. 그리곤 우아하게 몸을 돌려 이안의 맞은편에 앉으며 잔을 내려놓았다. 맛을 음미하듯 입술에 묻은 잔해를 혀로 핥아 낸 위랑이 놀랍다는 듯 환하게 웃으며 말했다.

"오호! 이것 참 별스럽게 달군."

"더럽게 달아."

"그래, 이리 달고 맛난 것은 여기 사궁에는 어울리지 않지."

투덜거리는 이안의 말을 받아치며 위랑이 주변을 슥 훑었다. 뭔가를 찾는 듯한 위랑의 시선에 이안이 눈썹을 휘었다. 뭔가 대단히 불길한 기분이 들었다. 이안은 짐짓 무심한 척 시비가 내미는 잔을 받아 차를 따라 마시며 퉁명스레 물었다.

"왜 온 거야?"

"서신 안 읽었어?"

"다 끝난 혼례를 왜 지금에서야 들먹이고 난리야?"

"거한 혼인 선물을 주었는데 정작 네 혼례를 보질 못해서 조금 아쉽더란 말이지."

이죽거리는 이안의 말을 넘실넘실 잘도 주워 삼키며 위랑이 긴 손가락 끝으로 톡톡 입술을 두드렸다. 찾고자 하는 것이 눈에 띄지 않는 모양이었다. 이안이 입안을 적시는 달차의 진한 향에 슬쩍 미간을 찌푸렸다. 혀끝이 단맛에 물이 든 것 같았다. 쓰게 입맛을 다신 이안이 차갑게 내뱉었다.

"헛소리."

"이런, 이런. 어찌 이리 심사가 뒤틀렸는가. 벗의 진심을 곡해하지 말게나."

"미쳤군. 네가 언제 나의 벗이 되었더란 말이냐. 죽이지 못해 안달인 것이 벗을 입에 담다니 기가 막히는군."

"그건 자네도 마찬가지 아닌가?"

능글거리는 얼굴로 이안을 돌아보며 위랑이 말했다. 위랑의 청록색 눈이 의미심장하게 빛을 발했다. 서로를 바라보는 눈빛이 묘한 기운을 담아 허공에서 얽혔다. 서슬 퍼런 현안으로 죽일 듯 저를 노려보는 이안을 향해 위랑은 한쪽 입꼬리를 슬며시 말아 올려 웃었다. 숨이 막힐 듯한 기류의 흐름 속에서 시비는 견디기 힘든 고통으로 바들바들 몸을 떨었다. 그에 비해 은율은 살갗을 파고드는 살기를 꿋꿋이 참아 내며 간신히 버티고 섰다.

"사왕님."

어디선가 상큼한 목소리와 함께 청명한 방울 소리가 울렸다. 불쑥 이안의 뒤에서 모습을 드러낸 월야가 그의 목을 와락 껴안았다. 결에 이안의 몸이 뒤로 휘청거렸다. 신경질적으로 고개를 돌린 이안의 볼에 월야가 가볍게 입을 맞췄다. 흠칫 놀란 이안이 월야를 태운 채 슬그머니 고개를 내미는 흑룡을 쏘아보았다. 저도 뭔가가 찔렸던지 주춤 누각 아래로 눈을 감췄다.

"사아와앙니임."

"이거 왜 이래?"

목을 그러안고 볼을 비벼 대는 월야를 기가 찬 듯 바라보며 이안이 물었다. 숨어 끙 하고 신음하는 흑룡이 입을 열 리 만무했다. 볼에 닿는 월야의 피부가 뜨거웠다. 초점 흐린 눈동자도 몽롱해져 있었다. 눈치를 살피던 은율이 이마를 긁적이며 조심스레 입을 열었다.

"그것이, 오늘 소야궁 마마께서 달꽃으로 담근 술을 개봉한다 하셨는데. 혹여 맛을 본 것은 아니신지."

이안의 목에 매달려 해롱거리는 월야를 걱정스레 바라보며 은율이 말끝을 흐렸다.

"오호. 향기가 무척 달달한 것이 그것 아주 맛있어 보이는군."

모두의 시선이 위랑에게 닿았다. 이 무슨 말도 안 되는 헛소리인

가. 눈을 빛내며 월야를 바라보던 위랑이 혀로 나른히 입술을 핥았다. 정말 먹겠다는 듯이. 그에 이를 번뜩이며 적의를 드러낸 이안이 월야를 안아 올려 제 품에 감추었다. 오호. 위랑의 눈이 다른 의미를 담아 번뜩였다. 빠득, 이를 간 이안이 위랑을 향해 나직한 경고를 보냈다.

"내 거야."

# 6.
## 사라진 그믐의 아이

 월야를 품에 안은 이안을 중심으로 은율과 누각 아래에서 고개를 내민 흑룡이 위랑을 곱지 않게 쏘아보았다. 저를 향한 곱지 않은 시선에 위랑이 비틀린 미소를 지어 보였다. 저 조그만 것이 대체 무엇이기에 저리도 신경을 곤두세우며 감싼단 말인가. 위랑의 눈이 이채롭게 번뜩였다. 은율이야 그렇다 치고, 하물며 저밖에 모르는 이기심의 절정 사왕 이안이 혹여 그것을 뺏기기라도 할까 경계하는 꼴이라니. 이거 참 재밌질 않나. 비식 미소를 띤 위랑이 탁자 위에 나른히 턱을 괴고 은밀하게 목소리를 낮추어 말했다.
 "맛있는 건 벗이랑 함께 나눠 먹는 거라네."
 그에 은율의 미간이 확 일그러졌다. 흑룡의 눈빛 또한 못지않게 매섭게 번들거렸다. 꼭 그러안은 품이 갑갑한 듯 자꾸만 고개를 내미는 월야의 머리를 꾹꾹 눌러 가슴에 묻으며 이안이 날카로운 이를 드러냈다. 말 같지도 않은 소리!

"그전에 네놈의 그 세 치 혀가 먼저 잘려 나갈 것이다."

"그리해도 먹을 수 있는 입은 있질 않겠나."

"정녕, 죽고 싶은 것이냐."

죽일 듯 위랑을 노려보는 이안의 몸에서 뜨거운 기운이 일었다. 염과 뇌가 치솟아 오르는 것을 감지한 은율이 슬쩍 몇 발짝 물러섰다. 흑룡이 푸르르 머리를 털며 누각 위로 모습을 드러냈다. 선령의 날 선 기운을 감지하여 행한 것이었다.

"월야느은 먹을 수가 없습니다아. 월야느은 맛이 엄스미다."

그 긴박한 순간에도 혀 꼬인 소리를 내며 꾸역꾸역 고개를 내미는 월야의 모습에 이안의 관자놀이 위로 뇌가 번뜩였다. 짜증이 치솟아 엄한 얼굴로 내려 보자 월야가 턱을 들어 저를 몽롱하게 응시하고 있었다. 홍조가 깃든 볼이며 붉게 물든 입술이 그의 눈을 어지럽혔다. 월야의 입술에서 흘러나온 뜨거운 숨결이 이안의 입술 위로 흩어졌다. 그에 이안의 입술이 파르르 경련을 일으켰다. 월야의 손이 불쑥 이안의 볼을 감쌌다. 그리곤 빙긋이 눈매를 반월로 만들어 해사하게 웃는다. 그 해사한 웃음에 잠시 눈을 뺏긴 이안의 아랫입술을 월야가 냉큼 깨물었다. 깨물었다?

"소, 소야궁 마, 마, 마, 마."

은율이 경악해 말을 더듬었다. 쓰윽 내려 보는 흑룡의 눈도 그에 못지않게 놀란 듯 보였다. 하지만 정작 제대로 놀란 것은 이안이었다. 아릿한 입술의 통증과 함께 느껴지는 달콤한 주(酒)의 향취가 이안을 혼란스럽게 만들었다. 태어나 그 누구에게도 입술을 물린 적이 없었다. 이안의 미간이 꿈틀거렸다. 파들거리던 손이 월야를 잡은 손에 힘을 가하려는 순간, 느닷없이 깨물린 자리로 말캉한 혀가 스치고 지나갔다. 이안의 현안이 눈동자만 아래로 굴렸다. 제가 무슨 짐승이라도 되는 양 남의 입술을 핥고 있는 월야를 이안이 가까스로 떼어 냈다.

"큭. 크하하하하."

"입 닥쳐."

누각이 떠나가라 탁자를 내려치며 웃어 대는 위랑을 향해 이안이 으르렁거렸다. 허나 먹힐 리가 없었다. 그 긴 세월 위랑의 적적함을 달래는 것이라고는 간혹 인의 세상을 유랑하는 것밖에는 없었다. 그도 시들해지면 시비를 걸듯 이안을 찾아와 농을 거는 게 그의 유일한 낙이었다. 농이 피를 부를 정도로 꽤 살벌하여 그렇지, 그 또한 적당한 유흥거리였다.

눈물이 날 정도로 유쾌히 웃은 위랑이 탁자 위로 깊숙이 몸을 내밀어 여직 버둥거리고 있는 월야에게 넌지시 물었다.

"나는 네가 참으로 맛나 보이는구나. 정녕 먹을 수 없는 것이냐?"

이안의 품에서 살며시 얼굴을 내민 월야가 고개를 갸웃거렸다. 낯선 인물에 대한 경계보다는 질문에 대한 답을 고심하는 듯했다. 위랑을 향해 눈을 말똥거린 월야가 이어 이안을 물끄러미 응시하더니 이내 고개를 끄덕였다.

"으음. 아니 되니다. 워야는 맛 엄스니다아."

"허면 이 허기는 무엇으로 채우면 좋겠느냐. 나는 지금 몹시 배가 고픈데 말이다."

얼토당토않은 대화를 주거니 받거니 하는 둘의 모습에 이안이 낮은 신음을 토해 냈다. 아린 입술을 혀로 쓸어 내며 이안이 고개를 저었다. 어린것들의 허접한 농에 말려드는 것이 아닌데. 그는 스스로를 자책했다. 어서 이 자리를 파해야겠다, 생각하며 일어서려는 그의 귀로 소곤거리듯 나직한 월야의 목소리가 날아들었다.

"참으로 맛나는 거슨! 사와앙."

덥석 월야의 입을 틀어막은 이안이 입술을 비틀었다. 은연중에 월야의 말에 귀를 기울이던 이들의 눈이 슬쩍 이안에게 머물렀다. 그중 가장 노골적인 것은 예외 없이 위랑이었다. 입술 끝을 묘하게 말아 올린 위랑이 이안을 야릇하게 바라보았다. 그에 이안이 이를 빠득거렸다. 입 닥치라는 무언의 압력이 누각 전체를 억눌렀다. 허나 몸을 떠는 시비와 이를 사리물고 버티는 은율과는 달리 위랑은 아무렇지 않은 듯 능글맞게 웃으며 그 건방진 입을 놀렸다.

"벌써 먹힌 게야?"

"누가!"

"허면 맛만 본 것인가?"

"그 입 찢어 놓기 전에 다물어."

"떠들 수 있는 게 굳이 입만 있는 것은 아니지."

이안의 살벌한 경고에도 위랑은 느긋이 웃으며 여유를 부렸다. 위랑이 나비가 나부끼듯 살며시 손끝을 움직이자 보슬비가 내리기 시작했다. 그를 시작으로 사방에서 낮은 속삭임이 웅성거렸다.

―맛있는 사왕. 맛있는 사왕.

나른히 눈을 내려 웃는 위랑을 가늘게 치뜬 눈으로 노려본 이안이 입을 달싹였다. 그에 환한 빛이 발광하며 누각 주변을 감쌌다. 비를 증발시키는 염의 발화로 시끄럽게 떠들어 대던 웅성거림이 일시에 사라졌다. 하마터면 누각이 염에 전소될 뻔하였다. 은율이 고개를 절레절레 흔들며 이안의 품에 안긴 월야를 넌지시 바라보았다. 월야가 없었다면 아마 진작에 그렇게 되었을지도 모를 일이었다. 문득 고개를 모로 기울인 은율이 의아한 듯 이안을 응시했다. 언제부터 사왕이 소야궁 마마를 저리 다정히 감쌌던가. 그러고 보니 그 또한 신기한 일이었다.

"앙. 맛있느은 사아."

일촉즉발의 순간 또 한 번 아슬아슬한 분위기를 깬 것은 월야였다. 보슬비 소리를 따라 웅얼거리는 월야의 입을 이안이 다시 틀어막았다. 이번엔 손이 아닌 입술이었다. 소리를 삼키듯 입술을 머금은 이안이 제 숨결을 월야의 입속에 불어넣었다. 그에 월야가 스르르 눈을 감았다. 연신 쫑알거리던 월야가 이내 깊은 잠에 빠져든 것이다.

"장족의 발전이군. 곧 어쩌면 사왕이 미쳤다는 소문이 돌지도 모르겠군그래. 사왕이 뭔가를 소중히 다루다니. 이거 참, 눈으로 보고도 믿을 수가 있어야지."

빈정거리는 위랑을 무시하고 이안이 제 품에서 곤히 잠든 월야를 내려 보며 엷은 미소를 머금었다. 주사가 있을 줄이야. 이거 참, 귀찮게 되었군. 나직이 투덜거리는 음색에 웃음이 묻어났다. 이안이 손으로 은율을 불러들였다. 그에 고개를 조아린 은율이 곁으로 다가서자 이안이 조심스레 월야를 건넸다.

"조심히 뫼시어라."

"예."

뫼시어라? 소중히 품에 월야를 받아 든 은율이 번뜩 고개를 들어 이안을 뚫어져라 응시했다. 던져 놓으라는 투박한 말투가 아니라 부드럽게 뫼시라는 명이다. 은율은 자신의 귀를 의심했다. 뭔가 잘못 들었다 판단하여 쫑긋이 귀를 내미는 은율을 향해 이안이 더 기막힌 명을 내렸다.

"내 침소로."

"……헉."

놀라 숨을 삼키는 은율을 홱 노려보며 이안이 눈을 부라렸다. 어서 꺼져. 등 뒤에서 크릉거리는 흑룡에게도 은밀한 뇌의 기운을 흘려보냈다. 입 닥쳐. 그에 찔끔한 은율이 슬그머니 위랑을 힐끔거렸다. 아마도 이 말도 안 되는 명은 위랑에게서 비롯된 것일 터였다. 위랑을 의식하여 부러 내린 명이란 것을 알아챈 은율이 고분이 머리를 숙이며 뒤로 물러났다.

누각을 벗어나 동월궁으로 향하는 일행을 가만히 지켜보던 위랑이 쓰게 웃으며 아쉬운 듯 말했다.

"꽤 재밌었는데 아쉽군."

"실망하긴 일러."

"응?"

무심히 돌아보는 위랑을 향해 사악하게 입꼬리를 말아 올리며 이안이 느른히 웃었다.

"지금부터 네놈을 더 재미있게 만들어 줄 참이거든."

마주 보는 위랑의 눈도 가늘게 빛났다. 타닥타닥 볼을 두드리는 손끝이 묘한 리듬을 만들어 냈다.

"거참, 무척 기대되는군."

"아주 재밌을 거야. 너무 재밌어서 명이 달아나는 줄도 모를 테니 말이야."

"그게 누구 명일지는 두고 볼 일이지."

"넌 항상 말이 너무 많아."

위랑이 앉았던 자리 위로 거센 뇌가 내리쳤다. 파지직거리는 섬광과 함께 거대한 뇌가 번뜩거렸다. 뇌를 맞은 탁자와 의자가 순식간에 재로 변했다. 그 잿더미 속에 위랑의 모습은 보이지 않았다. 피식, 싱겁게 웃는 이안의 목으로 섬뜩하게 시린 기운이 날아들었다. 순간 이안의 몸이 흐릿해지더니 시야에서 완벽히 사라졌다. 얼음처럼 날카로운 비수가 이안의 자리를 스쳐 누각의 기둥에 꽂혔다. 어느새 모습을 나타낸 위랑이 비릿한 냉소를 머금었다. 그가 목을 이리저리 움직여 풀며 아쉬운 듯 짧게 혀를 찼다.

쉬리릭.

허공을 가르는 날렵한 소리에 문득 고개를 돌린 위랑의 눈에 저를 향해 날아드는 흑룡의 꼬리가 보였다. 뇌를 품어 번뜩이는 꼬리가 미처 뭔가를 생각할 틈도 없이 다가와 위랑의 몸을 덮쳤다. 위랑의 몸과 흑룡의 몸이 부딪혀 엄청난 파열음을 냈다. 옷을 파고드는 뇌의 파직거림에 위랑이 미간을 구겼다. 꼬리를 부르르 떨며 아직도 허공에 멀쩡히 떠 있는 흑룡의 당당한 모습에 위랑이 쓰게 웃었다. 제가 누구 것이었는데 감히 저를 공격한단 말인가. 비틀어진 입술 사이로 낮은 신음이 흘러나왔다.

더러운 성미로는 견줄 바가 없는 이안과 흑룡이었다. 해서 굽히고 들어갈 리 없다 생각했는데 틀린 모양이다. 흑룡은 이미 이안을 선령으로 인정한 듯 보였다. 아까운 것을 하나 빼앗겼다.

흥!

크게 옷을 털어 뇌를 떨친 위랑이 저를 향해 날아오는 염을 급히 물막으로 쳐 내며 비틀거렸다. 이번엔 꽤 공격이 거칠었다. 정말 해보자는 것인가? 위랑의 손끝으로 길고 날카로운 손톱이 뻗어 나왔다. 그 어떤 것도 베어 버릴 수 있는 검보다 무서운 무기였다. 위랑이 손을 펼쳐 날카로운 손톱을 혀로 핥아 내렸다. 그를 지켜보는 이안의 눈이 잔뜩 찌푸려졌다. 그 무슨 흉측한 짓을 하고 있는 것인지 꼴사나워서, 원. 보다 못한 이안이 먼저 염을 날렸다. 날렵하게 그를 피한 위랑이 비릿하게 입꼬리를 치켜 올리며 이안을 향해 날아올랐다. 물막이 염을 뚫고 길을 내었다. 암살괭이처럼 날카롭게 손톱을 세우며 달려드는 위랑을 마뜩잖게 노려보던 이안이 손을 모아 주문을 읊조렸다.

따스하게 내리비치던 햇살이 그대로 살(殺)이 되어 위랑의 몸을 꿰뚫었다. 드륵드륵, 제 몸을 뚫은 살(殺)을 손톱으로 긁어 대던 위랑의 입에서 검붉은 선혈이 흘러내렸다. 청아하기 그지없던 비취색 옷감이 순식간에 피로 물들었다. 파르르 떨리는 몸을 무심히 내려보던 위랑이 고개를 들어 이안을 마주했다. 사악하기야 왕 중 둘째 가라면 서러운 이가 사왕이 아니었던가. 피식, 싱거운 웃음이 터져 나왔다. 이안이 이죽거리며 차갑게 말했다.

"넌 아직 멀었어."

"큭. 겨우 몇 백 년 먼저 난 주제에 잘난 체는."

"백 년이고 이백 년이고 그따위 세월에 상관없이 난 항상 제일 강한 존재야."

"하긴, 모든 것의 죽음을 관장하는 잔악한 사왕이 아니던가."

"알면 함부로 나대지 않는 게 좋아."

"그래서 더 좋은 게지. 아니면 어디서 이토록 강한 죽음의 고통을 맛보겠나. 이마저 없으면 이 길고 지루한 저주 같은 삶이 너무 지겹지 않겠나. 크크."

"입 닫아. 피 튀겨."

"좀 튀면 어때. 제 놈이 찌른 주제에."

"죽여 달라 덤빈 놈이 잘못이지."

위랑이 입가에 맺힌 피를 혀로 핥으며 킥킥거렸다. 확실히 이안은 강했다. 그리고 그전보다 조금 더 강해진 것 같았다. 재미 삼아 죽이겠다, 혈투를 벌이던 이전과는 사뭇 달랐다. 농이 아닌 진심이 깃들어 그런 모양이었다. 아마도 저 투덜거리는 얼굴 뒤에 서린 그 어떤 즐거움 때문이겠지. 저는 여직 느껴 보지 못한 색다른 즐거움. 문득 사왕의 품에서 해롱거리던 작은 것이 떠올랐다.

명이 애지중지하던 아이가 달의 신부가 되어 사왕의 반려가 되었다 하였을 때도 그저 시큰둥하였다. 괜히 혼인 선물로 흑룡만 빼앗겼다. 몇 날 며칠을 이를 갈았었다. 단지 그뿐이었다. 명도, 이안도, 달의 신부도 관심 밖의 일이었다. 오늘 달의 신부를 보기 전까지는 확실히 그러하였다.

요 며칠 심심하여 구경 삼아 달의 신부란 것이 대체 어떤 것인지 확인하러 온 길이었다. 대체 어떤 것이기에 명이 그리 애닳아 하나 싶어 조금 놀아 볼까 하고. 헌데 꼴이 참 우습게 되었다. 사왕이 그것을 내 것이라 칭하며 감싸다니, 눈으로 보고도 믿을 수 없는 일이었다. 분명 버림받아 궁 어디 처박혀 있으리라 생각했다. 사왕이라면 그러고도 남으리라 여겼다. 반려라면 질색을 하는 사왕이 아니었던가. 헌데 아니었다. 내 것이란다. 빼앗길까 품에 감추며 그리 말하였다. 저 사왕이.

위랑의 눈이 가물거렸다. 피를 너무 많이 흘린 탓이었다. 스륵 눈이 감김과 동시에 위랑의 몸이 빛에 감싸였다. 환한 빛이 부서져 내리듯 허물어지고 위랑이 이내 흔적 없이 사라져 버렸다. 이안의 눈이 사해로 향했다. 사해 심연 깊은 곳으로 가라앉은 위랑을 보고 있는 듯했다. 이안의 입가가 한껏 비틀어졌다. 뭐, 한동안은 잠잠할 테지.

저무는 해를 등지고 달이 모습을 드러내기 시작했다. 어둠이 더 짙게 내려앉는 밤이 될 터였다. 그믐이었다.

동월궁으로 들어서는 이안의 발걸음이 조금 무거웠다. 만월이 지나고 월야는 다시 소녀의 몸으로 화하였다. 다시 그믐이다. 허면 또 처음의 그 꼬맹이로 돌아가는 것이 아닌가. 복도를 돌아 침전 문 앞에 이르는 동안 무수히 많은 아랫것들이 그를 향해 고개를 조아렸다. 그에 아무런 반응을 보이지 않던 이안이 문득 창밖으로 떠오른 그믐달을 보며 낮은 신음을 흘렸다.

침전 문을 열려는 시비들의 손을 저지시키고 이안이 제 손으로 문고리를 잡았다. 잠시 망설이다 이내 그의 성정처럼 거칠게 문을 열어젖혔다. 달콤하고 은은한 향기가 먼저 이안을 덮쳐 왔다. 그에 잠시 멈칫 걸음을 멈추었다 다시 한 발 안으로 들어서며 가만히 등 뒤의 문을 닫았다. 문득 제가 머물던 공간의 공기 흐름이 변했음을 감지했다. 뭔가 이질적인 기류가 방 안을 가득 메우고 있었다. 그의 입가에 엷은 미소가 떠올랐다. 기분 좋은 변화였다.

이안의 눈이 천천히 방 안을 훑었다. 모든 것이 방을 나서던 그대로였다. 그의 눈이 이윽고 제 침대 위에 누운 작은 것을 담아냈다. 휘장에 가려 온전한 형체는 볼 수 없었으나 새근거리는 숨소리는 공기를 통해 느낄 수 있었다. 저도 모르게 발소리를 죽이며 다가서던 이안이 침대 앞에 가만히 멈춰 섰다.

휘장을 걷어 내기 전 구름에 반쯤 몸을 가린 그믐달에 눈길을 두었다. 낮은 한숨이 새어 나왔다. 뭐, 어쩔 수 없지. 며칠 또 보모 노릇을 해야 할지도 모르겠군. 짧게 혀를 차며 휘장을 걷은 이안이 얇은 이불을 몸에 말고 있는 월야를 건조하게 내려 보았다. 자는 꼴 좀 보라지. 침대 위로 사뿐히 내려앉은 이안이 몸을 숙여 가만히 월야의 발에 감긴 이불을 들췄다.

"어……라……?"

눈앞에 온전히 드러난 월야의 발을 멀뚱히 바라보았다. 그러다 또 의아한 눈으로 휘감긴 이불의 형체를 따라 시선을 옮겨 월야의 머리를 내려 보았다. 흐트러진 머리카락이 꽤 길다고 느끼며 조심스레 얼굴을 덮은 그것을 걷어 냈다.

"하아."

여전히 홍조를 띤 월야의 얼굴이 눈앞에 드러났다. 이안의 입술이 조금씩 천천히 위로 말려 올라갔다. 그가 잠든 월야의 볼을 가만히 쓸어 내렸다. 숨을 흘려 내는 붉은 입술도 더듬어 보았다. 그믐인데 쥐방울이 조막 꼬맹이가 되지 않았다.

느른히 월야의 곁에 몸을 누인 이안이 월야의 잠든 얼굴을 바라보며 히죽 웃었다. 그리곤 가만히 월야를 품으로 끌어당겼다. 자꾸만 말려 올라가는 입매를 어쩌지 못하고 그가 월야의 입술 가까이 입술을 내렸다. 달주라 했던가. 지독하게 단향을 흘려 내는 그것을 직접 맛보지는 못했지만 그것도 달차 못지않을 것이라 짐작했다. 월야의 입술에서 홀리듯 지독하게 단맛이 났다. 가볍게 입술을 머금었다 놓은 이안이 혼잣소리처럼 중얼거렸다.

"어디 얼마나 컸나. 맛이나 볼까?"

취하듯 월야의 입술을 머금은 이안의 얼굴에 환한 미소가 서렸다. 맛을 보아하니 어찌 조금 큰 듯도 했다.

달빛이 스며들어 침전을 은은히 비추었다. 월야는 저를 감싸는 따스한 온기에 흡족한 미소를 머금었다. 근래 들어 몸이 민감하여 잠을 쉬이 이루지 못하였는데, 오늘은 어인 일인지 깊은 잠을 잔 듯하였다. 깨기 싫은 포근함이었다. 조금 더 그 따스함을 느껴 보고 싶어 저를 감싼 이불을 잡아당겼다. 문득 손에 잡히는 것이 이불이 아님을 깨달은 월야가 미간을 좁히며 힘겹게 무거운 눈꺼풀을 밀어 올렸다. 가물거리는 시선 끝에 뭔가 새하얀 것이 들어왔다. 몇 번 눈을 깜빡여 시선을 집중시킨 월야는 제 눈앞에 있는 것이 누군가의 자리옷임을 알고 낮은 숨을 삼켰다.

조심스런 시선이 옷깃을 따라 위로 향했다. 부드럽고 강인한 턱선이 보였다. 낯이 익었다. 조금 더 가까이 얼굴을 보기 위해 꼼지락거렸다. 그러자 저를 감싼 팔이 더 강하게 죄어 오며 다리 하나가 허리 아래를 포박해 버렸다. 정수리 위에서 흩어지던 숨결이 이마를 스쳐 얼굴 위로 내려앉았다. 잠에 취한 나직한 음성이 눈앞에 머문 붉디붉은 입술에서 흘러나왔다.

"가만있어."

월야의 눈이 덧없이 깜빡거렸다. 꼼지락거릴 틈도 없이 저를 꼭 그러안은 장본인이 이안이라는 것에 고개를 갸웃거렸다. 꿈을 꾸는 것일까? 또르르, 월야의 눈동자가 사방을 훑었다. 낯이 설면서도 어딘지 모르게 눈에 익은 곳이었다. 제 침전은 아니었다. 월야의 눈동자가 기려한 이안의 속눈썹을 담아냈다. 잠든 이안의 얼굴은 처음이었다. 이곳이 이안의 동월궁 침전인 것도 믿기지 않았지만, 그의 보료 위에 나란히 누워 있다는 것도 믿을 수 없었다.

"어제 무슨 일이 있었던가?"

가물거리는 기억을 애써 더듬던 월야가 작은 입을 동그랗게 모았다. 달주를 마셨더랬다. 담그기는 하였으나 그 맛이 어떠한지는 장담할 수 없어 조금 맛본다는 것이 너무 달짝지근하여 저도 모르게 한 사발을 마셨었다. 그리곤…… 흑룡을 보채 이안을 찾아갔었다. 술에 취해 기분이 좋아지니 웬일인지 이안이 너무 보고 싶었더랬다. 해서 누각까지 올라가 와락 껴안았더랬다. 너무…… 좋아서.

파편처럼 떠오른 기억들이 하나둘 월야의 머릿속을 잠식해 나갔다. 이안이 저를 품에 감싸 안았던 것도, 처음 보는 이를 향해 이안이 제일 맛나다 자랑을 한 것도, 이안이 낯선 이를 향해 저를 내 것이라 으름장을 놓던 것도 떠올랐다.

'내 거야.'

귓속을 파고들던 또렷한 이안의 목소리가 달콤하게 심장으로 스며들었다. 두근두근, 이상하게 심장이 작은 북을 울려 댔다. 눈앞에 머문 이안의 입술이 낮은 숨을 흘려 내자 월야의 눈썹이 파르르 떨렸다. 슬며시 이안의 가슴에 닿은 손을 움직이자 이안이 더 낮은 신음을 흘려 냈다. 그 야릇함에 월야의 볼이 빨갛게 물들었다. 잠시 머뭇거리다 조심스레 손을 뻗어 이안의 입술을 톡 건드렸다.

아무런 반응이 없자 더 과감해진 월야가 이안의 입술을 더듬었다. 부드럽고 매끄러운 느낌이 손끝을 타고 내려와 심장을 적셨다. 지그시 이안의 아랫입술을 눌렀다. 아, 맛있어 보여.

"물면 죽어."

 이안의 잠긴 목소리가 월야를 몽환의 늪에서 빠져나오게 만들었다. 월야는 제 손목을 잡은 이안의 큰 손을 물끄러미 바라보았다. 그에 맞춰 스르륵 올라간 이안의 속눈썹이 감췄던 현안을 드러냈다. 저를 담아낸 현안이 촉촉하게 젖어 있었다. 막 잠에서 깬 터라 나른한 기운도 서려 있었다. 월야의 손을 조금 물려 내려놓곤 이마에 톡 하고 알밤을 놓았다. 따끔한 통증에 눈을 찡그리는 월야를 두고 반쯤 일어나 앉은 이안이 몸을 풀었다.

"너 무슨 잠꼬대가 그리 심해? 아주 사람을 잡아먹겠다고 덤비질 않나, 하마터면 굴러떨어질 뻔하였다."

"제, 제가요?"

 그럴 리 없다. 고개를 흔들며 몸을 웅크리는 월야를 향해 이안이 이죽거리며 소매를 걷어 보였다. 팔에 선명하게 남아 있는 이빨 자국은 분명 이안의 것이 아니었다. 슥 손을 올려 이안의 팔뚝을 만지던 월야가 앙 하고 입을 벌리고 다가왔다. 놀란 이안이 서둘러 소매를 내리고 팔을 거둬들였다. 맞춰 보겠다 달려드는 월야의 이마를 손바닥으로 눌러 막으며 이안이 으르렁거렸다.

"그걸 꼭 맞춰 봐야 알겠느냐. 너 말고 여기 또 누가 있다고."

"그래도 혹시나 안 맞으면."

"허면 여기도, 여기도. 죄 다 맞춰 보려 하느냐."

 격분한 이안이 앞섶을 풀어헤쳐 가슴의 돌기 옆에 선명하게 난 이빨 자국과 목 언저리, 귀를 번갈아 가리켰다. 그리로 손을 뻗으려는 월야를 저지시키며 옷을 추린 이안이 눈을 번뜩이며 일갈했다.

"네가 짐승이야!"

"헉."

"한 번만 더 달려들었단 봐라. 아주 그냥."

뭐라 윽박지르려다 말고 눈을 동그랗게 뜬 월야를 가만히 내려 보다 이내 홱 하고 고개를 돌려 버린다. 혼잣소리를 중얼거리며 침대를 벗어나는 이안의 등을 멍하니 바라보던 월야의 시선이 그 너머 창으로 향했다. 해가 떠오르기 직전의 어스름이 하늘을 짙게 물들이고 있었다. 그를 보던 월야의 고개가 갸웃거렸다. 시선을 내려 제 몸을 한 번 살피고 다시 시선을 들어 하늘을 살폈다. 몸을 이리저리 뒤척이며 요란을 떨어 대다 급기야는 침대 끝머리까지 다다른 월야가 무척 아슬아슬했다. 고개를 설레설레 저으며 차를 한 잔 따라 들이켜던 이안이 그를 발견하고 컥 하며 마시던 차를 내려놓고 급히 몸을 날렸다.

"조심성 없기는."

간발의 차이로 이안의 품에 안긴 월야가 눈을 또롱또롱 빛내다 배시시 웃었다. 그에 가볍게 혀를 찬 이안이 월야를 들어 다시 침대 위에 올려놓았다. 몸을 일으키려는 이안의 턱으로 월야의 손이 닿아 왔다. 또 뭐야? 마뜩잖은 얼굴로 내려 보는 이안의 턱을 손끝으로 쓸어 올리다 그의 입술에서 멈췄다. 이안과 시선을 맞춘 월야가 살짝 제 아랫입술을 깨물었다. 이안의 한쪽 눈썹이 올라갔다. 딴에는 흘러내린 차를 닦아 주려 한 모양인데 그리해 닦일 것이 아니었다. 되었다 말하려던 이안의 입이 뭔가에 막혀 버렸다. 그것의 정체를 깨닫자 헛웃음이 터져 나왔다.

단숨에 이안의 입술을 집어삼킨 월야가 이번엔 날름날름 혀로 입술 아래와 턱을 핥아 댔다. 간질거리는 그 느낌이 뭔가 묘했다. 이안의 미간이 꿈틀거렸다. 이내 월야의 뒷덜미를 낚아챈 이안이 월야를 향해 눈을 부라렸다.

"네가 견이나 묘인 줄 아느냐! 어디 함부로 혀를."

"얼굴이 붉습니다."

"쓸데없는 소리!"

"저는 그리되면 화끈화끈 볼이 뜨겁습니다. 사왕님도 그러합니까?"

"다물어."

"만져 보고 싶습니다."

"야!"

월야의 환장할 정도의 솔직함이 간혹 이안을 당황스럽게 만들 때가 있었다. 이처럼 이안의 숨기고픈 심사를 가감 없이 드러내려 할 때가 그러했다. 무방비 상태에서 당하는 사람의 심정을 제가 어찌 알겠는가마는 그래도 남의 입술을 범한 것치곤 저는 너무 당당했다. 그게 더 화가 났다. 해서 더 거칠게 월야를 침대 위에 던져 놓았다. 차라리 떨어지게 둘 것을 그랬다. 후회하며 두어 걸음을 옮긴 이안이 문밖을 향해 옷을 가져오라 명하였다.

이안이 몸시중이 가져온 옷으로 갈아입는 동안 월야는 덤덤히 그의 벗은 몸을 지켜보았다. 그 눈길에 몸이 단 것은 오히려 이안이었다. 무심한 눈길이 더 사람을 환장하게 만든다는 것을 이안은 처음 알았다. 감히 사왕을 품평하듯 쳐다보다니, 이게 말이 되는가 말이다.

이안이 잔뜩 불편한 심기를 드러내며 힐끗 거울에 비친 월야를 살폈다. 무릎을 세워 양팔로 끌어안고는 그 위에 턱을 괸 채 멍하니 앉아 있었다. 별스럽지 않다는 얼굴이었다. 시선을 옮긴 이안이 제 옷깃을 여미고 있는 몸시중을 내려 봤다. 내내 눈을 맞추지 못하고 얼굴을 붉힌 채 행여 손이 닿을까 노심초사하며 시중을 들고 있었다. 잘못하여 사왕의 몸에 함부로 손을 대었다간 경을 치다 못해 목이 달아나기도 했다. 새벽의 찬 이슬처럼 쥐도 새도 모르게. 허나 그보다는 그의 몸을 가까이 접한다는 자체가 경이로웠다. 옷시중을 들고 싶어 저들끼리 다투는 일도 허다하다 들었다. 헌데 저 쥐방울, 겁도 없이 덤빌 때는 언제고 정작 벗은 몸을 보고도 아무렇지 않다니 이건 또 무슨 수작질인가.

"이상합니다."

그래, 이상해. 너.

월야의 말에 투덜거리며 마지막 마무리를 하는 몸시중을 물렸다. 마시다 만 차를 다시 따라 머금으며 이안이 툭 던지듯 말했다.

"뭐가."

"분명 그믐입니다."

"해서?"

알면서 모른 척 시치미를 떼자 월야가 침대에서 내려와 팔을 활짝 펼치며 보란 듯이 빙글 몸을 돌렸다. 잔을 기울이며 무심히 그를 지켜보던 이안이 어깨를 으쓱거렸다. 그에 깊은 숨을 내쉰 월야가 뽀르르 곁으로 달려와 앉으며 고개를 갸웃거렸다.

"몸이 이상합니다."

탁자 위에 잔을 내려놓으며 이안이 슥 월야를 훑었다. 또롱또롱 저를 쳐다보는 눈을 응시하며 탁자에 올린 팔에 턱을 괴었다. 슬며시 입술 끝을 말아 올린 이안이 나른히 월야를 바라보았다. 슬쩍 벌어지는 이안의 입술을 주시하며 월야가 그의 말을 기다렸다.

"이제야 그것을 알아챘더냐?"

"사왕님은 이미 알고 계셨습니까?"

"넌 원래 이상했어. 커졌다 작아졌다. 들쑥날쑥. 그때마다 성격도 변하고. 참으로 괴스러운 존재지. 암. 암."

"그것이 달의 신부의 운명이라 했습니다."

"운명?"

한 손으로 빙글빙글 맴을 돌리던 잔을 멈췄다. 이안이 불쑥 얼굴을 가까이 내밀며 은밀히 물었다. 그에 눈을 깜빡이며 고개를 끄덕인 월야가 이안의 현안을 들여다보며 흐릿하게 웃었다.

"진정한 사랑을 해야만 성체로 머문다 하였습니다."

"진정한 사랑?"

"네."

"그게 뭔데?"

"저도 모릅니다. 그것이 무엇인지는."

눈을 가늘게 늘인 이안이 가만히 월야의 얼굴을 살폈다. 분명 그믐이었고, 월야는 좀 전보다 약간 커져 있었다. 그 미묘한 변화를 알아챈 것이 용할 정도였지만, 이안이 보기엔 그랬다. 허면 그것이 월야가 말한 진정한 사랑과 어떤 연관이 있는 것일까? 이리저리 월야를 살핀 이안이 더 가까이 얼굴을 내밀었다. 숨결이 맞닿을 정도의 거리에서 멈춘 이안이 슬쩍 시선을 올려 월야의 눈을 마주하자 파르르 속눈썹이 떨렸다. 허면? 야릇한 미소를 머금은 이안이 월야의 얼굴 위로 엷은 숨을 흘려 냈다. 그에 월야의 눈알 굴리는 소리가 귓가에 선명히 들리는 것 같았다. 꿀꺽, 침 넘어가는 소리로 보아 또 먹고 싶다 생각하고 있음이 분명했다.

어디를 어떻게? 큭.

"참아. 먹는 건 나야."

"……예?"

속내를 들켜 화들짝 놀란 월야가 움찔거렸다. 이안이 월야의 입술을 살짝 깨물었다. 그런 다음 어르듯 혀로 핥고 이어 입술을 삼켰다. 피부를 통해 전해지는 두근거림이 즐거웠다. 입술을 뗀 이안이 히죽 웃으며 얌전히 앉아 있는 월야의 볼을 톡톡 건드렸다. 그에 월야가 발그레한 볼로 또르르 눈동자를 움직여 이안을 가만히 바라보았다. 마주 보는 이안의 얼굴에도 미소가 머물렀다.

"아직은 덜 영글었어. 아쉽지만 맛만 보는 걸로 만족하지."

혼잣소리처럼 나직이 속삭이는 이안의 말에 월야가 고개를 갸웃했다.

"덜 영글었습니까? 제가?"

"그럼 지금 네가 다 컸다고 생각하느냐? 잘 키워서 잡아먹을 터이니. 쓸데없는 걱정은 말거라."

"저는 맛이 없습니다."

"또. 해서 네가 날 먹겠다고? 어림없는 소리."

"아."

골똘히 뭔가를 생각하는 듯하던 월야가 조심스레 이안 가까이 얼굴을 내리며 은밀하게 물었다.

"제가 먹으면 아니 됩니까?"

"하아."

기가 막혀서. 부뚜막에 먼저 오른 어린것이 어찌 되었더라. 한쪽 입꼬리를 말아 올려 웃은 이안이 딱 하고 월야의 이마에 알밤을 먹였다. 아프다 삐죽이 내민 입술마저 콕 집어 주었다.

"어림도 없는 소리."

"아픕니다."

"아프라고 한 게지."

"불공평합니다. 저도 사왕님이 맛납니다. 먹고 싶습니다."

"크크."

참으려 해도 터져 나오는 웃음에 이안이 배를 움켜잡았다. 세상 천지 사왕을 두고 맛나다, 먹고 싶다 앙탈을 부리는 것은 아마 월야 하나뿐일 것이다. 먹고 싶다니. 하아. 그 뜻이나 제대로 알고 하는 소릴까. 고개를 절레절레 흔든 이안이 월야를 지그시 바라보며 이죽거렸다.

"절대 안 돼."

아마도 몸이 변치 않은 것은 저 먹고 싶다에 기인한 것이 아닐까 싶었다. 누군가를 먹고 싶다, 맛나다 표현하는 것이 이제 갓 사랑에 눈뜬 월야가 할 수 있는 최고의 고백이 아닐까. 사랑이라. 진정한 사랑이라. 그것 참 어렵군.

"저는 지금 흑룡에게 갈 것입니다. 흑룡은 아마 한입이라도 먹게 해 줄 것입니다. 사왕님처럼 매정하게 굴지는 않을 것입니다."

벌떡 일어서는 월야의 소맷자락을 움켜잡으며 이안이 미간을 찌푸렸다.

"어딜 가."

"흑룡 먹으러 갑니다."

"그거 내 거야. 누구 맘대로 먹어."

내 거라는 이안의 말에 월야가 눈을 말똥거리며 그를 응시했다. 뭐? 하며 입 모양으로 묻자 월야가 새침하게 볼을 부풀렸다. 허. 새침을 떨어? 쥐방울이? 미치겠군.

"저는 사왕님의 것이 아닙니까?"

"뭐?"

"흑룡이 사왕님의 것이면, 저는 왜 '내 거야.' 라고 하신 것입니까."

기억하고 있는 거야? 빌어먹을. 쓴 입맛을 다신 이안이 아랫입술을 살짝 깨물었다. 잡은 월야의 소맷자락을 손끝으로 어루만지며 뜸을 들였다. 왠지 낯이 간질거렸다. 잠시 뜸을 들인 이안이 까칠하게 한마디를 툭 내뱉었다.

"둘 다 내 거야. 됐어?"

"욕심도 많으십니다. 해서 둘 다 혼자 잡수실 것입니까?"

"내가 왜 그놈을 먹어?"

"허면 왜 저는 먹는다 하십니까?"

"내 마음이야."

퉁명스런 이안의 말에 삐죽 입을 내민 월야가 그의 손을 떨쳐 내며 문 앞으로 두어 걸음 뒷걸음질 쳤다. 허전한 손을 꽉 움켜쥔 이안이 매섭게 월야를 바라보았다. 그냥 그렇다면 그런 줄 알 것이지 왜 자꾸 토를 달아. 토를 달긴.

"사왕님은 안 주겠다 하시니, 저는 별수 없이 흑룡을 먹으러 갈 겁니다. 저도 오기가 있습니다."

턱을 치켜들며 뜻을 굽히지 않겠다 고집을 부리는 월야를 향해 이안이 이를 드러내며 현안을 빛냈다. 대체 왜 그놈을 먹겠다는 거냐고! 빌어먹을!

"그놈은 내 종이고, 넌 내 반……려니까."

"……예?"

"흑룡은 안 돼."

단호하게 고개를 저은 이안이 잠시 머뭇거린 뒤 말했다.

"내 반려가 아무것이나 먹게 둘 순 없어. 네가 먹어야 하는 것도 나 하나야."

"……무슨 말씀인지 모르겠습니다."

"먹게 해 주겠다고. 그러니까."

사왕이 처음 저를 향해 반려라는 말을 했다. 그에 얼굴이 화끈 달아오르며 또다시 심장에서 북을 울려 댔다. 아, 좋은 거구나. 얼굴이 화끈거리고 심장이 울리는 건 참 좋은 거구나. 제 심장 위에 가만히 손을 올린 월야가 희미한 미소를 머금었다.

"쥐방울."

이안이 나직하나 부드럽고 감미로운 목소리로 월야를 불렀다. 고개를 들자 그가 손가락을 까닥여 저를 가까이 부르고 있었다. 가만가만 발을 내디며 가까이 다가서자 이안이 와락 월야의 허리를 감싸 끌어안았다. 제 무릎 위에 얌전히 월야를 앉힌 이안이 사뭇 굳은 얼굴로 아무렇지 않게 툭 내뱉었다.

"딱 한입만 먹어."

"아."

월야의 얼굴에 화사한 미소가 번졌다. 얼굴을 굳히고 있던 이안의 입매도 살짝 부드러워졌다. 살포시 얼굴을 내린 월야가 이안의 이마에 제 이마를 맞대고 간지럽게 속삭였다.

"잘 먹겠습니다."

살며시 입술을 포개 오는 월야의 행복한 모습에 이안의 입술도 기분 좋게 휘었다. 얼마나 맛있게 먹는지 보자고. 뭐 자꾸 먹다 보면 쑥쑥 클지도 모르잖아? 진정한 사랑. 그게 가능한 것인지는 모르겠으나 쥐방울, 어쨌든 네가 조금 신경 쓰이기 시작했어. 빨리 커라. 어서어서.

7.
이안

 사해 심연의 늪, 어족들의 움직임이 심상치 않았다. 그들은 허리 아래 지느러미를 축 늘이고 숨을 죽인 채 늪을 울리는 진동에 몸을 떨고 있었다. 본시 사해로 떨어지는 것들은 대부분이 그들의 먹이였다. 허나 근래 들어 어족이 근접할 수 없는 두려운 것이 사해를 점령하기 시작했다. 흑룡이 사해에 터를 잡은 이래 그들은 제대로 활개를 치지 못하고 숨어 다녀야만 했다.
 잠잠하던 사해에 또 다른 것이 스며들었다. 처음 피 냄새를 맡고 달려들었던 어족 하나가 시체처럼 축 늘어진 위랑의 곁으로 다가서다 그대로 산산조각이 나 흩어졌다. 그제야 함부로 덤벼들 것이 못 된다 깨달은 어족들이 비명을 지르며 어지러이 흩어졌다.
 진동은 그 기세를 더하여 어느새 바다 전체를 거세게 휘몰아치며 위로 솟구쳤다. 소용돌이처럼 일어난 물기둥들이 위랑 주변을 감쌌다. 눈이 멀 것 같은 거대한 섬광이 그 위로 번쩍였다. 이어 마치 아무 일도 없었던 듯 사해가 잠잠히 가라앉았다. 잠이 든 듯 미동도 없던 위랑의 눈이 꿈틀거리더니 서서히 눈꺼풀을 밀어 올렸다. 바다 빛깔을 닮은 비취색의 눈동자가 스르르 움직였다.

피식.

위랑이 한쪽 입술 끝을 올려 웃었다.

"그놈의 더러운 성질은 하여간."

이안의 품 안에서 앙앙거리며 종알거리던 것을 떠올렸다. 사왕을 두고 맛있다고 말하는 어린것이라니. 간만에 꽤 재미난 것을 만나질 않았나. 위랑은 느른히 물결에 몸을 맡긴 채 턱을 쓸었다. 사왕이 무언가를 그리 애지중지 감싸는 것을 본 적이 없었다. 내 거라니. 행여나 흠집이라도 날까 감추는 꼴이라니. 위랑은 그것에 안절부절못하던 사왕을 떠올리며 킥킥 낮은 웃음을 터트렸다. 오랜만에 흥미로운 유희거리가 생겨 더없이 즐거웠다.

그전에.

위랑은 어미의 단속에도 호기심을 못 이겨 주춤주춤 제 곁으로 다가서는 어족의 어린것을 가만히 지켜보았다.

히죽.

혀로 입술을 축이며 매혹적인 미소를 흘렸다. 그에 홀린 듯 어린것이 위랑의 앞으로 다가왔다. 가늘고 긴 손가락이 천천히 어린것의 목을 감쌌다. 그것은 위랑의 손이 제 목을 비트는 순간에도 제가 무슨 일을 당하고 있는지 알지 못했다.

아그작. 아그작.

어족의 머리를 베어 무는 소리가 정적이 내려앉은 공간을 대신 채워 나갔다.

끼이이아—

새끼를 잃은 어미의 구슬픈 비명만이 뼈 으스러지는 소리와 어울려 사해를 더 깊은 침묵 속으로 빠져들게 만들었다.

"간만에 먹는 별식이라 맛이 괜찮군."

어족은 이미 인의 세상에선 멸종하였다 전해질 정도로 귀한 종족이었다. 간혹 인의 사내를 홀려 씨를 받아 후세를 낳기도 하였지만, 그리 오래가지는 못하였다. 본시 인이란 것들은 저와 다른 종족에 대해서는 묘한 적개심을 드러낸다. 그에 닥치는 대로 잡아 가두어 구경거리로 전락시키거나 불로초마냥 희귀한 약으로 여겨 그 심장을 취하기도 하였다. 그 어리석은 짓거리가 결국 사왕의 화를 불러 인의 세상은 한바탕 불바다가 되었다. 감히 신의 영역인 종족 말살의 권한을 함부로 행한 대가였다. 후에 어족들은 사해에 둥지를 틀었다. 덕분에 위랑은 이 별미를 오랫동안 맛보지 못하게 된 것이다.

마지막 한 조각까지 씹어 삼킨 위랑이 피 묻은 손가락을 혀로 핥으며 만족스런 미소를 지었다.

"배도 부르고, 이제 슬슬 움직여 볼까?"

입술에 묻은 피까지 혀로 말끔히 핥아 낸 위랑이 손가락을 맞부딪히자 그의 몸이 사해 수면으로 솟구쳤다. 사궁 하늘 위에서 아래를 살피던 위랑의 눈에 검은 물체 하나가 잡혔다. 동월궁을 바라보고 선 흑룡의 모습이 꽤 쓸쓸해 보였다. 뭔가를 생각하는 듯 아련한 눈빛으로 동월궁을 바라보다 갑자기 몸을 돌려 하늘을 바라보았다.

"눈치 하난 잽싼 놈이군. 아까워. 잘 키우면 제법 힘이 될 놈인데. 쩝."

위랑은 손을 휘저어 제 기운을 지워 냈다. 후로도 한참을 그리 바라보던 흑룡이 고개를 갸웃하며 힘없이 사해 쪽으로 발길을 돌렸다. 본체로 화하여 사해로 들기 전 흑룡이 다시 한 번 동월궁을 바라보았다. 미련이 남은 것인지 주춤거리다 마음을 굳힌 듯 흑룡은 서서히 사해로 스며들었다.

"저도 사내라 어여쁜 것에 동한 모양이지?"

궁내를 은밀히 움직이는 일련의 시비들을 제외하고 위랑의 눈길을 잡은 또 하나는 동월궁 그늘에 숨어 주제도 모르고 질투심을 불태우던 쥐새끼 한 마리였다. 위랑은 가만히 턱을 쓸어 냈다. 가늘어진 눈매로 뭔가를 생각하던 위랑이 히죽 입꼬리를 말아 올리며 의미심장하게 웃었다.


"예서 무얼 하는 게냐?"

은율의 물음에 화들짝 놀란 비련이 급히 몸을 돌려 허리를 숙였다. 은율의 마뜩잖은 눈이 비련의 얼굴을 훑고 지나갔다. 요즘 몸 시중들이 애가 닳아 난리라더니 율도 어기고 동월궁 안을 겁도 없이 넘보기 시작한 모양이다. 은율은 동월궁으로 들어서며 비련을 향해 매섭게 경고했다.

"주제를 망각하고 함부로 날뛰었다간 명대로 살지 못할 것이다. 명심하라."

"……예."

대답이 늦은 것이 거슬렸으나 잡고 따지는 것 또한 귀찮았다. 한 번 더 경고의 눈빛을 보내고 뜰로 들어선 은율은 곧 비련의 존재를 잊었다. 달꽃이 봉우리를 맺기 시작하였다. 그에 달콤하고 은은한 향기가 동월궁을 가득 채웠다. 어느새 달꽃으로 둘러싸인 전각 아래 댓돌 위에 얌전히 앉은 월야가 전각에 자리를 잡은 이안을 향해 뭐라 소곤거리고 있었다. 그를 보는 은율의 고개가 갸웃 기울었다.

전 같으면 시끄럽다 타박했을 이안이 잠잠히 월야의 얘기를 경청하고 있었다. 표정 자체는 심드렁했으나 간혹 웃으며 돌아보던 월야가 고개를 돌릴 때면 부드럽게 그녀를 바라보며 싱긋 미소를 지어 보였다. 은율은 하늘을 올려다보았다. 오늘 하늘에 무슨 변고가 일었나 해서였다. 그렇지 않고서야 어찌 저 잔악한 사왕의 얼굴에 저런 미소가 떠오를 수 있단 말인가. 눈으로 보지 않고서는 도저히 믿기 힘들 일이었다.

"뭐야?"

뜬구름 잡듯 하늘을 요모조모 살피던 은율의 귀에 무미건조한 이안의 목소리가 날아들었다. 문득 고개를 내려 이안을 바라보던 은율은 그 아래 저를 향해 손을 흔들고 있는 월야에게로 더욱 시선을 내렸다. 마주 환한 미소를 띠며 손을 흔들다 날카롭게 찔러 오는 시선 하나에 흠칫하여 고개를 들었다.

"무슨 일이냐 물었다. 귀가 먹은 게냐. 뚫어 줘?"

"아, 아니옵니다."

급히 몸을 숙여 예를 취한 은율이 그들 곁으로 다가가 고개를 조아렸다. 우아하게 찻잔을 들어 입으로 가져가던 이안이 전각을 오르는 월야의 시선에 눈을 맞추며 왜? 하고 물었다. 은율을 대하던 것과는 사뭇 다른 얼굴과 말투였다.

"귀가 막히면 뚫어도 주십니까?"

"어?"

"참으로 신통한 재주를 지니고 계십니다. 사왕님이 의술도 행할 줄 아신다는 걸 저는 오늘 처음 알았습니다."

"음. 뭐. 그야."

은율은 속으로 웃었다. 사왕이 의술이라니. 말도 안 되는 소리다. 죽음을 관장하는 신이다. 어찌 삶과 관련된 일을 한단 말인가. 천부당만부당한 일이었다. 혼자 구시렁거리던 것을 귀 밝은 이안이 들은 모양이었다. 그의 현안이 내리뜬 은율의 눈을 예리하게 파고들었다. 싸한 냉기가 스며들어 은율이 한 차례 몸을 떨었다.

"은율, 많이 추우십니까?"

"아, 그저 간밤 잠을 설쳐 그렇사옵니다. 괘념치 마시옵소서."

"허면 은율도 차를 좀 드십시오."

"차 말이옵니까?"

"따뜻한 차를 드시면 냉기가 가실 것입니다."

"아, 예."

월야가 이안 곁으로 다가와 찻잔 하나를 뒤집어 차를 따랐다. 가만히 하는 양을 지켜보는 이안의 눈빛이 마뜩잖았다. 그에 아랑곳 없이 월야가 찻잔을 들어 이번에는 손수 은율에게 다가가 건넸다. 환한 미소와 함께 감격해 그를 받아 들던 은율이 멈칫 이안을 돌아보았다. 곁에 같이 이안을 돌아본 월야가 싱긋 웃자 이안도 마지못해 모른 척 고개를 돌렸다. 안도의 한숨을 내쉬며 잔을 기울이던 은율이 귓속을 파고드는 이안의 말에 풋 하고 머금었던 차를 내뿜었다.

"은율이라 참으로 다정한 호칭이로군. 아니 그러한가, 대사성."

"하하. 듣고 보니 그러하옵니다. 미처 깨닫지 못하였나이다. 하찮은 존재의 이름을 친히 불러 주시니 소신 감읍할 따름이옵니다."

"그렇지 감격에 겨워 눈물을 흘릴 만도 하지 사왕의 반려인데, 사국의 왕비가 아니던가. 그런 존재가 저리 다정히 불러 주는데 아무 감흥이 없어서야 쓰나."

"아, 그러고 보니 제가 대사성의 이름을 함부로 불렀습니다. 다정히 대해 주시는데 저만 거리감을 주는 듯하여. 듣기 거북했다면."

"아, 아닙니다. 황공할…… 따름이옵니다."

은율은 미칠 지경이었다. 언제부터 그리 주변에 신경을 썼다고 하찮은 호칭 따위를 걸고넘어진단 말인가. 대사성 은율을 이놈 저놈 마구 부르던 이가 누구인데. 이름 좀 불렀기로서니……! 아니, 아니다. 혹여 저것은 질투에 기인한 것이 아닌가? 번쩍 고개를 든 은율이 매섭게 저를 노려보고 있는 이안의 눈을 마주했다…… 가급히 고개를 숙였다. 현안이 오늘따라 더 사악하게 느껴졌다.

"누구는 사왕님, 사왕님 하더니 누구는 뭐가 그리 친해졌다고 은율, 은율거린단 말이냐. 뭐야, 허면 대사성이 나보다 더 귀한 존재란 말인가?"

"얼토당토않으신 말씀!"

급진전하는 이안의 질투심을 지우고자 손까지 들어 흔들던 은율은 조용조용 들려오는 월야의 목소리에 저도 모르게 입을 다물었다. 그리곤 슬쩍 고개를 반대편으로 돌렸다. 그래, 차라리 소야궁 마마에게 모든 것을 맡김이 좋을지도 모른다. 은율이 몰래 고개를 끄덕였다.

탁자 위에 턱을 괸 월야가 이안 쪽으로 가까이 다가가며 눈을 반짝였다. 대뜸 얼굴을 들이밀며 다가서는 월야 덕에 흠칫 놀란 이안이 눈을 치뜨다 잠잠히 내려떴다. 또롱또롱 반짝이는 금안 가득 저를 담은 월야가 생글거리며 물었다.

"있지요. 사왕님의 이름은 어찌 되시옵니까?"

"……."

"가만히 생각해 보니 한 번도 사왕님의 이름을 들어 본 적이 없는 듯합니다. 여쭈어도 되겠습니까?"

물끄러미 월야를 바라보던 이안이 시선을 옮겨 은율을 쏘아보았다. 혼례가 어쩌고 달의 신부가 어쩌고 저 혼자 난리를 떨더니 어째 하는 일이 이 모양으로 허술하단 말인가. 저걸 그냥 생귀로 만들어 버려? 이안의 눈빛을 읽은 은율이 더 깊이 허리를 숙이며 슬쩍 반대편으로 몸을 돌렸다. 부디 월야가 서둘러 저 섬뜩한 눈빛을 거둬 주기만을 바랐다.

은율의 기대는 헛되지 않았다. 월야가 제게서 시선을 옮긴 이안의 볼을 살며시 감싸 돌려놓으며 달콤하게 미소 지었다. 잔뜩 기대에 부푼 눈빛으로 저를 바라보는 월야의 모습에 이안은 저도 모르게 슬쩍 미소를 머금었다.

"이안. 이안이다. 내 이름은."

"와아. 이안. 이안?"

"응."

"이안?"

"어."

"이이이안?"

"……음."

"이안. 이안. 이이안."

"그만해."

몇 번이고 되뇌듯 제 이름을 부르는 월야의 목소리가 무척 듣기 좋았다. 헌데 전각 아래에서 대놓고 웃지 못하고 미친놈처럼 어깨를 들썩이고 있는 은율을 보자 기분이 확 상했다. 뭔가 아이 놀음 같은 장난을 들킨 것 같아 심사가 뒤틀렸다. 차갑게 그만하라 말하는 이안을 물끄러미 올려보던 월야가 시무룩하니 어깨를 축 늘어뜨리며 고개를 숙였다. 그에 대번에 낯빛이 변한 이안이 불쑥 월야에게로 고개를 내렸다. 그러다 문득 은율을 의식해 이내 허리를 세우곤 무심한 척 명을 내렸다.

"대사성."

"예."

"소야궁에 시비를 두어야겠다."

"아, 예."

"거처를 옮기려 하였으나 월야가 싫다 하니, 그리 시비를 보내야 할 것이다. 어려움이 없도록 알아서 처리토록 하라."

"명받들겠나이다."

생각은 있었으나 사왕의 명이 없어 차마 나서지 못하였다. 사구로 처음 월야를 들인 것부터가 관심도 없으니 버려 두라는 뜻이었다. 해서 눈치만 보던 와중에 저리 명을 내리니 한결 마음이 편해졌다. 참 많이도 변하였다. 대체 무엇이 그리도 사왕을 변하게 만들었단 말인가. 답은 물론 물어볼 필요도 없을 것이다. 의미심장한 미소를 그리며 월야를 바라보던 은율이 순간 헉 하며 숨을 삼켰다. 저를 죽일 듯 노려보고 있는 이안의 눈빛 때문이었다.

"안 꺼져?"

"예, 예!"

꽁지가 빠져라 후다닥 뒷걸음질 쳐 동월궁을 나서는 은율의 뒤로 이안의 날카로운 현안이 내리꽂혔다. 눈치라고는 쥐똥만큼도 없는 것이 어찌 대사성이 되었단 말인가. 쯧쯧. 가볍게 혀를 찬 이안이 여태 고개를 숙이고 있는 월야의 턱을 조심스럽게 손끝으로 들어 올렸다. 침체된 눈빛으로 시무룩하게 이안을 바라본다.

후우.

이안의 입에서 옅은 한숨이 새어 나왔다. 부드럽게 월야의 턱을 쓸어 낸 이안이 나직이 달래듯 월야의 입술에 입을 맞췄다.

새치름히 바라보던 월야의 얼굴에 살포시 홍조가 띠었다. 내리감았다 밀어 올린 속눈썹이 참 어여뻤다. 그 속눈썹을 손끝으로 어루만지며 부드럽게 속삭이듯 말했다.

"이안이라 부르는 게 좋더냐? 허면 그리 불러도 된다. 단, 장난스레 부르는 건 안 돼."

"장난스럽지 않았습니다."

"이안, 이안, 이이안? 허면 이것이 진지하게 부른 것이야?"

올곧이 눈을 들어 이안의 현안을 마주한 월야가 손가락 하나를 척 하니 들어 그의 입술을 지그시 눌렀다. 이안이 그 손을 잡아 혀로 손가락 끝을 핥았다. 그에 월야가 몸을 파들거리며 눈을 찡긋거렸다. 월야가 간지러움을 참지 못해 손을 빼려는 것을 이안이 놓아주지 않았다. 보란 듯이 눈을 음흉이 내리뜨며 손가락 끝을 깨물었다. 화들짝 놀란 월야가 울듯이 눈을 붉히자 그제야 슬쩍 손을 놓아주었다. 이안의 이빨 자국이 새겨진 손가락을 살피며 울상을 지은 월야가 투정부리듯 혼잣소리처럼 중얼거렸다.

"좋아서 그리하였습니다. 사왕님의 이름을 부를 수 있다는 것이 너무 좋아서. 부르면 부를수록 가슴이 두근두근하여 그 느낌이 또 좋았습니다. 해서 자꾸만 자꾸만 부르고 싶어 그리하였습니다. 헌데 그를 두고 장난이라 하시면 저는 마음이 상하여 슬픕니다."

"좋아?"

"네, 좋습니다."

"하아."

가림 없이 좋다 말하는 월야의 당당함에 이안의 입이 슬며시 말려 올라갔다. 자꾸만 히죽거리는 안면 근육을 어쩌지 못해 이안이 서둘러 손으로 입술을 가렸다. 저를 향해 한 치의 흔들림도 없이 좋아한다, 가슴이 두근거린다, 고백하는 월야가 너무 좋았다. 그 꾸밈없는 솔직함이 이안의 가슴에 작은 불씨를 퍼트렸다.

"그, 좋다."

"예?"

"마음껏 불러도 좋다는 말이다."

"아, 진심이십니까?"

"내가 왜 거짓을 말하겠느냐."

"와아! 허면 부르겠습니다. 앞으로도 쭉."

"음."

쭉이라 말하는 월야의 입술이 눈앞을 어지럽혔다. 동그랗게 모아진 입술이 자꾸만 이안의 입술을 움찔거리게 만들었다. 손을 내린 이안이 뚫어져라 월야의 입술을 바라보았다. 월야가 해사한 미소를 머금으며 달콤하게 그의 이름을 불렀다.

"이안."

"어."

"이안. 이안이 너무 좋사옵니다."

"……어."

이안의 손이 어느 결에 월야의 허리를 감싸 끌어당겼다. 품에 안긴 월야가 눈을 깜빡였다. 그 또한 어찌 그리 어여쁜지 냉큼 삼켜 버리고 싶을 지경이었다. 비스듬히 고개를 내려 월야의 입술을 머금은 이안이 느릿하고 감미롭게 그 입술을 탐하였다. 처음으로 이안은 제 입술이 떨리는 것을 느꼈다. 제 이름을 부르던 월야의 목소리가 계속 귓가에 머물렀다. 조심히 입술을 뗀 이안이 월야의 입술에 낮은 한숨을 흘려 냈다.

'이것을 언제 키워 잡아먹는단 말인가. 만월이 언제더라?'

애간장이 타서 다 녹아내릴 지경이었다.

아마 소야궁이 생긴 이래 오늘이 가장 소란스러운 날로 기억될 것이다. 소야궁으로 배치를 받게 된 시비들은 그야말로 울상이었다. 이것은 분명 낙천이었다. 소야궁의 존재 여부조차 몰랐던 시비들은 눈앞의 궁을 보고 이것이 정녕 궁이긴 한 것인가 의아스러웠다. 왕비의 거처라고 하기엔 너무 아담한 그곳을 보고 청소 와중에도 두셋이 모이면 소문이 참인가 하며 저들끼리 귀엣말을 쑥덕거렸다.

"이대로 우리도 묻혀 버리는 거 아닐까?"

"설마, 그래도 요즘은 두 분이 같이 있는 모습을 자주 보긴 하잖아."

"그도 그래, 전엔 마주치면 못 잡아먹어 으르렁대시더니 요즘은 품에 안으시기도 하고."

"그럼 혹시 좋아하시는 건가?"

처음 소야궁에 올 때만 해도 낙심했던 시비들이 뜰에 서서 이것저것 바쁘게 챙기어 직접 지휘에 나선 은율을 바라보며 일말의 희망을 품었다. 은율 옆에 선 시비장의 모습 또한 그에 한몫을 더했다. 웬만해선 움직이는 일이 없는 시비장이 소야궁에 직접 모습을 드러낸 것도 신기한 일이었다. 작긴 하나 나름 아담한 감도 있었고 달꽃이 만개하여 온화하고 은은한 기운이 흐르기도 하였다. 어찌 보면 소야궁 마마에게 딱 어울리는 곳이라는 생각이 들었다. 작고 귀엽고 온화한.

"쓸데없이 나불거리지 말고 일이나 해. 누가 저따위 시시때때로 변하는 괴물을."

사왕이 혹여 소야궁 마마를 친애하여 이리 난리를 피우는 것은 아닌가 하며 들떠 있던 시비들에게 비련이 날카롭게 쏘아붙였다. 비련의 겁 없이 나불거리는 말에 시비들은 서둘러 자리를 떴다. 행여나 저 안하무인인 것에게 휘둘려 불똥이 튈까 저어되어 그런 것이다. 저도 시비로 따라온 주제에 사왕의 몸시중이었다 거드름을 피우며 상전처럼 구는 것이 눈엣가시 같았다. 새 단장에 열중인 소야궁을 마치 제 거처처럼 착각하여 이리저리 단속하며 돌아다니는 품이 저러다 날벼락을 맞지 싶었다.

몸시중 중에서도 콧대 높기로 유별났던 비련이었다. 항시 제가 사왕의 유일한 처인 것마냥 굴기도 하였다. 그랬던 것이 요즘 사왕이 몸시중을 멀리하게 되자 애가 닳아 죽을 지경이 되었다. 딱히 할 일이 없어진 몸시중들이 간혹 패악을 부려 대기도 했다. 그때마다 시비장이 나서 그들에게 일침을 놓아 질서를 바로잡았다. 시비나 몸시중이나 그리 다를 게 없다는 것이 시비장의 입장이었다.

"네 거기서 무얼 하는 것이냐?"

은율이 지시를 마치고 소야궁을 빠져나가자 기다렸다는 듯이 시비장이 비련을 불렀다. 소야궁 마루에 서서 시비들이 하는 양을 마뜩잖게 쏘아보던 비련이 시비장의 말에 입매를 비틀어 웃었다. 제 까짓 게 무어라고 함부로 하대를 하냐 하는 눈빛이었다. 그에 시비장이 성큼성큼 걸어가 도도하게 내려 보고 선 비련의 머리채를 휘어잡았다. 날카로운 비명을 지르며 시비장의 손에 붙잡혀 바닥으로 내동댕이쳐진 비련이 죽일 듯 매서운 눈빛으로 시비장을 노려보았다. 사궁에서 지낸 세월이 적지 않은 시비장이었다. 산전수전 다 겪은 그녀의 기세 또한 만만찮았다.

"네가 아직도 주제를 모르고 함부로 나대는구나."

"어디다 손을 대는 것이야!"

"저것의 입을 틀어막아라."

"예."

시비들이 달라붙어 비련의 입을 막고 무릎을 꿇렸다. 소야궁에 온 이상 비련은 더 이상 몸시중도 아니었고, 제 맘대로 굴 수 있는 주제도 못 되었다. 궁에 있는 모든 시비들이 시비장 명에 따라 움직인다. 그를 어기고 저리 막무가내로 구는 것은 죽여 달라는 것과 다를 바가 없었다. 왜 소야궁에 오겠다 자청을 한 것인지 알다가도 모를 일이었다. 무료하여 일이라도 하고자 했던 것인지, 아니면 소야궁에 있으면 행여나 사왕을 더 자주 알현할 수 있을까 하여 그런 것인지 그 속내를 알 길이 없다. 허나 시비로 온 것이니 시비장의 율에 따라 움직여야 한다. 비련이라고 예외일 수는 없었다.

"본분을 망각하고 날뛰는 저 우매한 것을 단단히 벌하여 가르쳐야 할 것이다. 알겠느냐."

"예."

"가두어 벌하라."

"예."

제 입을 틀어막은 시비의 손을 있는 힘껏 깨문 비련이 비명을 지르며 떨어진 시비를 밀치고 발악했다.

"이것 놔! 놓지 못해? 내가 누군 줄 알고! 억!"

"시비는 시비일 뿐이지. 멍청한 것."

누군가 비련의 배를 걷어차며 비웃듯 싸늘하게 말했다. 말할 수 없는 고통에 잔뜩 얼굴이 일그러진 비련이 온 힘을 다해 사지를 비틀며 반항했다. 지켜보던 시비장이 독하다 혀를 내둘렀다.

"무슨 일이에요?"

소야궁 마당에서 일어나는 일련의 소동에 서문으로 들어서던 월야가 놀라 물었다. 그제야 월야의 존재를 알아챈 시비장이 급히 몸을 숙이며 고개를 조아렸다. 마주 고개를 숙여 인사를 건넨 월야가 신음하고 있는 비련의 곁으로 다가섰다.

"어디가 불편한 것입니까?"

걱정스레 묻는 월야의 물음에 비련을 포박했던 시비들이 난처한 기색을 드러냈다. 그에 서둘러 곁으로 다가선 시비장이 나긋하게 답했다.

"복통이 일어 거처로 옮기던 중입니다. 심려치 마시옵소서."

"이런. 많이 아픈 모양입니다. 혈색이."

"어서 서둘러라."

눈짓으로 어서 그것을 치우라 명하는 시비장에게 보일 듯 말 듯 고개를 끄덕인 시비들이 급히 비련을 끌었다. 버둥거리는 비련을 안쓰러운 듯 바라보던 월야가 아! 하며 손뼉을 쳤다. 그에 긴장했던 시비들이 화들짝 놀라 돌아보았다. 화등잔만 해진 눈으로 저를 돌아보는 시비들을 향해 환한 미소를 띤 월야가 저를 도와 달주를 담갔던 시비를 찾아 손짓으로 불렀다.

"달주를 좀 가져다주시겠습니까?"

"예? 예……. 마마."

시비가 서둘러 명을 받들어 나가자 월야가 불편한 심기를 숨긴 채 곁에 선 시비장을 향해 돌아섰다. 그리곤 한껏 들뜬 목소리로 말했다.

"제가 달주의 효능에 대해 알아보았는데 복통에도 아주 좋다 합니다."

"허나, 어찌 그런 귀한 것을."

"좋은 것일수록 나누어야 행복한 거랍니다. 달주를 마시면 곧 아픔이 사라질 것입니다. 조금만 기다려 주시어요."

"……예."

마지못해 답한 시비장이 앙칼지게 쏘아보는 비련에게 매서운 눈빛으로 함부로 굴면 가만두지 않겠다 주의를 주었다. 그를 비웃듯 비련이 콧방귀를 뀌며 양옆에 선 시비들의 팔을 내쳤다. 달주를 들고 온 시비를 반가이 맞은 월야가 비련을 향해 돌아섰다. 그러자 여태 기만하게 콧대를 세우던 것이 다소곳이 허리를 조아렸다.

그래도 상전 앞에선 고분고분하군. 살벌하게 쏘아보던 눈빛을 조금 거두며 시비장이 비련의 태도를 주시했다. 월야가 따라 주는 달주를 과분하다 너스레를 떨며 받아 마신 비련이 감읍하다 울먹이며 말했다. 어찌 저리 간사스러울 수가 있단 말인가. 지켜보던 이들의 미간이 일시에 구겨졌다. 그에 아랑곳없이 비련은 눈시울을 붉히며 이리 고운 분을 모시게 되어 영광이라 온갖 아부를 다하였다.

"제가 감사해야지요. 저 하나 때문에 이리들 고생하시는데."

"마음도 어찌 이리 고우신지."

"과찬이십니다."

"그리 마시어요. 소녀 몸 둘 바를 모르겠사옵니다."

허. 시비 하나가 저도 모르게 헛웃음을 터트렸다. 그에 시비장의 날카로운 질책이 뒤따랐다. 찔끔한 시비가 고개를 숙이며 속으로 중얼거렸다. 어디서 부리던 교태를 예서까지 해 대는 게야. 나 참. 어이가 없어서.

"속은 좀 괜찮으십니까?"

"예, 말끔히 나은 듯합니다."

그리 말하며 비련은 월야의 등 뒤에 시립한 시비장을 향해 비릿한 미소를 지어 보였다. 시비장의 눈썹이 묘하게 휘었다. 그에 시비장 또한 어디까지 기어오르는지 두고 보마 하고 가는 눈을 떠 의미심장하게 마주 바라보았다.

"월야."

나직하나 다정한 음성이 월야를 불렀다. 귀를 매료시키는 매혹적인 목소리에 모두의 시선이 일시에 그에게로 돌아갔다. 서 있는 자체가 황홀하기 그지없는 사왕이 손을 들어 월야를 불렀다. 그에 환하게 미소 지은 월야가 냉큼 뛰어 이안에게 달려갔다.

"이안."

"헉!"

허리를 조아려 사왕을 맞은 시비들이 놀라 숨을 삼켰다. 충격이었다. 금기시되던 사왕의 이름을 저리 함부로 부르다니 그러고도 살아남을 수 있을까? 그에 벌써 제 기구한 운명을 탓하며 두려움에 벌벌 떠는 이도 허다하였다. 소야궁에 오자마자 참극의 주인공이 되어 사구로 나가는 것은 아닌가 하여 무서워 바들거렸다.

"그건 또 무엇이냐?"

"아, 달주입니다."

"뭐? 달주? 이리 내놓아라."

"어? 어? 왜 그러십니까."

투닥거리는 소리가 정겹다. 시비들은 어리둥절하여 저도 모르게 슬쩍슬쩍 고개를 들어 이안과 월야를 훔쳐보았다. 그리곤 다시 헉 하고 숨을 삼켰다. 이안에게 와락 안긴 월야와 월야의 손에서 달주를 빼앗은 이안이 월야의 손을 이리저리 피하며 그것을 들이켜고 있었다. 이안이 이내 빈 주병을 거꾸로 들어 확인시키며 히죽 웃었다. 그 마력적인 미소라니, 황홀함에 빠져든 시비들이 녹아내릴 듯 흐물거렸다.

그에 결정타를 날리듯 이안이 월야의 툭 튀어나온 입술을 냉큼 머금었다. 여기저기서 애간장 녹아내리는 소리가 들려왔다. 이안이 입술을 떼며 나직이 속삭였다.

"어림없어. 또 취해서 횡설수설."

잔소리를 늘어놓던 이안은 갑자기 입을 맞춰 오는 월야 때문에 더 이상 말을 할 수가 없었다. 가벼이 입을 맞추는 것이 아니라 입안을 샅샅이 핥아 온다. 그에 이안의 입에서 나른한 신음이 흘러나왔다. 흐물거리던 시비들이 일제히 눈을 동그랗게 뜨며 믿을 수 없다는 듯 고개를 저었다. 감히 사왕의 입을 함부로 취하였다. 있을 수 없는 일이었다. 제 몸에 허락 없이 손끝 하나 대지 못하게 하던 위인이었다. 사왕에 넋이 나가 감히 손을 댔다가 명을 달리한 몸시중이 한둘이 아니었다.

헌데 지금 사왕은 화를 내기는커녕 오히려 달뜬 신음까지 흘려내고 있었다. 이안의 입안까지 샅샅이 핥은 월야가 만족스런 미소를 띠며 입술을 거뒀다. 느른히 내리뜬 눈으로 저를 사랑스레 바라보는 이안과 눈을 맞추며 월야가 해사하게 웃었다.

"맛있다."

"뭐라? 감히 사왕을 두고 그리 말하다니. 내 널 가만두지 않을 것이야."

"네?"

가만두지 않겠다는 이의 말이 어찌 그리 달콤한지 우아하게 고개를 내린 이안이 월야의 목을 가볍게 깨물었다. 그리곤 깨문 부위로 올라오는 월야의 손을 지그시 잡아 내리며 혀로 목을 핥았다. 고개를 내리는 이안을 따라 같이 시선을 내렸던 시비들의 입에서 나직한 탄성이 흘러나왔다. 황홀할 정도로 아름다운 사내가 눈앞에서 제 것을 탐하는 모습을 거침없이 보여 주고 있었다. 그 매력적인 행위에 지켜보던 시비들은 동그랗게 눈을 뜨고 마른침을 꿀꺽 삼켰다.

"만월이 되기만 해 봐. 아주 못 견디게 괴롭혀 줄 테니까."

"만……월……?"

낮은 한숨을 토해 내며 붉은 자국을 새긴 월야의 목을 쓰다듬던 이안의 눈이 가늘게 떨렸다. 견딜 수 있을까? 자문하듯 물음을 던진 이안이 맑게 저를 담아내는 월야의 눈 위로 입술을 내려놓았다. 다가오는 입술에 절로 눈꺼풀을 내린 월야가 살며시 미소를 머금었다. 뜻은 모르겠으나 어찌 되었든 좋은 의미인 것 같았다.

"그리고……."

감았던 눈을 뜨며 입꼬리를 말아 올린 이안이 월야의 얼굴을 천천히 훑어 내렸다. 그리곤 그녀의 부드러운 머리카락 사이로 손을 집어넣어 머리를 뒤로 기울게 하였다. 월야의 반듯한 이마와 깜빡이며 저를 바라보는 속눈썹과 앙큼한 콧대 위로 옅은 숨을 흘려 내며 나른히 내려온 이안의 시선이 그녀의 붉디붉은 입술 위에서 멈추었다. 싱긋 하얀 이를 드러내며 환하게 미소 지은 그가 먹잇감을 채듯 월야의 입술을 한껏 머금었다.

꽤 오랫동안 이어진 입맞춤을 굳건히 지켜보고 섰던 시비들의 숨소리도 어느새 거칠어지고 있었다. 거친 숨을 토해 내며 입술을 거둔 이안이 월야의 부푼 아랫입술을 살짝 깨물었다.

"아야!"

"먹는 건 항상 나라고 했지. 이참에 버릇을 단단히 고쳐 놓아야겠어."

"예에?"

"만월에 적반하장으로 잡아먹겠다 겁도 없이 달려들기 전에 말이야."

"잡아먹어요? 제가요? 사왕님을?"

그럴 리 없다 도리질치는 월야를 향해 믿을 수 없다 콧방귀를 뀐 이안이 혼잣소리처럼 투덜거렸다.

"충분히 그러고도 남지, 그 성격으론."

"네에?"

"어찌 그리 변하는 게야? 대체 명이 자식이 뭘 먹여 키웠기에."

"제 성격이 이상합니까?"

의아해 고개를 갸웃하며 묻는 월야의 이마를 장난스레 꾹 누르곤 피식 싱겁게 웃었다. 바람이 불어 달꽃이 청아한 소리를 내며 흔들렸다. 결에 은은한 향기까지 더하여 소야궁을 한층 더 아름답게 만들었다. 그제야 시비들은 소야궁을 왜 왕비의 거처로 낙점하였는지 알 것 같았다. 지금의 소야궁은 어여쁜 월야와 아주 잘 어울리는 곳이었다.

"키우기 나름이지. 잘 길들일 것이야. 만월이 오기 전까지."

"길들이다니요?"

"왜, 어이 길들일지 궁금해?"

"혹여 저를 두고 하신 말씀이십니까?"

동그랗게 눈을 뜨고 저를 손가락으로 가리키며 묻는 월야의 모습이 퍽 귀여웠다. 의미심장한 미소를 지어 보인 이안이 월야의 엉덩이를 팡팡 두드려 어깨에 걸치고는 성큼성큼 소야궁 침전으로 걸음을 옮겼다. 방금 제가 무슨 일을 당한 건지도 제대로 파악 못 한 월야가 거꾸로 매달린 채 눈만 깜빡거렸다.

"궁금하면 가르쳐야지. 그게 지아비 된 자의 도리 아닌가."

월야와 이안이 소야궁 침전으로 사라지는 것을 목을 빼고 지켜보던 시비들이 문이 닫히자마자 호들갑을 떨었다. 손뼉까지 쳐 대며 어쩜, 어쩜을 연발하던 시비들이 시비장의 일갈에 냉큼 입을 다물었다. 허나 얼굴에 떠오른 홍조와 달뜬 마음은 쉬이 가라앉히질 못했다.

 시비장의 명에 따라 일사불란하게 자리를 찾아 돌아가는 시비들 사이로 홀로 뜰에 남겨진 비련의 모습이 보였다. 분개하여 눈에 뻘겋게 핏발이 선 비련의 손은 치맛단을 움켜쥔 채로 바들바들 떨리고 있었다. 마치 제자리를 빼앗긴 듯 월야를 바라보는 눈길에 살이 섞여 들었다.

 시비들에게 조용히 지시를 내리던 시비장이 그런 비련을 돌아보며 혀를 찼다. 차라리 뭇매를 맞고 정신을 차리면 좋으련만 저런 눈빛은 쉬이 고칠 수가 없다. 그는 익히 긴 세월 시비장이 겪어 아는 바였다. 그 끝이 어찌 되는지는 다만 소야궁 침전 밖 그늘에 숨은 저 검고 검은 어둠만이 알 일이었다.

 깊은 한숨을 내쉰 시비장이 시선을 돌려 침전 쪽을 바라보았다. 사왕의 저런 모습은 오랜 세월 곁을 지켜 온 시비장으로서도 처음 보는 것이었다. 가히 염장질에 소질이 다분한 분이시질 않은가. 시비장은 낮은 웃음을 흘리며 고개를 저었다. 사궁에 계절을 잊은 봄바람이 부려나 보다.

# 8.
## 달에 취하다

사궁. 사나무가 **빽빽**이 들어찬 숲으로 마실을 나온 듯 느긋이 걷는 발걸음이 있었다. 볼 것 없는 그 삭막한 길을 즐거이 걷던 위랑이 문득 멈춰 서 하늘을 올려다보았다. 끝없이 솟은 사나무를 한참 바라보던 위랑의 입가에 미소가 어렸다. 소리도, 흔적도 없이 갑자기 모습을 감춘 위랑이 다시 모습을 드러낸 것은 하늘과 근접한 사나무의 높은 가지 위였다.

"신세 참 처량하군. 쥐새끼처럼 숨어서 뭘 훔쳐보는 것인가?"

다른 사나무의 가지 위에 선 명은 위랑의 기척에도 아무런 반응을 보이지 않았다. 며칠 전부터 주변을 어슬렁거리는 위랑이 신경 쓰이지 않았던 것은 아니나 그다지 상대하고 싶지가 않아 무시하던 참이었다. 이리 마주하면 저처럼 시비조의 말을 늘어놓을 게 **뻔했**으므로 부러 근거리에 닿으면 피하던 참이었다. 그랬던 것이, 오늘은 그럴 여유조차 없이 명은 뚫어질 듯 한곳을 직시한 채 짙은 신음을 흘려 내고 있었다.

"귀여운 구석이 있는 아이더군."

키득거리며 쏟아 내는 위랑의 말에 명의 신음이 한층 더 깊어졌다. 지겹다 소리를 입에 달고 살던 위랑이었다. 수시로 모습을 바꾸어 인의 세상에 유희를 다니기도 하고, 그도 싫증나면 한 번씩 사국이나 월국을 찾아와 뒤집어 놓곤 했다. 그다지 반응을 하지 않는 명에겐 시시하다 투정을 부리며 돌아가기 일쑤였지만, 사왕의 경우는 달랐다.

"회복이 빠르군."

제 곁으로 바짝 다가서는 위랑의 기운을 느끼며 명이 짧게 말했다. 심장이 꿰뚫린 것치곤 꽤 빠른 회복이었다. 오십 년 전 사지가 갈가리 찢겼을 때와는 사뭇 달랐다. 사왕이 손속에 사정을 두었을 리 만무했다. 더군다나 월야를 노리고 있질 않았나. 명이 가늘게 내리뜬 눈으로 위랑을 돌아보았다. 그에 위랑이 비릿하게 웃었다.

"사해가 보기보단 생(生)이 충만하더군. 해서 내 간만에 영양 보충을 좀 했지."

바라보는 명의 눈이 조금 더 침잠해졌다. 사해는 생을 다한 인의 혼이 다음 생을 준비하며 머무르는 곳이었다. 망각의 강을 거쳐 사해에 다다른 혼은 순수함의 결정체였다. 그것을 취했다는 말이다. 어찌 저리 무모하고 제멋대로인가. 명은 고개를 돌리며 혀를 찼다.

변덕스럽기로는 둘째가라면 서러운 이가 바로 해왕 위랑이었다. 걸핏하면 심심하다 해일을 일으키고 바다를 뒤집어 인들을 괴롭히기도 했고, 어떤 때는 허덕이는 인들을 위해 물고기들을 해안 근처까지 몰아주어 한동안 먹을 걱정이 없을 정도로 도와주기도 했다. 오죽했으면 변덕스러운 여인의 심성을 에둘러 해왕 같다 했을까.

"아까워 죽겠지?"

귓가에 닿는 위랑의 숨결이 짜증스러웠다. 명이 쓰게 혀를 차며 손을 내저어 바람을 일으켰다. 그에 위랑의 몸이 휘청거렸다. 비틀거리는 몸을 곧추세워 조금 물러선 곳에 자리를 잡은 위랑이 여전히 한곳만 주시하고 있는 명을 향해 놀리듯 이죽거렸다.

"허면 무얼 하나 결국엔 이안의 품에 안길 것을. 곧 만월이 올 것이고 성체로 화환 꼬마는 온전히 이안의 것이 되겠지."

"어림없는 소리."

위랑의 도발에 명이 넘어갔다. 명이 빠드득 이 가는 소리를 내며 안광을 빛낸다. 입꼬리를 비틀어 말아 올린 위랑이 스륵 나무 가지 위에 몸을 늘이며 멀리 보이는 소야궁의 지붕을 손끝으로 톡톡 건드렸다. 그 안에 든 그 무엇이 나오기를 바란다는 듯이.

"꿈에 잠긴 듯 몽롱한 목소리로 그러더군. 사왕이 제일 맛있다고. 큭큭."

다시 생각해도 우습다는 듯 위랑이 키득거렸다. 그에 명의 얼굴이 확 일그러졌다. 핏줄이 불거진 명의 손등을 바라보며 위랑이 의미심장한 미소를 머금었다. 어쩐지 내내 사궁에 몰래 머무르는 것이 심상찮더라니. 슬쩍 웃음기를 감춘 위랑이 반쯤 몸을 일으켜 앉으며 은밀하게 물었다.

"도와줄까?"

답하진 않았으나 분명 명이 몸을 굳히는 것을 보았다. 어쩌면 이번 놀이는 생각보다 더 재밌을 것 같군. 위랑의 농간임을 알면서도 외면하지 못했다. 그만큼 명에게 월야는 절실했다. 월야를 쫓아 사궁을 다시 찾았을 때 명은 확신했었다. 사왕 또한 월야의 사랑을 갖지 못할 것이라고. 헌데 두 번째 그믐의 밤. 월야는 아이로 돌아가지 않았다. 그에 명이 받은 충격은 적지 않았다. 작아지긴커녕 오히려 좀 더 성장한 월야의 모습에 명은 자신의 눈을 의심했다.

정이란 것이 무섭다 하더니. 명은 곧 생각을 달리했다. 애(愛)가 아니라 정(精)이다. 월야는 사왕을 은애하는 것이 아니라 그저 막연히 부군이라 생각하여 따르는 것이다. 해서 갈팡질팡하는 마음에 심이 조금 흔들려 그런 것이다. 스스로를 설득했다. 허나 며칠 사궁에 머물며 드는 생각은 점점 그를 더 참혹하게 만들었다.

사왕이 소야궁에 들었다.

월야의 거처인 소야궁 침전에 월야와 함께 들어섰다. 행여나 그럴 리는 없겠지만 그 만에 하나 때문에 명의 가슴은 철렁하였다. 몇 번이나 소야궁에 들이닥쳐 월야를 빼앗아 오고 싶었다. 허나 그럴 때마다 저는 아니다 단정 지어 말하던 월야의 얼굴이 떠올랐다. 그 말이 명의 발목을 붙잡았다. 해서 선뜻 나서지 못하고 머뭇거렸다. 그런 명에게 위랑의 말은 독과도 같았다. 치명적이란 것을 알면서도 거부하지 못하는.

"보고만 있어. 곧 아주 재밌는 일이 벌어질 터이니. 넌 그냥 네게 다시 돌아올 꼬마를 기다리기만 하면 되는 것이야."

"……."

명은 여전히 말이 없었다. 무언의 긍정. 위랑은 느른히 웃었다. 그래 그래야 더 재밌지. 그 음흉한 속을 끝까지 잘 숨겨 놓으라고. 절절한 사랑에 슬퍼하는 가엾은 월왕, 내 그대를 위해 인심 한번 쓰지. 친우가 괜히 있겠는가. 큭큭.

❀ ❀ ❀

사해 한가운데 향혼이 머물렀다. 어스름 무렵 향혼에는 나른하게 몸을 늘여 누운 이안과 겁 없이 뱃전에 나란히 앉아 있는 월야와 흑룡이 있었다. 흑룡과 함께 사해에 발을 담그고 탁족을 즐기는 월야의 모습을 가만히 바라보며 이안은 사주로 손을 뻗었다.

주병을 입에 물려다 말고 그는 시선을 올려 한 켠에 얌전히 놓인 달주를 물끄러미 바라보았다. 먼저 담은 달주가 얼마 남지 않았다며 흑룡에게도 맛을 보여야겠다 챙겨드는 월야를 이안이 한참 못마땅하게 흘겨보았다. 눈치라고는 눈꼽만큼도 없는 무딘 신경의 월야는 그를 눈치채지 못하고 소중히 보자기에 달주를 싸 들고 마중 나온 흑룡을 향해 달려갔었다. 뒤에 남은 이안의 얼굴이 확 구겨지는 것도 알지 못한 채 그저 흑룡과 담소를 나누기에 바빴다.

"괘씸한 것."

이안이 혼잣소리를 중얼거리며 사주로 툭 달주를 건들렸다. 부딪혀 달그락거리는 소리에 도리어 놀라 급히 몸을 일으켜 달주를 붙잡았다. 다행히 월야는 첨벙질에 열중하며 까르르거리느라 그 소리를 듣지 못한 것 같았다.

"휴우."

낮은 한숨을 내쉬며 달주를 내려놓으려던 이안이 무심히 달주를 바라보았다. 그리곤 다른 손에 들린 사주로 시선을 옮겼다. 이안의 입꼬리가 씨익 묘한 여운을 남기며 말려 올라갔다.

"술이 다 술이지. 뭬 틀리다고."

이안은 심드렁히 말하곤 달주의 마개를 따 단숨에 벌컥벌컥 들이켰다. 달콤한 향이 입안 가득 퍼졌다. 입술에 남은 잔해까지 혀로 말끔히 핥아 낸 이안이 사주를 달주 병에 쪼르르 따라 담았다. 사주도 마셔 보면 제법 훌륭한 맛이 난다. 달주 못지않은 효력이 있으니 흑룡의 일신에 큰 몫을 할 것이다. 스스로 탄복하며 감쪽같이 주병을 제자리로 돌려놓았다. 월야가 동동 걷어 놓았던 속바지를 내리며 그의 곁으로 다가왔다. 짐짓 아무 일도 없었던 듯 곁에 앉은 월야의 머리를 손가락으로 매만지며 무심히 말했다.

"아이처럼 첨벙질은."

그에 월야가 싱긋 미소 띤 얼굴을 돌려 손끝을 이안을 향해 튕겼다. 물기가 남아 있던 손에서 물방울이 튀었다. 얼굴에 닿는 차가운 감촉에 저도 모르게 눈을 감은 이안의 입술 위로 월야의 부드러운 것이 닿았다. 찌푸려지던 미간이 절로 펴졌다. 금세 멀어지는 것이 아쉬워 입술을 거두는 월야의 뒷머리를 지그시 눌렀다. 그리곤 달주보다 더 달콤한 월야의 입술을 한껏 머금었다.

"으음?"

가만히 눈을 감던 월야가 갑자기 눈을 번쩍 뜨더니 이안의 얼굴을 붙잡아 떼어 냈다. 어리둥절한 눈으로 바라보는 이안의 입술을 바라보더니 할짝 혀로 맛을 보듯 핥아 댄다. 이건 또 무슨 도발이란 말인가. 멀거니 서서 그 하는 양을 지켜보던 흑룡이 깊은 한숨을 내쉬며 터벅터벅 주병이 있는 곳으로 걸어갔다. 스륵 눈으로 그를 좇던 이안이 달주의 마개를 따 킁킁거리는 흑룡을 주의 깊게 바라보았다. 혹여 흑룡의 코도 견의 코와 비슷한가?

"왜 이렇게 달지?"

"뭐?"

"이상하게 답니다."

"그게 뭐."

연신 고개를 갸웃거리며 이안의 볼을 잡은 채로 덥석덥석 입술을 탐하는 월야를 향해 이안이 건성으로 물었다. 그의 시선은 온통 달주를 삼키기 직전인 흑룡에게 닿아 있었다. 마시려다 말고 주병을 흔들어 소리를 들어 보곤 갸우뚱. 코로 킁킁거리다 또 갸우뚱. 무슨 놈의 용이 그리 의심이 많은지 술 한 모금 마시는 데 한참을 뜸을 들인다.

드디어 결심이 선 듯 달주를 기울이는 흑룡을 보며 느른히 웃던 이안이 이어 들리는 월야의 목소리에 번뜩 눈을 떴다.

"왜 사왕님 입술에서 달주 맛이 나는지 모르겠습니다."

"서, 설마. 네가 하도 달꽃으로 만든 것을 먹여 물이 든 게지. 그게 어찌 달주 맛이기만 하겠느냐."

"아, 그럴지도 모르겠습니다. 그래도 저는 이안 님의 입술이 제일 맛있습니다."

"허어."

저 거침없는 말투하며 확신에 찬 태도가 얼마나 사람을 환장하게 만드는지 월야는 모를 것이다. 당장에 잡아먹고 싶은 것을, 입술보다 훨씬 맛난 것도 많다는 것을 가르쳐 주고 싶은 것을 억지로 참고 있음을 저는 모를 것이다. 괜한 한숨을 흩트리며 이안은 고개를 들어 이제 막 떠오르기 시작한 별무리와 달을 올려보았다. 만월에 가까운 둥근 달이 은은한 빛을 흘려 내고 있었다. 그를 보는 이안의 입술이 매끄러운 곡선을 그리며 올라갔다. 뭐 곧 그리 될 터이니 조금만 참아 주지.

"우어. 워얼야."

어디서 많이 들어 본 덜떨어진 칭얼거림이 머리맡에서 들려왔다. 월야와 이안이 동시에 고개를 들어 소리가 난 쪽을 바라보았다. 저 얼굴도 붉어질 수가 있군. 처음 든 생각은 그것이었다. 흑룡의 검은 낯빛에 홍조가 깃들었다. 홍알홍알 알 수 없는 말을 지껄이며 히죽 웃는 폼이 가히 볼만했다. 이안의 눈이 바닥을 뒹구는 주병에 닿았다. 그 짧은 순간에 저것을 다 들이켠 모양이다. 꽤 독했을 터인데. 다시 시선을 든 이안의 눈에 흐느적거리며 두 팔을 벌린 채 다가오는 흑룡이 비쳤다.

"아응."

"아가?"

"아가는 무슨. 저렇게 큰 아가가."

"워어야아."

이안의 투덜거림은 끝을 맺지 못했다. 그전에 월야를 향해 와락 달려드는 흑룡을 제거하는 것이 먼저였다. 큰 물보라와 함께 첨벙하며 뭔가가 사해로 떨어져 내리는 소리가 들렸다. 이안의 품에 안긴 월야의 눈이 둥근 반원을 그리며 흑룡이 하늘을 날아 사해에 떨어지는 것을 좇았다. 놀라 동그래진 눈으로 저를 돌아보는 월야를 더 힘껏 껴안아 가슴에 묻고는 쓰게 혀를 찼다. 그러고 보니 저것도 수컷임을 깜빡하였다.

사주의 탁월한 효능. 그것은 황홀경을 동반한 정욕의 분출이었다. 어린것이 감당하기엔 버거운 것임을 또 깜빡하였다. 늘 마시던 것이라 모두 저와 같은 줄 알았다. 조절 능력이 있을 리 없는 어린 수컷의 발정이라. 과히 위험하고 위험한 일이었다. 이안은 품에 안겨 꼼지락거리는 월야를 불쑥 떼어 붉게 상기된 얼굴을 물끄러미 바라보았다.

이런 걸 소유욕이라고 하는 건가. 그 누구에게도 빼앗기고 싶지 않았다. 제 것이다. 오직 자신만 사랑하고 바라보는 그런 존재여야만 했다. 저만 손댈 수 있고, 저만 독점할 수 있는 사왕의 반려였다. 눈을 깜빡이며 저를 바라보는 월야를 향해 매끄럽게 입술을 끌려 올려 웃은 이안이 지그시 월야의 입술을 머금었다. 하루. 하루만 더 지나면 온전히 나의 것이 될 것이다.

사해 바다가 요동쳤다. 크르릉거리는 포악한 목소리가 지천을 울렸다. 그에 맞춰 끼이이거리는 어족들의 애달픈 음성도 들려왔다. 휘청거리는 뱃전에서 중심을 잡기가 힘겨웠던지 월야가 냉큼 이안의 품을 파고들었다. 그에 야릇한 미소를 머금은 이안이 향혼을 뭍으로 몰았다.

"흑룡이 왜 그런 것입니까?"

"달주가 안 맞았던 모양이지."

"예?"

"아직 술을 마시기엔 너무 어리단 소리다. 너 또한 마찬가지고."

"어머! 그럼 취한 것입니까?"

"너도 겪어 보질 않았느냐."

"에? 저도 저리하였습니까?"

"넌 더했어."

"예에?"

"흑룡은 걱정하지 말거라. 본체로 화하면 곧 깰 터이니."

"아아, 다행입니다."

고개를 끄덕이며 품에 안겨 뱃전에서 내려서는 월야를 무심히 바라보다 슬쩍 고개를 돌려 사해를 살폈다. 잠잠한 것이 어느 정도 평온을 되찾은 모양이었다. 몇 걸음 옮기다 말고 고개를 갸웃하며 낮은 숨을 흘려 냈다. 아니면 멸종 위기에 놓인 어족에게 좋은 일 한다 생각하고 봉사라도 좀 하든지. 어깨를 으쓱하며 월야를 더 꽉 그러안은 이안이 천천히 걸음을 옮겼다.

날이 기울수록 사궁엔 묘한 긴장감이 서렸다. 만월의 밤. 그 누군가에게는 기다리고 기다리던 고대의 순간이었으며, 그 누군가에겐 그저 단순한 두 번째 성장의 순간이요, 또 그 누군가에겐 운명의 장난처럼 두려운 절체절명의 순간이었고, 그 어느 누군가에겐 아주 재미난 유흥의 밤이었다.

동월궁 전각에 앉아 나른히 몸을 기댄 이안이 슬쩍 시선을 들어 기우는 해를 바라보았다. 붉게 물든 하늘이 꼭 누군가의 들뜬 마음 같아 살며시 미소가 머금어졌다. 그의 시선이 탁자 건너편에 앉은 월야에게 닿았다. 싱숭생숭한 것은 단지 이안뿐이었던지 월야는 평시와 다름없이 소년으로 화한 흑룡과 잡담을 나누고 있었다. 뭐가 그리 재미난지 하하호호 웃는 모습이 꽤 유쾌해 보였다. 피식 말려 올라가던 입꼬리가 흑룡에 닿아 무뚝뚝하게 내려앉았다. 저것은 어찌 저리 잠도 없더란 말인가. 쯧, 가볍게 혀를 찬 이안이 동월궁 처마 위로 눈을 돌렸다.

바람에 사붓이 흩날리는 붉은 연등이 처마 아래 열매인 양 가득 매달려 있었다. 이안은 야릇한 미소를 지으며 손끝으로 입술을 쓸었다. 홀로 쓸쓸히 처마를 밝히던 홍등이 오늘은 여럿이 화려하게 그 빛깔을 흩뿌리고 있었다. 초야를 그냥 치를 수야 없지 않겠나. 슬쩍 은율을 다그치자 반겨 화색하며 저 난리를 부려 댔다. 아마 동월궁으로 들어서는 길목길목 저보다 더 화려한 장식이 들어서 있을 터였다. 흡족한 미소를 지으며 상상에 빠져들던 이안을 월야가 흔들어 깨웠다.

"이안."

"어?"

"배가 고픕니다."

월야가 배를 문지르며 텅 빈 다과상을 눈짓으로 가리켰다. 반 시진 전에 차려 놓은 푸짐한 다과를 그새 다 먹어 치우고선 또 배가 고프다 칭얼거리는 월야를 이안이 괴이쩍게 바라보았다. 식탐이 원래 많았던가? 그리 많이 먹는 것 같지는 않던데 고개를 갸웃하며 이안이 시비를 불러 다과를 내오라 명했다. 단것으로 가져오라 덤으로 말하는 월야의 해맑은 모습에 피식 싱거운 웃음을 흘렸다. 정말 저것이 오늘 성체로 화하긴 할 것인가, 의문마저 들었다.

그날의 당돌하던 월야를 떠올리자 이마에 작은 뇌가 서렸다. 허락 없이 입을 맞추면 가만두지 않겠다. 으름장을 놓던 퍽이나 거만하고 까칠한 녀석이었다. 이안은 문득 드는 생각이 있어 품에 손을 넣어 거울을 꺼내 얼굴을 비쳤다. 늙어 보인다던 월야의 말이 떠올라서였다. 세심히 낯을 살피던 이안이 이어 낮은 신음을 흘리며 때마침 들여온 다과에 손을 뻗는 월야의 손등을 찰싹 때렸다.

"아야!"

"네, 그것이 진심이더냐?"

"예?"

뜬금없이 진심이냐 물으며 정색을 하는 이안을 월야가 의아한 눈으로 바라보았다. 아픈 손등을 문지르며 고개를 갸웃거렸다. 다과를 먹고 싶었다는 게 진심이냐 묻는 것일까? 아니면 이안보다 다과를 더 반기는 것이 저를 먹고 싶다 했던 게 진심이었냐 묻는 것일까? 당최 알 길이 없는 질문에 답을 낼 수 없는 월야가 불쑥 이안의 얼굴 가까이 제 얼굴을 내밀었다.

"뭐?"

이안이 마뜩잖은 심기를 드러내며 눈썹을 휘었다. 늙은이 운운했던 입이 얄밉게 보인 탓이다. 가만히 그의 얼굴을 살피던 월야가 대뜸 그의 얼굴을 작은 손으로 감싸곤 덥석 입술을 머금었다. 불시에 당한 일이라 당황할 만도 하건만 이젠 그도 길이 들었는지 저도 모르게 손을 뻗어 월야를 감싸 안았다. 그리곤 더 깊이 그녀의 입술을 취했다. 그러다 문득 이게 아닌데 싶어 입술을 떼고 낮은 헛기침을 하였다. 그런 이안을 보고 작게 안도의 한숨을 내쉰 월야가 조심히 물었다.

"허면 이젠 저것들을 먹어도 되겠습니까?"

"뭐?"

"이안 님이 맛있는 것은 사실이나, 배는 차지 않습니다. 진심으로 사왕님을 먹고 싶습니다. 하지만, 하지만 배는 채울 수 없습니다."

"하아."

다과를 보며 우물쭈물 볼멘소리를 하는 월야의 모습이 하도 어이가 없어 이안이 헛웃음을 터트렸다. 앞뒤 잘라 내고 두서없이 말한 것이 본인이니 누구를 탓할까. 이안은 고개를 절레절레 흔들며 귀찮은 듯 손짓으로 그냥 알았다 했다. 그에 방긋 웃으며 흑룡과 함께 다과를 나눠 먹는 월야가 또 어찌 그리 어이없으면서 귀엽게 느껴지는지, 대체 이를 어찌 표현해야 한단 말인가.

어둠이 내려앉고 밤이 깊어질수록 월야를 바라보는 이안의 눈빛이 짙어졌다. 스륵 제 곁으로 다가선 이안을 월야가 무심히 돌아보며 방긋 웃었다. 그가 손을 뻗어 월야의 입가에 묻은 것을 조심히 쓸어 냈다. 그러다 뭐가 마음에 들지 않았던지 짧게 혀를 차더니 가까이 얼굴을 디밀어 입가를 혀로 핥아 냈다. 동그랗게 눈을 뜬 월야가 낮은 숨을 흩어 내며 그의 길고 미려한 속눈썹이 밀려 올라가는 것을 바라보았다.

"칠칠맞게 이게 뭐야?"

타박이 꽤 감미로웠다. 해사하게 웃으며 이쪽에도 묻었다 품에 안겨 오는 월야의 허리를 한 손으로 감싸 안으며 여직 눈치 없이 다과를 먹고 있는 흑룡을 향해 손을 내저었다. 강정 하나를 입에 물고 양손에 잔뜩 거머쥔 흑룡이 보일 듯 말 듯 고개를 끄덕이고는 누각 아래로 몸을 날렸다. 곧 검은 하늘 위로 검은 물체가 날아올랐다. 어느새 달이 떠오르기 시작하여 사방이 은은한 빛으로 물들기 시작하였다. 그에 월야를 바라보는 이안의 마음도 조금씩 두근거리기 시작했다.

오라, 나의 하나뿐인 반려여.

소야궁 뜰에 검은 그림자가 하나가 어른거렸다. 갈피를 잡지 못하고 이리저리 맴도는 것이 뭔가에 쫓기는 것처럼 불안하였다. 달빛이 그 불안한 움직임을 훤히 비추고 있었다. 걸음을 멈춘 그림자가 달을 원망 어린 눈으로 노려보았다.

"그래 보았자 단 하루뿐이잖아."

짜증스레 내뱉은 말이 어째 더 불안했다. 비련은 제 손에 든 것을 내려 보며 꾹 다문 입을 짓씹었다. 비취색 아름다운 액체가 그대로 비치는 유리병을 가만히 바라보다 깊은 숨을 들이켰다. 악인의 속삭임처럼 제 귓가에 맴도는 유혹의 말들을 비련은 떨쳐 버리지 못하고 있었다.

'성체가 되어 초야를 치르면 그는 온전히 그 어린것의 소유가 될 것이다. 그래도 좋겠느냐. 오랜 세월 그의 곁을 지켰던 너는 한낱 풀벌레보다 못한 존재가 되어 버려질 터인데. 그래도 좋으냔 말이다.'

'망각의 약이다. 몇 방울만 찻잔에 흘려 넣으면 그만이야. 허면 그들은 서로를 잊게 될 것이야. 애초에 서로가 존재하였다는 것조차도 말이다. 그 아이가 오기 전으로 모든 것이 되돌아가는 것이지. 모두에게 좋은 일이 아니더냐. 안 그러냐.'

느른히 웃던 그의 입매가 비련의 시야를 사로잡았다.

'본시 그 아이는 월국의 것이야. 명의 반려이지. 그가 온갖 정성을 다하여 만들어 낸 것이다. 헌데 그에게서 그 아이를 빼앗았다. 말도 안 되는 맹약이라는 것으로 말이다.'

안타까운 탄성이 그의 입에서 흘러나왔다.

'그의 마음이 얼마나 아플까. 너는 모두를 위해 당연히 해야 하는 일을 하는 것뿐이다. 그뿐이야.'

바들거리던 손이 천천히 그 떨림을 멈췄다. 불안스레 흔들리던 동공도 이내 차갑게 식어 내렸다. 그래, 아무것도 잘못될 것은 없다. 그저 모든 걸 제자리로 돌려놓는 것뿐이다. 잠시 잠깐 다른 것에 돌려졌던 사왕의 눈을 다시 제게로 되돌리는 것뿐이다. 그게 옳은 거니까.

"누가 죽는 것도 아니잖아."

결심을 굳힌 듯 병을 꽉 움켜쥔 비련이 소야궁 뜰을 천천히 벗어났다. 소야궁에서 동월궁으로 이어지는 길목에는 달꽃이 흐드러지게 피어 있었다. 은은하게 퍼지는 달콤한 향취가 꼭 발목을 붙잡는 것 같아 비련은 제 발만 바라보며 급히 뛰었다. 만월이 머리 위로 떠오르려면 아직 한 시진이 남아 있었다. 그전에 몰래 동월궁 침전으로 들어가는 차에 이것을 타야 한다. 비련의 발걸음이 급해졌다.

나무 위에 느른히 몸을 누인 위랑이 느긋하게 달빛을 피해 달아나는 발걸음을 눈으로 좇았다. 마음이 급했던지 발걸음이 재빨랐다. 사나무 가지 하나를 떼어 입에 물고 그 끝을 혀로 말아 음미한다. 쓰디쓴 사나무의 진액이 혀끝을 마비시킬 듯 스며들었다. 인이 사나무의 진액을 접하면 녹아 뼈조차 남김 없이 죽는다 하였던가. 그 독성이 위랑에게는 미치지 못하였으나 톡 쏘는 것은 꽤 즐길 만하였다.

위랑의 묘한 취향을 부러 모른 척 시선을 두지 않은 명이 좀 떨어진 나무 위에 가만히 서서 동월궁 전각을 살폈다. 흑룡이 나가고 잠잠해진 것이 명의 마음에 조급함을 심어 놓았다. 기분 좋게 울리는 월야의 방울 소리가 그의 침잠한 마음을 더 깊이 가라앉히고 있었다. 이제는 이안과 단둘이 있는 것이 즐거운 모양이었다. 어린 마음의 순수를 넘어 그 무언가가 월야의 마음을 움직이고 있었다. 해서 불안했다. 월야를 빼앗길까 봐. 다시는 그녀를 제 것으로 돌려놓지 못할까 봐.

"오래 걸리지 않을 것이야. 이 밤이 지나면 곧 월야는 그전으로 돌아갈 것이고 너는 그런 월야를 품으면 되는 것이다. 아주 간단한 것이지."

"왜."

"음?"

"왜 그러는 것이냐?"

돌아보지 않고 말하는 명의 쓸쓸한 뒷모습에 비릿한 웃음을 흘려 내며 위랑이 입술을 달싹였다.

"네가 가여워 그런 것이지. 한 여인을 가슴에 품고 아파하는 벗이 못내 서글퍼."

"사설은 듣고 싶지 않다."

"훗. 역시 진지함은 나와 맞지 않는 모양이군."

명의 어깨가 가볍게 들썩였다. 낮은 한숨을 내쉰 명이 눈을 감았다 뜨는 사이 반쯤 몸을 일으킨 위랑이 나른히 몸을 뒤척이며 피식거렸다.

"심심해서."

그럴 테지. 누군가의 마음이 염려되어 그런다는 것은 퍽이나 위랑답지 못한 말이었다. 그저 심심하여 장난삼아 한 것이라 하면 그게 진심인 것이다. 명은 다시 눈을 감으며 낮은 한숨을 깊이 흘려냈다. 어찌 되었건 명은 월야만 취하면 되는 것이다. 다음 만월이 올 때까지 월야의 마음을 돌려놓으면 모든 것이 끝나는 것이다. 그저 그것이면 된다.

"그냥 떠나기엔 미련이 남더란 말이지. 이 재밌는 것을 놓치면 내내 한탄하겠지. 저 사악한 사왕을 놀려먹을 기회를 놓친 것에 대해서 말이야."

"월국을 손에 올려놓고 마음대로 주무를 기회도 놓치는 것이겠지."

"뭐, 그도 한몫은 하지. 해국은 월국이 없으면 아니 되지 않나."

명은 굳게 입을 다물었다. 진정 사악한 것이 사왕인가 묻는다면 고개를 끄덕일 것이다. 허나 그보다 더 간악한 이를 묻는다면 당연히 해왕이라 말할 것이다. 사왕은 단지 타고난 성향이 그런 것일 뿐 간사스러움과는 거리가 멀었다. 그에 반해 해왕은 변덕이 죽 끓듯 하는 위인이었다. 흥미와 재미를 위해 목숨도 가차 없이 여기는.

만월이 서서히 발길을 옮겨 머리 위로 떠오르기 시작했다. 명은 오늘 밤을 지워 내듯 감은 눈을 뜨지 않았다. 침묵 속으로 몸을 숨긴 명을 바라보며 위랑은 야릇하게 입꼬리를 말아 올렸다.

너 또한 나에겐 재미있는 유흥거리지. 애(愛)에 목매는 어리석은 존재들은 아주 손쉬운 노리갯감이야. 이제부터 아주 재밌는 일이 펼쳐지겠군그래.

시야를 자극하는 강렬한 빛에 이안은 질끈 눈을 감았다. 머리 위로 떠오른 만월이 그들을 훤히 비추고 있었다. 그보다 강한 빛이 월야를 감쌌고 이안 또한 그 빛무리에 휩싸였다. 아늑하고 따스한 온기가 은은히 몸을 휘감았다. 그 포근함에 이안은 저도 모르게 입술을 말아 올렸다. 잠에 취한 듯 몽롱한 정신 속으로 감미로운 목소리가 스며들었다.

"제가 한 말을 그새 잊으셨습니까?"

볼을 감싸는 손길에 스륵 눈을 뜬 이안이 가물거리는 시야를 바로잡으려 몇 번 눈을 깜빡였다. 처음 도톰하고 빨간 입술이 눈에 들어왔다. 그다음 드센 자존심을 상징하듯 높이 솟은 콧대와 새하얗게 빛나는 진주 같은 살결이 비쳤다. 그리고 마지막으로 그가 마주한 것은 자신을 오롯이 바라보고 있는 반짝이는 두 개의 금안이었다.

"허락 없이 입술을 취하면 어찌한다 하였지요? 기억하십니까?"

"……너."

반짝이는 금안이 가늘게 늘여지며 그믐달처럼 휘었다. 이안은 월야에게 얼굴을 붙잡힌 채로 낮은 숨을 토해 냈다. 알고는 있었지만 이 당돌함만은 쉬이 적응이 되지 않았다. 월야가 고개를 갸웃 기울이곤 매끄럽게 입매를 끌어 올렸다. 숨결이 닿을 거리에 머문 입술이 이안의 입술 위에 머물렀다. 천천히 이안의 얼굴을 훑는 월야의 눈길이 닿는 곳곳에 뜨겁게 낙인이 찍혔다.

"키워서 잡아먹겠다 하셨습니까?"

꿀꺽.

분명 그리 말을 하였다. 허나 이 까칠한 녀석을 어찌 잡아먹을지는 아직 방도를 마련하지 못했다. 어느 정도 그전의 감정이 남아는 있겠거니 막연히 생각했던 것이 전부였다. 해서 그래도 그리 박대하지는 않을 것이라 여겼다. 이안의 얼굴을 더듬던 눈이 그의 눈을 마주했다. 시선이 맞물리자 이안의 입에서 옅은 헛웃음이 새어 나왔다.

 살짝 긴장으로 말랐던 입술을 혀로 축이며 나른히 입꼬리를 말아 올렸다. 그리곤 제 얼굴을 잡은 월야의 손을 가만히 감싸 쥐었다. 그에 월야가 살포시 웃으며 눈을 곧게 떴다. 한 치의 물러섬도 없는 그 눈빛에 이안의 입술이 더 야릇하게 말려 올라갔다. 월야의 속눈썹이 가만히 금안을 감췄다 드러냈다.

 이안이 월야의 손을 감싼 채 불쑥 제 허리 아래로 잡아당겼다. 휘청이며 이안의 몸 위로 기운 월야의 입술이 지그시 이안의 입술을 눌렀다. 놀라 멀어지는 입술을 붙들듯 월야의 손을 제 허리에 감았다. 다시 맞닿은 입술 위를 농락하듯 유영하며 이안이 나직이 말했다.

 "해서 먹으면 아니 된단 말이더냐?"

 입술 위를 간질이며 흩어지는 이안의 말에 월야가 빙긋이 웃었다. 그에 따라 호를 그리며 올라가는 이안의 입술을 월야가 장난스레 깨물었다. 살짝 찡그려지는 그의 미간에 또 한 번 미소를 흘린 월야가 약간 부풀어 오른 입술을 혀로 핥으며 속삭이듯 말했다.

 "아니 되지요. 제 허락 없인 그 무엇도 아니 된다 하였습니다."

 "허락? 그것이 필요할까?"

 "힘으로 해결하려 들었다간 저를 평생 품지 못하실 것입니다."

 "힘도 필요 없지."

 "허면."

 고개를 갸웃하는 월야를 향해 싱긋 매혹적인 미소를 지어 보인 이안이 들릴 듯 말 듯 말을 흘려 내며 월야의 입술을 머금었다.

 "날 원하게 만들면 그뿐이지."

숨을 삼키듯 오랜 시간 월야의 입술을 탐하였다. 파르르 떨리는 눈꺼풀을 간신히 밀어 올린 월야가 붙잡힌 손을 빼내어 이안의 가슴을 밀쳤다. 쉬이 떨어져 나간 이안이 젖은 입술을 핥아 내며 거친 숨을 몰아쉬는 월야를 만족스런 눈빛으로 바라보았다. 잠시 숨을 고르며 이안을 마주하던 월야가 옅은 숨을 토해 내며 빙긋이 웃었다. 가늘어진 눈매가 유독 반짝인다 싶던 순간, 월야가 이안의 몸을 덮쳤다. 방심했던 탓으로 이안의 몸은 여지없이 무너져 내렸다. 방금 무슨 일이 있었는가를 가늠하며 눈을 깜빡이던 이안의 눈에 제 몸 위로 올라탄 월야의 모습이 비쳤다.

"허어."

기막힌 현실에 절로 터져 나온 헛웃음이 허공으로 흩어지기도 전에 월야가 길게 누운 이안의 몸 위로 서서히 제 몸을 겹쳐 왔다. 이안의 가슴 위에 한 손으로 턱을 괴고 이리저리 나른히 고개를 갸웃거리던 월야가 다른 손을 들어 그의 가슴 위에 내려놓았다.

그림을 그리듯 손가락으로 이안의 가슴을 유영하던 월야가 슬쩍 시선을 들어 그의 어이없어하는 눈을 마주했다. 월야가 손가락을 다시 움직이자 이안의 미간이 미미하게 찌푸려졌다. 앞섶을 파고들어 맨살 위를 더듬는 월야의 손길에 반응한 것이었다. 느슨하게 여며졌던 앞섶이 월야의 손에 풀어헤쳐졌다. 얼어붙은 듯 꼼짝 않는 이안의 모습이 우스워 월야가 나직하게 웃음을 흘려 냈다.

드러난 가슴을 더듬어 올라 그의 쇄골과 목젖을 매만지고, 그의 턱을 쓸어 내는 월야의 손길이 무척 섬세했다. 이어 이안의 붉은 입술을 손끝으로 꾹꾹 누르던 월야가 낮은 신음을 흘려 내는 그를 올곧이 바라보며 유혹하듯 말했다.

"순수한 것은 함부로 물들이는 것이 아니랍니다. 어찌 그리 길을 들이셨습니까?"

"……무슨."

"맛있다 하지 않았습니까."

"뭐?"

"헌데 먹는 것은 이안 님이라 하였지요. 그 무슨 괴변이십니까?"

"대체 무슨."

"책임을 지셔야지요. 한 번 먹는 걸로는 성에 안 차니 어찌하겠습니까? 오늘 먹히는 것은 제가 아닐 테니 말입니다."

"네가 아니면?"

"허면 누구일까요?"

"……?"

당최 알아들을 수 없는 말만 늘어놓으며 월야가 손길을 멈추지 않은 채 뜨겁게 그의 몸을 달궜다. 월야를 바라보는 이안의 눈에 곤혹스러움이 담겼다. 그런 이안의 입술 위로 제 입술을 내려놓으며 월야가 싱긋이 웃었다.

"먹는 것은 저이고, 먹히는 것은 이안이지요."

이 당돌한 것을 어찌하면 좋단 말인가. 거침없이 제 옷을 벗기며 입술을 탐하는 월야의 낯선 모습에 이안은 정신을 차릴 수가 없었다. 월야의 말대로 그녀는 지극히 충실히 그를 맛보고 있었다. 감칠맛 나게 그의 온 신경을 자극하며 겉만 핥아 대고 있었다. 진작 먹어야 할 건 먹지 않고 말이다. 환장하겠군.

가르침이 제대로 먹히지 않았다. 자꾸만 몸을 달구는 탓에 그의 몸은 이미 충분히 일어서고 있었다. 그럼에도 월야는 온전히 이안을 먹지 못하고 있었다. 그 '먹는다'의 의미를 제대로 가르치지 못한 탓이다. 어떻게 그걸 가르친단 말인가. 그 어린것을.

"월야, 으음, 그건 아아, 먹는 음, 게 아니야."

"예?"

"자, 잠깐만."

"제가 먹을 것입니다. 허니 말리셔도."

"아니야. 먹혀 줄게. 먹게 해 줄 테니까. 대신 확실하게 먹으라는 말이다."

"네?"

"내가 가르쳐 줄 터이니. 네가 먹어. 확실히."

"그러지요."

뭐, 먹히는 것도 나쁘진 않을 것이다. 어쩌면 그것도 나름 색다르지 않겠나. 스스로를 설득하며 이안은 눈을 반짝이며 저를 바라보는 월야를 향해 낮은 웃음을 흘려 냈다. 긴긴 밤 확실히 먹힐 것을 대비하여 침전으로 자리를 옮겨야 할 것 같았다. 이안은 풀어헤쳐진 옷을 그대로 둔 채 월야를 안아 전각 난간을 밟고 섰다.

침전 창을 문처럼 이용하는 일이 점점 잦아지고 있었다.

9.
초야

 가볍게 창턱을 밟아 침전 안으로 내려섰다. 작은 움직임에 방 안 곳곳을 밝히고 있던 촛불이 일렁거렸다. 천정을 장식한 홍단이 침대 위로부터 바닥까지 길게 늘여져 있었다. 그 사이를 거침없이 걸어 들어간 이안이 품에 안긴 월야를 침대 위에 사뿐히 내려놓았다. 재미있는 장난을 하는 듯 반짝이는 눈빛으로 저를 올려다보는 월야의 모습에 이안이 엷은 미소를 흘렸다.
 이안은 천천히 몸을 기울여 월야의 곁에 앉았다. 반쯤 몸을 기울여 누운 월야가 고개를 갸웃하며 눈을 깜빡였다. 그에 월야의 길고 풍성한 머리카락이 어깨를 타고 흘러내려 침대 위로 내려앉았다. 성체로 화한 월야는 눈이 부실 만큼 아름다웠다. 가는 팔다리의 매끈한 살결에 윤기가 흐르고 있었다. 그 미려한 다리를 손끝으로 쓸어 올리며 이안이 월야의 옆으로 몸을 뉘었다.

"다리부터 먹는 것입니까?"

"다리를 벌리는 게 먼저지."

"예?"

"날 먹으려면 아주 많이 공을 들여야 할 터인데. 과연 그것이 가능할까?"

고개를 갸웃하는 월야를 지그시 누르며 그녀의 다리 사이로 손 하나를 미끄러트렸다. 허벅지 안 은밀한 곳으로 스며드는 이안의 손길에 월야가 헉 하고 숨을 삼켰다. 묘하게 신경을 자극하는 그 나른한 손놀림에 월야가 불쑥 몸을 일으키려 했다. 동그랗게 뜬 눈으로 저를 바라보며 달싹이는 월야의 입술을 제 입술로 덮으며 슬며시 무게를 더했다. 허벅지 안쪽을 자극하던 손길을 옮겨 탄력 있는 엉덩이를 손안 가득 움켜쥐었다. 놀란 듯 몸을 흠칫 떨던 월야의 은밀하고 아름다운 곳이 이안의 그곳에 닿았다.

숨이 끊어질 듯 벅찬 순간까지 월야의 입술을 취한 이안이 떨리는 입술을 거둬 홍조로 가득한 월야의 얼굴 위로 뜨거운 숨결을 흩어 놓았다. 파르르 떨리는 월야의 금안이 이안의 가늘게 늘여진 현안을 응시했다. 야릇하게 빛나는 그의 눈빛에 또 묘하게 가슴이 떨렸다. 월야의 눈이 어느새 제 가슴 위를 천천히 유영하는 이안의 손끝에 닿았다. 이안의 손길을 따라 민감하게 반응하는 제 피부가 놀라웠다.

제 손을 뚫어져라 바라보고 있는 월야의 눈길에 흐뭇한 미소를 머금은 이안이 월야의 옷깃을 따라 손을 내려 여밈을 툭 끊어 냈다. 겉옷 안으로 손을 밀어 넣어 다시 여밈을 풀고 옷을 열어젖혔다. 가슴 가리개 위로 드러난 봉긋이 솟은 젖무덤이 제법 탐스러웠다. 풀어헤쳐진 제 가슴팍을 보고 월야가 눈을 깜빡거렸다. 그러다 후끈 달아오른 얼굴로 마른침을 꿀꺽 삼켰다. 이안이 가슴골 사이로 슬쩍 손가락을 밀어 넣어 가리개를 당겼기 때문이다.

척추를 따라 나른하게 올라온 이안의 다른 손이 가리개 끝을 풀어냈다. 스르륵 풀려 나간 가리개가 이안의 손에 들린 채 휘익 허공을 날아 멀리 바다 위로 떨어져 내렸다. 훤히 드러난 제 가슴을 멍한 눈으로 바라보다 또 움찔 몸을 떨었다. 피식, 입꼬리를 말아 올려 웃은 이안이 손끝으로 월야의 분홍빛 앵두를 튕겼다.

아, 월야에게서 짧은 탄성이 흘러나왔다. 그마저 집어삼키며 이안이 월야의 입술을 머금었다. 짧은 입맞춤을 하곤 월야의 입술 위에서 나지막이 속삭였다.

"세상에서 가장 달콤한 과실이 무엇인 줄 아느냐?"

"으음?"

"바로 이것이다."

미끄러지듯 고개를 내린 이안이 월야의 가슴을 한입 가득 베어 물었다. 아찔한 통증에 질끈 눈을 감은 월야가 제 가슴을 탐하는 이안을 힘껏 밀어냈다. 하지만 이안은 꿈쩍도 않고 오히려 월야를 더 지그시 눌러 왔다. 그는 자신의 말대로 세상 그 무엇도 이보다 맛있을 수 없다는 듯 월야의 가슴을 머금었다. 처음 느껴 보는 야릇함에 월야는 발가락을 잔뜩 오므리며 허리를 휘었다. 호흡이 절로 거칠어졌다.

타액으로 번들거리는 입술을 혀로 핥아 내며 슬쩍 고개를 들어 월야의 얼굴을 바라보았다. 달뜬 신음을 흘려 내며 파르르 떨리는 월야의 감은 속눈썹에 입매가 매끄럽게 끌려 올라갔다. 월야의 분홍빛 돌기를 지분거리며 이안이 나른한 음성으로 말했다.

"먹으려면 확실히 먹으라 하지 않았더냐."

가슴 아래로 미끄러져 내린 손이 배꼽 부위를 더듬고 이어 천천히 그녀의 깊은 곳을 향해 다가갔다. 은밀한 곳을 가렸던 얇은 천 하나가 그의 손길에 떨어져 나갔다. 아무리 모른다 하여도 그곳이 함부로 남의 손을 타선 안 된다는 것쯤은 본능적으로 알았다. 지레 오므라드는 다리를 제 몸으로 다시 벌려 놓으며 이안이 달래듯 월야의 귀에 가는 숨결을 흘려 넣었다.

"쉿. 아직 다 먹으려면 멀었다. 배워야 제대로 먹지 않겠나."
"으음. 뭔가, 이상합니다."
"이상한 것이 아니다. 아주 맛있는 것이야."
"얼마나?"
"아주, 아주 많이. 평생 먹어도 질리지 않을 만큼."
"와아. 그렇게 맛있는 것이라면 꼭 먹어야. 아아."
"말이 필요 없을 만큼 좋은 것이기도 하지."

여린 살결을 파고드는 이안의 손길이 너무 뜨거웠다. 타들어 갈 듯 깊이 스며드는 그 뜨거운 불길에 월야는 숨조차 제대로 쉴 수 없었다. 저절로 반응해 들척여지는 몸을 어쩌지 못해 연신 달뜬 신음을 흘려 내는 월야를 한껏 달아오르게 만들며 이안은 미친 듯 부풀어 오른 제 물건을 달래느라 안간힘을 썼다.

촉촉이 젖어 든 월야의 꽃잎을 부드럽게 어루만지며 이안이 조심히 손을 물렸다. 손끝에 묻어난 월야의 물길을 혀로 핥아 내며 몸을 비틀어 신음하는 그녀의 모습을 내려 보았다. 숱한 여체를 탐했음에도 이런 식의 흥분은 처음이었다. 억눌린 신음이 그의 잇새로 새어 나왔다.

"이젠 날 먹어 보아라. 이것과 다른 더 깊고 은밀한 입으로."

"으응?"

"여길 이곳으로."

"아……."

"먹어. 마음껏."

그의 손이 제 은밀한 곳을 스치자 또다시 몸이 들썩였다. 아마도 이안이 말한 맛있게 먹다의 의미가 뭔가 복잡하고 미묘한 그 무언인가 보다고 어렴풋이 느낀 월야가 가만히 눈을 깜빡였다. 흔들림 없는 현안이 월야의 모습을 온전히 담아냈다. 제 모습을 비추는 그 깊고 깊은 눈빛에 슬며시 입술 끝이 말려 올라갔다. 이안을 덮치듯 밀어 침대 위에 눕힌 월야가 그 위를 타고 오르며 가늘고 긴 숨결로 그의 젖은 머릿결을 불어 흩날렸다.

눈을 자극하는 여린 숨결에 살며시 눈을 감은 이안의 입술 위로 월야의 입술이 내려앉았다. 부드럽게 그의 입술을 빨아들여 한껏 맛을 음미한 월야가 옅은 숨을 토해 내는 이안의 입술 사이를 파고들었다. 그의 입안을 샅샅이 맛본 월야가 흐트러진 호흡을 천천히 뱉어 내며 싱긋이 미소 지었다.

"이 작은 과실은 또 어떤 맛이 나련지 무척 궁금합니다."

"아!"

"깨물어야 하나요?"

그의 입술을 벗어나 턱을 가볍게 깨물고는 심장의 두근거림을 그대로 간직한 목 줄기에 지그시 입술을 눌렀다. 빠르게 움직이는 심장의 고동이 입술을 타고 스며들었다.

"하아."

낮은 신음이 새어 나와 그의 쇄골 위에서 흩어졌다. 이안의 고운 미간이 살며시 찌푸려졌다.

이안이 그랬던 것처럼 그의 가슴 위에서 맴을 돌던 손끝으로 도드라진 돌기를 톡톡 튕겨 냈다. 그때마다 미미하게 움찔거리는 이안의 미간이 신기했다. 그의 붉디붉은 입술 사이로 억눌린 신음이 간간이 새어 나왔다. 그 또한 즐거웠다. 월야는 그 작은 돌기를 살짝 깨물었다가 혀로 감아 빨아당겼다. 월야의 허리를 휘감은 이안의 손에 힘이 실렸다.

"아, 아."

"그도 아니면 빨아 먹어야 하나요?"

"월……야."

배꼽 아래로 미끄러트린 손이 바지춤에서 머뭇거렸다. 이안이 가늘게 내리뜬 눈으로 간절히 월야를 바라보았다. 그 잠깐의 공백을 참지 못해 이안이 월야의 손을 잡아 제 바지 속으로 밀어 넣었다. 손에 닿는 그의 불뚝 일어선 중심에 깜짝 놀란 월야가 눈을 동그랗게 뜨고 이안을 올려다보았다. 붉게 빛나는 현안이 저만을 바라보고 있었다. 슬며시 손을 움직이자 그가 흠칫거리며 몸을 떨었다. 찌푸려진 미간이 조금 곤혹스러워 보였다.

"얼마나 맛있는지 먹어 보아야겠습니다."

야릇하게 말려 올라가는 입매로 보아 그냥 겉핥기만 하겠다는 말은 아닌 모양이었다. 제 입술을 가만히 더듬는 월야의 손가락을 슬쩍 깨물며 참았던 신음을 터트렸다. 그에 활짝 미소를 지어 보인 월야가 이안의 귓가로 입술을 내렸다.

"잘 먹겠습니다."

그전과는 사뭇 다른 느낌의 잘 먹겠다는 인사말이 이안의 가슴에 불을 지폈다. 미친 듯이 뛰어 대는 심장이 월야를 담아내기 시작했다. 그 하나로 가득 채워도 모자람이 없다고 심장이 벅찬 속내를 드러냈다.

"미치겠네. 먹힌다는 데 뭐가 좋아 난리야. 알았으니까. 제발 좀 얌전히 있어. 제발. 더 뛰었다간 죽을 것 같으니까. 이 미친 심장아."

혼잣말처럼 흘려 내는 이안의 속삭임이 월야의 심장도 고스란히 물들였다. 어쩌면 이안의 말대로 평생 먹고 싶어질지도 모르겠다. 그가 너무 맛있어서. 도저히 밀어내지 못할 만큼. 잊을 수 없을 만큼.

동월궁 침전으로 스며든 달빛이 그들의 사랑을 은은하게 물들였다. 만월이 만든 황홀한 신비로움이 마치 마법처럼 짙게 드리운 밤이었다. 만월이 기울 때까지 월야와 이안은 서로를 맛보느라 여념이 없었다.

비련은 동월궁을 빠져나와 소야궁으로 가는 길목에 접어들어 그만 풀썩 주저앉고 말았다. 후들거리는 다리로 걸음을 옮긴다는 것이 무척 힘들었다. 다소 들뜬 분위기로 번잡스러워진 동월궁이 비련에겐 그나마 다행스러웠다. 은율이 아침부터 여기저기 동월궁을 들쑤시며 유난을 떨어 댄 덕에 시비들은 정신이 반쯤 나간 상태였다. 온갖 화려한 장식으로 꾸며진 사왕의 침전이 비련의 가슴을 싸늘하게 식혔다. 초야를 위한 것이었다.

비련은 쓰린 속을 가다듬으며 조심히 발걸음을 옮겼다. 몸시중의 옷을 벗고 시비의 옷을 입은 비련에게 관심을 가지는 이는 아무도 없었다. 다과와 차를 준비 중인 식간으로 숨어드는 동안에도 비련은 제재를 당하지 않았다. 하긴, 그 누가 있어 사왕을 감히 해하려 하겠는가. 사국은 아예 그런 가능성을 배제시키고 있었다. 사왕을 죽일 수 있는 자는 사왕뿐이었다.

혼란한 틈을 타 몰래 준비된 달차와 달주, 사주에 각각 몇 방울을 떨어트렸다. 그 잠깐 동안 비련은 수명의 반이 줄어든 것 같았다. 안도의 한숨을 내쉬는 사이, 누군가 그녀의 곁으로 다가섰다. 재빨리 몸을 돌려 다른 것에 열중인 척 얼굴을 숨긴 비련의 등 뒤에서 시비 하나가 그것들을 담아낸 소반을 들고 식간 밖으로 나섰다. 숨조차 죽인 채 서 있던 비련은 서둘러 그곳을 빠져나왔다.

비련은 소매 깊숙이 감춰 두었던 병을 꺼내 빈 것을 확인하곤 부질없이 떨리는 손을 꽉 움켜쥐었다. 아무도 다치는 이는 없을 것이다. 그저 모든 것이 제자리를 찾아 돌아가는 것뿐이다. 원래 그랬던 것처럼 그렇게. 단지 그것뿐이다. 내내 되뇌던 말을 또 읊조렸다.

질끈 아랫입술을 깨물며 생각을 굳힌 비련이 굳건히 고개를 끄덕였다. 바람이 불었다. 그에 흐드러지게 피어나기 시작한 달꽃이 흔들렸다. 달꽃이 흘려 내는 은은한 향기에 낮은 신음을 흘린 비련이 불쑥 고개를 들었다. 비련은 무릎걸음으로 달꽃 아래로 다가갔다. 그리곤 땅을 파헤치고 들고 있던 병을 묻었다. 흔적을 없애려 열심히 땅을 다듬는 비련의 이마에 송골 땀이 맺혔다.

소매 끝으로 땀을 훔치며 그제야 거친 숨을 가다듬었다. 문득 제 손을 내려 본 비련이 미친 듯 손에 묻은 흙을 털어 냈다. 벌떡 몸을 일으켜 옷도 마저 털어 낸 비련은 누가 볼세라 급히 걸음을 옮겼다.

만월이 사방을 훤히 비추고 있었다. 어둠을 틈타 불순한 것들이 스며드는 일이 없도록 이 밤 만월은 사궁 구석구석을 밝히고 있었다. 좀체 잠을 이루지 못한 시비장이 소야궁 뜰로 찾아들었다. 삭막하기 그지없던 곳이 어느새 아늑하고 아름다운 곳으로 거듭났다. 주인이 바뀐 이래로 죽었던 땅이 활기를 되찾은 것이다.

시비장은 불 꺼진 소야궁의 침전을 바라보았다. 주인의 부재를 알리듯 소야궁은 고요함 속에 잠겨 있었다. 다만 꺼지지 않는 등불 하나만이 은은히 소야궁 처마를 비추고 있었다. 제 주인을 닮아 그 빛 또한 고왔다.

"아름답기도 하지."

누구에게 하는 말인지 모호한 말을 흘려 내며 시비장은 온화한 미소를 머금었다. 만월이 깃든 하늘을 바라보며 고개를 끄덕인 시비장은 처소가 있는 쪽으로 몸을 돌렸다. 좁은 문 안으로 막 발을 들이려던 시비장이 등 뒤로 들려오는 낮은 기척에 문득 움직임을 멈췄다. 담장에 숨듯 몸을 낮춘 시비장이 달빛이 스며든 소야궁 뜰을 살폈다. 바스락거리던 작은 소리가 마치 환청이라도 되는 듯 뜰은 고요하기만 했다. 고개를 갸웃 기울인 시비장이 몸을 세워 다시 처소로 향했다.

잠시 뒤, 만월이 채 스며들지 못한 깊은 어둠 속에서 그림자 하나가 튀어나왔다. 주변을 경계하듯 은밀한 움직임이 무척 조심스러웠다. 아무런 기척이 없자 그제야 한숨을 내쉰 비련이 시비장이 사라진 문을 주의 깊게 살폈다. 조심해 나쁠 것은 없었다.

"후우."

긴 한숨을 내쉬며 몸을 곧추세운 비련이 막 처소를 향해 걸음을 떼려 할 때였다. 뭔가가 그녀의 목에 닿았다. 가늘고 차가운 금속성의 무언가가 예리하게 살을 파고들었다. 미처 그것이 무엇인지도 깨닫기 전에 비련의 목은 제 몸을 벗어나 바닥에 나뒹굴었다. 떨어져 내린 얼굴은 눈을 뜬 채로 멍하니 허공을 바라보고 있었다. 어둠이 없는 곳에서 어둠을 일으켜 나타난 혼이 실 같은 것을 거둬 품에 감추었다.

그리곤 무언가를 꺼내 중얼거리자 허공에서 불길이 일어 공기를 타고 파르락, 쓰러진 비련의 몸 위로 내려앉았다. 순식간에 열기를 퍼트린 그것이 이내 비련을 삼키고 타올랐다가 또 일시에 사그라졌다.

한순간에 재로 화한 비련은 혼의 무심한 손길에 불어온 바람을 타고 먼지가 되어 흩어졌다. 누군가의 기억에 오래토록 남고 싶었으나 한낱 먼지가 되어 사라져 버리고 만 가엾은 영혼을 혼의 표정 없는 얼굴이 배웅하였다.

건조한 시선을 들어 만월을 담아낸 혼이 느릿하게 시선을 옮겨 동월궁 쪽을 바라보았다. 홍등이 환하게 밝혀진 동월궁은 마치 붉은 꽃으로 수놓인 듯 아름다웠다. 이 밤은 사왕의 침전에 머물지 말라는 명이 있어 주변을 경계하고 있던 중이었다. 모두의 눈은 속여도 혼의 눈을 피할 수는 없었다. 이 또한 비련에게 주어진 운명의 장난일 뿐이었다.

스르륵 연기처럼 흩어지며 혼이 다시 어둠 속으로 스며들었다.

어느덧 밤이 기울고 있었다. 어스름 달빛이 그 빛을 흐릿하게 물들일 즈음 메마른 목을 가다듬으며 무거운 눈꺼풀을 밀어 올린 이안이 몸을 뒤척였다. 따스한 온기를 전해 주는 뭔가가 품 안에서 꼼지락거렸다. 가물거리는 시선을 내려 살피던 이안의 입술에 엷은 미소가 어렸다. 달빛을 물리고 스며들기 시작한 해의 기운에 이안이 나른한 하품을 했다. 그에 꼼지락거리던 그것이 살며시 고개를 들어 채 뜨지 못한 눈으로 웅얼거렸다.

"뭐?"

꽉 잠긴 목이 낮고 까칠한 음성을 토해 냈다. 새벽까지 이어진 먹고 먹히기가 많이 고됐던 모양이다. 꼭 먹고 말리라 저돌적으로 몰아붙이던 월야는 끝내 제 힘으로 이안을 먹지 못했다. 초야였다. 어린 신부에게는 모든 것이 서툴기 마련이었다. 처음이었음을 감안 못 했던 건 이안 또한 마찬가지였다. 그녀의 좁은 문이 그를 쉽게 받아들이지 않아 꽤 애를 먹었었다.

먹여 주겠다, 혼자 먹겠다, 투닥거리다가 소비한 시간도 꽤 되었다. 서툰 몸놀림으로 한껏 이안을 곤혹스럽게 만든 월야가 드디어 그를 먹었을 때는 좋아 함박웃음을 짓는 대신 자지러지는 비명을 토해 냈다. 기겁하며 뱉어 내려는 것을 이안이 다독여 천천히, 천천히 맛을 음미할 수 있도록 유도했다. 그렇게 밤이 깊어 갔다.

"풋."

맹랑하기 그지없는 월야를 떠올리며 가볍게 웃음을 터트린 이안이 웅얼거리는 그녀의 입술로 귀를 바짝 대었다. 목마르다, 소곤거리는 말이 그제야 들렸다. 이안은 조심히 월야를 내려놓고 탁자 위에 놓인 찻잔을 채웠다. 침대에 다가서 월야를 불러보았지만, 도통 정신을 차리지 못했다. 잠시 뭔가를 생각하는 듯하던 이안이 이내 찻잔을 기울여 차를 입에 머금었다. 그리곤 비몽사몽인 월야를 일으켜 그녀의 입술에 제 입술을 겹쳤다. 입안에서 입안으로 차가 흘러들었다. 해갈하는 차에 월야가 그의 품에 바짝 매달려 더 깊이 입술을 취했다.

살며시 입꼬리를 올린 이안이 손끝으로 바람을 일으켜 주전자를 제 손으로 불러들였다. 주전자 채로 차를 머금은 이안이 이내 안달을 해 대는 월야의 입속으로 차를 넘겨주었다.

"맛있다."

잠에 취한 월야가 나른히 뱉어 낸 말이 이안의 귀를 즐겁게 만들었다. 이슬을 머금은 듯 반짝이는 월야의 입술을 가볍게 훔쳐 내며 이안이 나직이 속삭였다.

"네가 더 맛있어."

❀   ❀   ❀

사국을 비추는 하나의 태양. 그 태양이 아침을 알리며 떠올랐다. 사해 해변을 거니는 인영 하나가 그 태양을 바라보며 느린 걸음을 멈췄다. 밤새 잠을 청하지 않았음에도 명은 지친 기색이 없었다. 단지 불편한 심기를 담아 낸 금안이 쏘아보듯 태양을 응시할 뿐이었다.

명의 그림자 위로 또 하나의 그림자가 겹쳐졌다. 장난스레 명의 그림자를 밟고 선 위랑이 히죽 얄밉게 웃으며 머리 부분의 모래를 파헤쳤다. 위랑의 기척에도 명은 돌아보지 않았다. 조용한 사해의 적막이 그의 심란한 심중을 더 가라앉혔다. 월야는 지금쯤 무엇을 하고 있을까? 깊은 한숨이 새어 나왔다.

"곧 조반을 들겠군."

위랑의 말에 명이 동월궁 쪽을 돌아보았다. 시비들의 움직임은 비교적 은밀했다. 사왕의 심기를 건드리지 않으려는 행동일 것이다. 초야를 치른 이들이 과연 조반을 들기 위해 일찍 일어나련지는 알 수 없는 일이었다. 해서 부르기 전엔 침전 근처를 배회하는 일은 없을 것이다. 기다림의 시간이 좀 더 길어질지도 모를 일이었다.

"초야를 치른 신부가 제 반려를 기억하지 못한다. 참 재밌지 않겠나?"

"기억에도 없는 초야가 어찌 있을 수 있겠는가."

건조하게 말하는 명의 얼굴을 물끄러미 바라보던 위랑이 히죽 입가를 묘하게 말아 올렸다. 머리는 기억하지 못하나 몸은 기억할지 모르지. 위랑은 입속을 맴도는 말을 삼키며 느른히 웃었다. 또 하나 명이 알지 못하는 비밀을 가만히 되새기며 위랑은 시선을 옮겨 동월궁을 응시했다. 세상은 말이지 재미 하나로 사는 것이야. 더 생각할 것도 없이 즐기면 그만이지. 그게 없으면 무슨 수로 그 긴 세월을 살겠나. 지독하게 고독한 이 저주받은 시간을.

"침전에서 나오면 바로 데려갈 텐가?"

"월야가 원하면."

"큭. 아무것도 알지 못하는 아이가 무슨 판단을 할 수 있다고."

"나조차 기억 못 한다는 말인가?"

"그랬으면 좋겠나?"

"흐음."

"걱정 말게. 망각의 약은 자신에게 가장 중요한 사람만 잊게 만드니까."

비릿하게 웃는 위랑을 돌아보는 명의 얼굴이 일그러졌다. 가장 중요한 사람. 위랑은 월야에게 있어 그 중요한 사람이 사왕이라고 단정 짓고 있었다. 그것을 쉬이 받아들일 수 없는 명은 깊은 신음을 흘려 내며 이를 빠득 갈았다.

"좋은 구경거리를 놓칠 수 없으니 조금 더 사궁에 머물러 볼까?"

"위랑."

"걱정하지 말게. 자네에게서 그 아이를 뺏을 생각은 없으니."

"사왕을 너무 쉽게 보지 마라."

"큭. 어찌 그를 쉽게 보겠나. 나를 해할 수 있는 유일한 존재인데."

길게 기지개를 켜며 명에게서 한 걸음 물러선 위랑이 천천히 사해로 발길을 돌렸다. 밤새 꿍해 있는 또 다른 재밋거리를 찾아 사해를 한 바퀴 돌아볼 요량이다. 겸사겸사 어족도 맛보면서 말이다. 위랑이 사해로 들어서는 사이 명은 고개를 떨어트려 낮은 한숨을 거듭 내쉬었다. 정녕 이것이 모두를 위한 것인가. 그는 잡념을 떨쳐 내려는 듯 고개를 세차게 흔들었다. 다시 바라본 동월궁엔 홍등이 점점이 전멸하고 있었다. 명의 눈이 미미하게 흔들렸다.

❀ ❀ ❀

이안은 지끈거리는 머리를 가만히 손으로 눌렀다. 가물거리는 시야가 두통을 더 짙게 만들었다. 새벽녘 갈증에 잠시 깨었다 다시 잠이 들었다. 취한 듯 깊은 잠에 빠져들었던 것 같은데 도통 기억이 없다. 관자놀이를 누르며 침대 아래로 시선을 옮기자 바닥을 뒹구는 주전자가 보인다. 마시고 아무 데나 던져 놓았던 모양이다.

낮은 신음을 흘리며 몸을 뒤틀던 이안은 제 가슴을 짓누르는 감촉에 무심히 시선을 내렸다. 뭔가가 제게 기대 곤한 잠을 자고 있었다. 그가 귀찮은 듯 손으로 툭 그것을 밀쳤다. 그것이 투정을 부리듯 칭얼거리며 더 깊이 품을 파고들었다. 이안의 미간이 한껏 구겨졌다.

"야."

신경질적으로 이마를 툭툭 치자 그제야 그것이 슬며시 고개를 들어 멍한 눈으로 그를 바라보았다. 채 뜨지 못한 눈으로 가물가물 주변을 살피는 듯하더니, 다시 풀썩 눈을 감고 품을 파고들었다.

"허."

한껏 찌푸려진 눈썹을 묘하게 휘며 이안이 설핏 헛웃음을 터트렸다.

그러다 문득 뭔가 이상한 기분에 휩싸여 좀 더 또렷해진 눈으로 침전을 살폈다. 홍단이 드리워진 천정이며, 곳곳을 밝히는 향초의 희미한 불길하며 은은히 풍기는 감미로운 향취가 뭔가를 떠올리게 만들었다. 그의 입 끝이 묘하게 말려 올라갔다. 신경질적으로 두드려 대던 손길을 그대로 내려 제 품에 안긴 그것의 이마를 조심히 쓰다듬었다. 잠결처럼 부드러운 목소리가 그의 입에서 흘러나왔다.

"쥐방울."

"으음."

부름에 답하듯 칭얼거리며 이안의 가슴에 볼을 비비적거린 월야가 고운 한숨을 흘려 냈다. 뭔가 이상하다 하였더니 월야가 조금 변하였다. 성체도 아니고 쥐방울도 아닌, 열일곱의 조금 성숙한 여체로.

"큭."

이안은 드러난 월야의 어깨에 입을 맞추고 이불을 덮으며 낮게 웃었다. 그래도 꼬맹이로 돌아가지 않아 다행이다. 월야의 이마에 입술을 지그시 누르곤 조심히 자리를 벗어났.

침전을 벗어나 곁방으로 나온 이안이 문밖을 향해 기척을 남겼다. 급히 문을 열고 들어선 것은 금사 곡이었다. 웬만해선 제 앞에 모습을 드러내는 일이 없던 금사의 등장에 이안이 차가운 시선으로 그를 돌아보았다. 잔뜩 긴장한 곡이 그 앞에 부복하고 안절부절못하며 이안의 눈치를 살폈다.

"뭐야?"

"금사 곡이옵니다."

"말귀를 못 알아듣는 게야?"

"대사성은 지금."

이안이 대사성을 찾는다는 것을 잘 아는 곡이 부들 떨면서도 채 말을 다하지 못하고 머뭇거렸다. 그것이 못마땅하여 이안이 탁자 위에 있던 주병을 집어 던졌다. 제 얼굴을 스치고 벽에 부딪혀 떨어진 주병이 산산이 부서지는 소리를 들으며 곡이 눈을 질끈 감았다. 분명 얼굴을 향할 것이라 여겼던 것이 빗나갔다. 손속에 사정을 두지 않는 이안이 실수를 하였다. 그만큼 그의 분노가 짙다고 생각한 곡이 낮은 신음을 흘렸다. 얼굴을 가져가 맞을 것을 잘못했다 생각하며 곡이 자신을 탓할 즈음 이안이 빠득 이를 갈며 물었다.

"한 번만 더 우물거렸다간 얼굴이 반 토막이 날 것이다."

"예? 예."

곡은 이안의 말을 믿을 수 없다는 듯 번쩍 고개를 들었다가 급히 숙였다. 한 번 더, 라니. 어찌 그런 사정을 두신단 말인가. 하늘이 개벽할 일이로다. 영문을 알 수 없는 곡은 묘한 두려움에 치를 떨며 입을 열었다.

"그것이, 대사성이 조금 이상하옵니다."

"뭐? 그놈이 이상한 게 어디 어제 오늘 일인가? 항상 그렇지."

"그 항상보다 더 심해진 것이."

"죽을 때가 된 모양이군."

"직접 보심이."

말을 아끼는 것이, 필시 좋지 않은 일이 일어난 모양이었다. 아직 명과 위랑이 사궁을 뜨지 않았다. 초야를 치르도록 둔 것이 왠지 꺼림칙하다 여겼더니 필시 좋지 않은 일이 생긴 듯했다. 자리에서 일어선 이안이 문으로 향해 걸음을 옮기다 잠시 침전을 돌아보았다. 배가 고프면 일어날 테지. 괜히 걱정시킬 것 없다 결정한 이안이 거침없이 문을 열고 나섰다.

"뭘 하는 게냐?"

자신의 처소에서 달차를 즐기던 은율은 느닷없이 들려온 싸늘한 음성에 천천히 문 쪽으로 고개를 돌렸다. 언제 들어선 것인지 허리를 깊이 숙인 금사 곡과 그 앞에 버티고 선 사내가 저를 사납게 노려보고 있었다. 힐끗 그들을 살피곤 이내 고개를 돌려 마시던 차를 마저 머금었다. 그에 노기를 띤 얼굴로 은율을 내려 보던 이안의 미간이 확 구겨졌다.

"드디어 네가 실성을 한 게로구나. 감히 어디서 등을 돌리는 게야."

그에 콧방귀를 뀌며 차를 들이켠 은율이 되레 거만히 말하였다.

"적반하장도 유분수지. 네가 뉜데 내 거처에 들이닥쳐 이리 안하무인으로 구는 것이냐? 감히란 말은 내가 써야 마땅하지 않나."

"하아. 네놈이 진정 죽고 싶어 환장을 한 모양이로구나."

듣는 이의 가슴을 서늘하게 만드는 시린 음성이었다. 그 날 선 기류에 뒤에 선 곡의 다리가 다 후들거릴 지경이었다. 방 안 가득 이안의 서늘한 냉기를 품은 기운이 흘렀다. 사(死)를 담은 기운이었다. 웬만해선 버티기 힘든 기운에 질식할 듯 새파랗게 질린 곡이 짙은 신음을 토해 냈다.

숨이 막히는 듯 목을 움켜쥔 은율이 죽일 듯 매서운 눈으로 이안을 노려보았다. 기운의 본체를 느껴 본능적으로 그를 돌아본 것이었다. 부들거리는 손을 뻗어 찻잔을 붙잡은 은율이 이안을 향해 그것을 던졌다. 잔은 이안에게 닿기도 전에 재가 되어 허공에 흩어졌다.

안개처럼 흩어진 잔의 잔해가 다 사라지기도 전에 비틀려 올라간 이안의 입술이 날카로운 이를 드러냈다. 싸늘히 빛나는 현안이 바들거리며 겁도 없이 저를 노려보는 은율을 담아냈다. 씰룩거리는 입술 끝을 더 사악하게 말아 올리며 이안이 시리게 서늘한 음성을 늘어놓았다.

"인들이 말하기를, 광견에겐 매가 약이라 하였지. 비 오는 날 먼지 나도록 맞아야 그 정신이 온전히 돌아온다고 했던가. 그러고 보면 인들의 말도 다 일리가 있어. 안 그런가, 금사."

"……아, 예."

"늦어."

"헉!"

저를 부르는 말에 잠시 뜸을 들이다 불시에 습격을 당하였다. 금사는 정강이의 통증을 꾹 눌러 참으며 급히 고개를 숙였다. 이러니 웬만해선 사왕의 앞에 나서지 않으려는 것이다. 저 더러운 성미를 감당할 자는 대사성밖에 없는데, 하필이면 대사성이 저 모양 저 꼴이 되었으니.

아무리 인사불성이래도 감이라는 게 있기 마련인데, 은율은 겁도 없이 주먹을 불끈 거머쥐며 이안의 면전에 들이밀었다. 저러다 진정 어족의 먹이로 사해에 던져지는 건 아닌가 하여 지켜보는 곡의 간이 다 쪼그라들 판이었다. 어찌하여 저 지경이 되었단 말인가. 곡은 고개를 절레절레 흔들며 이안의 손에 머리를 붙잡힌 불쌍한 은율을 바라보았다.

"놓아라! 네 감히 대사성을!"

"감히 대사성 주제에 누구에게 하대를 하는 것이냐. 함부로 나불거리는 그 주둥이부터 손을 봐야겠군. 금사."

"예!"

"죽을 만큼 패서 사해에 던져 버려."

"헙!"

죽지 않을 만큼이 아니라 딱 죽을 만큼이라 하였다. 손속에 사정을 두지 말라는 말이었다. 놀라 입을 꾹 다문 곡사를 향해 이안이 차게 물었다.

"왜 답이 없어. 너도 같이 던져 주랴?"

"그것이."

사해와 어족이란 말이 이안의 입에서 나오자 은율의 입이 금세 다물어졌다. 제 머리를 움켜쥐고 흔들어 대는 이가 누구인지는 알 수 없었으나 분명 중요한 사람임에는 틀림이 없는 듯하였다. 숨통을 조이듯 살벌하게 풍기는 기운도 그러했고, 금사가 꼼짝 못 하는 것도 그러했다. 꿀꺽 마른침을 삼킨 은율이 거친 바닥에 서슴없이 부복하는 금사를 바라보았다.

"명을 거두어 주시옵소서."

"무슨 명. 이놈을 죽을 만큼 패라는 명? 아니면 사해에 던져 버리라는 명?"

"폐하, 대사성은 지금 망각에 빠진 것이옵니다."

"뭐?"

"망각의 약이 든 차를 마셔 그리된 것이옵니다. 초야에 바짝 신경을 쓰느라 일일이 침전에 드는 것을 그가 직접 기미하였사옵니다. 혼의 전언도 있었고, 뭔가 미심쩍어 차와 주를 모두 바꿨사온데, 그 기미한 것에 약이. 그의 무례함은 그에 기인한 것이니 하해와 같은 성심으로 헤아려 주시옵소서."

"하아. 멍청하게 그걸 또 왜 마셔?"

돌아가는 사태를 주시하며 입을 꾹 다물고 있는 은율을 못마땅한 눈으로 내려 본 이안이 내치듯 은율을 던졌다. 바닥에 곤두박질 친 은율이 낮은 자세 그대로 몸을 숙인 채 가만히 고개를 조아렸다. 눈치 하나는 백 단이라, 아무리 사왕의 존재를 잊었다 하나 그의 심기를 건드려선 안 된다는 것은 본능적으로 깨달은 모양이었다.

"해왕 짓인가?"

"그런 듯하옵니다."

"미친! 해서 그것을 먹고 저리되었다고?"

"예."

가늘게 내리뜬 눈으로 은율을 노려보던 이안이 혀를 차며 돌아서 문으로 향했다. 망각의 약은 위랑이 즐겨 사용하는 유희거리였다. 가끔 인의 세상을 돌아다니며 그것을 사용해 싸움을 부추기기도 했다. 중요한 이에게 실수를 했으니 마땅히 경을 칠 일이다. 해서 애(愛)에 목매는 인들에게 주로 사용하곤 했다. 그의 묘한 취향을 사왕은 이해하기 힘들었다.

"기억 날 때까지 줘 패서 하루 동안 감금해."

"허면."

"가두고 기절할 때까지 패란 소리야. 것도 못 알아듣나?"

"그리하겠습니다."

이안의 눈빛이 마치 저도 그리하겠다 말하려는 것 같아 금사가 얼른 답을 하며 고개를 조아렸다. 등 뒤에서 느껴지는 은율의 사나운 눈빛은 이안의 현안에 비하면 아무것도 아니었다. 저 먼저 살고 봐야 하질 않겠나. 이안이 낮게 신음하며 입을 꾹 다문 은율을 한 번 돌아보곤 쯧, 혀를 찼다.

왜 저놈 인생에서 가장 중요한 사람이 저란 말인가. 이것이 당연한 것이고 기분 좋아야 마땅한 것임에도 이안은 짜증이 일었다. 사내에게 그런 넘치는 사랑을 받는다는 건 딱히 기분 좋은 일만은 아니었다.

나한텐 월야 하나로 족해. 사내라는 것이 여인을 품지는 않고. 그걸 확 잘라 버릴까 보다. 쯧.

진저리를 치며 문을 나서는 이안을 불안한 눈으로 바라보던 금사는 그가 온전히 시야에서 벗어나자 안도의 한숨을 내셨다. 그리곤 가슴을 곧게 펴며 은율을 향해 돌아서 손바닥에 퉤 하고 침을 뱉어 탁탁 털어 냈다. 그를 바라보는 은율의 눈이 가늘게 떨렸다. 설마 진짜 때리려는 것인가? 대사성인 나를? 대체 그가 누구이기에 그의 명 하나에 감히 금사가 대사성을 친단 말인가.

"제 본의가 아님을 들어 아실 것입니다. 대사성, 입 꼭 다무십시오."

생각에 잠긴 은율의 면전으로 금사의 큼지막한 주먹이 날아들었다. 대사성 은율의 죄목은 세상 그 누구보다 더 깊이 사왕을 은애한 것이었다. 혼미해지는 은율의 머릿속으로 '더럽게 기분 나빠.', '미친 게야? 감히 누굴!', '죽고 싶어 환장했지?' 하는 사왕의 목소리가 맴돌았다.

침전 문을 열고 들어서자 은은한 향취가 먼저 그를 반겼다. 미소를 머금은 채로 침대를 향해 곧장 걸어간 이안이 머리카락만 보이는 월야를 내려 보았다. 많이 피곤했던 모양인지 여전히 새근거리며 자고 있는 월야의 머리카락을 가만히 손끝으로 쓰다듬었다.

곁에 앉아 부드럽게 머리를 매만지던 이안이 조심스레 이불을 들췄다. 붉게 물든 볼이 그를 반겼다. 흘러내린 머리카락을 귀 뒤로 넘기며 볼에 가만히 입을 맞추자 간지러운 듯 손으로 쓸어 낸다. 엷은 미소를 흘린 이안이 장난스레 코를 깨물자 금세 미간을 찌푸리며 울상을 지었다. 아팠던 모양이다.
 "일어나서 뭐라도 먹어야지."
 답 없이 입을 오물거린다. 도톰한 입술이 꽤 먹음직스러워 보였다.
 "흠."
 낮은 숨을 흘려 낸 이안이 고개를 내려 한껏 숨을 들이켰다. 달콤한 향기가 콧속으로 스며들자 입안 가득 침이 고였다. 매끄럽게 입꼬리를 끌어 올린 이안이 슬쩍 이불을 들척여 그 속으로 들어섰다.
 뭐가 그리 맛있는지 연신 입맛을 다시며 오물거리는 앙증맞은 입술에 제 입술을 내려놓으며 그가 나지막이 속삭였다.
 "아직 배가 들 찬 모양이야. 허면 좀 더 먹어야지."
 그리 말하며 오히려 제가 월야의 입술을 덥석 머금었다. 제 입술에 반응해 저절로 벌어진 월야의 입술을 흡족히 탐한 이안이 잠시 입술을 거둬 뜨거운 숨결을 흘려 냈다. 그에 파르르 떨리는 속눈썹을 힘겹게 밀어 올린 월야가 잠에 취한 목소리로 그를 불렀다.
 "이안······?"
 "응?"
 "으음. 배고파요. 그런데 눈이 안 떠져요. 몸도 무겁고 욱신거리고."

"그럼 더 쉬어야지."

"그래도 배고픈데."

"눈감고 누워 있어. 내가 먹여 줄게."

"응?"

"우선 내 배 먼저 채우고."

"……으응?"

무겁게 내리감기는 월야의 눈꺼풀에 지그시 입술을 내리곤 이내 거침없이 입술을 머금었다. 곱게 찌푸려지는 월야의 미간에 엷은 미소를 띠며 이안이 그녀의 입술 위에서 가만히 속삭였다.

"맛있어."

## 10.
### 달꽃 아래서

 미시(未時)가 훨씬 지난 시각이었다. 늦은 식사에 초대하는 것치곤 대단히 정성드려 차린 상이었다. 정찬을 앞에 두고 명은 들어선 걸음 그대로 발길을 멈추었다. 원형 탁자 너머 나란히 앉은 이안과 월야의 모습이 그의 발길을 붙잡았다. 명의 흔들리는 눈빛을 마주한 이안이 비식 웃었다.
 "사국에 이리 오래토록 머물 줄 알았더라면 거처라도 마련해 줄 것을 그랬군."
 되지도 않을 친절을 베풀겠다 말하는 이안을 건조하게 바라보며 명은 깊은 숨을 들이켰다. 답 없이 명이 시선을 월야에게로 옮겼다. 그를 의식한 듯 이안이 월야의 허리를 더 바짝 끌어당겼다. 아직도 잠이 완전히 깨지 않은 듯 눈을 가물거리던 월야가 그에 꾸벅이던 고개를 들어 이안을 물끄러미 올려다보았다.

"무슨 잠이 그리 많아?"

부드러운 타박이다.

"으음."

낮게 칭얼거린 월야가 이안의 품에 기대며 손을 가려 하품을 했다. 내려 보는 이안의 눈길이 한없이 감미로웠다. 명은 저도 모르게 짙은 신음을 흘려 냈다. 그 신음을 들었는지 말았는지 이안이 가만히 입술을 내려 월야의 반듯한 이마에 낙인을 찍었다.

"배고파……요."

하품이 묻어나는 월야의 말에 매끄럽게 미소를 머금은 이안이 다식 하나를 집어 그녀의 입술에 대었다. 달콤한 맛에 월야가 입술을 벌리자 냉큼 그것을 물리고 제 입술을 가져다 댔다.

"아."

질끈 눈을 감은 이안이 입술을 거두며 월야의 콧방울을 살짝 깨물었다. 다식인 줄 알고 입안으로 들어온 이안의 혀를 깨물었던 월야가 콧등을 찡그리며 원망 어린 눈으로 그를 바라보았다. 그에 장난스럽게 키득 웃은 이안이 다시 다식을 제 입에 물고 월야의 입술에 맞물렸다. 그제야 눈가를 풀며 해사하게 웃는 월야를 이안이 사랑스럽다는 듯 바짝 끌어안았다.

"과연 염장질이 타의 추종을 능가하는군그래. 큭큭."

명의 눈이 천천히 저를 스치고 지나가는 능구렁이 같은 위랑에게 닿았다. 위랑이 저를 농락한 것인가. 명의 눈이 가라앉아 깊은 그늘을 드리웠다. 등 뒤로 쏟아지는 명의 원망 서린 눈빛을 깔끔히 무시하며 위랑이 자리를 찾아 앉았다. 그리곤 남의 눈을 의식하지 않는 이안의 애정 행각에 비실거리며 앞에 놓인 음식으로 손을 뻗었다. 위랑이 막 고기 한 점을 집어 입에 넣으려 할 때였다. 그때까지 아무런 말이 없던 이안이 지나가는 투로 가볍게 말했다.

"거기에 뭐가 들었을 줄 알고 그리 덥석 입으로 가져가."

주춤.

입을 벌린 채 잠시 머뭇거리던 위랑이 한 번 씩 웃고는 보란 듯이 그것을 덥석 입에 넣었다. 오물오물 맛나게 씹어 삼키는 동안에도 이안을 향해 웃는 낯을 유지했다. 이안 역시 마주 보는 얼굴에 미소를 띠었다. 비틀려 묘하게 말려 올라간 비릿한 미소를. 위랑이 히죽 웃으며 말했다.

"죽일 수 있으면 죽여 봐."

"누구 좋으라고."

"쉽게 죽이진 않겠단 소리군. 그럼 배 터지게 먹고 보지, 뭐."

"배 터져 죽은 해왕이라. 그도 볼만하겠군."

"기대해."

"미친."

금방 어족 하나를 통째로 집어삼킨 후임에도 위랑은 맛깔스럽게 음식을 먹었다. 그런 위랑을 마뜩잖게 바라보던 이안이 짧게 혀를 차며 시선을 거둬 아직 굳은 듯 선 명을 돌아보았다. 꽉 움켜쥔 손등에 불끈 심줄이 돋아 있었다. 기가 막히기도 하겠지. 이안이 손끝을 튕겨 가볍게 뇌를 날리자 번뜩 그에 반응해 막은 명이 눈살을 찌푸리며 죽일 듯 노려보았다.

"앉아."

짧지만 단호한 명령이었다. 명은 아랫입술을 잘근 깨물며 이안을 곧게 바라보았다. 시선을 마주한 이안이 한쪽 입술을 길게 끌어 올리며 곁에 앉은 월야의 머리를 부드럽게 쓸어 내렸다. 나른한 눈을 들어 저를 올려다보는 월야의 정수리에 지그시 입술을 누르며 이안이 명을 가리켜 손짓했다.

"으음? 명……?"

이안의 손끝을 따라 시선을 돌린 월야가 명을 발견하곤 다정히 그를 불렀다. 월야의 목소리에 흠칫 몸을 떤 명이 떨리는 눈으로 월야를 내려 보았다. 뭐라 형용할 수 없는 암울하고 슬픈 눈이 월야를 담아냈다. 월야는 밤새 조금 더 자라 있었다. 명은 파르르 떨리는 손을 들어 가슴을 꾹 눌렀다. 심장이 비수에 찔린 듯 너무 아팠다. 일렁이는 금안에 비친 월야 또한 아련하게 멀어지고 있었다.

"명, 보이십니까? 저 만월이 져도 작아지지 않았습니다."

"……음."

"점점 크고 있는 듯합니다. 대견하지 않으십니까?"

잠에서 온전히 깬 듯 환한 미소를 띠며 명을 향해 종알종알 자랑을 늘어놓는 월야였다. 명은 금안을 벗어나려는 이슬을 끝까지 붙잡으며 애써 온화한 미소를 머금었다.

"……음."

"그럼 기쁨의 축배를 들어야지. 네 작은 아이가 저리 컸다는데. 안 그런가? 명?"

거나하게 음식을 먹어 대던 위랑이 술잔을 채워 들어 보이며 명을 향해 비식 웃었다. 흔들리는 시선을 옮겨 가식적인 웃음을 달고 저를 농락하는 위랑을 본 명이 떨리는 입 끝을 꽉 다물었다. 나 또한 네게는 그저 유흥거리에 지나지 않았던가. 결국은 내가 네 노리개였군. 명은 손을 펼쳐 바람을 일으켰다. 위랑의 손에 들려 있던 잔이 바람에 실려 명의 손으로 옮겨 갔다.

"그렇군. 축하해 주어야 할 일이군."

"사왕의 혼약을 이제야 온전히 축하하게 되는군그래."

다른 잔에 술을 따라 모두를 향해 들어 보이곤 위랑이 먼저 입 끝에 대었다. 무겁게 내려놓은 명의 눈에서 한 줄기 이슬이 잔 속으로 떨어져 내렸다. 고개 돌려 그를 단숨에 삼킨 명은 이내 그 슬픔의 흔적을 말끔히 지워 냈다. 둘의 하는 짓을 가만히 지켜보던 이안이 느른히 미소를 지으며 달콤한 사주를 천천히 머금었다. 공기 중으로 서늘한 기류가 스며들었다. 정확히 명과 위랑을 향한 경고의 의미를 담아 흘려 낸 기운이었다. 명이 감았던 눈을 들어 건조하게 이안을 돌아보았고, 위랑은 여전히 무심히 잔을 기울이며 슬며시 입술 끝을 끌어 올렸다.

"지독하게 단 술이로군. 재미없게."

빈 술잔 위로 위랑의 나직한 목소리가 내려앉았다. 아무에게도 들리지 않을 혼자만의 중얼거림이었다.

"은율은 어이해 아니 보이는 것입니까?"

흑룡을 타고 하늘을 유희하던 월야가 이안이 있는 누각으로 내려며 갑자기 생각났다는 듯 물었다. 그에 옆에 시립한 금사 곡이 흠칫 몸을 떨었다. 반면 인의 소원문에 축언을 적어 내리던 이안은 유연한 손놀림을 멈추지 않은 채 무심히 말했다.

"몸이 안 좋다는군."

"어머! 그럼 문병을 가야 하질 않습니까."

"네가 왜."

은율을 찾아가겠다는 월야의 말에 붓을 탁 내려놓은 이안이 눈을 흘기며 잘라 말했다. 뭔가가 또 그의 심기를 건드린 모양이었다. 허나 그를 달리 받아들인 월야가 눈을 깜빡이며 그를 응시했다. 고개를 갸웃거린 월야가 덥석 이안의 목을 그러안으며 가까이 다가가 앉았다. 그리곤 그의 귀에 입술을 대며 나직이 속삭였다.
 "혹여 거기가 아픈 것입니까?"
 "거기?"
 "네, 거기."
 무슨 말인가 하여 돌아본 이안의 입술 가까이 월야의 입술이 닿았다. 화사한 미소를 머금은 월야가 살며시 눈을 내려 이안의 중심을 가리켰다. 같이 시선을 내렸던 이안의 미간이 찌푸려졌다. 가까이 있던 금사가 흘려들은 말에 똑같이 시선을 내렸다가 낮게 헛기침을 하며 슬쩍 고개를 돌렸다. 그러다 온몸을 내리치는 끔찍한 뇌에 파르르 몸을 떨었다. 파지직거리며 뇌의 잔해를 터트리는 머리에서 연기가 피어올랐다. 금사가 주춤 비틀거리는 걸음을 옮겨 저만치 물러섰다.
 쯧.
 짧게 혀를 찬 이안이 월야를 돌아보며 낮은 한숨을 내쉬었다.
 "아니야."
 "허면, 왜 제가 문병을 가면 아니 되는 것입니까?"
 가지 말아야 하는 이유가 굳이 거기가 다쳐서일 거란 생각을 하느냐 도리어 되묻고 싶었다. 하나를 가르치려면, 열 가지를 더 열거해야 하는 이 순진무구한 반려를 어쩌면 좋단 말인가. 이안은 절로 터져 나오는 한숨을 억지로 눌러 내리며 심각한 눈으로 월야를 바라보았다.

"내가 기분 나쁘니까."

"예?"

무슨 말인지 모르겠단 듯 또롱또롱 저를 바라보는 월야에게 비스듬히 고개를 비틀어 입을 맞췄다. 그에 발그레한 볼로 배시시 웃는 월야의 입술 위에 이안은 숨김없는 질투심을 흘려 냈다.

"다른 놈 쳐다보는 것도 싫고, 다른 놈에게 관심 가지는 것도 싫고, 다른 놈 등에 올라타는 것도 싫어."

"응?"

누각 근처를 날아다니던 흑룡이 한 차례 몸을 떨었다. 월야가 등을 타고 다니는 건 저밖에 없으니 저를 향한 경고도 함께였다.

크르르릉.

투정을 부리듯 길게 포호하며 흑룡이 사해 쪽으로 방향을 틀어 날아올랐다. 그 순간 이안의 머릿속으로 버릇없는 뇌가 날카롭게 파고들었다. 이안이 고개를 돌려 이를 빠득거렸다. 감히 저것이 지금 투정을 부리는 것이야? 흑룡이 사라진 사해 위로 거대한 뇌가 내리쳤다. 선령이 되면 좋을 줄 알았더니 망할 교류 덕에 흑룡이 뻑 하면 제 불편한 심기를 이런 식으로 표현하곤 했다.

감히 사왕을 향해 삐쳤다고 투정을 부리다니. 몸만 자란 덜 떨어진 용 새끼 같으니라고. 언젠가 날 잡아 버릇을 단단히 들여야겠다, 다짐하며 이안은 또 한 번 이를 갈았다. 끊임없이 내리치는 뇌에 사해 가득 어족들의 울음소리가 울려 퍼졌다.

"하지만 제가 먹고 싶은 것은 오직 이안뿐입니다."

"당연한 소리!"

화가 단단히 난 이안의 볼을 감싸 제게 돌리며 월야가 다소곳이 말했다. 그에 눈을 부릅뜨며 단호히 말하는 이안을 월야가 반짝이는 눈으로 바라보며 와락 그러안았다. 그에 잔뜩 곤두섰던 신경이 일시에 사르르 녹아내렸다. 월야를 감싸 안은 이안이 그녀의 목에 입술을 내려놓았다. 그의 부드러운 머릿결을 손가락 사이로 느끼며 월야가 가만가만 나직이 속삭였다.

"자꾸만, 자꾸만 클 것입니다. 이안 님의 사랑을 온전히 몸으로 받아들일 수 있도록 부지런히 클 것입니다. 해서 매일매일 먹을 것입니다."

"무엇을?"

월야의 목을 간질이던 입술을 거둬 그녀의 입술 위에 올려놓으며 야릇한 눈빛으로 은밀히 물었다. 그에 월야가 이안의 입술을 살짝 깨물었다 놓았다. 아쉬운 듯 제 혀를 핥아 입맛을 다시며 그와 눈을 맞춘 월야가 싱긋 미소를 지어 보였다.

"이안 님이요. 먹지 말라 하셔도 소용없을 것입니다. 저는 편식이 심하여 한 번 좋아한 것은 질림 없이 내내 먹는답니다."

"저 달꽃처럼?"

"달꽃보다 맛있는 이안 님처럼요."

"훗. 말이 많이 늘었어."

"이안 님께 배운 거랍니다."

혀를 날름거리며 배시시 웃는 월야를 뒤로 살짝 기울여 눕히곤 참을 수 없다는 듯 거침없이 입술을 삼켰다. 아무리 깊이 입술을 머금어도 이젠 성에 차지 않았다. 더 많이, 더 간절히 월야의 몸을 탐하고 싶었다. 이안은 짙게 억눌린 신음을 흘려 내며 무겁게 내리감은 눈꺼풀을 들어 올렸다. 겁 없이 제 가슴속으로 들어오는 월야의 손을 얌전히 잡아 입을 맞추었다. 뜨겁게 손바닥을 누르는 이안의 입술을 느끼며 월야가 고개를 갸웃 기울였다.

"왜……?"

"아직. 조금만 더 크면."

"먹는 것도 아닌데."

"내가 못 참아 그런 것이다. 참지 못하고 널 잡아먹을까 봐 그러는 것이야."

"아니 되어요?"

"색한 취급을 받긴 싫어."

"색한?"

무슨 말이냐 묻는 듯 깜빡이는 월야의 눈을 슬며시 외면하며 이안이 몸을 일으켜 앉았다. 결에 딸려 올라온 월야가 입을 열기 전에 이안이 먼저 그녀를 반대편으로 내려놓으며 말했다.

"가 봐. 삐쳐서 코빼기도 안 보이는 놈. 월야라면 반색하며 나올지도 모르니."

"누구?"

"대사성."

"왜 삐쳤어요?"

"가서 물어봐. 열변을 토하며 말해 줄 터이니."

"으응?"

"내일도 안 나오면 진짜 거길 아작 낼지도 모른다고 말해 주고."

"거기?"

"거기."

월야의 거기란 말에 정정하듯 다리를 툭툭 두드리며 강조하는 이안이었다. 그제야 고개를 끄덕이며 방긋 웃은 월야가 다녀오겠다, 말하곤 가벼운 발걸음을 옮겼다. 커서도 출랑거리는 건 변함이 없었다. 위태롭게 계단을 내려서는 월야를 눈으로 좇으며 이안은 살포시 미간을 좁혔다. 까칠한 게 나은가. 순진한 게 나은가. 사뭇 갈등되는 이안이었다.

대사성의 처소로 향하던 월야는 흐드러지게 핀 달꽃 아래서 발을 멈추었다. 고개를 들어 한껏 달향을 들이켜던 월야가 가만히 고개를 끄덕이더니 이내 소야궁 쪽으로 발길을 돌렸다.

나무라고는 사나무가 전부였던 사궁에 달꽃이 만개했다. 그 달나무 사이 굵은 가지 위에 나른히 누워 있던 위랑이 인기척에 눈을 떠 아래를 살폈다. 사왕의 애지중지 월야가 자박자박 어딘가로 달려가고 있었다. 그를 바라보던 위랑의 눈이 가늘게 빛났다. 가만히 제 턱을 쓸어 내던 위랑이 몸을 반쯤 일으켜 서궁의 누각 쪽으로 고개를 돌렸다. 청안이 짙은 빛깔로 물들었다. 엷은 미소를 머금었던 입술이 슬며시 위로 꼬리를 말아 올렸다.

"어쩐 일로 꼬맹이 혼자 돌아다닐까? 출랑거리다 무슨 변고를 당할 줄 알고 저리 혼자 둘고?"

다시 소야궁 쪽으로 눈길을 돌린 위랑이 비식 한쪽 입꼬리를 치켜 올리곤 그대로 훌쩍 달나무에서 내려섰다. 사박사박, 뒷짐을 지고 마치 마실을 나온 듯 걸음 하는 위랑의 뒤를 낮달이 조용히 따랐다. 사라락 바람이 불어 달꽃이 은은한 울림을 퍼트리자 위랑의 미소가 한결 더 짙어졌다.

소야궁 안으로 달려 들어오는 월야를 발견하곤 시비장이 급히 댓돌 아래로 내려가 그녀를 맞았다. 고개를 조아려 예를 차릴 틈도 없이 월야가 시비장을 붙잡고 숨넘어가는 소리로 물었다.

"달주 남은 것이 있습니까?"

"예?"

"혹여 조금이라도 남은 것이 있나 하여."

"달주라면 식간에 조금 남은 것이 있을 것이옵니다."

"와아! 다행이다. 허면 그걸 좀 내어 주시겠습니까?"

"예."

환하게 웃는 월야의 얼굴을 마주하며 시비장도 엷은 미소를 띠었다. 손짓으로 곁에 있던 시비에서 지시를 내린 시비장이 숨을 고르고 있는 월야를 부드러운 시선으로 바라보았다.

처음 달의 신부가 사궁으로 왔을 때는 아주 작은 꼬마였다고 했다. 사왕이 두려워 소야궁 근처에는 아무도 발길을 하지 않아 그 모습을 본 이는 극히 드물었다. 허나 소녀였을 때의 월야와 지금 조금 큰 월야의 모습으로 짐작컨대 분명 아주 귀여웠을 것이다. 그 모습을 보지 못한 것이 아쉽기는 하나, 그 순수함만은 변함이 없는 듯하여 기쁘기가 그지없었다.

저리 곱고 순수한 분이시니 사왕 전하도 변하게 만드신 것 아니겠는가. 흐뭇하게 바라보던 시비장은 곧 달주를 가져온 시비에게서 그것을 건네받아 월야에게 전했다.

"달주를 들고 어디를 가시려 하시옵니까?"

"대사성에게 문병을 가려 합니다."

"아, 허면 시비를."

"아닙니다. 혼자 편히 다녀오겠습니다. 대사성 처소에도 시비가 있으니 괜히 귀찮은 발걸음 붙이지 마세요."

"허면 조심히 다녀오시옵소서."

"예."

홀로 보내는 마음이 편치는 않았으나 그동안 여러 사람에 둘러싸여 지내느라 혼자 지낸 시간이 부족하였다. 해서 오늘은 쉬엄쉬엄 즐거운 마음으로 다녀오시라 문을 나서는 월야를 배웅했다. 원체 자유롭게 지내시는 분이라 누가 따라붙는 걸 불편해하시는 편이었다. 흑룡을 제외하고는.

저 멀리 어렴풋하게 자취를 남기는 월야를 내내 바라보다 시비장은 곧 제 할 일을 찾아 돌아섰다. 달꽃은 피고 지는 것이 다른 꽃들에 비해 빨라 손이 많이 가는 편이었다. 만개한 달꽃을 따고 말리는 일부터가 시급했다. 그새 달꽃의 수가 배로 급증하여 빨리 움직이지 않으면 아니 되었다. 시비장은 시비들을 재촉해 달꽃 아래 자리를 펼쳤다. 지는 꽃 하나도 놓치지 말아야 했다. 달꽃이 땅에 스며들면 그 자리에 또 달나무가 자란다. 번식력이 남다르게 빠른 나무였다.

월야는 대사성의 처소로 이어진 대로를 두고 오솔길을 택했다. 사람이 많은 길목을 피해 한적한 길을 택한 것은 오랜만에 홀로 산책을 즐기고픈 마음이 일어서였다. 달꽃 사이를 비집고 내리비추는 햇살도 좋았고, 간간이 불어오는 바람도 좋았다.

비단 천에 곱게 싼 달주를 한 손에 들고 오솔길을 거닐던 월야가 제 그림자 위에 겹쳐지는 낯선 그림자에 고개를 갸웃거렸다. 햇살을 등진 터라 그림자는 저보다 앞서 있었다. 눈앞에 보이는 그림자가 손을 흔들었다. 제 손은 가만히 있는데도 우아하게 손을 휘젓는다. 갸웃하던 고개를 돌려 뒤를 보자 눈에 익은 사내가 저를 향해 활짝 웃고 있었다.

"기분이 무척 좋아 보이는군."

"본 적이 있는 분이십니다."

눈을 반짝이며 저를 바라보는 월야의 묘한 말에 위랑의 미간이 살짝 찌푸려졌다. 본 적은 있으나 이름은 모른다.

"허."

낮게 웃은 위랑이 입 끝을 말아 올리며 월야 곁으로 한 걸음 다가섰다. 두려움 없이 눈을 깜빡이며 월야가 다가서는 위랑을 올곧이 응시했다. 하기야 내 모습이 좀 유순하긴 하지. 위랑은 비틀리는 입가를 애써 부드럽게 녹이며 월야를 마주했다.

"이런, 이런 무지 섭섭하군. 벌써 세 번째 대면이거늘. 날 기억 못 하다니."

"어머! 그렇습니까? 헌데 저는 명과 함께 낮밥을 먹었던 기억이 전부라."

저를 담아낸 금안이 순하게 반짝였다. 때 묻지 않은 순수함이라. 한 번도 보지 못한 것이다. 해서 자꾸만 호기심이 생긴다. 저 눈을 흐리게 만들면 어찌 될까. 사뭇 궁금하다. 위랑이 손을 뻗어 월야의 머리 위에서 멈추었다. 그 손길을 따라 움직인 눈이 의문으로 깜빡거렸다. 비식이 웃은 위랑이 사뿐히 손을 내려 머리 위에 머문 꽃잎을 집어 냈다.

"내 이름은 위랑이다."

"아, 위랑. 기억하겠습니다."

"해국의 왕이지."

"와아! 해국. 해왕 위랑 님이시군요."

답 없이 가만히 고개를 끄덕이자 월야가 아차하며 제 손에 든 달주를 물끄러미 바라보았다. 따라 그것을 보던 위랑이 고민에 빠진 듯한 월야의 시야 안으로 얼굴을 내밀었다. 그에 깜짝 놀란 월야가 배시시 웃으며 살짝 아랫입술을 깨물었다.

"이것은 달주이옵니다."

"달주? 아, 달차와 같은 꽃으로 담은 것이더냐?"

"예."

"그 아주 달달한. 그때 맛을 보고 취했다던 그 술?"

"어떻게 아십니까? 제가 달주를 마시고 취했던 것을?"

동그랗게 뜬 월야의 눈을 가만히 바라보며 위랑이 싱긋 웃었다. 그가 손을 뻗어 주병의 마개를 손끝으로 톡톡 두드리며 한쪽 눈을 찡긋거렸다. 그에 고개를 갸웃 기울인 월야의 얼굴 가까이 위랑이 얼굴을 내리며 은밀히 속삭였다.

"사왕이 아주 맛있다는 말을 내 직접 들었지."

"아아."

닿을 듯 말 듯 제 입술 위에 머문 위랑의 입술이 옅은 숨결을 흘려 냈다. 그에 슬쩍 눈을 들어 위랑의 눈을 마주한 월야가 슬그머니 한 걸음 뒤로 물러섰다. 호오, 이것 봐라. 이제껏 아무렇지 않게 마주했던 월야가 저를 경계하듯 물러서자 위랑의 눈이 느른히 반짝였다. 물러난 거리만큼 위랑이 가까이 다가서자 또 슬쩍 뒤로 걸음을 물리며 월야가 멀어졌다.

"왜?"

짐짓 아무렇지 않은 듯 고개를 기울이며 위랑이 물었다. 그에 엷은 미소를 지으며 달주를 가슴에 끌어안은 월야가 작아진 목소리로 답했다.

"이것은 대사성의 것이옵니다."

"뭐?"

답하는 말이 엉뚱하다. 잘못 들은 것인가 재차 묻는 위랑에게 미안한 듯 눈을 내리뜬 월야가 다소곳이 말했다.

"위랑 님께도 달주를 드리고는 싶으나 이것은 대사성을 위해 준비한 것이라 드릴 수가 없습니다."

"……"

"허나 다음 번 담는 달주의 처음 것은 위랑 님께 드리겠습니다. 오늘은 참아 주시어요."

"……아."

저를 향해 위협하듯 다가선 것이 달주를 빼앗으려 했다 오인한 모양이다. 멀거니 달주와 월야를 번갈아 보던 위랑의 입술이 부들거렸다. 눈을 깜빡이며 위랑을 바라보던 월야가 주춤 뒷걸음을 치다 이내 몸을 돌려 냅다 줄행랑을 쳤다. 그렇게 달려가며 외치는 말 또한 가관이다.

"꼭, 꼭! 드릴 터이니 이건 탐하지 마시어요."

입술을 부들거리다가 참지 못하고 웃음을 터트렸다. 아마 그 부들거림이 화가 나 그런 것이라 또 오인을 한 모양이다. 저 조그만 것의 머릿속에는 대체 어떤 것이 들어 있단 말인가. 미친 듯이 웃어 대던 위랑이 눈물을 찔끔거리며 간신히 웃음을 멈췄을 때는 이미 월야가 자취를 감춘 뒤였다. 묘한 것이다. 참으로 묘한 것이다. 위랑에게서 거짓 없는 웃음을 터트리게 만들다니.

"큭. 저러니 더 뒤틀고 싶은 것이 아닌가."

사락사락, 바람을 따라 떨어져 내리는 달꽃 하나를 받아 입에 넣고 잘근거렸다. 지독히도 달짝지근한 맛이 입안을 마비시켰다. 중독될 것 같은 맛이다. 허나 아쉽게도 해국엔 달꽃을 심을 만한 땅이 없었다. 낮은 한숨을 내쉬며 위랑은 그 자리에 털썩 주저앉아 눈처럼 떨어져 내리는 달꽃을 바라보았다. 다시 돌아올 꼬맹이를 기다리며.


똑똑.

문을 두드리는 기척에 은율이 눈을 흘기며 돌아보았다. 낮은 신음을 흘려 내며 연신 문을 노려보던 은율은 다시 조심스레 들리는 소리에 벌떡 의자에서 몸을 일으켰다. 문 쪽으로 다가서는 은율의 발걸음이 무척 부자연스러웠다. 닷새가 지났음에도 아직 몸이 온전히 낫지 않은 모양이었다. 은율은 문고리를 풀며 적당히라는 것을 모르는 무식한 금사를 욕했다.

잠금이 풀리는 소리에 안으로 문이 조심히 열렸다. 잔뜩 심통이 난 얼굴로 그를 노려보던 은율은 문 밖으로 나타난 얼굴에 눈을 동그랗게 떴다. 뜻밖의 인물이 활짝 미소를 띠며 그를 바라보고 있었다. 황급히 문을 열어 고개를 조아린 은율이 비끗한 허리 통증에 눈을 살짝 찌푸렸다.

"은율."

은율의 찌푸려진 얼굴에 겁을 먹은 듯 월야가 들어서지 못하고 머뭇거렸다. 그에 부러 더 환하게 얼굴을 밝히며 은율이 호들갑을 떨었다.

"황송하옵니다, 마마. 어찌 이리 비천한 제 처소까지 납시셨사옵니까."

고통을 속으로 삭이며 방긋 웃는 은율의 얼굴에 그제야 미소를 띤 월야가 조심히 고개를 끄덕이며 방 안으로 한 발 내딛었다. 문을 닫기 전 은율은 처소 밖 시비들을 향해 한껏 눈을 부라렸다. 일일이 누가 납시었다 아뢰지 않은 것은 필히 나중에 죄를 물을 것이다. 은근히 싸늘한 분위기를 자아내며 문을 닫았다. 그에 멍하니 시립한 시비들은 서로 눈을 마주하며 어깨를 으쓱거렸다. 눈두덩이 검게 물든 은율의 눈빛을 아무도 읽을 수가 없었던 것이다.

안색을 바꾸고 급히 돌아선 은율이 월야에게 자리를 권하며 나긋이 물었다.

"혹여 무슨 일이라도."

"문병입니다."

"예?"

"대사성의 몸이 편치 않다기에 문병을 온 것입니다."

"황송하옵니다."

"헌데 어쩌다 이리된 것입니까? 눈이."

바른대로 고하고 싶어 입이 근질거렸으나 은율은 꾹 눌러 참았다. 등 뒤로 왠지 이안의 날카로운 시선이 내리꽂히는 듯했다. 허튼소리 했단 봐라. 귓속을 파고드는 서늘한 음성도 결코 이명은 아닐 것이다.

꿀꺽.

마른침을 삼킨 은율이 히죽 나긋한 미소를 띠었다.

"발을 잘못 디뎌 넘어진 것이옵니다."

"어머! 어찌 넘어지셨기에."

"하아. 저도 그것이 참 궁금하옵니다. 어찌 넘어져야 이리되는 것인지."

"네?"

"하찮은 실수이옵니다. 마마께옵서 신경 쓰실 일이 아니옵니다. 헌데 그것은."

화제를 돌리며 은율이 월야가 들고 있던 것을 가리켰다. 그제야 달주를 기억한 월야가 짧은 탄성과 함께 그것을 탁자 위에 올렸다. 비단을 풀어내자 작은 주병이 나왔다. 은율의 시선이 물끄러미 그것을 향하자 월야가 그 앞으로 슬쩍 주병을 밀었다.

"달주입니다. 이것저것 아픈 곳에 효능이 있어 혹시나 하고 들고 온 것입니다."

"아, 그 달주라 하면 이제 얼마 남지 않은 것이 아닙니까."

"아마 마지막이지 싶습니다."

"어이 이리 귀한 것을."

"은율이 있어야 사궁에 활기가 넘치질 않습니까. 어서 쾌차하셔야지요."

"아아, 마마."

한참 어리신 것 같다가도 이럴 때는 또 어른스럽기가 그지없다. 월야의 고운 마음에 탄복한 은율이 눈시울을 붉히며 고개를 조아렸다. 사왕과 금사를 생각하면 괘씸하여 더 버티려 하였으나 월야를 봐서 곧 나가 봐야 될 것 같았다. 망각의 약이라고 하나 그 위력이 미미하여 고작 하루 만에 기억이 돌아오는 것을. 죽자고 패는 금사나 그것을 알면서도 딱 죽을 만큼만 패라 지시한 사상이나 밉기는 매한가지였다.

마음을 다스리려 달주의 마개를 따자 은은하고 달콤한 향이 방 안 가득 퍼졌다. 환하게 웃는 월야에게 마주 웃음을 건네며 고개를 돌려 달주를 한입 머금었다. 달달하게 입안을 적시는 것이 은근히 기분을 좋게 만들어 주었다. 효능이 어떤지는 알 수 없으나 그 맛만으로도 충분히 찌푸렸던 얼굴을 확 펴지게 만들었다.

"진정 몸이 일시에 나아지는 듯하옵니다."
"와아, 다행입니다."

해사한 웃음을 띤 채 손까지 마주치며 기뻐하는 월야의 모습에 은율도 환한 웃음으로 답하였다. 어찌 되었건 이리 고운 분을 지켜 내었으니 이보다 기쁜 일이 또 있겠는가. 은율은 스스로를 다독이며 쓰린 속을 달랬다.


그 시각.

마지막 축원문을 살피던 이안이 갑자기 눈살을 찌푸리며 귀를 긁적였다. 그에 지레 몸을 움츠린 금사가 주춤 뒤로 물러섰다. 간지러운 귓속을 긁어 대던 이안이 그 모습에 쯧 하고 혀를 찼다. 무슨 놈이 금사씩이나 되어서 겁이 저리 많단 말인가. 날 잡아 기강을 바로잡아야겠다. 속으로 벼르며 또 한 번 혀를 찼다.

"근데 이 녀석은 왜 이리 안 와?"

멀리 대사성의 거처가 있는 곳을 눈으로 더듬은 이안이 가늘게 눈을 늘였다. 무슨 말이 그리 많아 이 시각이 되도록 월야가 오지 않는단 말인가. 괜히 심기가 불편해진 이안이 축원문을 탁 소리가 나게 내려놓았다.

인의 세상 누군가가 아비의 죽음을 슬퍼하여 그 넋을 달래고자 사왕에게 올린 축원이었다. 그 효심은 가상하나 죽은 이를 위해 온갖 공물까지 바쳐 가며 호들갑스레 축원을 올리는 것은 그다지 보기에 좋은 것은 아니었다. 이미 넋은 사해로 스며들어 모든 것을 정화한 뒤이거늘, 이리한들 무슨 소용이 있단 말인가. 살아 있을 때 더 잘할 것이지.

"우매한 것들."

축원문 위에 손을 올려 가만히 주문을 외우자 글들이 살아 있는 듯 꿈틀거리며 떠올랐다. 허공으로 떠오른 글들이 순식간에 연기로 화하자 이안이 우아한 손놀림으로 가볍게 그것들을 사해로 내쳤다. 허공을 날아 사해로 내려앉은 연기는 어족과 정화된 영혼의 양식이 될 것이다. 목을 뒤로 젖혀 뻐근함을 덜어 낸 이안이 길게 한숨을 내쉬며 자리에서 일어났다.

"언제까지 있을 요량이야?"

"예?"

혼잣말에 답하며 눈을 뻐끔거리는 금사를 이안이 마뜩잖게 노려보았다. 내가 왜 저런 것을 금사로 뽑았지? 눈썹을 휘며 금사를 위아래로 훑어 내리던 이안은 금세 심드렁하게 시선을 돌리며 고개를 저었다. 금사 같은 것이야 무식하게 힘만 세면 된다 했던 게 생각났던 것이다. 해서 자신이 내린 명에 한 치의 오차도 없이 무자비하게 은율을 팬 것이 아니던가. 뭐, 그만하면 되었지.

계단을 내려서던 이안이 걸음을 멈추고 어딘가를 향해 날카로운 시선을 옮겼다. 명의 기운은 이미 사라진 지 오래였다. 월국으로 돌아간 것이었다. 허나 그놈의 위랑은 여직 사궁에 머물렀다. 위랑의 기운을 감지해 시선을 옮긴 이안이 느른히 눈을 빛내며 낮게 혀를 찼다. 길바닥에 드러누워 잠을 청하고 있는 위랑이 어렴풋이 느껴졌다.

"뭐 주워 먹을 게 있다고. 쯧. 한심한 놈."

계단 아래로 내려선 이안의 발치로 달꽃이 내려앉았다. 그것을 물끄러미 바라보던 이안이 고개를 들어 만개한 달꽃을 지그시 올려다보았다. 그의 입가에 부드러운 미소가 어렸다. 사궁 구석구석 달꽃이 피지 않은 곳이 없었다. 처음 미친 듯이 이것을 베던 때가 떠올랐다.

"저를 닮아 참 더럽게 질겨."

사나운 말과 달리 입가에는 연신 미소가 머물렀다. 떨어지는 달꽃 하나를 받아 입에 넣고는 지그시 눈을 감고 그 맛을 음미했다.

"어찌 이리 달단 말인가. 꼭 저처럼."

감은 눈을 뜨자 열정을 담은 현안이 빛났다. 사박사박 발걸음을 옮기는 사왕의 몸 위로 아름다운 달꽃이 내려앉았다. 임을 마중하려 가는 길이 이토록 설레는 길임을 왜 진즉 알지 못했을까. 이안은 두근거리는 심장 소리에 귀를 기울이며 가만히 발을 내딛었다.

"보고 싶다, 월아."


은은히 퍼지는 달꽃 향기 속에 더 짙은 달달함이 섞여 들었다. 눈꽃이 내리는 길목에 자리를 잡고 누웠던 위랑은 슬며시 입꼬리를 끌어 올리며 감았던 눈을 떴다. 땅을 밟는 발걸음이 가벼운 것으로 보아 기다리던 이가 맞는 듯했다.

 몸을 반쯤 일으켜 발소리가 들리는 쪽으로 돌아앉았다. 멀리서 옷자락을 하늘거리며 월야가 걸어오고 있었다. 느른히 미소를 흘리며 월야가 다가서기를 기다리던 위랑이 고개를 갸웃하며 반대편으로 시선을 돌렸다. 그다지 반갑지 않은 인기척이 느껴졌다. 긴 손가락을 들어 가만히 턱을 쓸어 내던 위랑이 몸을 일으켜 월야를 맞으러 걸음을 옮겼다.

 "다녀왔느냐."
 "어? 위랑 님?"
 "그래, 달주는 잘 전해 주었고?"
 "아, 예."

 저를 기다리고 있을 줄은 몰랐던 듯 월야는 슬쩍 달주 얘기를 꺼내는 위랑을 올려다보곤 입술을 깨물었다. 지금 당장 달주를 달라는 말인가 하여 곤란한 얼굴이 되었다. 그런 월야를 재미있단 듯 내려 보던 위랑이 가만히 월야의 머리 위로 손을 내렸다. 월야가 동그랗게 뜬 눈으로 올려다보자 히죽 웃으며 괜찮다 고개를 끄덕였다.

 "달주는 다음에 맛보도록 하자꾸나."
 "아, 감사합니다."
 "다만."
 "예?"
 "내 부탁 하나만 들어준다면 말이다."
 "부탁이라시면."
 "선물 하나를 사려는데 도통 고를 수가 없구나. 네 또래 여아에겐 어떤 것이 좋을런지. 네가 골라 주겠느냐?"

"선물 말입니까?"

눈을 반짝이며 되묻는 월야를 내려 보며 위랑이 부드러운 미소를 머금었다. 그에 안심이 되었던지 마주 웃음을 머금은 월야가 미처 답하기도 전에 위랑이 월야의 머리에 올렸던 손을 스륵 얼굴 위로 내려 그녀의 눈을 감기고 주문을 외웠다. 그에 잠이 든 듯 몸을 축 늘이며 월야가 쓰러지자 얼른 그녀의 몸을 받쳐 들고 허공에 손을 휘저었다.

찬바람이 부는 듯하더니 이내 모든 것이 잠잠해졌다. 눈꽃이 날리던 길목엔 그 누구의 흔적도 남아 있지 않았다. 달꽃 사이를 비집고 나온 햇살만이 따뜻이 그 빈자리를 내리비추고 있었다.

"응?"

나른히 산책을 하듯 길을 걷던 이안은 갑자기 걸음을 멈추고 눈을 가늘게 떴다. 기척이 사라졌다. 낮잠을 즐기듯 길바닥에 누웠던 위랑과 나비처럼 나붓이 걸어 제게로 다가오던 월야의 기척이 일시에 사라져 버렸다.

"뭐지?"

찌푸려진 미간 사이로 낮은 신음이 흘러나왔다. 뭔가 좋지 않은 예감이 스치고 지나자 심장이 이제와는 다른 의미로 두근거렸다. 툼으로 인해 가볍게 뛰던 심장이 이내 찌르르 아려 오기 시작했다.

두근. 두근.

날카로운 비수가 서서히 심장을 꿰뚫었다. 지그시 가슴을 눌렀던 이안의 손에 힘이 들어갔다.

"윽."

저도 모르게 숨을 들이켜며 질끈 눈을 감았다 떴다. 전에 한 번 느껴 본 적이 있던 통증이었다. 월야가 사궁을 떠나 월국으로 갔을 때였던가. 그녀가 그의 곁을 떠났을 때 느꼈던 그 알 수 없는 통증이 이안을 짓눌렀다. 숨이 막힐 듯 격렬한 고통이 그를 힘들게 했다.

아, 월야가 사궁을 떠난 것인가.

털썩.

이안의 무릎이 땅으로 내려앉았다. 거친 숨을 내쉬며 치뜬 현안이 싸늘하게 빛났다. 땅에 닿은 바들거리는 손을 그러모아 흙을 꽉 움켜쥐었다. 빠드득, 이를 갈고 천천히 자리에서 일어선 이안의 입에서 천지를 울릴 듯 엄청난 고성이 터져 나왔다.

"흑룡!"

사해를 뒤흔드는 이안의 외침에 심연 깊이 두문불출했던 흑룡이 빛보다 빠른 속도로 사해를 빠져나왔다. 한 치의 망설임 없이 이안이 있는 곳으로 날아온 흑룡이 낯빛이 어두운 사왕 앞에 엎드렸다. 힘겹게 걸음을 옮겨 흑룡 위에 올라탄 이안이 나직이 속삭였다.

"월야를 찾아."

서늘함이 밴 이안의 목소리처럼 흑룡의 현안도 날카롭게 빛났다. 월야는 흑룡에게도 없어서는 안 될 존재였다. 뭔가 이상하다 느끼긴 하였으나 사라졌으리라곤 생각지 못했다. 우령이었다. 세상 어디에 있든 그 존재를 느끼는 것은 가능했다. 흑룡은 이안을 태운 채 사해로 다시 뛰어들었다. 해왕이 데려간 것이라면 해국보다는 인의 세상일 것이다. 물밖에 없는 고독하기 그지없는 해국은 해왕도 있기를 꺼려하는 곳이니까.

"위랑, 죽여 버리겠어."

이로써 또 하나 확실해진 것은 월야와 이안은 결코 떨어져선 안 된다는 것이었다. 무엇이 어찌 되었건 반려로 혼인을 한 이상 월야가 이안을 떠나면 이안이 해를 입게 된다. 그 기간이 길면 길수록 이안은 극심한 고통에 시달리게 되는 것이다. 싫어도 할 수 없이 붙어살아야 한다는 말이었다. 예전과 같은 관계였다면, 아마도 그것이 저주 아닌 저주가 되어 그를 내내 괴롭혔을 것이다.

허나 지금은 심장의 고통보다 월야가 없어졌다는 것이 더 견디기 힘들었다. 급속으로 사해를 헤치며 나아가는 흑룡의 눈빛 또한 비장하기 이를 데 없었다. 아무리 저를 낳아 있게 해 준 고향이나 다름없는 해국의 왕이라 해도 제 우령에게 해를 끼쳤다면 용서할 수가 없다. 더군다나 선령의 반려였다. 사해를 헤치는 흑룡의 눈에서 불길이 일었다.

꿈을 꾼 듯했다. 누군가 제 이름을 한참 부르는 듯하여 뒤돌아보았으나 아무도 없었다. 고개를 갸웃하며 또 발걸음을 옮길라치면 그 발목을 누가 부여잡은 듯 움직일 수가 없었다. 끙끙거리며 신음하는 월야를 누군가 가볍게 흔들어 깨웠다. 부스스 눈을 뜬 월야의 시야에 눈에 익은 형체가 들어왔다. 위랑이 표정 없는 얼굴로 저를 내려 보고 있었다.

번쩍 눈을 뜬 월야가 가만히 뭔가를 가늠하듯 눈을 깜빡이며 주변을 훑었다. 멀어졌다 가까워지던 시끌벅적한 이명은 곧 현실이 되어 월야의 귀를 자극했다. 눈앞에 보이는 풍경 또한 낯설었다.

월야가 눈을 깜빡이며 저를 돌아보자 위랑이 누각 위에 올려놓은 다리를 까닥이며 싱긋 웃었다.

"여기가 어딥니까?"

"본 적이 없느냐?"

"인들이……."

"맞다. 인의 세상이다."

"예? 여긴 어찌."

"부탁을 한다 하지 않았더냐. 선물을 사려 한다고."

"아, 그것이 혹여."

"그래, 인의 아이를 위한 선물이다. 골라 주겠느냐."

"인의 아이는 제가 잘 알지 못합니다."

"괜찮다, 네 맘에 드는 것으로 하면 되느니라."

"으음. 허면 그리하겠습니다."

너른 자리를 다 차지하고 누웠던 월야가 몸을 일으켜 앉으며 헝클어진 머리를 매만졌다. 금세 옷매무새를 가다듬고는 활짝 위랑을 향해 웃어 보인다. 그에 마주 희미한 미소를 띠던 위랑이 손을 내밀어 월야를 부축해 일으켰다. 객잔의 위층 누각에 머물렀던 둘은 곧 아래층으로 내려와 시전으로 향했다.

월야에게는 두 번째 인의 세상 나들이인 셈이었다. 훤한 낮이라 더 구경거리가 많은 듯하였다. 이것저것 정신없이 둘러보는 월야를 물끄러미 바라보며 위랑은 고개를 기울였다. 저것은 대체 심각함이라곤 전혀 모르는 것인가. 제가 지금 무슨 일을 당한 것인지. 왜 여기 와 있는 것인지. 당최 의심이라곤 전혀 없이 위랑이 하는 말을 곧이곧대로 듣고 순진하게 제 일에 충실하게 임한다. 아니, 난전 구경에 정신이 팔려 아무것도 모르는 어린것이라 해야 옳겠지. 꼬임에 쉽게 넘어가는 어린것.

"와아, 이것이 무엇입니까?"

월야가 머리장식 하나를 손에 들고 돌아섰다. 옥으로 만든 작은 나비가 꽃에 내려앉은 모양이었다. 손으로 저으니 위에 장식이 흔들거렸다. 그것이 또 하 신기하여 입이 함지박만큼 벌어졌다.

"머리장식이구나."

"예?"

"이렇게."

말을 제대로 이해하지 못하는 월야에게서 장식을 받아 머리에 꽂아 주고 거울을 비춰 주었다. 제 머리 위에서 달랑거리는 장식을 보고는 또 입이 한껏 벌어져 어쩔 줄을 몰라 한다. 보는 족족 신기한 것투성이인 모양이다.

"핏."

실없이 웃는 위랑을 향해 월야가 눈을 반짝이며 가지런히 손을 모았다. 그를 바라보는 위랑이 고개를 갸웃하자 따라 고개를 기울이며 눈을 깜빡거렸다.

"사 주시어요."

"응?"

"갖고 싶어요."

"아."

그것 하나 사 주는 것이 뭐가 그리 어렵겠는가. 가볍게 고개를 끄덕이며 값을 치렀다. 허나 그것이 시작이었음을 위랑은 미처 알지 못했다. 어린 소녀와 성인의 경계에 있는 월야에겐 모든 것이 신비하고 갖고 싶은 것투성였다. 이것도 갖고 싶고, 저것도 갖고 싶고, 시전 모든 것이 갖고 싶은 것들뿐이었다. 시전을 한 바퀴 도는 동안 월야는 물론 위랑의 손에도 온갖 것들이 들려 있었다.

고기를 꿰어 만든 꼬지를 입에 물고 빼 먹으며 월야가 또다시 위랑의 팔을 잡아당겼다. 대체 그 선물이란 것은 언제 고를 것인지. 처음 꾀여 올 때의 말을 곱씹으며 위랑은 이제 그만을 외쳐 댔다.

"당과입니다, 당과. 저것 아주 달고 맛있습니다."

"하아."

절로 한숨이 새어 나오는 위랑이었다. 그에 아랑곳없이 다소곳이 손을 그러모으며 또 그 순진무구한 눈을 반짝거린다. 위랑의 미간이 보기 드물게 찌푸려졌다. 단것은 그 달꽃으로도 충분하단 말이다. 절레절레 고개를 젓는 위랑을 끌고 기어이 당과 앞으로 다가간 월야가 손가락을 곱았다.

"이안 님 것 하나, 내 것 하나, 흑룡 하나. 아참, 위랑 님 것 하나."

"나는 되었다."

"맛있습니다."

"됐다니까."

"참으로 맛있습니다."

손에 받아 든 것 중 하나를 억지로 위랑의 입속으로 쏙 밀어 넣으며 맛있다를 강요하는 월야였다. 이쯤 되자 위랑은 제가 왜 저 아이를 데려왔던가를 되짚어 보게 되었다. 선물. 그래, 그것이 꼬임의 이유임에는 틀림없으나 그것만 마치면 끝이었다. 명목상으론 말이다. 제 사랑스러운 꼬마가 사라졌는데 대체 이놈의 사왕은 무얼 하고 있단 말인가. 당장 쫓아올 줄 알았더니 여직 감감무소식이다. 입안 가득 당과를 머금은 채 위랑은 가늘게 치뜬 눈으로 잔잔히 흐르는 명류를 바라보았다. 나룻배 몇 척이 오갈 뿐 잠잠하기 이를 데 없었다.

부풀릴 대로 부풀린 입으로 당과 하나가 또 들이닥쳤다. 입이 미어져라 당과를 머금은 위랑이 쭉 찢어진 눈으로 싱글벙글 웃고 있는 월야를 바라보았다. 조그만 것이 오물오물 질리지도 않는지 연신 입에 뭔가를 밀어 넣는다. 뭔가 당한 것 같은 기분이 들었다. 이거 작정하고 안 찾으러 오는 것 아닌가? 흐음, 낮은 신음이 위랑의 입에서 새어 나왔다.

"꼴좋다."

드높은 전각의 지붕 위에 나른히 누운 이안이 입술을 씰룩이며 이죽거렸다. 곁에 소년으로 화한 흑룡이 입맛을 다시며 침을 꿀꺽이고 있었다. 그를 돌아보며 이안이 눈을 흘기자 흑룡이 고개를 숙이며 혀를 날름거렸다. 아무래도 월야의 손에 들린 제 몫의 당과가 먹고 싶은 모양이었다.

"참아. 저놈 좀 더 고생시키고 먹게 해 줄 테니까."

"끄응."

"사람 모습을 했으면 말을 해야지. 끙이 뭐야, 끙이."

"예."

처음 이를 빠득이며 인의 세상으로 나왔을 때는 위랑을 찾아 갈가리 찢어 죽일 작정이었다. 월야가 머문 곳 가까이 오니 심장의 통증도 일순 사라졌다. 해서 조금 숨을 쉬기가 편해지자 한결 마음이 느긋해졌다. 보아하니 월야에게 어떤 해를 가한 것은 아닌 듯했다. 이곳저곳 구경을 다니는 월야의 얼굴이 한층 밝아 보이는 것이, 그동안 사궁에 갇혀 지냈던 갑갑함이 사라진 듯도 했다. 뭐, 나쁘진 않군.

게다가 따라다니는 위랑의 표정이 갈수록 흙빛으로 변하는 것이, 그 또한 볼만하였다. 무슨 생각으로 데려왔는지는 몰라도 지금 한창 후회를 하고 있을 것이 불을 보듯 뻔했다. 그러한데 이쯤에서 월야를 데려가겠다 나타난다면 반가워 반색할지도 모를 일이었다. 누구 좋으라고 그리한단 말인가. 이 좋은 구경거리를.

"아, 맞다. 선물."

이제야 그것을 떠올리다니 참으로 기억력이 좋구나. 속으로 구시렁거리던 위랑이 속내를 숨기며 히죽 웃었다.

"이제야 그것을 떠올린 것이냐. 그래, 어떤 것이 좋겠느냐."

"이것은 어떨런지요?"

"이것?"

위랑의 청안이 월야가 불쑥 눈앞으로 들이민 것을 멀뚱히 바라보았다. 참으로 묘한 것이라 생각은 했다마는 하고 많은 것 중에 하필 이런 것을 고를 줄이야. 고개를 갸웃하며 저를 돌아보는 위랑을 향해 눈을 반짝이며 기대 가득한 표정을 지어 보였다. 설마 진정이더냐. 묻기도 어색한 얼굴이다.

"과연 이것을 좋아할까?"

"분명 좋아할 것입니다."

"허어."

위랑은 월야가 제 손에 올려놓은 그 물건을 내려 보며 낮은 신음을 흘렸다. 행여 저를 놀리는 것인가 하여 은근히 엄한 눈빛으로 월야를 바라보았으나 그 순진함은 달라지지 않았다. 골라 달라 하기는 하였으나 이것을 들고 돌아가기에는 조금 꺼림칙했다.

"이것을 정녕 좋아하겠느냐."

"얼마나 쓰임이 많습니까. 물을 뜨기도 좋고 쉽게 망가지지도 않을 듯하고, 더군다나 뭔가를 저장하기에도 안성맞춤이 아닙니까? 이런 것들을 넣어 두고 먹기에도 좋고 말입니다."

"……."

"저장고로 딱입니다."

"하하. 그렇구나."

둘을 묘하게 바라보는 상점 장사치의 눈빛이 꺼려져 위랑은 서둘러 값을 치르고 그곳을 빠져나왔다. 위랑은 손에 들린 그것에 이것저것 더불어 줄 것이라며 담아내는 월야의 손을 물끄러미 넋을 놓고 바라보았다. 끝내 당과를 종이에 싸서 넣었을 때는 될 대로 되라 자포자기하였다.

"푸하하하."

월야와 위랑의 하는 양을 지켜보고 있던 이안이 끝내 폭소를 터트리며 박장대소하였다. 위랑의 손에 들린 것은 분명 인들이 쓰는 요강이었다. 용변을 보는 물건이라 알고 있는데, 그것에 먹을 것을 넣고 보관함으로 쓴다니. 과연 월야다운 생각이었다. 월야야 그걸 모르니 그렇다 치고, 죽상이 되어 넋 나간 얼굴로 요강을 바라보는 위랑이 과히 불만하였다. 그러게 대체 무슨 생각으로 월야를 데려왔단 말인가. 어찌나 웃었던지 눈물이 찔끔 맺힌 눈가를 닦아 내며 이안이 흑룡에게 손짓하였다.

"가 봐."

말이 떨어지기 무섭게 지붕을 가볍게 날아 길 위로 내려앉은 흑룡이 앞에서 다가오는 그들을 바라보며 씨익 미소를 머금었다. 무심히 발길 닿는 대로 걷던 위랑은 제 앞을 가로막고 나타난 인기척을 따라 눈을 올렸다. 흑룡이 저를 향해 잔뜩 입꼬리를 말아 올려 웃고는 요강 안에 담긴 당과를 꺼내 들었다. 그리곤 종이를 벗겨 내곤 보란 듯이 그것을 야금야금 빼먹었다.

"흑룡!"

"으음."

"예는 어인 일이야?"

"찾으러 왔어."

"날?"

"음. 사왕과 함께."

"이안 님이?"

"저기."

반겨 맞는 월야를 향해 간결이 답하며 저 멀리 전각의 지붕 위를 가리켰다. 제법 먼 거리 임에도 월야는 단박에 이안을 찾아냈다. 누웠던 몸을 일으켜 저를 바라보며 활짝 웃고 있는 이안의 모습에 저도 한껏 미소를 지어 보였다. 그리곤 멀뚱히 서 있는 위랑을 향해 고개를 숙이며 작별을 고했다.

"소녀는 이만 돌아가 봐야 할 것 같습니다. 그럼 그분께 선물 잘 전해 주십시오."

맹랑하게 인사를 건네고는 서둘러 인적이 드문 곳으로 들어서 술을 행한다. 순식간에 이안이 있는 곳으로 날아간 월야를 바라보며 위랑이 쓰게 웃었다. 달아나지 못해 곁에 머문 것이 아니란 말이었다. 달의 신부는 술을 행할 줄 안다더니. 가고자 했다면 벌써 달아났을 것이란 말이다. 가볍게 고개를 젓는 위랑의 곁으로 흑룡이 한 발 다가섰다.

"왜?"

의아해 묻는 위랑에게 씨익 웃어 보인 흑룡이 먹고 남은 당과의 작대기를 들어 보였다. 그리곤 부러 콧김을 내뿜으며 위협 아닌 위협을 가했다. 파지직, 손끝을 타고 흘르드는 뇌의 잔해에 피식 싱거운 웃음을 흘린 위랑이 흑룡의 현안을 마주하며 비릿하게 입가를 끌어 올렸다.

"이것들이 아주 날 우습게 알고 달려드는군."

"사 줘."

"뭘."

"당과."

"하아."

탕. 탕.

흑룡이 버릇없이 작대기로 위랑의 손에 들린 요강을 두드리며 눈을 번뜩인다. 세상 둘도 없는 현물이라 일컫는 흑룡이 한낱 당과에 저리 미쳐 날뛰다니. 위랑은 혀를 찼다. 아마도 이것은 사왕 때문일 것이다. 사왕이 문제이니 거두는 것마다 저 모양이 아니겠는가. 조금 이 지루함을 달래 볼 요량으로, 아니, 흑룡을 빼앗긴 것이 하도 분하여 저도 빼앗기는 것이 어떤 기분인지 느껴 보라 월야를

259

데려온 것이었다. 헌데, 판단 착오였다.

사왕의 것은 죄다 제대로 정신이 박힌 것이 단 하나도 없었다. 흑룡마저 당과를 내놓으라 저리 날뛸 줄이야. 이목을 집중시키듯 부러 작대기로 요강을 쳐 대며 조르기 한판에 들어간 흑룡을 어이 없이 바라보던 위랑이 품에서 은전을 몇 개 꺼내 던져 주었다.

사내가, 그것도 여느 걸출한 집안의 자손인 듯한 귀해 보이는 공자가 천한 것이나 들고 다니는 요강을 들고 있는 것이 요상했던 모양이다. 인들의 괴이쩍은 시선을 참지 못한 위랑이 급기야 제 손에 떨어진 은전을 묘하게 바라보고 있는 흑룡을 피해 순식간에 모습을 감추었다.

홀로 남겨진 흑룡은 은전의 용도를 알 길이 없어 연신 고개만 갸웃거리다 짜증을 내며 그것을 바닥에 내동댕이쳤다. 그리곤 투덜거리며 이안과 월야가 기다리는 전각으로 몸을 날렸다. 그깟 당과 하나를 사 주기가 싫어 쓸데없는 것으로 저를 현혹시켜 달아나다니. 다시 나타나기만 하면 두 동강을 내 버리겠다. 잔뜩 뿔이 난 흑룡이 위랑을 향해 이를 갈며 다짐했다.

11.
그 밤 무슨 일이?

 그믐. 달이 하늘 위로 휘영청 떠올랐다. 사해를 흐르는 물결이 잔잔하게 그 소담함을 담아냈다. 달그림자를 벗 삼아 향혼이 홍등을 단 채 유유히 그 곁을 맴돌았다. 몽환적인 분위기를 자아내는 홍등과 달빛이 어우러진 아래 이안이 느른히 뱃전에 누워 사주를 기울였다. 달주를 담은 지 얼마 되지 않아 아직 맛이 들지 않았다며 아쉬움을 토로하는 월야에게 비식이 웃어 보이곤 '거참 아쉽구나.' 거들며 연신 사주를 들이켰다. 잔을 기울이는 손으로 슬쩍 가린 입매가 매끄럽게 곡선을 그리고 있었다.
 그놈의 달주, 좀 더 오래 묵혔으면 좋겠군.
 속내를 감춘 이안이 물여울을 만들며 손을 찰박이고 있는 월야의 허리를 감싸 제 곁으로 끌어당겼다. 월야가 놀라 이안을 돌아보며 눈을 동그랗게 떴다. 고개를 갸웃 기울이며 눈꺼풀을 깜빡이는 월야의 볼을 가만히 손으로 쓰다듬었다. 부드러운 감촉이 손끝을 타고 흘러들었다. 비단결보다 고운 그 느낌이 심장을 촉촉이 물들였다. 스륵 고개를 기울인 이안이 월야의 입술 위로 뜨거운 숨결을 흘려 냈다. 그에 파르르 몸을 떤 월야가 긴장을 풀고 사뿐히 눈을 내리떴다. 월야의 머리카락 속으로 손을 밀어 넣어 장난스레 슬쩍 잡아당겼다. 결에 월야의 머리가 젖혀지자 그 찰나를 놓치지 않고 입을 내려 맞추었다. 곱게 찌푸려졌던 미간이 펴지고 월야의 눈에도 그믐달이 내려앉았다.

감미롭게 이어진 긴 입맞춤 끝에 아쉬운 듯 서로 이마를 맞대고 나직이 속삭였다.

"요즘 시비장에게 뭘 배우는 중이라고?"

"음. 사랑받는 아내가 되는 법이라고 하던데요?"

"큭. 그래 많이 배우긴 했고?"

"후우."

남자와 살아보지도 않은 시비장이 대체 무엇을 얼마나 가르칠까 기대 없이 물은 말임에도 월야는 낮은 한숨을 쉬며 고개를 푹 숙였다. 기운 없이 축 처진 월야의 어깨를 감싸며 볼에 가볍게 입을 맞췄다. 그에 살며시 고개를 틀어 그를 올려다보곤 이내 또 한숨을 내쉰다. 이안이 눈썹을 휘며 왜? 하고 묻자 이리저리 연신 고개를 기울이며 볼을 부풀렸다.

"책에도 없는 것을 말로만 풀어 이것은 이러하다 저것은 저러하다 하는데 도통 알아들을 수가 없습니다."

"대체 어떤 것을 가르치기에?"

이안이 대수롭지 않게 여기며 물려 두었던 사주를 입에 머금었다. 이안의 얼굴을 빤히 바라보던 월야가 불쑥 그의 다리 사이에 엉덩이를 바짝 들이댔다. 곁에 놀라 머금었던 사주를 채 삼키지 못하고 뿜어 버렸다. 격하게 기침을 한 이안이 미간을 좁히며 바라보자 월야가 갸웃한 표정으로 묻는다.

"이리하면 남자의 그것이 몽둥이처럼 바짝 선다고 합니다. 그것이 참입니까?"

"허어."

"그리고 말을 타듯이 이리이리 움직이면 더 굳세게 일어서며 흥분을 한다 합니다. 그도 참입니……까……?"

자태도 요염하게 허리를 낮추어 묘하게 이리저리 흔들어 대자 이안의 중심이 반응하여 불뚝 일어섰다. 그에 말을 하다 도리어 놀란 월야가 벌떡 몸을 일으켜 저만치 멀어져선 이안의 그것을 뚫어져라 바라보았다. 지극히 곤혹스러운 상태가 되어 버린 이안은 낮은 신음을 삼키며 슬쩍 다리를 모으고 옷을 추슬러 그곳을 가렸다. 허나 흥분하여 붉어진 얼굴과 흐트러진 숨은 숨기기가 힘들었다.

"와아! 참인가 봅니다. 말만 들어서 몹시 궁금하였는데. 정말 불뚝!"

"쉿!"

"섰습니다."

"이런……."

저만치 멀어졌던 월야가 무릎걸음으로 다시 바짝 다가와 채 그가 말리기도 전에 가렸던 옷가지를 들추었다. 그리곤 본다. 너무도 적나라하게 뚫어져라 이안의 그곳을. 대체 시비장은 이 어린것을 두고 뭘 하고 있는 게야. 사랑에 대해 가르치라 했지 누가 방중술을 가르치라 했던가. 이것은 분명 경험 없는 시비장이 노련한 몸시 중 몇에게 전해 들은 바를 그대로 가르친 것이리라. 이안은 낮은 자세로 엎드려 제 그곳을 열심히 관찰 중인 월야의 이마를 손으로 지그시 눌러 물렸다.

"그만."

"네?"

"그건 차차 알아 가면 되는 것이니 그리 서두를 것 없다. 사랑하면 자연히 알게 될 것을 뭘 하러 교육까지. 이 어린것을 데리고 대체 무슨 짓을 하는 게야?"

"어리지 않습니다."

"뭐?"

"소녀, 여자로서의 몸은 충분히 갖추었다 하였습니다."

"누가."

"은율과 시비장이."

"뭐야! 은율이 뭘 어째?"

"여자의 몸을 갖추었다고."

"지가 어떻게 알아 그걸!"

흥분하여 고함을 내지르는 이안을 월야가 의아한 표정으로 눈을 깜빡이며 바라보았다. 분명히 여자로서의 자질까지 갖추면 사왕이 좋아할 것이라 시비장에게 단단히 교육시키라 이르던 은율이었다. 늘 온화한 얼굴이던 시비장까지 비장한 눈빛으로 주먹을 불끈 쥐었더랬다. 그리곤 뭐라더라. 이것만이 우리가 편히 살길이다. 그랬던가. 아무튼 누이 좋고 매부 좋은, 일석다조의 일이라 했다. 헌데 실습 삼아 해 본 일에 이안의 반응이 너무 격하다. 뭐가 잘못된 것일까?

"은율, 내 이 자식을!"

손끝에서 뇌가 빠지직 일어나는 것을 무심히 바라보던 월야가 갑자기 그의 다리 위에 올라타더니 힘껏 이안을 밀쳤다. 결에 무방비 상태에서 뒤로 밀린 이안이 그대로 바닥에 뉘어졌다. 자신이 어찌 된 것인지 미처 깨달을 새도 없이 이안의 몸 위에 올라탄 월야가 다시 엉덩이를 앞뒤로 흔들었다. 그러다 얼어붙은 듯 꼼짝없이 굳어 저를 올려다보는 이안의 얼굴을 살피곤 위치를 바꿔 더 힘차게 몸을 움직여 본다.

"이것도 아닌가?"

점점 흙빛이 되어 가는 이안의 얼굴은 아랑곳없이 고개를 갸웃거린 월야가 별안간 불쑥 고개를 숙이더니 이안의 옷을 풀어헤치기 시작했다. 속살이 드러날 즈음 환하게 변한 월야의 금안이 마치 먹이를 눈앞에 둔 야수처럼 번뜩였다. 그에 흠칫 몸을 떤 이안이 월야에 의해 파헤쳐진 옷을 불끈 거머쥐곤 급히 여몄다. 월야의 번뜩이던 눈에서 광채가 일순 사라지고, 의아함을 담은 금안이 이안의 현안을 올곧게 바라보았다. 이안은 저도 모르게 침을 꿀꺽 삼켰다.

잠시의 정적이 흐른 뒤, 월야가 고개를 갸웃하며 옷깃을 꼭 붙잡은 그의 손을 찰싹 때렸다. 배운 대로라면 이런 반응이 있어서는 안 되는 거였다. 분명 열심히 외우고 머릿속으로 수없이 복습하였건만 이렇게 틀릴 리가 없었다. 기억을 더듬어 보건대 이안도 분명 월야의 몸을 맛있게 핥았었다. 묘한 느낌이었는데 뭐라 딱히 표현할 말은 없었다. 그래도 좋았던 것만은 확실했다.

"야!"

손등을 맞은 이안이 울컥 화를 내며 소리를 질렀다. 그에 움찔한 월야가 미간을 찌푸리며 울상을 지었다. 곧 울음이 터질 듯 울먹이는 월야의 모습에 화들짝 놀란 이안이 급히 손을 내저었다.

"아니다. 화를 낸 것이 아니야. 놀라서 그런 것이지. 갑자기 손등을 때리니 놀라지 않았느냐. 그래, 그런 것이니 울지 말거라. 응?"

"이잉. 이상해요."

"응? 뭐가?"

"분명 배운 대로 하였는데 하나도 안 돼."

"뭐라?"

"이리하면 이안 님이 분명 좋아하여 사랑해 주실 거라 하였는데. 자꾸 경계만 하고 싫어하는 것 같고. 나 뭔가 잘못하고 있는 건가 봐요."

"아. 그, 그것이."

"나 이안 님께 사랑받고 싶은데. 그럴 수 없나 봐. 아앙. 어떡해."

"아니라니까. 그런 게 아니야. 좋다. 좋은데."

"응? 좋아요? 정말? 그런데 왜?"

"다만."

"다만?"

급기야 울음을 터트리며 울먹이는 월야를 품에 안고 다독이며 이안은 또 한 번 낮은 숨을 내쉬었다. 그도 미칠 노릇이었다. 이대로 와락 덮쳐 버리고 싶은 것은 그가 더 간절했다. 그도 유난히 색을 좋아하던 자신이 이리 참고 견디는 것이 참으로 신기하고 용할 뿐이었다. 그 많던 몸시중도 다 물리고, 오로지 월야 하나만 바라보며 성체가 되는 만월만 오매불망 기다리다니 사왕 사전에 결코 있을 수 없는 일이 벌어지고 있는 것이었다. 사왕 본인조차도 그것을 이해할 수가 없는데 시중들이야 오죽했을까?

아마 마냥 어린애 같기만 한 월야가 남녀 사이의 일에 문외한이라 생각하여 저들 나름 신경을 쓴 것이겠지만, 이안만큼 애가 탈까. 그가 이리 참고 견디는 것은 월야의 순수함을 지켜 주고 싶어서였다. 온전한 성체가 되었을 때, 그때 사랑을 하고 싶은 것이다. 월야가 받아들이기에 버겁지 않도록. 미련한 것들. 이안은 속내도 모르고 충성을 다하려는 그들을 속으로 욕하며 이를 뿌득 갈았다. 충성도 도가 지나치면 과한 법이다. 그것은 주인을 곤혹스럽게 만든다. 고개를 저은 이안이 엷은 미소를 띠고 부드럽게 월야의 얼굴을 매만졌다.

"네가 나를 받아들이기엔 아직 어리기 때문이다."

"예? 허나 은율이 이르기를."

"네 몸을 가장 잘 아는 것은 나다. 그렇지 않더냐?"

이안의 말에 곰곰이 생각에 잠긴 듯 눈동자를 위로 밀어 올렸던 월야가 그와 시선을 맞추며 얌전히 고개를 끄덕였다. 자신의 몸을 샅샅이 보고 맛본 건 이안뿐이었다. 제가 보지 못한 곳까지 다 보았으니 자신의 몸을 가장 잘 아는 이는 분명 이안 하나였다.

"허니 그 판단 또한 내가 가장 잘하지 않겠느냐."

"음. 그런 것도 같습니다."

"만월에 성체가 되면 그때 다시 해 주겠느냐."

"아! 그러면 되는 것이옵니까?"

"그래, 그때라면 내가 오히려 널 더 붙잡고 안 놓아줄지도 모른다. 그 밤 너와 내가 진실한 사랑을 이룬다면 너는 또 더 많이 성장할 것이고, 그리되면 만월까지 기다릴 필요도 없게 되질 않겠느냐. 지금은 이것만으로도 족하다."

더 이상 자극을 받으면 참지 못하게 분명했다. 이안은 불끈거리는 중심을 애써 억누르며 맛있게 월야의 입술을 머금었다. 그에 격하게 반응하며 와락 이안의 목에 매달려 더 깊이 입술을 탐하는 월야 때문에 등줄기를 타고 식은땀이 흘러내렸다. 월야의 등 뒤에 둘러진 손을 꽉 움켜쥐며 이안은 부르르 떨리는 몸을 참고 또 참았다.

사해가 훤히 내려 보이는 바위 위에서 나른히 몸을 늘인 채 하늘을 올려다보던 흑룡의 눈이 일순 반짝거렸다. 하늘을 가로지르며 사해로 떨어지는 별 하나를 발견한 것이다. 유난히 반짝이던 작은 별이 수면으로 떨어지는 순간, 첨벙이며 무언가가 솟아올랐다. 그리곤 그대로 별을 삼켜 버렸다.

별을 머금은 그것이 환한 빛무리를 흩뿌리더니 이내 잠잠해졌다. 고개를 갸웃 기울인 흑룡이 몸을 일으켜 사해를 더 세밀히 살폈다. 멀리 보이는 향혼의 홍등과 흐릿한 달빛에 작은 몸체를 드러낸 것은 분명 어족의 아이였다. 어족이 별을 먹었던가? 아는 것이 그다지 없는 흑룡으로서는 그 또한 금시초문이었다. 잠시 생각을 하는 듯하다 이내 혀를 차며 벌렁 뒤로 드러누웠다. 먹으면 먹는 것이지 그게 무엇이라고. 금세 시시해져 버린 흑룡이 밤하늘의 별을 보며 혀로 입술을 핥았다. 별들이 꼭 당과처럼 보였다.

"썩을 종자 같으니라고."

어찌 보면 아비라고도 할 수 있는 위인이었다. 본시 흑룡의 태생이 해국이니 그를 다스리는 해왕이 곧 모든 생명체의 아버지인 셈이 되었다. 위랑은 흑룡에게 그런 존재였다. 허나, 태어난 지 얼마 되지도 않아 성질 더러운 사왕에게 넘긴 것도 그렇고. 제 우렁인 월야를 납치해 위협을 가한 것도 그렇고. 뭐, 그건 흐지부지된 듯 하지만. 어쨌든 월야에겐 선뜻 사 주었던 당과를 제게는 사 주지도 않고 이상한 것만 던져 놓고 달아나 버린 위랑이 몹시 괘씸하였다.

"독하지. 그 얼마나 한다고 그걸 안 사 주고 내빼. 다음에 만나면 반쯤 죽여 놔야지. 쳇."

월야 앞에선 말수도 적고 온순하기 이를 데 없는 흑룡이건만, 대체 누구에게 말을 배워 말투가 이리 거친지. 투덜거리며 다리를 꼬아 건들거리는 폼이 영락없는 시정잡배의 모습이었다. 한참을 위랑을 씹어 대며 혀를 차는 데 열중이던 흑룡의 몸 위로 물이 끼얹어졌다. 사해는 그 깊이를 알 수 없는 검은 물빛만큼이나 시리고 차디찼다. 날벼락 같은 물세례에 화들짝 놀란 흑룡이 몸을 벌떡 일으키자 끼이— 하는 낮은 울음소리가 들렸다.

"뭐야!"

버럭 소리를 지르자 이내 물결도 잠잠해지고 소리도 사라졌다. 심술 맞게 입을 삐죽거리며 염을 일으켜 몸에 묻은 물기를 없앴다. 귀찮게. 투덜거리며 향혼을 슬쩍 바라보자, 뭔가 투닥이는 소리가 들린다. 잠시 귀를 기울이던 흑룡이 이내 이죽거리며 콧방귀를 뀌었다. 투닥이는 말투조차 간질거린다.

"으. 춥다."

염으로 뜨거워졌음에도 흑룡은 부러 몸을 떨며 양팔을 손으로 문질러 댔다. 사왕이 언제부터 저렇게 살가웠다고 말 한 마디 한 마디가 아주 살살 녹아내렸다. 물론 그 대상이 월야 일 때만 그런 것이지만, 헌데 그게 더 기분이 나빴다. 우령이었다. 처음 만나 정을 쌓은 하나뿐인 우령을 빼앗기고 말았다. 선령 따위 만들고 싶지 않았었다. 울적해진 흑룡이 향혼에서 눈을 거둬 물끄러미 사해의 검은 물결을 바라보았다.

찰박.

작은 물여울이 일었다. 동요 없이 무심히 바라보는 흑룡의 시선 안으로 다시 좀 더 큰 물여울이 이는 것이 비쳐졌다. 그리고 그 사이로 뭔가가 서서히 모습을 드러냈다. 흑룡의 눈이 조금 가늘어졌다. 흑룡에게는 밤낮이 따로 없었다. 굳이 잠을 자지 않아도 되는 몸체를 지녔지만, 때로 자는 척을 할 때도 있었다. 부질없이 사왕이 불러 댈 때가 그러했다. 밤낮의 구분이 없는 만큼 시야에도 제약을 받지 않았다. 낮처럼 훤히 어둠을 볼 수 있는 흑룡의 시야로 조심조심 고개를 내미는 어족의 어린것이 보였다. 좀 전에 별을 삼킨 놈인 듯했다.

유난히 검은 눈이 어둠 속에서 더 검게 빛을 발했다. 눈동자 구분 없이 검기만 한 눈은 인을 현혹시키기에 충분한 마력을 지녔다. 허나 인을 제외한 이계의 것들에게는 무용지물인 마력이었다. 그만큼 약하기도 했다. 해서 위랑이 쉬이 잡아먹은 것이겠지만.

수면으로 얼굴을 온전히 내민 어족이 가만히 흑룡의 눈을 마주했다. 어둠을 뚫고 허공에서 마주친 시선이 잠시 얽힌 채 아무런 움직임을 내비치지 않았다. 다음, 흑룡의 입 끝이 매끄럽게 곡선을 그리며 올라갔다. 그에 고개를 갸웃한 그것이 따라 입매를 끌어 올렸다.

호를 그리던 입술 한쪽 끝이 묘하게 비틀려 올라가며 날카로운 송곳니를 드러냈다. 검디검은 머릿결과 대조적인 어족의 백옥 같은 얼굴이 미소를 멈췄다. 서서히 굳어지는 얼굴이 미처 물밑으로 그 모습을 감추기 직전, 몸을 날린 흑룡이 어린 어족을 덮쳤다.

결박하듯 뒤에서 끌어안은 흑룡이 날카로운 이빨로 덥석 어족의 목덜미를 물었다. 순간 미친 듯 버둥거리던 어족도, 비식 웃으며 물어뜯으려던 흑룡도 일시에 움직임을 멈췄다. 흑룡이 눈을 깜빡이며 입을 벌렸다. 그리곤 제가 깨물었던 어족의 목을 내려 보았다. 작은 이빨 자국이 남은 것이 다였다. 스륵 물린 부위로 손을 옮긴 어족도 이상한 듯 고개를 갸웃거렸다.

끼아―?

저를 돌아보는 어족을 향해 눈을 부라리며 다시 머리와 어깨를 잡고 덥석 목을 물었다. 이가 박히지 않는다. 이럴 리가. 사해에 사는 생물 중 흑룡이 먹지 못하는 것은 없었다. 처음 시범 삼아 어족 몇 마리도 잡아 죽였었다. 헌데 이놈은 이빨이 박히질 않는다. 뭐지?

"뭐야? 너."

신경질적으로 머리를 툭 치며 묻자 아픈 듯 머리를 매만지며 돌아본다. 가만 보니 뭔가 보통의 어족과 다른 듯도 하다. 흑룡이 느른히 눈을 치떠 턱을 손으로 쓸어 내며 눈앞에 요상한 어족을 세밀히 살폈다. 검은 머리, 새하얀 피부, 검은 눈, 날 선 콧대와 푸르스름한 입술. 어족답게 아가미가 귀 부위에 달렸다. 헌데 묘하게 피부가 빛이 난다. 별처럼 은은한. 게다가 겁도 없다.

끼이이―

고개를 갸웃한 어족이 별안간 흑룡의 허리를 감싸 안더니 입을 맞췄다. 놀란 흑룡이 눈을 부릅뜨자 안심하라는 듯 검은 눈으로 고요히 바라본다. 그리곤 뭔가를 입에서 입으로 흘려보냈다. 비릿한 맛이 느껴지는 것이 피 같기도 했다. 흑룡이 미간을 잔뜩 찌푸리며 밀쳐 내자 쉽게 떨어져 나가며 환한 미소를 지어 보인다.

"이씨! 뭐하는 거야!"

―나냔.

"뭐?"

―나냔입니다.

"누가 네 이름 따위……. 뭐라는 거야?"

―나냔. 어족의 씨앗입니다.

"씨앗?"

환한 미소와 함께 고개를 끄덕이는 나냔을 흑룡이 요상한 눈으로 바라보았다. 그리곤 투박하기 그지없는 말투로 툭 내뱉듯 건성으로 말했다.

"씨앗이 뭐야? 그래서 땅에 묻으란 거야, 뭐야?"

―아.

씨앗을 달리 뭐라 말해야 하는지 알지 못하는 어린 나냔과 씨앗이란 심어야 한다는 것밖에 모르는 흑룡이었다. 말이 통해도 의사소통의 단절을 절실히 느끼는 순간이기도 했다. 아, 언어의 장벽이여.

먹을 수 없는 어족이라. 흑룡은 난데없는 고뇌에 빠졌다. 흑룡에게 있어 세상에 먹을 수 없는 것이란 딱 둘밖에 없었다. 사왕과 월야. 그 외에 살아 있는 것은 죄다 뼈까지 씹어 삼킬 수 있었다. 헌데 저것은 당최 어찌 생겨 먹은 것인지 이빨도 안 들어간다. 끙.

흑룡의 앓는 소리를 들으며 고개를 갸웃하던 나냔이 그가 앉은 바위의 발치로 다가와 꼬리를 첨벙거렸다. 그 결에 튀어 오른 물이 흑룡의 발에 떨어졌다. 발끈하며 눈을 부라려 노려보자 검은 눈을 깜빡이며 모난 귀를 축 늘어트렸다. 꼴에 풀이 죽은 모양이다. 귀찮다는 듯 혀를 차며 손을 휘저었다. 먹지 못하는 건 다 쓸모없는 것들이다.

"큭. 큭큭. 야야야. 악!"

갑자기 발에 닿는 부드러운 혀의 감촉에 흑룡이 자지러졌다. 나냔이 작은 혀로 흑룡의 발에 묻은 물기를 핥아대고 있었다. 저도 모르게 나냔을 떨쳐 내려 발로 차 버렸다. 그에 반항 한 번 못 해 보고 멀리 나가떨어진 나냔이 물속으로 처박혔다. 흑룡은 크게 물보라가 이는 것을 바라보며 눈물이 찔끔 맺힌 눈가를 닦아 냈다. 보통의 어족은 흑룡의 그림자만 봐도 숨을 곳을 찾아들기 바빴다. 행여나 그의 눈에 띄어 뼈째 삼켜지게 될까 겁에 질려 있었다. 헌데 저것은 겁도 없이 흑룡의 발을 간질였다. 간지러워 죽을 뻔했네.

투덜거리며 몸을 일으킨 흑룡이 멀찍이 보이는 홍등을 힐끔 돌아보곤 입을 삐죽거렸다. 뭐가 그리 재미난지 흑룡이 근처에 있는 것도 모르는 듯했다. 아니면 알면서도 무시하고 있는 건지도 모른다. 괜히 심술이 난 흑룡은 다시 뽀글거리며 물거품이 일기 시작한 수면을 심술궂게 노려보았다. 그리곤 우아한 곡선을 그리며 날아올라 본체로 화한 채 사해로 낙하했다. 너 오늘 잘 걸렸다. 간만에 쉽게 죽지 않는 먹잇감을 가지고 좀 놀아 볼 요량이다.

막 수면으로 고개를 내밀던 나냔은 저를 향해 돌진하는 거대한 흑룡을 보고 깜짝 놀라 버둥거렸다. 달아날 틈도 없이 저를 덮친 흑룡이 나냔의 몸을 휘감았다. 나냔의 검은 두 눈에 사악하게 말려 올라가는 흑룡의 길고 큰 입술이 들어왔다. 저를 한입에 삼키고도 남을 거대한 입이였다.

끼이아—

나냔의 애처로운 울음이 사해에 울려 퍼졌다.

그에 평소라면 숨을 죽이고 존재감조차 말살시키던 어족들이 여기저기서 구슬픈 울음을 토해 냈다. 그 울음이 얼마나 구슬프던지 듣는 이도 울컥할 지경이었다. 허나 무감각함의 궁극을 달리는 흑룡에게는 그 또한 무용한 것이었다. 불편한 심기를 드러내며 입을 씰룩이곤 거세게 물살을 후려쳤다. 그 여파에 거센 물보라가 사방으로 휘몰아쳤다.

향혼 위에서 월야와 단란한 시간을 보내던 이안은 어족의 울음소리에 귀를 후비적거렸다. 누군가의 슬픔에 아무런 감흥을 느끼지 못하는 것은 이안도 매한가지였다. 시끄럽다 괜히 구시렁거리며 가볍게 혀를 찰 뿐이다. 급격해진 물살에도 향혼은 평온했다. 다만, 품에 안긴 월야가 가늘게 몸을 떨며 걱정스레 사해를 들여다보는 것이 신경 쓰일 뿐이다.

"왜?"

"누가 울어요. 아주 슬프게."

돌아보는 월야의 눈물이 볼을 타고 흘러내렸다. 감정이입이 아주 제대로 되고 있는 모양이었다. 으흠, 낮은 신음을 흘려 낸 이안이 부드럽게 월야의 볼을 쓸어 내렸다. 감히 월야의 눈에 눈물이 맺히게 만들다니! 제가 하는 건 돼도 남이 하는 건 절대 안 되는 것 중 하나가 바로 이것이다. 내 이놈을 당장에!

벌떡 일어난 이안 덕에 거친 물살에도 끄떡없던 향혼이 흔들렸다. 품에 안겼던 월야도 기댈 곳을 잃고 휘청거렸다. 그 모습을 보며 잠시 주춤하던 이안이 눈을 가늘게 내리뜨곤 사해를 세밀히 살폈다. 곳곳에 은신해 울음을 토해 내는 것은 어족 나부랭이들이고, 사해를 온통 뒤집고 다니는 건 다름 아닌 흑룡이었다. 이안의 이마에 빠직 하고 뇌가 서렸다. 저것이 겁도 없이 내 단란한 시간을 방해해? 죽었어!

양팔을 활짝 벌린 이안이 손에 서서히 뇌를 응축시켰다. 그리곤 흑룡이 있는 심해를 향해 거대한 뇌를 날렸다. 물속을 파고든 뇌는 그대로 흑룡에게 내리꽂혔다. 미처 대응하지 못해 뇌를 다 흡수시키지 못한 흑룡의 몸 위로 뇌의 잔해가 이지직거렸다. 그에 흑룡의 품에 갇힌 나냔이 몸을 부르르 떨었다. 낮은 울음과 함께 파르르 몸을 떤 나냔이 정신을 잃고 축 늘어졌다. 물어 죽이려 할 때는 이도 안 박히더니 뇌에 조금 감전됐다고 기절까지 하다니. 흑룡의 큼지막한 미간이 꿈틀거렸다.

"어디서 장난질이야? 주인이 중요한 시간을 보내고 있으면 분위기 파악해서 구석에 찌그러져 있을 것이지. 죽으려고 환장했어?"

언제 뛰어들었는지 갑자기 눈앞에 나타난 이안의 모습에 흑룡이 낮게 크르릉거렸다. 그 뻘건 불빛 남발하는 묘한 분위기가 뭐 어쨌다고. 자기들끼리 재미나게 노닥거리는 건 괜찮고 저는 좀 놀면 안 되나? 끼워 주지도 않을 거면서. 뭐? 구석에 찌그러져? 이 덩치로 어디에 어떻게 찌그러져? 쳇.

투덜거리는 속내가 훤히 들여다보이는 흑룡을 가만히 노려보던 이안이 한쪽 눈을 찌푸렸다. 뭘 가지고 논다고는 생각했었다. 그게 아마도 어족일 거라는 것도 짐작했었다. 헌데 그것이 하필이면 어족의 씨앗이라니. 그것들이 왜 그리 구슬피 울었는지 이제야 짐작이 갔다. 건방지게 저를 보며 크르릉거리는 흑룡을 향해 손을 까닥거렸다. 그에 콧바람을 일으켜 물결을 흩트리곤 흑룡이 고개를 홱 하고 돌렸다.

"하아. 네놈이 드디어 실성을 한 게로구나. 오냐 오냐 했더니 이것이 진정 간덩이가 부었구나."

흑룡의 간은 일반적인 간에 비해 꽤 크다. 물론 본체로 화했을 때의 얘기다. 그렇다고 부은 건 아니고. 논지에서 벗어나 엉뚱한 생각에 빠져 있던 흑룡은 어느새 제 앞으로 바짝 다가온 이안에 놀라 숨을 삼켰다. 그 결에 품에 안겨 있던 나냔의 얼굴이 제 입에 찰싹 달라붙었다. 의도치 않게 나냔의 볼에 입을 맞춘 흑룡이 툭 하고 숨을 뱉어 내자 나냔의 얼굴이 훅 뒤로 젖혀졌다. 부질없이 흐느적거리는 나냔의 몸을 짜증스레 바라보던 이안이 흑룡의 커다란 머리를 힘껏 내리쳤다. 그에 보기보다 격한 충격을 느낀 흑룡이 몸을 비틀거렸다.

크릉.

"버려."

크르릉.

"이게 어디서 반항을 해. 어서 안 버려?"

크룽. 크르룽.

"말을 해라. 말을. 그리고 그거 너 못 먹어."

크룽?

"이게 진짜."

그 큰 머리를 갸웃거리며 짐승처럼 크룽거리는 것이 영 못마땅해 참다못한 이안이 손에 힘을 실어 흑룡의 머리를 후려쳤다. 큰 머리만큼이나 크게 휘청거린 흑룡이 소용돌이를 일으키며 멀찍이 날아갔다. 그 거리만큼 다가선 이안이 눈을 부라리며 흑룡을 윽박질렀다.

"그거 억지로 쑤셔 넣다가는 네 이빨 다 부러진단 말이다. 얼른 못 놔?"

힐끔, 흑룡이 나냔을 한 번 내려 보곤 가늘게 눈을 치떴다. 맞은 턱이 얼얼했다. 하지만 그냥 놓아주기엔 뭔가 억울했다. 흑룡이 슬쩍 입을 벌려 물으려는 찰나, 정신이 조금 드는지 나냔이 꿈틀거렸다. 몽롱한 정신을 가다듬으려는 듯 머리를 세차게 흔들다 뭔가에 부딪히자 가물거리는 시선을 들어 그것을 확인했다. 뾰족하게 솟은 날카로운 이빨들이 눈앞에 적나라하게 드러나 있었다.

끼이아—

놀라 숨을 삼킨 나냔이 버둥거리자 흑룡이 미간을 찌푸렸다. 부비적거리는 느낌이 뭔가 이상했다. 휘감은 몸체가 조금 느슨해진 틈을 타 나냔이 흑룡의 품에서 빠져나왔다.

서둘러 뒤로 물러서던 나냔이 이안을 보지 못해 그의 몸에 부딪혔다. 심해에 그다지 어울리지 않는 복장을 한 이안을 조심히 올려다본 나난이 환하게 미소를 띠며 그의 주변을 맴돌았다. 무척 반가워하는 눈치였다. 그에 반해 귀찮은 듯 혀를 차며 눈을 흘긴 이안이 멍청하게 서 있는 흑룡을 향해 이죽거렸다.

"이것은 어족의 씨앗이야. 여왕이나 마찬가지란 말이다. 유일하게 후대의 여왕을 낳을 수 있는 몸이란 뜻이다. 이놈은 먹을 수도, 먹어서도 안 돼. 이것이 죽으면 그로써 어족도 멸하게 되니까. 다른 건 돼도 이놈은 절대 안 돼. 명심해."

씨앗이 그런 뜻이었나? 땅에 심는 거 아니고? 좀 전까지 나난을 사해 바닥에 심어 볼까 하는 엉뚱한 생각을 하고 있던 흑룡은 쩝 하고 아쉬운 입맛을 다셨다. 씨앗이니 심으면 뭔가가 나올 거라는 일말의 기대 같은 것을 조금 하고 있던 터였다. 그마저도 없다 하니 괜히 짜증이 났다. 낮게 크릉거리며 거만하게 물살을 가르며 멀어져 가는 흑룡을 이안이 못마땅하게 바라보았다. 아무거나 먹으려는 저 잡식성은 좀 어떻게 안 되나?

고개를 절레절레 흔드는 이안의 곁으로 나난이 다가섰다. 예뻐해 달라며 눈을 반짝인다. 가만히 그것을 바라보던 이안이 눈을 가늘게 치뜨곤 건성으로 입을 달싹였다.

"꺼져."

귀찮은 건 딱 질색이다. 달라붙는 건 더 짜증스럽다. 멸종 위기에서 구해 줬으면 됐지 그 이상 더 뭘 바라. 끼이아—거리며 불쌍한 얼굴로 귀를 축 늘어트리는 나난을 향해 이를 빠득거렸다. 먹을 순 없어도 죽이는 건 가능하다. 그는 사왕이니까.

서늘하게 번뜩이는 날 선 시선으로 저를 노려보자 움찔 몸을 떨며 조금 물러선다. 우아하게 곡선을 그리며 들어 올린 손에서 긴 손톱을 뽑아내 가볍게 입바람을 불었다. 세상에서 어린것들이 제일 싫다. 귀찮게 달라붙고 조르고 건방지게 기어오르고 또 한 번 예쁜 척해 봐. 윽박지르는 듯한 눈빛에 나난이 파르르거리며 빠른 속도로 물살을 헤치며 꽁무니를 뺐다. 뭣 모르는 어린것. 그런 것들이 제일 위험하다. 죽는 줄도 모르고 겁 없이 무작정 덤벼들곤 하니까.

긴 울음을 남기며 사라지는 나난을 짜증스레 바라보던 이안이 서서히 수면으로 몸을 띄웠다. 그러다 문득 뭔가 생각난 것이 있어 고개를 갸웃 기울이며 흑룡이 사라진 쪽과 나난이 사라진 쪽을 돌아보았다. 가만히 턱을 쓸어내리던 이안의 입가에 묘한 미소가 서렸다. 어족이란 본시 남의 씨를 품어 제 씨앗으로 키워 내는 종족이다. 허면…….

비릿한 미소를 머금고 허공으로 떠오른 이안이 눈을 빛내며 생각을 갈무리했다. 이왕이면 종족을 조금 더 향상시켜 보는 것도 좋을 듯했다. 흑룡과 어족이라. 그것들이 만나면 어떤 것이 나올까 심히 궁금해졌다. 어차피 흑룡도 희귀 종족이니 번식이 쉽지는 않을 것이다. 그렇다면 좀 색다른 번식을 시도해 보는 것도 좋지 않을까. 사해를 내려 보는 이안의 현안이 음흉하게 빛났다.

시간은 참 더디게 흘렸다. 만월이 가까워질수록 은율의 사주를 받은 시비장의 교육은 강도를 더해 갔고, 배운 것을 되새기려는 월야의 노력은 이안의 눈물겨운 인내를 요구했다. 혀를 휘감는 기술은 또 어찌 그리 농후한지 하마터면 신음과 함께 무너져 내릴 뻔했다. 옷 안으로 스며든 손이 묘하게 피부를 자극하며 그의 감각을 극대화시켰다. 예민해진 신경을 더 미치게 만드는 그 화려한 손놀림이 이안의 돌기를 장난감처럼 가지고 놀 때는 정말 미치고 환장할 지경이었다.
"월야, 그만. 아…… 거긴 안 돼. 아아. 이런."
"여길 이렇게 비볐다가 쓰다듬었다가 톡 하고."
"흠. 이, 이런 젠장. 뭐, 뭐하는 거야."
"잠깐만 그대로 있어요."
"월야, 야. 그, 그만."
옷을 벗기려 드는 월야의 손을 저지하며 이안이 주춤 뒤로 물러섰다. 옷을 여미는 손이 강경했다. 더 다가오면 가만두지 않겠다는 굳은 의지를 담은 이안의 눈을 의아한 듯 바라보던 월야가 고개를 갸웃거렸다. 골똘히 뭔가를 생각하며 턱을 괸 월야가 굳게 다물린 이안의 입을 보며 눈을 깜빡거렸다.
"뭐가 잘못된 것입니까?"
"아니야."
"아닙니다. 분명 뭔가 어긋난 것입니다. 이리하면 흐물흐물 불에 달군 초처럼 흘러내릴 것이라 하였는데 더 단단해지질 않았습니까. 어디서부터 잘못된 것일까요?"
"아니라니까. 다 잘했어. 잘했는데 시기가 잘못된 거야."
"시기?"
"그래, 시기. 내가 누누이 말하질 않았던가. 만월. 만월까지만 참으라고."
"하지만 머리에 새기는 것과 직접 해 보는 것은 다릅니다."
볼을 톡톡 두드리며 다가서는 월야의 모습에 이안이 침을 꿀꺽 삼켰다. 벌써 몇 번이나 되풀이되는 과정이었다. 여기서 이상하다. 이 부분이 잘못된 것 같다. 그의 몸을 더듬고 빨고 핥고. 말로 형용할 수 없는 그 야릇하고 은밀한 행위를 월야는 눈 하나 깜짝 않고 순서대로 차근차근 반복하고 있었다. 저를 향해 손을 뻗어 오는 월야가 이안은 난생처음 겁이 났다. 사왕이 겁을 먹다니. 이건 있을 수도, 있어서도 안 되는 일이었다. 월야를 피해 이리저리 몸을 틀던 이안이 빠득 이를 갈았다. 자존심이 말도 못 하게 구겨지고 있었다. 그냥 확 덮쳐 버려? 여체의 감각을 자극해 열락으로 이끄는 것은 자신 있었다.

가르치긴 누가 누굴 가르친단 말인가. 그냥 만월만 되면 그가 알아서 다 할 터인데 쓸데없이 일을 벌여 난처하게 만들어 놓는다. 그리 어린것도 아닌데 어때 하는 마음이 들다가도 막상 순진하기 이를 데 없는 월야의 얼굴을 마주하면 차마 손을 댈 수가 없었다. 어린것이란 생각이 뇌리에 박혀 아무것도 할 수가 없었다. 이 무슨 사왕답지 못한 행동이란 말인가. 언제부터 그런 걸 따졌다고. 혼자 생각에 빠져 혼란스러워하는 이안의 면전으로 불쑥 월야의 얼굴이 다가왔다. 쪼옥 하고 가볍게 입을 맞추며 그 틈을 타 이안의 몸 위로 타고 오르려 했다.

"안 된다니까."

고개를 절레절레 흔들며 몸을 피하는 이안을 월야가 환하게 웃으며 뒤쫓았다. 이 심각한 상황을 월야는 그저 재미난 놀이쯤으로 생각하는 모양이었다. 잡히면 먹히는. 단순하나 단순하지 않은 그런 놀이 말이다.

"한 번 맛만 볼게요."

"저번에도 그래 놓고 깨물었잖아."

"오뚝하게 솟아올라서 저도 모르게."

"그러니까 안 돼."

"에이잉."

"싫어. 싫다고."

이건 대체 누가 누굴 잡아먹겠다고 달려드는 것인지. 방 안에서 이리저리 피해 다니던 이안이 옷 여밈 부위로 다가오는 월야의 손을 가볍게 쳐 냈다. 얼굴을 찌푸린 월야가 입을 삐죽 내밀었다. 새하얀 피부가 금세 빨갛게 달아올랐다. 미안한 마음에 입술을 살짝 깨물며 주춤거리자, 그 틈을 비집고 월야가 덥석 덤벼들었다. 서둘러 옷을 붙잡고 등을 돌린 이안이 절대 용납하지 않겠다 버티며 서랍장 위에 납작하게 몸을 굽혔다. 그런 이안을 뒤에서 와락 끌어안은 월야가 목소리도 곱게 말했다.

"에이, 조금만 먹자니까요. 응? 조금만."

"싫다니까."

"아잉."

실랑이를 벌이는 사이 문이 열리고 은율이 들어섰다. 뭔가 급한 용무가 있어 들어섰던 은율은 그것이 무엇이었는지도 잊은 듯 멍하니 선 채 둘을 바라보았다. 참으로 묘하디묘한 자세가 아니던가. 마른침을 꿀꺽 삼킨 은율이 느리게 눈을 깜빡이며 무겁게 입을 열었다.

"저기……."

확실히 돌아보는 모양새가 예사스럽지 않았다. 이안이 허리를 굽혀 반쯤 누웠고, 그 뒤에 바짝 월야가 붙어 섰다. 이 무슨. 차마 말을 잇지 못한 은율이 바들거리는 손가락을 뻗어 천천히 둘을 번갈아 가리켰다. 그리곤 저를 향해 아무렇지 않게 화사하게 웃고 있는 월야의 모습에 화들짝 정신을 차렸다. 몸을 부르르 떤 은율이 기침으로 목을 돋운 다음 다시 마른침을 힘겹게 삼켰다. 입을 달싹이는 것이 뭔가 할 말이 있음이었다.

이를 빠득거리며 눈을 서늘하게 번뜩이는 이안과 마주치자 슬쩍 시선을 피하며 월야에게 말을 걸었다. 어설픈 미소를 단 은율의 입술이 씰룩거렸다.

"거, 제가 보기엔 위치가 좀."

"네?"

"이렇게 바뀐."

손을 교차해 월야가 앞에, 이안이 뒤에 서는 것이 좋겠다는 말을 대신했다. 은율을 멀뚱히 바라보다 제 앞에 엎드린 이안을 돌아본다. 그 시선을 온전히 느낀 이안이 파르르 치를 떨며 은율을 향해 이를 드러냈다. 그의 입이 건조하게 한 마디를 내뱉었다.

"뇌!"

파지직.

조용한 방 안에서, 그것도 은율에게만 뇌가 내리꽂혔다. 분노가 서린 뇌를 그대로 맞은 은율이 몸을 비틀거렸다. 은율의 몸 위로 연기가 모락모락 피어올랐다. 영문을 모르는 월야는 뇌의 잔해를 터트리며 번쩍이는 은율의 머리 위를 신기한 듯이 바라보았다. 천천히 몸을 일으켜 돌아선 이안이 월야를 품에 끌어안으며 은율을 향해 나직이 말했다.

"나가 죽어."

비틀비틀 움직일 때마다 터지는 뇌에 몸을 부르르 떨며 은율이 침전 문을 나섰다. 등 뒤에서 닫히는 문소리를 들으며 은율은 조심스레 복도를 걸었다. 뇌는 쉽게 사라지지 않았다. 그만큼 이안의 분노가 깊다는 의미였다. 은율의 입이 계속 뭔가를 되뇌었다.
　"그래도 그건 아니야. 위치가 달라. 다시 가르쳐야지. 이건 잘못됐어. 아니야."
　동월궁을 나서기 전 은율의 몸 위로 또 한 번 뇌가 떨어졌다. 그 읊조리는 소리를 침전 안의 이안이 들었음이다. 허나 털썩 바닥에 쓰러져 파들거리며 은율은 굳게 다짐했다. 위치에 대해 정확히 알려 드려야겠다고.

12.
그믐의 아이

사해가 내려다보이는 정자에서 흑룡과 이안이 마주했다. 요즘 부쩍 바빠 흑룡에게 신경조차 쓰지 않던 이안이었다. 그런 그가 갑자기 흑룡을 불렀다. 게다가 탁자 위에는 오감을 자극하는 맛있는 음식들이 즐비했다. 이게 무슨 낮도깨비 같은 일인가 싶어 흑룡이 고개를 갸웃거렸다. 그것도 잠시 눈앞에 놓인 맛있는 음식들에 서서히 입안에 군침이 가득 고였다. 맛나게 보이는 음식을 훑던 흑룡이 슬쩍 시선을 들어 이안을 살폈다.

느른히 몸을 기대앉은 이안이 엷은 미소를 머금은 채 고개를 끄덕였다. 그러자 반짝 눈을 빛낸 흑룡이 덥석 음식을 집어 들었다. 보이는 것보다 훨씬 맛있었다. 행복한 얼굴로 음식을 먹는 흑룡을 음흉하게 바라보던 이안이 슬며시 탁자로 몸을 기울이며 주병을 들었다. 제 앞에 놓인 잔에 술을 채우는 이안을 흑룡이 물끄러미 올려보았다.

"천천히 이것도 마시면서 먹어. 그러다 체한다."

전에 없던 친절함이 흑룡은 낯설었다. 부드럽게 미소를 지어 보이며 마시라 은근히 압박하는 이안의 시선에 흑룡이 잔을 들어 술을 머금었다. 알싸한 사주의 맛이 입안 가득 퍼졌다. 얼굴을 찌푸린 흑룡이 잔을 내려놓기 무섭게 이안이 또 술을 채웠다. 흑룡의 눈이 번쩍 떠졌다. 이안이 입꼬리를 밀어 올리며 나직하게 말했다.

"마셔."

이안을 바라보는 흑룡의 눈이 깜빡거렸다. 이제 제법 사내 티가 물씬 풍기는 흑룡의 까무잡잡한 얼굴이 곤혹스럽게 일그러졌다. 몸만 컸지 아직 어린애처럼 단것을 좋아했다. 그도 월야 때문이긴 하지만. 이안이 웃음기를 지우며 다시 건조하게 말했다.

"마셔. 한입에 털어서."

"끄응."

"사내자식이 이런 것도 못 마셔? 몸만 크면 뭘 하나 속은 어린 것에서 벗어나질 못한 것을."

비웃듯 입가를 틀어 올린 이안의 이죽거림에 흑룡이 잔을 들어 덥석 술을 삼켰다. 그 기세가 잔까지 집어삼킬 정도였다. 히죽 웃은 이안이 또다시 잔을 채웠고 이번엔 망설임 없이 그것을 입안으로 밀어 넣었다.

연거푸 다섯 잔을 마신 흑룡이 부르르 머리를 털었다. 시야가 두 개, 세 개로 갈라져 어지러웠다. 똑바로 앉아 있다고 생각했는데 몸이 이리저리 흔들렸다. 그런 흑룡을 보며 사악하게 미소를 띤 이안이 뒤에 시립한 은율을 향해 손을 까닥였다. 곁으로 다가선 은율이 소매 깃 속에서 환 하나를 꺼내 공손히 내밀었다. 그것을 받아 손안에서 굴리던 이안이 나직이 주문을 외자 환 주변으로 오묘한 빛이 맴돌다 이내 사라졌다. 이안이 그 환을 흑룡의 잔 속에 떨어트리고 술을 부었다. 이젠 별말 없이 술잔을 들어 술을 머금는 흑룡을 만족스런 눈으로 바라보던 이안이 병째 들어 사주를 머금었다.

"가라, 너의 연인에게로."

흑룡의 현안이 환의 오묘한 빛깔을 담아내는 것을 보며 이안이 명을 내렸다. 벌떡 자리에서 일어난 흑룡이 한 치의 망설임 없이 사해를 향해 몸을 날렸다. 흑룡이 수면으로 떨어지는 소리를 들으며 이안이 입매를 야릇하게 말아 올렸다. 사주를 한 모금 더 머금은 이안이 뒤로 물러나 다른 환을 꺼내 살피는 은율을 향해 서늘하게 말했다.

"그걸로 딴 짓거리하면 죽어."

"헉! 무, 무슨."

"월야에게 먹일 생각이라면 관두는 게 좋을 거란 말이다."

마치 제 생각을 꿰뚫듯 말하는 이안을 은율이 놀란 눈으로 바라보았다. 이안이 천천히 고개를 돌려 날카로운 시선으로 싸늘하게 은율을 돌아보았다. 은율이 주춤하며 숨을 삼키는 것을 가만히 노려보며 이안이 입술을 달싹였다.

"그랬다간 네 피로 만든 환을 몸시중들에게 다 풀어버릴 테니까 말이야. 안 그래도 요즘 굶어서 난리들인데 환장하고 덤벼들겠지. 그럼 아주 볼만할 거야, 그렇지?"

"아, 아, 아니 되옵니다!"

"뭐가."

"그, 그것이. 그러니까. 전 절대 그런 생각을 한 적이 없사옵니다. 허니 그러실 필요가 없다고 아뢰는 것입니다."

"그래? 뭐, 그럼."

"그, 그렇사옵니다."

주병을 탁자에 내려놓은 이안이 문득 정자 지붕 한 켠을 바라보며 가만히 읊조렸다.

"혼을 던져 줄까?"

말이 떨어지기 무섭게 지붕이 바르르 몸을 떨었다. 늘어서 있던 시비와 은율이 그 떨림에 어리둥절해 우왕좌왕하는 사이 이안이 느른하게 웃었다.

"뭐, 아니면 말고. 그나저나 그것들은 또 어찌한다?"

순식간에 잠잠해진 지붕을 은율이 고개를 빼 들고 살폈다. 손톱 끝으로 과실 하나를 찍어 입에 머금은 이안이 짧게 혀를 차며 몹시 중의 거처가 있는 곳을 바라보았다. 소리 없이 잠잠한 것은 꼭 언젠가 곪아 터지기 마련이었다. 그전에 뭔가 조치를 취해야 하는데. 턱을 괴며 낮은 한숨을 내쉬던 이안의 머릿속에 문득 두 존재가 떠올랐다. 능히 수많은 것들을 거느리고도 남을 위인들이었다. 위랑과 명.

씨익.

이안의 입가가 한껏 흡족함으로 물들었다.


잠잠하기 이를 데 없던 사해에 일대 소란이 일었다. 숨죽인 듯 살면 그다지 해를 가하지 않던 흑룡이 난데없이 어족의 거처를 헤집고 다니는 탓이었다.

끼이아—

놀란 어족들의 울음이 심해를 가득 메웠다. 그에 아랑곳없이 흑룡은 무엇에 홀린 듯 어족들 사이를 미친 듯 휘젓고 다녔다.

사해 깊은 곳 오색의 산호초에 둘러싸인 동굴 안에서 휴식을 취하고 있던 나냔이 밖의 소란스러움에 비죽이 동굴 밖으로 고개를 내밀었다. 조심히 주변을 살피던 나냔의 눈에 흑룡의 모습이 비쳤다. 본체가 아닌 인의 모습으로 화한 흑룡이었다. 그의 아름다운 피부가 물살을 가르며 반짝거렸다. 그를 바라보는 나냔의 눈도 이채를 띠며 빛났다.

흑룡.

그 짧은 속삭임을 어찌 들었는지 흑룡이 나냔이 있는 쪽으로 고개를 돌렸다. 눈이 마주치자 놀란 나냔이 동굴 속으로 쏙 몸을 숨겼다. 잠시 주변이 조용한 듯하자 나냔이 다시 고개를 슬며시 내밀었다. 그러다 그대로 얼어붙은 듯 멈췄다. 바로 코앞에 흑룡의 얼굴이 나타났기 때문이었다. 동그랗게 눈을 뜬 나냔의 얼굴로 흑룡의 손이 닿았다. 흠칫 몸을 떨며 눈을 깜빡이는 나냔의 시야에 매끄럽게 올라가는 흑룡의 입매가 보였다. 너무나 순수한 흑룡의 매력적인 미소에 나냔의 심장이 콩닥 뜀을 뛰었다.

나냔을 담아낸 흑룡의 눈이 반달을 그려 내며 빛을 흘려 냈다. 고개를 갸웃거리는 나냔의 입술 가까이 고개를 내린 흑룡이 환한 미소와 함께 입술을 달싹였다.

"찾았다."

뭘? 이라는 물음은 침묵 속에 삼켜졌다. 흑룡이 그대로 나냔의 입술을 집어삼킨 탓이었다. 차갑고 매끄러운 피부와 달리 흑룡의 입술은 무척 뜨거웠다. 뭔가 몽롱한 기분에 사로잡힌 나냔이 주춤거리며 흑룡의 가슴 위에 손을 내려놓았다. 흑룡의 심장이 미친 듯 두근거리는 것이 느껴졌다. 나냔의 입술을 탐하던 흑룡이 슬쩍 입을 떼곤 나냔의 눈 위에 지그시 입술을 눌렀다. 그의 뜨거운 숨결이 귀에 닿는다 느껴지는 순간 흑룡이 가만히 속삭였다.

"씨앗 심으러 왔어."

번쩍 고개를 든 나냔의 시야로 유혹을 담아 매혹적인 숨결을 흘려 내는 흑룡의 입술이 들어왔다. '네 짝이 곧 널 먹으러 올 것이다.' 전날 찾아와 그리 말하며 의미심장하게 웃던 사왕이 떠올랐다. 무슨 말인지 이해할 수 없어 그저 고개만 갸웃하고 말았다. 그게 이런 의미였던가.

나냔은 흑룡의 가슴에 닿아 있는 손의 상처를 느꼈다. 사왕이 낸 상처였다. 상처에서 떨어져 내린 핏방울을 거둬 가던 사왕을 그때는 이상하게 여겼었다. 아마도 흑룡을 제게 보내기 위해 쓰였을 것이다. 상처 위로 흑룡의 심장이 스며들었다. 저를 품에 안고 다시 입술을 겹쳐 오는 흑룡을 나냔은 마주 끌어안았다. 나냔도 흑룡이 싫지 않았다. 나냔이 맞닿은 입술을 달싹였다.

씨앗 감사히 품겠습니다.

시비장에게 관계를 가질 때 남녀의 자세에 대해 열띤 강의를 듣고 나오던 월야는 고개를 갸웃거렸다. 어떤 때는 여자가 아래고 어떤 때는 위를 점하고, 또 어떤 때는 오묘한 자세를 취하기도 하는데. 같은 방향을 보고 있을 때는 여자가 앞인 것이 좋다고 했다. 당최 그게 무슨 말인지 알아들을 수가 없었다. 나이 많은 시비장이 열성을 다해 설명을 하는데도 뭐가 뭔지 아리송할 뿐이었다.

동월궁으로 향하는 길목에 들어선 월야의 머리 위로 달꽃 하나가 내려앉았다. 달콤한 향기가 월야의 코끝을 자극했다. 눈을 감고 가슴 가득 향을 들이켜던 월야가 번쩍 눈을 뜨고 방향을 틀었다. 문득 떠오른 것이 있어 달나무 아래로 뛰어가 몸을 낮췄다. 그리곤 가만히 땅에 손을 짚고 눈을 감았다. 달꽃은 땅의 기운도 변화시킨다. 해서 그 기운을 느끼고자 한 것이다. 봄처럼 따스하고 온화한 기운이 월야의 손바닥을 통해 흘러들었다.

그쯤 시비장을 만나러 오던 은율이 그 근처를 지나고 있었다. 은율의 머리 위로 달꽃이 내려앉자 그가 걸음을 멈추고 품을 뒤졌다. 환을 꺼내 든 은율이 가만히 깊은 숨을 들이켜곤 쩝 하고 입맛을 다셨다. 사왕의 명이 아니래도 손에 든 환은 그다지 쓸모가 없었다. 사왕의 피로 만든 것도 아니고. 은율은 아쉬움을 뒤로하고 미련 없이 그것을 숲으로 휙 던져 버렸다.

콩 하고 뭔가가 월야의 머리 위로 떨어졌다. 달꽃과 사뭇 다른 그 느낌에 월야가 감았던 눈을 떴다. 머리에서 떨어진 뭔가가 또르르 그녀의 발치로 굴러왔다. 동그스름한 환을 물끄러미 바라보던 월야가 조심히 그것을 들어 살폈다. 코를 대자 달꽃과는 다른 묘하게 끌리는 향기가 났다.

잠시 망설이던 월야가 그것을 조심히 입안으로 밀어 넣었다. 뭐든 맛을 봐야 직성이 풀리는 월야였다. 입안 가득 향기로움이 번졌다. 행복한 미소를 머금은 월야의 눈이 그믐달처럼 휘었다.

"아, 맛있다."

땅의 온화한 기운과 향기로운 환을 머금은 월야가 기지개를 켜며 몸을 일으켰다. 딸랑딸랑. 듣기 좋은 달꽃 소리에 맞춰 월화가 부드럽게 음을 더했다. 다시 길로 나온 월야가 가벼운 발걸음으로 동월궁을 향했다.

동월궁으로 향하는 월야의 모습을 낮달이 은은히 비추고 있었다.

딸꾹.

동월궁 뜰로 들어선 월야가 딸꾹질을 시작했다. 어깨를 들썩이며 연신 딸꾹거리는 것이 전각 위에 자리한 이안의 눈에 띄었다. 길게 몸을 늘여 눕다시피 난간에 기댄 이안은 가만히 고개를 기울여 월야가 하는 양을 지켜보았다.

코를 손으로 집어 입을 함 하고 다물고는 한참을 숨을 참는다. 온통 붉어진 얼굴로 참았던 숨을 하암 하고 몰아쉼과 동시에 또다시 딸꾹질이 터져 나왔다. 참 가지가지, 별것을 다 한다 싶었다. 싱긋, 엷은 미소를 피워 문 이안이 슬며시 일어나 자리를 옮겼다.

숨을 참는 것이 별 도움이 안 되는 것 같았다. 한숨과 함께 딸꾹질이 쏟아졌다. 숨을 한껏 깊게 들이쉬는 월야 곁으로 기척 없이 다가선 이안이 그녀의 허리에 손을 집어넣어 마구 간질거렸다. 자지러지는 웃음소리와 함께 월야가 허리를 비틀며 도망치려는 것을 이안이 덥석 안아 올렸다. 월야가 숨넘어가는 소리를 내며 이안을 바라보았다. 마주 시선을 맞춘 이안의 입가가 야릇하게 말려 올라갔다. 월야의 거친 숨소리가 이안의 심장을 두근거리게 만든 탓이다. 저를 향한 눈빛에 묘한 이채가 띠는 것을 느낀 월야가 고개를 갸웃했다. 그것이 또 이안의 가슴을 뭉클하게 만들었다. 귀여운 것.

"또 무엇을 주워 먹은 것이야?"

"응?"

"뭘 먹었기에 딸꾹질을 다하느냔 말이다."

"아앙."

"큭. 뭐 그것이 무엇이든 상관은 없다. 내가 멈춰 주면 그만이니."

딸꾹질은 이미 멈췄다고 말하려는 월야의 입을 이안이 틀어막았다. 물론 그의 입술로. 말똥거리던 월야의 눈도 이내 반월을 그리며 반짝거렸다. 이안의 목에 팔을 두르며 그의 입맞춤에 마주 응했다. 만족스런 신음이 이안의 입에서 흘러나왔다. 숨이 턱에 차오를 무렵에야 입술을 거둔 이안이 입매를 끌어 올리며 나직이 속삭였다.

"아직, 아직이야."

"아."

"확실하게 멈춰 줄게."

다시 입술을 겹쳐 오는 이안을 기꺼이 받아들이며 월야는 해사한 웃음을 머금었다. 품에 안긴 월야의 따스한 온기가 이안의 심장을 온전히 물들였다. 행복이란 이런 것인가. 사랑하는 이와 함께 사랑을 나누며 보내는 나날들. 한시 한순간이 모두 아쉬운 그런 것이 진정 사랑이라는 것에 기인한 마음인가. 이안은 제 심장을 적시고 머릿속을 가득 메운 생각에 엷은 미소를 머금었다. 조금은 알 듯도 하였다. 진정한 사랑이라는 말의 의미를.

"아?"

뭔가 허전하다 싶은 순간 월야가 짧은 한마디와 함께 사라졌다. 아직 남아 있는 품 안의 온기를 느끼며 이안이 눈을 부릅떴다. 대체 이게 무슨!

"이안?"

혀 짧은 목소리가 발치에서 들렸다. 아직 뭐가 뭔지 상황 판단이 안 선 이안이 멍하니 붕 뜬 팔 아래를 내려다보았다. 발에 뭔가가 매달려 옷깃을 잡아당겼다. 이안의 고개가 모로 기울었다. 저것이 뭐지? 알 수 없는 조그만 것이 그의 발에 대롱대롱 매달려 눈을 말똥거렸다.

한 번, 두 번. 이안의 현안이 깜빡거렸다. 그리고 다음 순간 그의 현안이 놀라움으로 커졌다. 발치에 매달려 앵앵거리는 것은 분명 월야였다. 아주아주 조그만. 순간 휘청거린 이안이 털썩 자리에 주저앉았다. 온몸의 기운이 일시에 빠져나가는 듯했다. 월야가 그의 몸을 타고 올라와 목에 팔을 두르며 매달렸다. 마주한 조그만 눈망울이 저를 담아내며 반짝거렸다.

"월……야?"

"응."

"하아."

"월야, 갑자기 작아졌어."

말하지 않아도 충분히 알 수 있었다. 처음 만났던 그 꼬맹이가 제 품에 와락 안겨 있었으니까. 이안이 파르르 떨리는 손을 월야의 머리를 향해 뻗었다. 선뜻 손을 대지 못하고 머뭇거리다 조심스레 머리 위에 손을 내려놓았다. 정말이다, 정말 꼬맹이가 되었다. 힘겹게 마른침을 삼킨 이안이 차마 떨어지지 않는 입을 벌려 어렵게 물었다.

"너, 대체 뭘 먹은 거야."

"조그맣고 둥근 거."

"뭐?"

"요렇게 생긴 거, 향기 나는 거."

꽉 깨문 이안의 입술이 파들거렸다. 환! 망할 놈의 환! 이안의 미간이 꿈틀거렸다. 빠득거리는 잇소리를 들으며 월야가 고개를 갸웃거렸다. 월야의 머리를 쓰다듬는 손길이 부르르 떨렸다. 어찌 처리하였기에 그것을 월야가 먹었단 말인가. 분명 없애라 하였거늘. 스르륵 은율의 체취가 느껴지는 곳으로 시선을 옮긴 이안의 현안이 스산한 음기를 흘려 냈다.

"죽여 버리겠어."

어떻게 키운 것인데. 얼마나 다음 만월을 기다리며 인내하고 인내하였는데. 은율 그 멍청한 것이 끝내 일을 저지르고 말았다. 어족의 피가 담긴 환이었다. 같은 암컷의 기운이 들어 색을 탐하지는 않으나, 그 대신 엉뚱한 부작용이 생겼다. 월야가 그믐의 아이로 환하였다. 죽여 버릴 것이다.

"은율!"

이안의 절규에 가까운 외침이 사궁을 온통 뒤흔들었다.

달이 차올랐다. 그만큼 은율의 억눌린 신음 소리도 높아졌다. 이안이 월야를 안고 나타났을 때만 해도 오랜만에 보는 그 귀여운 모습에 만면에 웃음을 활짝 띠었다. 다음, 살벌하게 내리꽂히는 이안의 눈빛에 본능적으로 몸이 떨려 왔다. 불안함에 낮은 신음을 흘린 은율이 조심히 물었다.

혹여 제가 무슨 잘못이라도…….

은율의 말은 끝을 맺지 못했다. 훨훨 타오르는 화염과 사정없이 내리치는 뇌에 정신을 차릴 수가 없었다. 귀병들에 의해 포박당한 은율은 죄인처럼 질질 끌려 북궁 대전 바닥에 내동댕이쳐졌다. 뜨거운 태양이 작열하는 계절에도 서늘함이 등줄기를 스며드는 곳이 바로 북궁이었다. 죽어서도 죄를 용서받지 못한 영혼들이 떠도는 곳이라 산 자들은 두려워 가까이하지 않는 곳이었다. 그 죽음의 궁에 지금 은율이 끌려와 부복하고 있었다.

"벗겨."

"헉! 저, 전하!"

"대사성 은율의 몸에서 피를 뽑아내어라. 정확히 250개의 환을 만들 수 있을 만큼."

이안의 서늘하게 말려 올라간 입꼬리가 섬뜩하게 번뜩였다. 250개라는 환의 수에 은율이 눈을 질끈 감았다. 설마 그럴 리가 없다. 스스로를 위로해 보지만 몸시중의 수는 은율이 간파한 것에서 한 치도 어긋남이 없었다. 여자라는 종자를 색의 상대로 여겨 보지 못한 은율이었다. 그렇다고 남색을 하는 것도 아니었다. 그는 색을 그다지 밝히는 인물이 아니었다. 그런 은율에게 이것만큼 잔인한 형벌은 없었다. 그를 너무나도 잘 아는 이안이었다.

허나, 대체 자신이 뭘 얼마나 잘못했기에 이런 형벌을 받아야 한단 말인가. 갑자기 불끈 오기가 치민 은율이 저를 붙잡고 온몸에 생채기를 내고 있는 귀병을 밀치며 고개를 들었다. 억울함이 잔뜩 깃든 눈으로 저를 올려보는 은율을 이안이 시린 시선으로 노려보았다.

"대체 무엇 때문에 이러시는 것입니까!"

"닥쳐."

"억울하옵니다. 아무 이유도 없이 이리 가혹한 형벌을 내리시다니."

"억울? 가혹? 누가 더 억울하고 누가 더 가혹한지 말해 줘?"

"네?"

바닥으로 천천히 내려선 이안이 죽일 듯 은율을 내려 보며 냉기를 담은 목소리로 말했다.

"저게 네 눈엔 보이지 않는단 말이냐."

부르르 떨리는 손을 뻗어 이안이 가리킨 것은 시비들 사이를 뛰어다니며 까르르 웃고 있는 천진난만한 월야였다. 앙증맞은 발로 이곳저곳을 누비는 것이 무척 귀여웠다. 그에 포근한 미소를 머금은 은율의 머리 위로 이안의 거친 뇌가 내리쳤다. 이미 사방으로 뻗쳐 파지직거리던 머리에 뇌가 더해져 붉은 기운이 감돌았다.

"웃어?"

"왜……."

"대사성 은율, 네 없애라 명한 환을 어디에 버렸느냐."

"그건…… 분명 숲에."

"어느 숲."

"소야궁 숲길."

"그곳이 월야가 주로 드나드는 길목이란 것을 아느냐 모르느냐."

"허. 설마 그것을 주워 드신."

놀라 숨을 삼킨 은율이 눈을 부릅뜬 채 월야를 돌아보았다. 설마 땅에 떨어진 것을 주워 먹으리라곤 상상도 하지 못한 일이었다. 돌아보는 눈길에 월야가 천진난만한 얼굴로 환하게 웃으며 손을 흔들었다. 마주 흔들어 줄 손은 이미 묶여 곳곳이 난자당해 피를 흘리고 있었다. 그 피를 악착같이 달라붙어 귀병들이 받아 내고 있었다. 이안이 발끝으로 은율의 턱을 들어 올렸다. 이안을 올려보는 은율의 시선이 파르르 떨렸다. 눈앞이 아찔했다.

그동안 얼마나 인내하며 참고 참았던가. 월야가 조금씩 자랄 때마다 기뻐하던 이안의 모습이 떠올랐다. 만월을 고대하며 기다리던 이안의 마음 또한 강렬했다. 그를 알기에 은율이 그토록 열심히 가르침에 힘을 썼던 것이 아닌가. 허어, 이 일을 어찌하면 좋단 말인가.

"어쩌긴 어째 몸으로 때워야지."

머릿속 생각까지 읽은 것인지 비릿하게 입술을 틀어 올린 이안이 눈을 가늘게 치떴다. 어디 한번 너도 당해 보아라. 느른히 저를 바라보는 시선에서 은율은 두려움을 느꼈다. 그 많은 몸시중을 어찌 감당한단 말인가. 은율은 깊은 신음을 흘리며 눈을 질끈 감았다. 왜 하필이면 그런 걸 주워 드셨사옵니까, 소야궁 마마.

북궁을 나와 너른 뜰을 거니는 이안의 귀에 은율의 처절한 비명이 들려왔다. 그러니 매사에 신중하고 조심해야 하는 것이다. 필요치도 않은 헛짓거리로 시간만 낭비하더니, 기어이 일을 그르치고 말았다. 만월이 얼마 남지 않았건만. 이안은 이를 드러내며 낮게 으르렁거렸다.

이안의 검지를 한 손 가득 잡고 총총걸음으로 따르던 월야가 물끄러미 그를 올려다보았다. 번뜩이던 이를 가리고 이안이 조금 누그러진 투로 물었다.

"왜 그러느냐."

"은율이 울어."

"신경 쓰지 말거라. 당연히 울부짖어야 할 일이니."

"응?"

"그보다 너 무척⋯⋯ 오랜만이구나."

문득 걸음을 멈춘 이안이 부드러운 시선으로 월야를 바라보았다. 목을 뒤로 젖혀 이안을 올려보던 월야가 뒤뚱거리며 팔을 휘저었다. 이안의 얼굴을 보려니 아무리 고개를 젖혀도 작은 키로는 버거웠던 것이다. 급기야 엉덩방아를 찧으며 넘어진 월야의 모습에 이안이 쿡 하고 낮은 웃음을 터트렸다.

그 곁으로 내려앉은 이안이 멀뚱히 바라보는 월야를 일으켜 옷에 묻은 흙을 털어 주었다. 이리 보니 꽤 귀엽고 어여쁘다. 왜 그때는 몰랐을까. 이안의 얼굴에 엷은 미소가 어렸다. 시선을 마주한 월야가 고개를 갸웃거렸다. 그런 월야의 이마에 이안이 입술을 내려놓았다.

"너는 늘 환하고 어여쁜 아이였구나. 왜 이전에는 그것을 몰랐을까."

한숨 섞인 말을 흘려 내며 이안이 월야의 반짝이는 두 눈을 지그시 응시했다. 큰 눈망울을 깜빡이며 해사하게 웃던 월야가 이안의 볼을 제 자그마한 손으로 감쌌다. 그리곤 코를 맞대 비비적거리며 까르르 웃었다.

"이안도 예뻐."

"홋. 그건 당연한 거지."

"응, 당연히 예뻐."

"으응."

앙증맞은 입술을 달싹이며 종알종알 말을 늘어놓던 월야가 이안의 눈을 올곧이 바라보았다. 이안이 고개를 기울이는 사이 월야가 작은 입술을 동그랗게 모아 쪽 하고 그의 입술에 입을 맞췄다. 잠시 놀라 주춤하던 이안의 눈이 가늘게 늘어지며 빛났다.

몸을 일으킨 이안이 월야를 번쩍 안아 올렸다. 빙글 몸을 돌리자 월야가 까르르 해맑은 웃음을 터트렸다. 늘 서늘함과 음침함으로 가득했던 북궁에 웃음꽃이 만발하였다. 어쩌면 반월의 월야가 북궁을 봤다면 냉큼 달꽃을 심었겠다는 생각이 문득 들었다. 음기가 강해 웬만해선 잡초조차 자라지 못하는 척박한 땅이었다. 그런 땅이라 하여도 월야는 반드시 달꽃을 환하게 피워 낼 것이다. 월야라면 충분히 그러고도 남았으리라. 월야는 포기를 모르는 아이니까.

"월야, 보고 싶다."

"응?"

"사랑한다 하였다. 꼬맹이."

"앙. 월야도 이안 사랑해."

훗. 언제부터 사왕에게 이런 미소가 가능했던가. 사악하기 그지없고 감정이라곤 눈꼽만큼도 없는 냉혈한이었던 자가 어느새 만면에 웃음을 달고 다녔다. 촐랑거리고 말썽 많고 말 많은 철부지 신부가 곁을 맴돌면서부터.

월야를 품에 안은 이안이 어둠이 내려앉기 시작한 사해를 바라보았다. 기쁘면서도 슬픈 이 감정을 대체 어찌하면 좋단 말인가. 노을이 스며들기 시작한 하늘을 바라보며 이안이 엷은 미소를 머금었다. 월야를 돌아보는 이안의 눈에 채 숨기지 못한 슬픔이 깃들었다. 월야가 고개를 갸웃하며 그를 걱정스레 바라보았다.

"뭘 먹여야 얼른 크지? 하아. 걱정이다."

"이안."

"응?"

"이안."

"으응?"

저를 부르는 말에 이안이 재차 답하며 월야를 올곧게 내려 보았다. 반짝이는 눈망울로 이안을 마주 보던 월야가 이안의 손을 잡아 손가락 하나를 덥석 깨물었다. 찌릿한 아픔에 이안이 미간을 찌푸리자 배시시 웃으며 월야가 속삭이듯 말했다.

"이안 먹으면 돼."

"……하, 하하."

"월야는 이안 먹으면 쑥쑥 커."

"그래, 그랬다. 내가 미처 그 생각을 못 했구나. 넌 항상 나밖에 모르는 놈이었거늘."

"월야는 이안이 제일 좋아."

월야의 거짓 없는 눈망울에 이안이 깃들었다. 저를 비추는 맑은 동공에 이안이 여린 미소를 머금었다. 그의 아름답고 매혹적인 입매가 부드럽게 달싹였다.

"나도 그래. 나도 월야가 제일 좋다. 너밖에 없어."

"아앙."

"사랑이라 말할 수 있는 상대는. 월야 너뿐이다."

이안은 힘껏 월야를 품에 끌어안았다. 얌전히 품에 안긴 월야에게서 달콤한 향취가 풍겼다. 사랑이면 되는가. 그것 하나면 넌 다시 내게 돌아오는 것인가. 온전히 잡아먹겠다고 달려들던 그 맹랑한 아이로 말이다.

부끄러운 듯 고개를 내민 달이 이안과 월야를 은은히 비쳤다.

머리가 지끈거렸다. 사왕이 주는 술을 너무 많이 마신 탓이라 여긴 흑룡이 관자놀이를 지그시 누르며 가늘게 눈을 떴다. 흐린 시야 안으로 낯선 풍경이 들어왔다. 사방이 아름다운 산호초에 둘러싸여 신비스러움을 자아내고 있었다. 대체 여기가 어디야? 고개를 갸웃거린 흑룡이 몸을 틀었다. 반대편으로 시선을 옮기고자 했던 것인데 그보다 먼저 뭔가 말캉한 것이 몸에 닿았다.

새하얗고 말캉이는 도자기빛 물체가 제 옆에 누워 있었다. 눈을 깜빡이며 흐린 시선을 바로잡던 흑룡이 순간 눈을 부릅떴다. 이게 대체 뭐야?

"야."

툭 건드리자 꿈틀거리며 몸을 뒤척였다. 다행히 살아 있는 모양이었다. 하긴 잡아먹지도 못하는 묘한 것이라고 하긴 했었다. 헌데 먹지도 못하는 걸 왜 여기 물어다 놨지? 여긴 또 어디고? 의아함에 고개를 갸웃거리던 흑룡이 부스럭거리며 몸을 뒤채 제 곁으로 바짝 다가서는 나냔의 행동에 흠칫 몸을 떨었다. 이게 왜 이래? 슬쩍 엉덩이를 밀어 옆으로 빗겨난 흑룡이 마뜩잖은 눈으로 나냔을 내려 봤다.

끼이아—

저건 잠꼬대도 알아듣지 못할 울음으로 하는 모양이다. 입을 씰룩거린 흑룡이 고개를 절레절레 흔들며 너른 바위 위에서 몸을 일으켰다. 헌데 뭔가 몸이 개운치가 못했다. 지끈거리는 머리는 둘째

치고 온몸이 뻐근거렸다. 얼마 가지 못해 기둥을 잡고 멈춰 선 흑룡이 허리를 통통 두드렸다. 허리가 묵직하게 아린 것이 뭔가를 엄청 열심히 한 모양이다. 그것도 허리에 무리가 가는 일을. 대체 뭐지?

몸 여기저기 알 수 없는 이빨 자국들도 듬성듬성 새겨져 있었다. 설마 저게 날 잡아먹으려고 한 거야? 불현듯 든 생각에 발끈하며 잠에 취한 나냔을 돌아본 흑룡이 이내 콧방귀를 뀌며 돌아섰다. 어족이 흑룡을 잡아먹었단 소리는 듣도 보도 못했다. 말도 안 되는 소리. 절레절레 고개를 흔든 흑룡이 욱신거리는 허리를 붙잡고 힘겹게 다리를 움직였다. 몸이 질러대는 비명이 참 다양도 했다. 대체 간밤에 무슨 일이 있었던 거지?

동굴 입구로 나온 흑룡이 슬쩍 나냔을 돌아보곤 고개를 갸웃거렸다. 저건 대체 뭘 했기에 저렇게 잠에 취한 것인지. 쯧쯧. 맹한 것. 맹함의 기준이 불분명한 정의를 내리곤 흑룡이 서슴없이 동굴을 나섰다. 비틀비틀 거친 물살을 헤치며 나아가던 흑룡이 사왕을 떠올리며 구시렁거렸다. 다음부턴 절대 사주는 입에도 대지 말아야겠다는 말이 주류였다.

달주가 익어 갔다. 달콤함으로 사람을 매혹시키는 월야의 달주였다. 누각에 앉아 나른히 달주를 기울이던 이안이 옅은 미소를 흘리며 아래를 내려 봤다. 흑룡과 어울려 사해 수면 을 닿을 듯 날고 있는 월야의 모습이 보였다. 흑룡의 등 위에 올라탄 모양새가 아슬아슬해 지켜보는 이의 가슴이 내내 조마조마하였다. 설마하니 떨어질 리는 없겠지만 꼭 물가에 내놓은 아이처럼 월야가 걱정스러웠다.

 사방을 울리는 은은한 방울 소리가 그나마 이안의 마음을 다스려 주었다. 마치 걱정 말라, 불안한 속내를 다독여 주는 듯하였다. 쓰게 웃으며 다시 달주를 머금던 이안의 눈에 어둠을 뚫고 반짝이며 다가오는 물체가 잡혔다. 눈을 가늘게 늘이며 유심히 살피던 이안이 비릿하게 입술을 비틀어 올렸다.

 달길을 따라 누각 위로 내려선 명이 건조한 시선을 내려 이안을 힐끔 바라보았다.

 쯧.

 가볍게 혀를 차며 못마땅하게 돌아보던 이안을 그대로 무시하며 사해로 시선을 옮긴 명이 이내 포근한 미소를 머금었다. 아마도 꼬마로 화한 월야를 발견한 모양이었다. 꼴좋다, 비웃으러 온 것이냐. 비틀린 시선으로 쏘아보자 명이 천천히 이안을 향해 고개를 돌렸다.

 "월야가 그믐의 아이가 되었군."

 "해서, 뭐."

 "아쉽게 되었구나."

 "그까짓 게 뭐. 어차피 만월이면 변할 것이 아닌가."

 "변하지 않을 수도 있지."

 "뭐?"

 명의 도발에 발끈해 몸을 일으킨 이안이 이를 드러내며 으르렁거렸다. 사나운 눈빛으로 쏘아보는 이안을 무미건조하게 바라보던 명이 불쑥 뭔가를 내던졌다. 반사적으로 그것을 받아 든 이안이 인상을 구겼다. 묘한 빛깔의 이름 모를 과실이 손안에 들려 있었다.

월야가 그에게 보여 주고자 몸소 월국을 찾았던 그 봉화작이었다.

"먹여."

"뭔 줄 알고."

"월야를 위한 것이다. 해로울 것 같은가."

"그게 널 위한 것이 아니라고 어떻게 장담하겠나."

충분히 그러고도 남으리라. 의심 가득한 시선을 그대로 드러내며 이안이 명을 노려보았다. 부드럽게 눈꺼풀을 내렸다 올린 명이 옅은 한숨을 흘려 냈다. 그리곤 누각을 향해 다가오는 흑룡과 월야에게로 시선을 옮겼다. 명의 무거운 입이 침묵을 걷어 냈다.

"그믐의 월야는 만월의 월야가 느끼는 사랑을 알지 못한다."

"무슨 소리야?"

"아이는 어른의 사랑이 무엇인지 모른다는 말이다. 순수한 사랑. 그저 좋아함에서 벗어나지 않는 그런 사랑이 전부란 뜻이다. 해서 반려로서의 진실한 사랑을 이루기엔 지금의 월야는 마땅치 않다."

"알아듣게 말해."

"열 번의 만월. 그 안에 너와 월야의 진실한 사랑이 이뤄지지 않는다면 월야는."

"월야가 뭐."

"떠날 것이다. 영원히."

"하아. 무슨 말도 안 되는 헛소릴!"

"허니, 그것을 먹여. 만월의 월야로 화할 수 있도록 도우라는 것이다."

이안이 손에 들린 봉화작을 불신 가득한 눈으로 노려보았다. 그의 미간이 꿈틀거렸다. 무엇이 진실이고 무엇이 거짓인지 당최 알 수가 없었다. 음흉하기 그지없는 명의 속내를 어떻게 알아챈단 말인가. 의심의 눈초리를 거두지 않은 채 저를 쏘아보는 이안을 향해 명이 깊은 한숨을 흘려 냈다.

"믿어. 나 또한 월야의 행복을 바란다."

"너의 행복이 우선이 아니었던가?"

"내 것이 될 수 없다고 그 애를 망칠 수는 없는 일 아닌가."

올곧게 바라보는 명의 시선을 직시하며 이안이 서늘하게 웃었다. 월야에 목매던 것이 불과 얼마 전이거늘. 그 짧은 사이 그리 간단히 그 마음을 접었다? 왜? 무엇 때문에?

"나는 월야를 사랑한다. 그만큼 그 아이의 행복도 바란다. 허니 믿어라."

"사랑은 내가 할 테니까. 넌 행복만 바라."

"훗. 욕심은."

"내 거, 내가 지키겠다는데, 뭐."

"얼마 남지 않았다. 열 번의 만월. 부디 사랑을 이루길 바란다."

"걱정 마. 내가 그리 말 안 해도 충분히 넘치는 사랑하고 있으니까."

"다행이군."

"뭐가."

답 없이 부드러운 미소를 보내던 명이 다시 훌쩍 달길 위로 발을 올렸다. 누각으로 다가선 월야가 반가운 미소를 띤 채 달려오는 것을 포근한 미소로 바라보며 고개를 끄덕였다. 안아 보지도 마주 앉아 인사도 나누지 않을 생각인 듯했다. 미련을 버리려면 그 뿌리조차 뽑아내야 할 터였다. 명은 우울한 얼굴로 저를 올려보는 월야를 향해 엷은 미소를 지어 보였다. 행복하거라, 나의 아이야.

슬픔이 어린 눈빛을 거두고 돌아서 멀어지는 명의 뒷모습을 건조하게 바라보던 이안이 곁에서 끙끙거리는 월야에게로 시선을 내렸다. 아쉬움 가득한 눈으로 명을 바라보고 있는 모습이 조금 애잔하였다. 혹여 너무 매몰차게 군 것은 아닌가. 측은하게 저를 바라보는 이안의 시선을 느꼈던지 월야가 그를 돌아보며 엷은 미소를 띠었다. 그러다 그의 손에 들린 봉화작을 발견하곤 금세 눈에 이채를 띠며 펄쩍 뛰었다. 뭐라 말릴 새도 없이 이안의 손에서 봉화작을 가져간 월야가 냉큼 그것을 한입 크게 베어 물었다. 과즙이 흘러 월야의 턱을 타고 내렸다.

가볍게 혀를 차며 월야의 턱을 쓸어 내던 이안이 손을 멈칫거렸다. 그의 입가로 엷은 미소가 번졌다. 은은한 달빛을 머금은 월야가 서서히 몸을 키우고 있었다. 저를 향해 환한 미소를 띠는 모습이 사랑스럽기 그지없었다. 이안이 숨길 수 없는 감정을 온전히 드러내며 환하게 마주 웃었다. 그의 붉은 입술이 달콤하게 달싹였다.

"맛있느냐?"

"네."

"허면 이제 내가 맛을 보아도 되겠느냐?"

"아. 여기."

반쯤 먹은 과실을 내미는 월야의 손을 슬쩍 밀어내며 이안이 바짝 몸을 기울였다. 꼬마 월야가 되기 전 모습으로 온전히 돌아온 월야의 턱을 조심스레 들어 올리며 이안이 나지막이 속삭였다.

"나는 이것을 먹을 것이다."

입가에 묻은 과실의 흔적을 말끔히 핥은 이안이 매력적인 미소를 흘려 내며 월야의 입술을 덥석 머금었다. 얼마나 먹고 싶었는지 모른다. 눈을 깜빡이며 저를 바라보는 월야에게 시선을 맞추었다. 간절함을 담아낸 그의 눈이 촉촉이 물들어 갔다. 이안이 짙은 숨결을 흘려 내며 그녀의 입술 위에 진실함을 쏟아 냈다.

"맛있다. 세상에서 제일 맛있어."

배시시 번지는 월야의 미소를 취하며 이안이 다시 나지막이 속삭였다.

"사랑한다, 맛있는 월야."

"음. 이안 님도 맛있어요. 너무너무."

쿡. 제가 얼마나 사람 속을 졸였는지 모르는 듯 변함없는 눈빛으로 이안을 바라보며 맛있다고 말한다. 그런 월야라서 더 좋은 것인지도 모르겠다. 엉뚱하지만 미워할 수 없는 그녀가 너무 사랑스럽다. 집어삼킬 듯 월야의 입술을 머금은 이안이 그녀를 바스러질 정도로 끌어안았다.

13.
월야(月夜) 애(愛) 묻히다

 동월궁에 홍등이 켜졌다. 일과를 마치고 늦게 침전으로 향하던 이안은 무심히 고개를 들어 바람에 흔들리는 홍등을 바라보았다. 가만히 고개를 기울인 이안의 입술에 엷은 미소가 떠올랐다. 만월. 옮기는 발걸음마다 미소가 짙어졌다.
 그가 천문을 지나 이 층 계단으로 발걸음 하는 동안 시비들이 묵묵히 그의 뒤를 따랐다. 층계를 올라 침전 복도에 다다라 이안이 손을 들어 올렸다. 그에 따르던 시비들이 천천히 뒤로 물러나 동월궁 밖으로 사라졌다. 그 누구에게도 방해받고 싶지 않은 밤이었다.
 긴 복도를 걸어가는 동안 이안의 심장 고동이 서서히 빨라졌다. 느릿했던 걸음도 그에 맞춰 조급함을 드러냈다. 빠른 걸음으로 당도한 침전은 여린 불빛을 은은히 흘려 내고 있었다. 이안은 가슴을 펴고 숨을 깊게 들이쉬었다. 팔을 올려 문고리를 잡는 동안에도 무수히 많은 상념이 흘러갔다. 호흡을 멈춘 이안이 문을 열었다. 달콤한 향기가 그를 덮쳤다.

"늦으셨습니다."

모습은 보이지 않고 목소리만 허공을 맴돈다. 성큼 들어서 등 뒤로 문을 닫은 이안이 방 안을 이리저리 살폈다. 열린 창으로 바람이 스며들었다. 그에 침대 휘장이 우아하게 나부꼈다. 향기를 따라 홀린 듯 침대로 향한 이안이 휘장 사이로 비치는 월야의 모습에 입꼬리를 한껏 말아 올렸다.

"많이 기다렸느냐."

"만월이 떠오른 만큼 기다렸지요."

"허면 내내 내 생각만 하였겠구나."

휘장을 걷어 침대 가장자리에 걸터앉으며 이안이 속삭이듯 은밀히 말했다. 만월의 월야가 그를 올곧게 바라보며 고개를 끄덕였다. 느른히 입매를 끌어 올린 이안이 조금 더 가까이 월야의 곁으로 다가서며 물었다.

"무엇을 생각하였더냐?"

월야의 붉은 입술이 우아한 곡선을 그려 냈다. 가만히 고개를 기울인 월야가 시선을 고정시킨 채 입을 달싹였다.

"많은 것을 생각하였지요."

"나에 대해, 이 밤에 대해, 또?"

한 걸음 더 곁으로 다가선 이안이 손을 뻗어 월야의 턱을 들어 올렸다. 부드럽게 쓰다듬는 손길을 느끼며 월야가 고개를 갸웃거렸다.

"또…… 애(愛)에 대해 생각하였지요."

"어떤?"

손을 옮겨 도톰한 입술을 지그시 눌렀다. 그에 월야가 붉은 혀를 내밀어 이안의 손가락을 가만히 핥았다. 감칠맛 나는 혀 놀림에 이안의 미간이 살짝 찌푸려졌다. 도망치듯 안으로 숨어드는 월야의 혀를 쫓아 손가락을 입안으로 밀어 넣었다. 말캉한 혀의 감각이 그대로 손끝에 전해졌다. 낯선 것의 침입에 놀란 입이 냉큼 그것을 깨물었다.

"아!"

찌푸려진 미간이 스르르 풀린다. 깨물린 손가락을 월야의 부드러운 혀가 촉촉이 물들이며 달래고 있었다. 지그시 내리뜬 이안의 긴 속눈썹이 파르르 떨렸다. 뜨거운 숨결이 절로 입술 밖으로 흘러나왔다. 이안이 팔을 당겨 손가락을 뺐다. 손가락이 빠져나간 입술의 공허함을 이안이 다시 채웠다. 그의 입술이 월야의 입술을 삼켰다. 부드러움과 거침이 묘하게 어우러진 입맞춤이었다.

입안에서 설전이 벌어졌다. 밀고 당기고 빨아들이며 서로가 서로를 탐하는 혀의 향락이 끊일 줄 모르고 이어졌다. 흐트러진 호흡과 타액에 젖은 입술 사이로 짙은 신음이 흘러나왔다. 이안의 뜨거운 숨결이 월야의 입속으로 스며들었다. 모든 것을 취하듯 월야가 그의 입술을 집어삼켰다. 월야의 거침없는 도발에 이안의 눈매가 한껏 가늘어졌다. 야릇하게 일렁이는 눈빛 가득 월야를 담아낸 이안이 월야의 몸을 천천히 바닥에 눕혔다.

월야의 긴 다리를 따라 움직인 이안의 손길에 치맛자락이 밀려 올라갔다. 매끄러운 월야의 다리가 불빛 아래 드러났다. 스르륵 미끄러진 이안의 손이 월야의 탄탄한 엉덩이를 꽉 움켜잡았다. 그에 월야의 미간이 움찔거렸다. 거침없이 속옷을 파고든 이안의 손이 굴곡을 따라 나른히 움직였다.

간신히 입술을 거둔 이안이 거친 숨을 토해 내며 월야의 붉게 물든 얼굴을 내려 보았다. 달뜬 숨을 토해 내는 월야의 모습이 무척 유혹적이었다. 그녀의 붉은 입술에 가볍게 입을 맞추고 몸의 가는 곡선을 따라 혀를 움직였다. 조금씩 천천히 맛을 보듯 혀를 놀리던 이안이 그녀의 쇄골을 핥고 옷섶을 파고들었다. 월야의 달콤한 향기가 그의 정신을 혼미하게 만들었다. 젖무덤을 탐하던 입술이 옷 위로 옮겨졌다. 옷의 매듭을 입으로 풀며 눈을 들어 그녀를 살폈다. 젖혀진 목선이 뇌쇄적이다. 그녀의 붉고 매혹적인 입술 사이로 엷은 신음이 흘러나왔다.

겉옷을 걷어 내자 속이 훤히 비치는 자리옷이 드러났다. 육감적인 몸매를 살짝살짝 뒤틀며 월야가 가녀린 신음을 간간이 흘려 냈다. 눈에 담기는 모습과 목소리가 어찌나 색스러운지 이안의 입이 절로 벌어졌다. 그런 이안의 얼굴로 아무것도 걸치지 않은 월야의 발이 사뿐히 내려앉았다. 이마를 타고 움직인 발이 콧대를 지나 벌어진 입술 위에 머물렀다.

야릇함이 감도는 눈빛으로 저를 바라보는 월야의 모습에 이안이 혀를 내밀어 발가락을 핥았다. 월야의 눈꺼풀이 파르르 떨렸다. 슬며시 내리뜬 눈이 뜨겁게 그를 응시했다. 느른히 미소를 피워 문 이안이 살짝 엄지를 깨물자 월야의 미간이 움찔거렸다.

"발끝부터 차례로 먹으란 뜻인가?"

살포시 웃으며 다리를 이안의 어깨 위에 내려놓은 월야가 그의 면전 가까이 얼굴을 디밀었다. 겯에 간신히 걸쳐 있던 자리옷이 어깨 아래로 미끄러져 내렸다. 아래가 훤히 드러난 월야의 묘한 자세에 이안이 고개를 기울이며 입꼬리를 말아 올렸다.

"맛보기란 것이 있다 합니다."

"맛보기?"

"정식으로 먹기 전에 살짝살짝 맛을 보는 것입니다."

"어떻게?"

어깨 위의 다리가 그의 팔을 따라 흘러내렸다. 무릎을 굽혀 이안의 몸 위로 올라탄 월야의 은밀한 부위가 그의 중심에 닿았다. 이안의 눈이 은은히 내리떠졌다. 본능적으로 새어 나온 이안의 신음에 엷은 미소를 머금은 월야가 그의 귓불을 살짝 깨물었다. 혀와 입술이 훑어 내는 묘하고 야릇한 기운에 이안의 고개가 뒤로 젖혀졌다. 그의 강인한 목선을 따라 입술을 움직여 자취를 남겼다.

가슴을 파고든 월야의 곱고 가는 손이 부드럽게 이안의 심장 위를 스쳐 돌기를 애무했다. 월야의 손길에 이안의 몸을 감쌌던 허물이 벗겨졌다. 그 틈을 타 입술 사이로 빠져나온 월야의 혀가 돌기를 살짝살짝 핥아 댔다. 간지러움에 이안이 눈썹을 휘었다. 은은히 미소를 띤 월야가 이로 장난스레 깨물자 이안이 참지 못하고 낮은 신음을 터트렸다.

월야가 지그시 그의 가슴을 누르자 이안이 그대로 침대 위에 몸을 뉘었다. 그의 몸 위에서 그를 내려다보며 월야가 허리를 움직였다. 그 결에 따라 엉덩이가 움직였고 그 아래 밀착된 이안의 중심이 아찔함에 우뚝 솟아올랐다. 이안이 손을 뻗어 월야의 가슴을 움켜잡았다. 강하게 부드럽게 월야의 가슴을 취한 이안이 불쑥 상체를 올려 다른 가슴을 입안 가득 베어 물었다. 가슴을 빨아 대는 그의 강한 자극에 월야가 허리를 젖혔다. 부드럽게 미끄러져 내린 손은 어느새 그의 중심에 가까워져 있었다. 슬쩍 물러나 머뭇거리는 월야의 손을 이안이 잡아 제 중심 위에 올려놓았다. 얇은 속옷 사이로 그의 단단함이 느껴졌다.

"은율이…… 요즘 많은 것을 가르쳐…… 주었습니다."

"……어떤?"

"여체와…… 아아, 남체를…… 향락으로 이끄는…… 하아. 방법이라 하였습니다."

"으음. 놈. 아방궁을 만들었다더니. 그 말이 빈말이 아니었나 보군."

"이것을 당과처럼 맛있게 하아. 먹어야 한다고."

"당……과……."

시야에서 사라진 월야가 고개를 내려 이미 풀어헤쳐진 속옷을 젖히고 그 속의 성난 물건을 입안에 머금었다. 월야의 뜻밖의 과감한 행동에 놀란 이안이 눈을 깜빡이며 그를 지켜보았다. 참으로 맛있게도 먹는다. 마치 정말 제가 좋아 죽는 당과를 먹듯이.

"그, 그만."

발가락 끝을 타고 찌릿한 전율이 온몸을 휘감았다. 등줄기를 타고 식은땀이 흘러내릴 지경이었다. 참다못한 이안이 월야를 떼어내고 거칠게 그녀를 눕혔다. 놀라 고개를 갸웃하며 눈을 깜빡이는 월야를 향해 이를 드러낸 채 히죽 웃었다. 이안의 거친 숨소리가 묘하게 심장을 두근거리게 만들었다. 그가 마른 입술을 혀로 축이며 야릇한 미소를 띠어 보였다.

"나도 지금 무지 허기가 지거든. 해서 네 달콤한 당과를 먹어야겠다."

"예?"

"아주 맛있게 먹어 주지. 기대해."

뭐라 답할 사이도 없이 월야의 다리를 잡아 세운 이안이 그 사이로 스며들었다. 월야의 수풀을 헤치고 은밀히 숨겨진 열매를 머금었다. 달콤한 향기가 그를 자극했다. 할짝할짝 감칠맛 나게 혀로 핥아 대다 입안 가득 머금고는 강하게 빨아 댔다. 월야가 신음을 흘리며 몸을 뒤틀었다. 도망가려는 엉덩이를 움켜잡아 끌어당겼다. 한껏 젖혀진 허리와 침대 위로 늘어진 머리가 이리저리 요동을 쳤다.

"아아. 이상해요. 그, 그만."

"먼저 시작해 놓고 그리 내빼면 아니 되지."

"아, 그, 그만. 으음. 아아아."

"아직 시작도 하지 않았다. 단단히 각오해야 할 것이다. 오늘은 오래오래 먹고 또 먹고 쉼 없이 먹을 터이니."

토를 달 수도, 답을 할 수도 없었다. 월야의 입을 이안이 제 입술로 단단히 봉인해 버린 터였다. 뜨거운 숨결이 섞여 거친 호흡을 쏟아 냈다. 이안의 손이 월야의 은밀한 부위를 침범했다. 동그래진 눈을 마주하며 이안이 지그시 눈을 내리떴다. 그의 그윽한 눈빛에 월야의 눈빛도 스르르 허물어졌다. 이론과 실제의 차이를 극명하게 느끼는 월야였다. 다양한 표정이 그대로 얼굴에 드러나고 있었다.

이안의 손가락이 자신 깊숙이 스며들었을 때는 놀라 부르르 몸을 떨었다. 어르고 달래며 천천히 월야를 길들여 갔다. 이윽고 그녀의 몸이 온전히 자신을 받아들일 준비를 끝내자 그가 조심스레 제 중심을 밀어 넣었다. 단말마의 비명 소리가 월야의 입에서 터져 나왔다.

"괜찮아, 월야."

처음 멋모르고 몸을 섞었던 때와는 또 다른 느낌이었다. 은율과 시비장의 교육이 헛되지는 않았으나 현실과 이론의 괴리감은 꽤 큰 것이었다. 잡아먹겠다. 큰소리를 뻥뻥 쳐 대던 월야의 낯빛이 순간순간 바뀌었다. 홍건히 젖어든 몸이 어느새 서로에게 익숙해질 즈음 월야의 얼굴에 해사한 미소가 떠올랐다. 지그시 내리뜬 눈 가득 사랑스럽게 월야를 담아내던 이안이 그녀의 귓가로 입술을 내렸다. 뜨거운 열락의 기운이 월야의 귓속으로 스며들었다. 그가 진심을 담아 은은히 속삭였다.

"사랑해. 사랑한다. 나의 반려. 나의 월야."

"으음."

고개를 돌린 월야의 얼굴에 환한 미소가 머물렀다. 그의 입술에 입을 맞추며 월야가 답했다.

"사랑해요, 이안."

"아."

이안의 심장이 걷잡을 수 없이 강하게 요동쳤다. 터져 버릴 것 같은 심장을 지그시 누르며 그가 월야의 입술을 머금었다. 이안의 강인한 팔 안에서 고스란히 그 심장의 울림을 들은 월야의 심장이 마주 뛰어 댔다. 사랑이라는 이름으로.

흑룡은 며칠 내내 심기가 불편했다. 뭔가 있어야 할 것이 없는 듯 허전한 가슴이 그를 울적하게 만들었다. 심장 부위를 통통 두드린 흑룡이 바위 아래 사해를 물끄러미 바라보았다. 잔잔한 수면에 무언가가 새겨졌다. 칠흑 같은 머리카락과 새하얀 얼굴, 어눌한 말투로 저를 향해 쫑알거리던 작은 입술까지. 눈앞에 있는 듯 그려졌다.

입을 삐죽인 흑룡이 툭 하고 발을 휘젓자 수면이 흐려졌다. 맹한 나냔의 얼굴이 사라지고 제 얼굴이 나타났다. 심술궂게 굳어 있는 얼굴이었다.

"하아."

괜한 한숨이 흘러나왔다. 세운 무릎 위로 팔을 올리고는 턱을 내려놓았다. 심심해. 슬쩍 눈동자를 옮겨 동월궁 쪽을 바라보았다. 며칠째 내내 닫힌 채로 그 누구의 출입도 허용치 않고 있었다. 대체 무슨 중한 일이 있기에.

은율은 또 뭐가 그리 바쁜지 코빼기도 보이질 않았다. 며칠 전 여자들을 줄줄이 달고 사궁을 휘젓던 모습이 마지막이었다. 여자 냄새를 온몸으로 풍기며 바보처럼 해실대던 것이, 영 정신이 나간 것처럼 보였다. 돈 것인가? 흥. 가볍게 콧방귀를 뀌며 한숨을 내쉤다. 저들끼리 잘들 놀아 보라지.

입술을 씰룩거리던 흑룡의 귓속으로 끼이이— 하는 낮은 울림이 들려왔다. 번쩍 고개를 들어 사해를 내려 보는 흑룡의 눈이 보기 드물게 날카로이 번뜩였다.

울음의 근원지를 찾은 흑룡의 입에서 낮은 으르렁거림이 흘러나왔다. 어족 하나가 사해 바닥을 어슬렁거리며 낸 소리였다. 제가 찾는 것은 아니었다.

누가 마음대로 돌아다니래.

그의 불편한 심기가 고스란히 담긴 뇌가 어족의 몸 위로 떨어져 내렸다. 한가하게 유영하던 어족은 때아닌 불벼락에 화들짝 놀라 급히 줄행랑을 쳤다.

쯧.

혀를 차며 팔에 얼굴을 기댄 흑룡이 짙은 한숨을 내쉬며 눈을 감았다.

"흑룡."

"왜?"

저를 부르는 소리에 심드렁하게 답한 흑룡이 습관처럼 한숨을 내쉬다 눈을 번쩍 떴다. 무심히 고개를 들어 아래를 바라보던 흑룡의 눈이 반짝 빛났다. 수면으로 고개를 내밀어 저를 바라보고 있는 것은 분명 나냔이었다.

씰룩.

흑룡의 입가가 아까와는 다른 의미로 움찔거렸다. 절로 떠오른 미소에 흑룡이 고개를 갸웃했다. 왜 저게 반가운 거지?

―뭐해?

"……그냥."

―응?

"그냥. 놀아."

―아하. 그럼 나랑 같이 놀아.

"어?"

―나랑 놀아.

"하아. 뭐? 내가 왜 너랑."

스윽 물살을 가르며 다가선 나냔이 흑룡의 발목을 잡아끌었다.

불시에 당한 일이라 미처 대처를 못한 흑룡이 그대로 빨려 들어갔다. 물 밖으로 고개를 내밀어 부스스 머리를 턴 흑룡이 사납게 나냔을 노려봤다.

"이씨, 뭐야!"

반갑게 웃음을 머금었던 나냔이 놀라 움찔하며 몸을 굳혔다. 커다래진 나냔의 눈을 보자 조금 머쓱해진 흑룡이 짐짓 딴청을 피며 헛기침을 했다.

"뭐."

—……?

"뭐 하고 놀아?"

슬쩍 눈길을 피하며 은근슬쩍 얼버무리듯 묻는 흑룡의 말에 나냔이 환한 미소를 띠었다. 와락 그의 목을 그러안고 달려드는 나냔 때문에 흑룡의 몸이 휘청거렸다. 흑룡을 끌어안은 채 나냔이 빙글빙글 맴을 돌며 수면 아래로 스며들었다. 얼떨떨한 얼굴로 어쩔 줄 몰라 하는 흑룡의 입술에 나냔이 제 입술을 맞물렸다. 부릅떠진 흑룡의 눈이 서서히 내려앉았다. 촉감이 생각보다 좋았다. 머뭇거리던 손이 어느새 나냔의 몸을 감쌌다.

생각보다 재밌는 놀이네.

히죽.

심술로 가득했던 흑룡의 얼굴에 미소가 떠올랐다.

동월궁 외벽 은밀히 숨겨져 있던 몸시중들의 거처가 사궁 서쪽으로 옮겨졌다. 햇살이 잘 들고 만개한 달꽃 향이 은은히 풍겨 나는 곳이었다. 음지에 살며 음의 기운이 깃든 야(夜)에 움직이던 그들의 삶으로 양의 기운이 스며들기 시작했다. 몸시중들의 새로운 거처는 은율의 거처와 멀지 않은 곳에 위치했다. 드나들기 쉽게 따로 출입문까지 두었다.

몸시중의 거처를 빠져나오던 은율이 이안과 딱 마주쳤다. 사해로 산책을 나가던 길이었던 듯 월야와 함께였다. 이안과 눈이 마주치자 슬쩍 시선을 피해 헛기침을 하던 은율이 어설픈 미소를 지으며 물었다. 그에 눈을 가늘게 늘인 이안이 한쪽 눈썹을 치켜 올려 의미심장하게 은율을 직시했다.

"왜…… 그러시옵니까?"

"미처 몰랐군."

"무엇을 말입니까?"

"대사성이 색에 능하다는 것을."

"하하. 무슨 그런."

어색한 미소를 흘리는 은율을 외면하고 이안이 그의 뒤편 새로 마련된 거처를 흘겨봤다. 그 많은 몸시중을 하나도 버리지 않고 다 품에 안아 거둬들일 줄은 이안도 미처 생각지 못한 일이었다. 이안이 거느릴 때와는 다른 생기가 그들의 얼굴 가득 넘쳐흘렀다. 해서 뭔가 기분이 나빴다.

"너의 그것이 참 대단한 능력을 지녔음을 이제야 알았다는 말이다. 대체 어떠하기에 저것들이 좋아 죽는지 심히 궁금하군."

이안의 눈이 제 물건에 닿자 은율이 몸을 흠칫 떨었다. 은근슬쩍 다리를 모아 몸을 돌려 이안의 시선을 피한 은율이 고개를 저었다.

"별다를 것 없사옵니다. 이 모든 것이 그 환 때문이지 않겠습니까. 제가 무슨."

"아, 환. 그래, 환. 그것이 있었지."

"예, 그렇사옵니다."

비릿하게 입술 끝을 말아 올린 이안이 은율 가까이 다가서 그의 귓가로 고개를 내렸다. 흠칫 몸을 떨며 슬쩍 물러서는 은율의 머리를 잡아 붙듯 이안이 나직이 속삭였다.

"그 환이 누구에게는 행운을, 또 누구에게는 불운을 불렀다 하지. 헌데 왜 하필 네가 행이고 내가 불이었냔 말이다. 난 그것이 몹시 거슬린다."

"헉. 무슨 그런 말씀을 절대 아니옵니다."

"뭐가 아니야."

은율의 머리를 잡은 손에 힘을 주며 이안이 으르렁거렸다. 그에 은율이 고통스러운 듯 미간을 찌푸렸다가 이안의 섬뜩한 눈빛에 얼른 인상을 폈다. 이안의 등 뒤에 선 월야가 고개를 갸웃하며 둘을 바라보고 있었다. 은율이 히죽 웃으며 월야를 향해 손을 흔들어 보였다. 이안도 고개를 돌려 월야에게 환한 미소를 지었다. 그제야 월야도 마주 웃음을 띠며 고개를 끄덕였다. 뭔가 즐거운 대화를 나누는 모양이라 납득한 탓이다. 다시 고개를 돌린 이안이 은율에게만 들리는 낮은 목소리로 싸늘하게 말했다.

"해서 네가 좀 더 신경을 써 주어야겠다."

"무, 무엇을 말씀입니까?"

"그 거슬림을 대신할 그 무엇이 되어야겠지."

"예?"

"더 연구해서 더 가르치란 말이다."

"무슨 말씀이신지."

"너의 그 새로운 취미 생활에 대한 것을 이름이다. 알겠느냐."

은밀한 시선을 몸시중의 거처로 흘려보내는 이안의 눈빛에 은율이 급히 숨을 삼켰다. 새로운 취미라 함은, 아마도 색에 관한 것일 것이다. 정확히 남녀가 즐기는 그 은밀하고 환희로운. 고개를 든 이안이 은율을 직시했다. 느른히 웃는 이안의 미소를 따라 은율도 희미한 미소를 머금었다. 어설픈 은율의 미소를 마주한 이안이 순간 얼굴을 굳혔다.

쯧.

가볍게 혀를 차는 이안의 작은 행동에 은율이 꿀꺽 마른침을 삼켰다. 이안의 입이 소리 없이 움직였다.

잘해, 아니면 죽어.

은율 또한 고개를 끄덕여 소리 없이 답했다.

여부가 있겠습니까.

"이안."

달꽃을 한 아름 따서 가슴에 안은 월야가 다정히 이안을 불렀다. 은율은 보았다. 그 차갑던 얼굴 가득 세상 더없이 아름다운 미소를 띤 채 월야를 향해 돌아서는 이안을. 은율의 입이 조금 불만스레 튀어나올 무렵 월야의 허리를 감고 발길을 돌리던 이안의 손이 주먹을 꽉 움켜쥐었다. 곁에 튀어나오려던 입을 쏙 밀어 넣으며 은율이 깊이 허리를 숙였다.

심을 다해 명받들겠나이다.

저만치 멀어진 이안과 월야를 흐뭇한 미소를 머금고 바라보던 은율이 허리에 손을 올리고 이리저리 흔들었다. 그러다 턱을 손으로 쓸어 내며 뭔가를 곰곰이 생각했다.

"허리에 좋은 약이 무엇이더라."

나왔던 길을 되밟아 몸시중의 처소로 걸음 하는 은율의 입가에 야릇한 미소가 머물렀다.

사해로 향하는 길목 가득 달꽃이 만개하였다. 달꽃의 달콤한 향이 사궁을 휘감아 온통 달달함으로 물들여 놓았다. 그에 늘 삭막하고 음울하기만 하던 사궁에 생기가 가득했다. 보는 이마다 행복한 미소를 띠고 인사를 건네니, 이제는 이곳이 그 무섭고 두렵기 그지없던 사국이 맞는지 의심스러울 지경이었다.

사해로 넓게 펼쳐진 백사장 위를 이안과 월야가 다정히 거닐었다. 그 뒤를 기척 없이 혼이 따르고 있었다. 육이 없는 그림자라 하여 늘 어둠에 숨어 있던 혼이 이렇게 간간이 모습을 드러내고 햇볕이를 할 수 있는 것은 다 월야 덕분이었다.

깊은 밤. 잠에 취한 이안 곁에 누워 있던 월야가 무심히 천정을 바라보며 말을 걸었다. 처음 저를 보고 하는 말인지 몰라 묵묵히 침묵을 지키던 혼은 '저기요, 그림자님.' 이라는 월야의 부름에 흠칫 놀라 실수를 저질렀다. 바스락 소리를 낸 것이다. 당황해 식은땀을 흘리던 혼의 귀에 까르르 낮은 웃음을 흘리는 월야의 아름다운 음성이 들렸다. 그 해맑음에 저도 모르게 미소가 피어올랐다. 숨어 지켜보던 것이 전부였던 혼에게 처음 존재감을 심어 준 대상이었다.

'해를 보지 않고 사는 것은 너무 슬픈 일입니다.'

그 말 한마디에 혼은 생애 처음 해를 마주하고 느낄 수 있었다. 따스함이라는 것을 알게 된 것도 처음이었다. 몸에 닿는 따스함과 가슴에 스며드는 따스함. 해와 달의 기운이 혼을 충만하게 만들었다. 일정한 거리를 유지하고 걷고 있는 주군과 그의 반려를 혼은 온화한 얼굴로 바라보았다. 죽어도 아무도 그 사실을 알지 못하는 어둠의 삶을 월야가 바꿔 놓았다. 마주 보고 인사하고 말을 나눌 수 있는 대상이 될 수 있다는 것이 이토록 행복한 것이라는 것을 이전에는 미처 알지 못하였다. 다정히 말을 주고받는 그들을 향해 혼이 심을 다해 허리를 숙였다.

미천한 몸, 생이 다하는 그날까지 심신을 다해 모시겠나이다.

밤이 깊었다.

동월궁은 이제 홍등을 달지 않고도 나날이 그보다 더 은은한 빛을 발하고 있었다. 소야궁의 월등이 동월궁 처마로 옮겨 왔기 때문이었다. 세상 그 어느 빛보다 아름다운 월등이 꺼지지 않는 영원의 빛으로 동월궁을 비추고 있었다.

"그믐입니다."

창을 통해 하늘을 바라보던 월야가 웃음 띤 얼굴로 말했다. 차를 들이켜던 이안도 고개를 들어 달을 바라보았다. 그의 입술에도 엷은 미소가 머물렀다. 달향이 입안 가득 퍼지는 것을 음미하며 이안이 고개를 끄덕였다.

"그렇군."

탁자 위에 팔을 올려 턱을 괸 월야가 가만히 고개를 기울였다. 그런 월야를 바라보며 이안 또한 생각에 잠겼다. 이제는 볼 수도 만질 수도 없는 쥐방울. 그믐이 되어도, 반월이 되어도 월야는 이제 다른 것으로 화하지 않았다. 온전히 이안의 사랑으로 머물렀음이라. 기쁜 일이나 간간이 그 귀엽고 똘망하던 모습이 보고 싶기도 하였다. 차를 마저 삼킨 이안이 깊이 숨을 들이켰다. 불쑥 고개를 돌린 월야가 그런 이안을 올곧게 바라보았다.

"이안."

"음?"

"아이를 갖고 싶습니다."

"뭐라?"

"저와 이안을 닮은 아이 말입니다."

이안이 들고 있던 찻잔을 떨어트렸다. 툭 떨어져 탁자 위를 구르는 잔을 월야가 가만히 눈으로 좇았다. 어지러이 맴을 돌던 잔이 멈추자 이안이 낮은 신음을 흘렸다. 월야가 눈을 들어 그를 마주했다. 그것이 그리 충격적인 말이었던가 싶어 고개를 갸웃했다. 이안의 목울대가 한 번 크게 움직였다.

"아……이……라."

"네."

"흐음. 그렇군. 아이, 아이라."

이안이 손을 뻗어 달주가 든 주병을 쥐었다. 마개를 따 단숨에 그것을 들이켠 이안이 입술을 훔치며 월야를 응시했다. 뭔가 제가 말을 잘못한 것인가. 입을 꼭 다문 월야가 눈을 깜빡였다. 이안의 입술이 야릇함을 담아내며 한껏 말려 올라갔다.

"그도 좋지."

"……아."

"허면."

이안이 주병을 내려놓으며 월야에게로 불쑥 다가섰다. 면전으로 다가온 이안의 얼굴을 놀라 커진 눈으로 바라보던 월야가 고개를 갸웃 기울이자, 이안이 피식 낮은 웃음을 흘렸다. 그가 가볍게 월야의 입술에 입을 맞췄다. 월야의 긴 속눈썹이 금안 위로 사뿐히 내려앉았다 떠올랐다. 마주한 이안의 현안이 은밀히 번뜩였다. 월야의 턱을 괴고 있던 손을 이안이 덥석 움켜잡아 끌었다. 탁자가 이안의 발길에 밀려나고 월야가 그의 품에 폭 안겼다.

"열심히 해야지."
"무엇을 말입니까?"
"그것이 무엇일까? 아이를 만들기 위해 해야 할 일이란 것이."
"아."
"하나론 아니 될 것이야."
"예?"
"난 욕심이 무척 많다. 질투도 심하고. 해서."
"해서?"
"대사성보다 더 많은 후손을 남길 것이다."
"그것이 무슨."
"사궁을 내 아이들로 가득 채울 것이란 말이다, 월야."
"예?"
"단단히 각오해야 할 것이야."
"으응?"
"그를 위해 이제부터 매일매일 시도 때도 없이 먹어 주겠다."
뭐라 달싹이던 월야의 입이 이안에게 먹혔다. 모든 것을 집어삼킬 듯 거칠게 월야의 입술을 취한 이안이 부드럽게 그녀의 뒷머리를 감쌌다. 숨이 막힐 듯 격함과 부드러움을 오가던 입맞춤이 끝없이 이어졌다. 이안의 손이 자연스럽게 월야의 옷깃 여밈 부위를 풀어냈다. 월야의 손길에 이미 이안의 옷은 반쯤 풀어헤쳐지고 있었다.

아래로 떨어져 내리는 옷가지가 많아질수록 그들의 색은 짙어졌다. 침대로 인도하듯 늘어진 옷가지들이 월야와 이안의 행적을 고스란히 드러내고 있었다. 실오라기 하나 걸치지 않은 몸이 서로를 탐했다. 입술을 탐하던 이안의 입이 어느새 월야의 가슴을 머금었다. 혀와 이가 만들어 내는 찌릿한 향락에 월야의 허리가 아름다운 곡선을 그려 냈다.

월야의 긴 손가락이 우아하게 이안의 등줄기를 따라 움직였다. 그의 탄탄한 엉덩이에 다다른 손이 먹이를 탐하듯 꽉 움켜쥐었다. 낮은 신음을 흘리며 가슴을 탐하던 입술이 월야의 수풀을 헤치고 스며들었다. 움켜잡았던 것을 놓친 월야의 손이 이안의 머리를 부드럽게 쓰다듬었다. 거친 숨을 토해 내며 가까이 다가온 이안의 입술이 거칠게 월야의 입술을 탐했다. 그와 동시에 그의 손이 그녀의 은밀한 곳을 침범해 들어왔다. 월야의 탄성을 삼킨 이안이 더 깊이 그녀에게 스며들었다.

축축이 젖어드는 그녀를 느끼며 이안은 제 중심을 밀어 넣었다. 월야의 손이 그의 목을 강하게 끌어안았다. 열에 들뜬 신음이 침대 위 홍단에 숨어들어 더 짙은 색을 뿜어냈다. 능숙하게 허리를 휘감은 월야의 다리가 강하게 그를 조였다. 이안의 입술이 만족의 빛을 띠며 물들었다.

애(愛)에는 본시 낮과 밤이 없사옵니다. 즐겨 하소서.

은율의 은밀한 목소리가 침전 주변을 맴돌았다.

오랜만에 사궁을 찾은 위랑은 사나무 위에서 바라본 풍경에 고개를 저으며 혀를 내둘렀다. 풀 한 포기 보기 힘들었던 죽음의 땅이 온통 달꽃으로 물들어 미치게 환장할 향기를 뿜어내고 있었다. 지독하게 달콤한.
"사왕이 드디어 돈 것인가."
쓰게 입맛을 다신 위랑이 특유의 장난스런 미소를 머금은 채 사해를 내려 보았다. 그동안 멸종에 가까웠던 어족의 양이 많이 늘어 있었다. 머무는 동안 꽤 별미를 즐길 수 있겠다 생각하며 히죽 입꼬리를 말아 올렸다. 깊게 숨을 들이켜던 위랑이 훌쩍 아래로 몸을 날려 가뿐히 땅 위로 내려앉았다.

마치 산책을 즐기듯 천천히 사궁을 거닐던 위랑의 눈이 뭔가를 발견하곤 반짝 빛났다. 누각 위로 그 맹랑하던 월야의 뒷모습이 보였다. 느른히 미소를 머금은 위랑이 걸음을 빨리해 누각으로 다가섰다.
"오랜만이군, 월야."
누각으로 들어서는 위랑의 모습에 월야가 반가운 미소를 띠었다. 시중들과 다정히 담소를 즐기던 중이었다. 일을 마치는 즉시 오겠다는 이안을 기다리며 시간을 보내고 있었다. 다과가 차려진 탁자를 만족스레 훑던 위랑이 시중들을 물리고 대신 자리를 차지해 앉았다.

차를 따라 급히 한 잔을 머금고는 살짝 눈가를 찌푸리더니, 달다 낮은 투정을 부렸다. 허나 말과는 달리 얼굴 가득 미소를 머금은 채였다. 그가 다과 하나를 집어 깨무는 것을 보며 월야도 하나를 집어 입안에 쏙 밀어 넣었다.

"그동안 뜸하셨습니다."

"음. 뭐 이래저래 바빴지. 헌데 너."

"예?"

"좀 변했군."

"아, 조금 그렇지요?"

월야의 모습을 한눈에 담아낸 위랑이 피식 싱겁게 웃으며 건성으로 고개를 끄덕였다. 월야가 마주 웃으며 과실 하나를 집어 들었다. 붉은 과즙이 월야의 입술을 물들였다. 위랑이 손을 뻗어 그것을 닦아내려는 것을 시중이 급히 수건을 건넸다. 해맑게 웃으며 그것을 받아 든 월야가 아무렇지 않게 입술을 훔쳤다. 위랑의 마뜩잖은 시선이 제게 닿자 시중이 흠칫 몸을 떨었다. 슬쩍 시선을 피하는 시중을 향해 혀를 차며 고개를 돌린 위랑이 과실 하나를 통째로 입안에 밀어 넣었다. 신경질적으로 그것을 씹어 삼키는 위랑을 바라보며 월야가 가볍게 웃었다.

"이안은?"

"서궁에 계십니다."

"음."

"곧 돌아오실 것입니다."

고개를 끄덕이며 한쪽 입 끝을 끌어 올리던 위랑의 곁에 선 시중이 딱딱한 어투로 말을 덧붙였다. 곧 사왕이 돌아올 터이니 헛짓거리는 삼가라 주의를 주려는 것이리라.

톡톡.

위랑이 손끝으로 탁자를 두드렸다. 그에 시중이 낮은 신음을 흘렸다. 시중이 떨리는 손을 들어 한쪽 귀를 틀어막았다. 손가락 사이로 붉은 선혈이 비쳤다. 비릿한 미소를 머금은 위랑이 표정을 바꾸어 월야를 응시했다.

"그리 좋은가? 사왕이?"

"네."

"답 한번 명쾌해서 좋군."

"좋습니다. 너무."

"죽어도 좋을 만큼?"

은밀한 음성으로 묻는 위랑의 말에 월야가 환한 미소로 답했다. 과실 하나를 입안에 넣어 오물오물 맛있게 삼킨 월야가 가만히 입을 달싹였다.

"그를 시기하는 그 누군가가 눈앞에서 죽어 나가도 모를 만큼 좋습니다."

해사한 웃음이 거짓이라 느낄 만큼 차가운 말이었다. 그에 마주 보던 위랑의 미간이 미미하게 꿈틀거렸다. 맹하다, 어리다 그리 여겼더니 아니었군. 한 치의 어긋남도 없이 올곧게 저를 응시하는 흔들림 없는 월야의 눈빛에 위랑도 입 끝을 비틀어 올렸다. 재밌군. 쉬운 놈이 아니라 더 재밌어.

"그래, 그렇군."

"네."

"누군 좋겠어. 꽤 재밌는 것을 반려로 맞아서."

"서로에게 복이 아니겠습니까."

"복. 그렇군."

달차를 따라 머금는 위랑의 입안이 꽤 썼다.

쓰린 속을 달래려 사해로 접어든 위랑은 어족의 동태를 살피며 먹잇감을 탐색했다. 떠났을 때보다 더 풍족해진 사해를 만족스런 눈으로 바라보던 위랑의 눈이 일순 뭔가를 발견하고 번뜩거렸다.
 어족의 씨앗!
 여유롭게 사해를 유영하는 나냔의 모습에 위랑이 은밀한 미소를 머금었다. 붉디붉은 혀가 입술을 핥았다. 탐욕스런 눈으로 나냔을 좇던 위랑이 천천히 몸을 움직였다. 맛으로 치자면 어족 중에 제일인 것이 씨앗이다. 허나 쉽게 먹을 수 없는 것 또한 사실이었다. 어족의 씨앗을 먹을 수는 없지만, 그 알은 달랐다. 위랑은 입안 가득 고이는 침을 꿀꺽 삼켰다.
 나냔의 동굴이 있는 곳 가까이 뒤를 밟은 위랑이 숨김없이 몸을 드러냈다. 그에 흠칫 놀란 나냔이 조금 뒤로 물러섰다. 나냔이 위랑을 바라보며 눈을 깜빡이다 고개를 갸웃거렸다. 갑자기 나타난 위랑의 존재가 의아하고 신기했던 모양이다.
 "겁이 없는 놈이로군."
 끼이아—?
 위랑의 장난기 가득했던 얼굴에 사악한 미소가 깃들었다. 살기를 뿜어내는 위랑의 기운에 나냔이 흠칫 몸을 떨었다. 위랑이 다가올수록 그 공포는 점점 더 깊이 나냔을 물들였다. 슬금슬금 뒤로 물러나는 나냔을 위랑이 가소롭다는 듯 바라보았다. 죽음의 공포가 저를 덮치는 것을 느끼며 나냔은 가는 울음을 토해 냈다.
 찰나의 순간.

나냔을 향해 손을 뻗던 위랑이 멈칫 움직임을 멈췄다. 위랑의 눈이 가늘어지며 의아함을 담아냈다. 흑룡이 나냔의 앞을 가로막고 나섰다. 마치 나냔을 보호하듯 그렇게. 흑룡은 본시 우령과 선령을 제외한 것에는 무심한 존재였다. 그런 흑룡이 왜 나냔을 감싸는 것인가. 알 수 없는 일이었다.

"왜."

"꺼져."

"하아. 그 말은 내가 네게 해야겠군. 관심 끄고 네 할 일이나 하거라."

"너나 꺼져."

"이런 거만한 것이 있나. 방해 말고 가거라. 다치기 전에."

"너도 다쳐. 안 꺼지면."

"허. 뭣이라."

전혀 물러날 기미가 보이지 않는 흑룡의 모습에 위랑이 헛웃음을 터트렸다. 그런 위랑을 보며 거만히 턱을 들어 올린 흑룡이 잔뜩 화난 투로 말했다.

"놀이 방해하면 가만 안 둬."

"놀이? 무슨 놀이. 혹여 지금 네 그것이랑 놀겠다는 말이냐? 하아. 흑룡이 어족의 씨앗이랑?"

"넌 안 끼워 줘."

"허어, 그래. 그 놀이가 무엇이더냐."

기가 막혀 묻는 질문에 흑룡이 히죽 입술을 끌어 올려 웃으며 나냔을 돌아보았다. 그리곤 자랑스레 말했다.

"알까기."

미처 그 뜻을 알아듣지 못한 위랑이 미간을 찌푸리며 눈썹을 휘자, 흑룡이 물살을 내쳐 물보라를 만들었다. 결에 몸이 떠밀린 위랑이 산호로 둘러싸인 바위에 부딪혔다. 살을 파고드는 산호 따위는 아무렇지 않았다. 알까기의 뜻을 깨달은 위랑의 충격에 비하면.

"하아. 흑룡과 어족의 알? 미쳤군. 미쳤어."

보란 듯이 입을 맞추며 동굴 안으로 사라지는 흑룡과 나냔의 모습에 위랑은 놀란 입을 다물지 못했다.

사궁의 움직임이 긴밀하다. 소리 없이 움직이는 시비들의 거동도 그러했고, 그들을 진두지휘하는 은율의 몸짓도 그러했다. 어둠이 내려앉은 사궁 곳곳 밝은 등이 켜져 사위를 밝혔다. 그믐의 달빛이 은밀히 그런 사궁을 가만히 내려 보고 있었다.

동월궁 침전 위층에 산실이 차려졌다. 산실. 참으로 오랜만에 들어 보는 말이었다. 죽음의 땅. 영혼의 안식처에 새 생명이라니. 실로 눈으로 보고도 믿기지 않는 일이었다. 산실의 모든 것을 관장하는 시비장도 처음 겪는 일이라 긴장을 늦추지 않은 채 모든 것에 만전을 기했다.

침전 안을 이리저리 휘젓고 다니던 이안이 검지로 톡톡 이마를 두드렸다. 회임이라. 그러고자 노력은 하였으나 이리 빨리 될 줄은 몰랐다. 더군다나. 회임한 지 겨우 두 달 만에 배가 저리 불러 올 것이라곤 상상조차 못 하였다. 인의 세상에선 열 달을 꼬박 어미의 뱃속에서 자라야만 아이가 세상 구경을 할 수 있었다. 하찮은 존재라 할지라도 그리 지극정성이건만, 어찌 저와 월야의 아이는 성질도 급하게 이리 불쑥 자라 벌써 나오려 극성을 부린단 말인가.

흐음, 이안의 입에서 낮은 신음이 흘러나왔다. 배가 부풀어 오르는 속도가 눈에 띄게 빨라 회임인 줄 알았지, 아무런 기미도 보이지 않았다면 미처 몰랐을 것이다. 이안은 물론 월야 본인조차도 짐작하지 못한 일이었다. 걸음을 멈춘 이안이 슬쩍 창밖의 달을 바라보았다. 그믐. 뭔가 비밀스러운 기운이 물씬 풍기는 그런 밤이었다. 달의 신부가 제게 시집오던 그날처럼.

"뭔가 꺼림칙해."

왠지 모를 불길한 기운을 떨쳐 내고자 이안은 세차게 고개를 저었다. 산실이 정비되었다는 시비의 보고에 그가 침전 문을 열고 나섰다. 위층으로 향하는 계단에 발을 올리자 찌릿한 기운이 발끝을 타고 스멀스멀 기어올랐다. 애써 그것을 무시한 채 발을 내디며 마침내 계단 끝에 닿은 이안이 정갈함이 깃든 복도를 잠잠한 눈길로 바라보았다.

시비의 알림에 서둘러 산실을 나선 시비장이 복도를 걸어오는 이안의 앞으로 다가가 급히 고개를 조아렸다. 이안의 낮은 시선이 시비장의 머리에 닿았다. 그가 흘려 내는 시린 기운에 흠칫 몸을 떤 시비장이 떨림을 감춘 목소리로 가만히 여쭈었다.

"어인 행차십니까. 아직 기미가 보이지 않아 기다리셔야."

"내가 할 것이다."

"예?"

말의 뜻을 혹여 잘못 새겨들은 것은 아닌가 하여 시비장이 반문하였다. 그를 무시하듯 시비장을 스쳐 산실 곁문으로 향한 이안이 망설임 없이 문을 열어젖혔다. 겹문을 통과해 은밀히 위치한 산실로 접어든 이안은 여유롭게 침대에 누워 있는 월야의 모습에 피식 낮은 웃음을 터트렸다. 긴장감이라고는 전혀 찾아볼 수 없는 모습이었다.

"이안."

"정녕 해산하는 것이 맞더냐?"

침대 곁에 다가가 가볍게 입을 맞추며 이안이 장난스레 물었다. 해사한 미소를 지어 보이며 월야가 어깨를 으쓱했다. 저도 뭐가 뭔지 모르겠다는 얼굴이다. 그저 아침나절부터 배가 아팠다는 것과 더 커질 수 없을 만큼 부풀어 오른 배를 보고 짐작만 할 뿐이었다.

"진통은?"

"음. 지금은 잠잠해요."

"혹여 자는 것은 아닌가? 나오는 것도 잊어버리고 말이야."

"설마요."

"누구 닮았으면 그러고도 남지."

슬며시 농을 하며 이안이 월야의 부푼 배로 가만히 얼굴을 가져다 댔다.

"이놈, 빨리 안 나오면 볼기를 칠 테다."

"아."

그때까지 아무런 기척도 없던 배가 갑자기 요동을 쳤다. 툭 튀어나온 뭔가가 이안의 얼굴을 가벼이 때렸다. 그에 이안의 눈이 깜빡거렸다. 아프다기보다 간지럽다는 표현이 맞았으나 뭔가 기분이 나빴다. 건방진. 이안이 입을 씰룩이며 배를 노려보았다. 월야가 튀어

나온 부위를 어루만지며 다독이자 금세 가라앉았다.

"말귀를 다 알아듣나 봐요."

"버릇없는 놈."

"볼기 운운하니 화가 난 게지요."

"어미 애 먹이지 말고 빨리 나오란 말이 뭐가 나빠."

"그래도 볼기는."

"쳇."

툴툴거리는 이안을 부드럽게 바라보던 월야의 눈이 갑자기 동그랗게 떠졌다. 이안이 의아해 갸웃하자 곱게 미간을 좁힌다. 배를 감싸는 손길이 조금 떨렸다. 월야가 손을 뻗어 이안을 잡아당겼다. 꽉 움켜쥔 손이 뭔가 급박한 상황임을 대변해 주고 있었다. 그의 귓가에 바짝 입을 붙인 월야가 뜨거운 숨을 흘려 냈다.

"나와요."

"뭐?"

"밑에."

월야와 이안의 눈이 동시에 아래로 향했다. 부드러운 천에 덮인 월야의 하체를 이안이 조심스레 고개를 기울여 바라보았다. 새하얀 천이 뭔가에 축축이 젖어 들고 있었다.

꿀꺽, 마른침을 삼킨 이안이 천을 젖혀 월야의 다리 사이로 불쑥 손을 집어넣었다. 뭔가가 그의 손끝에 닿았다. 놀라 번쩍 고개를 든 이안의 눈이 월야의 곤혹스러운 눈과 마주쳤다.

"아!"

낮은 비명 한 번. 원래 이리 쉽게 생명이 탄생하던가. 뭔가 요상타. 불안한 눈으로 제 손으로 미끄러지듯 안착한 그것을 확인했다.

물컹이고 따스하고 보드라운, 뭐라 표현키 어려운 것이 그의 두 손에서 꼼지락거렸다. 조심스레 그것을 안아 든 이안의 눈이 덧없이 깜빡거렸다.

꼬물꼬물 살아 있음을 알리는 그것이 한 차례 부르르 몸을 떨었다. 다음 목청껏 울음을 터트린 그것 때문에 산실이 온통 뒤흔들렸다. 바르작거리며 울음을 터트리는 그것을 어찌할 바 몰라 이안은 그저 멍하니 바라보고만 있었다. 울음소리에 놀라 산실로 들어선 시비장이 서둘러 준비했던 천으로 아이를 감싸고 따스하게 데운 물이 있는 곳으로 데려갔다.

찰방이는 물소리를 들으며 이안이 멍한 시선을 옮겨 월야를 마주했다. 팔이 금세 허전함으로 물들어 갔다. 놀라 멍한 것은 비단 이안만은 아니었다. 아이를 낳고도 실감하지 못하는 것은 월야도 마찬가지였다.

"방금, 그 아이."

"……어."

"우리 아이 맞죠?"

"그, 그런 것 같아."

"아아, 잘 못 봤어요."

"나도. 나도 그러하다."

아이를 어르는 시비장의 음성이 귓전에 닿자 둘의 시선이 동시에 그쪽으로 쏠렸다. 가려진 휘장 너머 그림자가 천천히 이쪽으로 움직이고 있었다. 그를 참지 못한 이안이 바람을 일으켜 휘장을 걷어 냈다. 놀란 시비장이 둘의 초조함을 읽어 내고 급히 곁으로 달려왔다. 천에 감싸인 조그만 아이는 아주 새하얗고 올망졸망한 얼굴을 하고 있었다. 꼭 그믐의 꼬맹이를 빼닮은 얼굴이다.

하아. 짧은 감탄사를 흘리며 조심스레 손을 뻗어 시비장에게서 아이를 받아 든 이안이 세밀히 얼굴을 살폈다. 발그레한 볼이 꼭 잘 영근 복사를 닮았다. 오물오물 도톰한 입술은 앵두를 닮았고, 짙은 눈썹과 풍성한 속눈썹은 꼭 붓으로 그린 듯 선명하다. 무엇을 그리도 많이 먹었는지 볼살이 여간 통통한 것이 아니었다. 저도 모르게 그것을 꾹 누르자 꿈틀거리던 아이가 눈꺼풀을 밀어 올려 말똥말똥 저를 바라보았다.

아! 마주친 눈이 움찔거리다 가늘게 늘여진다. 이안의 입꼬리가 부드럽게 말려 올라갔다. 저를 닮아 낸 아이의 현안이 반짝 빛났다. 고놈 참 고집스레 생겼군.

히죽.

이안의 미소가 깊어졌다.

"저도 보여 주셔야지요."

월야의 재촉에 그제야 아차 하며 아이를 품에 안겨 주었다. 포근한 어미의 품에 안긴 아이가 젖내를 맡았는지 꾸물거리며 손을 밖으로 내밀었다. 그리곤 월야의 옷섶으로 파고들어 입을 오물거렸다. 해사하게 웃은 월야가 곧 옷을 파헤쳐 부풀어 오른 가슴을 아이의 입에 갖다 대었다. 본능에 따라 유두를 문 아이가 힘차게 그것을 빨아당겼다. 그에 지켜보던 이안의 미간이 미묘하게 비틀렸다. 뭔가 마음에 안 들어.

"옹주이십니다."

그의 불편한 속내를 알아차린 시비장이 고개를 조아리며 아뢰었다. 슬쩍 시선을 내려 시비장을 바라보다 이내 시선을 돌려 만족스런 얼굴로 젖을 빠는 제 아이를 직시했다. 씰룩이던 입술이 조금 엷은 미소를 머금었다. 그의 눈썹이 살짝 치켜 올라갔다 제자리를 찾았다. 뭐, 당분간은 참아 주지. 아주 조금만.

배가 부른지 곧 잠에 빠져든 아이의 이마에 월야가 가만히 입술을 내려놓았다. 뭔가 정신없이 순식간에 이뤄진 출산이었지만, 저와 이안의 핏줄임에는 틀림없었다. 얼떨떨하던 것도 잠시, 월야는 곧 아이가 주는 행복에 취해 넋을 놓았다.

동월궁 뜰 가득 자지러지는 웃음소리가 울려 퍼졌다. 꺄르르, 배를 잡고 웃는 해맑은 웃음과 연신 뭐가 그리 즐거운지 종알거리는 말소리까지 과연 여기가 사궁이 맞나 싶게 화기애애함이 깃들었다.

전각 위에 자리한 이안이 들여다보던 축원문을 탁 하고 소리 나게 내려놓으며 이마를 짚었다. 좁혀진 미간이 좀체 펴지지 않는 것을 살피며 은율이 가만히 비워진 찻잔을 채웠다. 때아닌 갈증이 일었던지 급히 잔을 비워 낸 이안이 낮은 한숨을 내쉬었다. 그가 시선을 들어 누각 아래를 응시했다. 고만고만한 것들이 정신없이 뜰을 헤집고 다니고 있었다. 그중 가장 소란스러운 것은 다름 아닌 단야(丹夜)였다.

"끄응."

고뇌에 찬 신음이 이안의 입에서 흘러나왔다. 짐짓 모른 척 찻잔을 채우고 물러선 은율이 보이지 않게 웃음을 띠며 아래를 살폈다. 세상 무서울 것 없는 사왕 이안이 가장 두려워하는 두 존재. 월야와 단야. 월야야 죽고 못 사는 반려이니 그렇고, 단야는 제 성정을 그대로 빼닮은 하나뿐인 핏줄이었다. 그 단야가 선두에 서서 지휘

하고 있는 어린것들은 은율과 흑룡의 아이였다. 은율을 닮아 여리게 보이는 아이 다섯과 흑룡을 닮아 순수함이 깃든 아이 일곱이 꼼짝없이 단야의 말 한 마디에 일사천리로 움직였다.

"월야는?"

"달주를 담으신다 하셨습니다."

"흠. 흑야 그놈은."

은율이 말을 아끼듯 망설이며 낮게 헛기침을 했다. 그에 그렇잖아도 신경이 날 선 이안이 차가운 시선으로 은율을 쏘아보았다. 등줄기를 타고 흐르는 시린 기운에 번쩍 고개를 든 은율이 고개를 조아리며 실토했다.

"그것이 저, 나난과 함께."

"미친."

꿀꺽.

사납게 으르렁거리는 이안의 음성에 은율이 마른침을 삼켰다. 일곱은 알을 깨고 난 것이고, 아직 아홉이 시기를 기다리며 동굴 깊이 잠들어 있었다. 그 일곱도 제 손으로 거두지 않고 저리 방목하는 주제에 감히 또 나난과 놀이 중이라니. 기가 막힐 노릇이었다. 흑룡의 표현대로라면 여직 그놈의 망할 알까기에 열중하는 중이라는 말이다. 지칠 줄 모르고 본능에만 충실한 우매한 것들. 이안이 이를 빠득 갈았다.

"더 까기만 해 봐. 확 구멍을 막아 버릴 테니."

"헉! 무슨 구멍을."

놀라 헛바람을 삼키는 은율을 이안이 사납게 돌아보았다. 그의 눈이 천천히 은율의 중심에 닿았다. 그 눈빛이 어찌나 매섭던지 은율은 저도 모르게 다리를 모으고 몸을 돌렸다. 낮게 숨을 삼키는 은율의 귀에 이안의 서슬 퍼런 음성이 날아들었다.

"너도 조심해. 안 그랬다간 그 물건도 무사치 못할 터이니."

"헙!"

아직 십 분지 일도 채우지 못한 아이의 수를 어찌 멈추라 하시는지. 은율을 바라보며 그의 아이를 잉태하기만 바라고 있는 여인이 아직 이백사십이 넘는다. 다 만족시킬 수는 없지만 그래도 심을 다하려 애썼다. 헌데 이안이 저리 으름장을 놓으니 어쩔 도리가 없다. 축 어깨를 늘어뜨린 채 매달려 안달할 여자들을 떠올리며 은율이 낮은 한숨을 토해 냈다.

그러다 문득 머릿속을 번뜩이며 지나치는 어떤 것에 은율이 히죽 미소를 머금었다. 투덜거리며 축원문을 집어 드는 이안 곁으로 바짝 다가선 은율이 은밀히 속삭였다.

"이번에 인의 세상에서 새로운 공물이 하나 들어왔사온데."

"그래서."

"그것이 아주 말랑말랑하고 고소한 색다른 먹거리이옵니다."

"웬 서두가 그리 길어?"

짜증스레 내뱉는 이안의 말에 은율이 야릇한 미소를 머금었다. 바라보는 이안의 미간이 미묘하게 일그러졌다. 때마침 뜰로 들어서는 월야의 모습에 아이들이 와르르 몰려가며 만개한 웃음을 터트렸다. 이안의 시선도 월야에게 닿았다. 은율이 그런 이안을 담아내며 좀 더 농밀한 음성으로 말했다.

"몸을 섞는 데 요긴하게 이용되기도 합니다."

"뭐라?"

"정사에 색다른 즐거움을 주기도 한다는 말씀을 드리는 것이옵니다."

"그래?"

계단을 오르는 월야를 뜨거운 시선으로 바라보던 이안이 의미심장한 미소를 띤 채 은율을 돌아봤다. 은율이 시선을 맞추며 가만히 고개를 끄덕였다. 피식, 싱겁게 웃은 이안이 손가락을 까닥였다. 그에 더 가까이 다가선 은율의 귀에 이안이 나직이 속삭였다.

"다 가져와."

"예."

"어찌하는지도 소상히 적어서."

"분부받잡겠나이다."

고개를 조아리며 물러서는 은율의 머리 위로 이안의 나직한 음성이 흘러들었다.

"뭐 조금 더 섞어 드는 것들은 어쩔 수 없지. 몸시중의 수에 비해서 말이야."

"감읍할 따름이옵니다."

주고받는 눈길이 은밀하다. 모종의 거래를 성사한 둘을 의아하게 바라보며 월야가 전각 위로 올라섰다. 고개를 갸웃하는 월야의 의문 가득한 시선을 약속이나 한 듯 외면한 둘이 짐짓 아무 일도 없다는 듯 시치미를 뗐다.

"달주는 다 담았더냐?"

"예."

"올해는 달주 양이 더 많이 늘었겠군."

"달꽃의 수가 많이 늘었습니다."

"모두가 좋아하니 다행이질 않느냐."

"예."

"아바마마."

월야를 제치고 쏜살같이 달려와 이안의 품에 폭 안기는 것은 조그만 단야였다. 어찌나 씩씩하고 날랜지 당할 이가 없었다. 제 품에 안겨 볼을 비비는 단야의 머리를 이안이 부드럽게 쓰다듬었다. 이제 갓 다섯 어린아이의 몸으로 성장한 단야는 처음 저와 대면했던 월야의 모습을 꼭 빼닮아 있었다. 해서 볼 때마다 그때의 일들이 새록새록 떠올라 더없이 행복하였다. 다시는 보지 못할 것 같았던 그 모습을 제 딸아이를 통해 볼 수 있다는 건 정말 행복한 일이었다.

"그러다 다치면 어쩌려고 그리 뛰느냐."

"으응. 안 다쳐."

"훗. 어찌 그리 장담해. 지난번에도 넘어져 무릎에 생채기가 나지 않았더냐."

"해도 금세 나았는걸."

"허나 다치는 것보다야."

"으음. 나 배고파."

제가 불리해지자 금세 말을 바꾸는 것이 여간내기가 아니었다. 혀를 내두르며 고개를 젓던 이안이 은율에게 손짓하자 그가 시비들에게 다과를 내오라 지시를 내렸다. 부드러운 미소를 머금고 곁으로 다가선 월야가 그런 단야를 가만히 나무랐다.

"단야, 아바마마께 그런 말투는 곤란하다 이르지 않았더냐."

"웅, 말 어려워요."
"노력하면 금방 괜찮아질 것이야."
"으응."
"응?"
"네."

단야의 등을 다정히 다독이던 월야가 문득 고개를 들어 하늘을 바라보았다. 먼 하늘 반짝이는 무언가가 그녀의 시야를 사로잡았다. 그에 뭔가를 느낀 이안도 고개를 들어 달길이 놓이기 시작한 하늘을 바라보았다. 낮달을 축 삼아 달길을 낸 명이 서서히 사궁을 향해 다가오고 있었다. 참으로 오랜만의 방문이었다. 다시는 올 것 같지 않더니 어인 일인가 하여 전각 위로 내려서는 명을 이안이 가늘게 늘여 뜬 눈으로 응시했다.

"오랜만이군."
"명."

저를 향해 인사를 건네는 이안과 월야를 향해 고개를 끄덕여 예를 차린 명이 시선을 내려 이안의 품에 안긴 단야를 바라보았다. 그에 단야 또한 똘망똘망한 눈으로 명을 마주했다. 그 눈빛이 조금 거슬려 이안이 단야를 바짝 끌어안아 품에 감추었다. 명이 시선을 들어 그런 이안을 가만히 응시했다. 차분하기 이를 데 없는 명의 눈빛 또한 마음에 들지 않았다.

"월야의 아이인가."
"내 아이이기도 하지."
"그래."

느른히 내려 보는 명의 시선이 더없이 은밀하였다. 마뜩잖은 시선으로 그를 노려보던 이안이 쯧, 짧게 혀를 찼다. 그저 단순한 방문일 수도 있는 것을, 괜스레 날을 세우는 것은 아닌가 해서였다. 이안이 손을 들어 자리를 권하자 명이 품에서 뭔가를 꺼내 탁자 위에 내려놓았다. 이안의 눈이 앉지 않고 버티는 명에게 닿았다가 서책로 옮겨졌다. 오랜 세월의 흔적을 고스란히 지닌 고서 특유의 향이 괘에서 흘러나왔다. 석연치 않은 느낌에 왠지 내용을 보고 싶지 않았다.

"대사성."

이안의 부름에 읍한 대사성이 괘를 들어 낙인을 살핀 뒤 조심스레 그것을 펼쳐 들었다. 내용을 살피던 은율의 얼굴이 서서히 굳어졌다. 은율이 한껏 찌푸려진 얼굴로 난처한 듯 명을 돌아보았다가 이내 불안한 눈빛으로 이안을 직시했다. 이안의 눈이 파르르 떨고 있는 은율의 손에 닿았다. 뭔가 꺼림칙하더라니.

"무엇이냐?"

"그, 그것이."

"말하라."

"하, 하오나."

"밀서다."

차마 입을 열지 못하는 은율을 대신해 명이 말했다. 이안의 눈썹이 휘었다. 밀서?

"오랜 세월 침묵의 뒷켠에 묻혀 있던 것이지."

"그럼 그냥 묵혀 두지 왜 꺼내 들고 설치는 게야."

"때가 왔음이지 않겠나."

"때는 무슨."

이안의 눈빛이 왠지 모를 불안으로 흔들렸다. 마른침이 꿀꺽 소리 없이 삼켜졌다. 그의 긴장감이 전이됐던지 품의 단야가 가만히 고개를 들어 이안을 살폈다.

"아바마마?"

이안의 시선이 단야를 담아냈다. 저를 바라보는 올망졸망한 현안이 갸웃이 깜빡였다. 이안의 손이 부드럽게 단야의 머리를 쓰다듬었다.

"이름이 무엇이더냐."

"그걸 왜 물어."

"알아야지 않겠나."

느긋한 명의 웃음이 거슬렸다. 뒤에 시립한 은율이 몸을 바들거렸다. 명이 미소 띤 얼굴로 나긋이 말했다.

"나의 반려인데."

"미쳤군."

"예?"

놀라 반문한 것은 월야였다.

툭.

은율의 손에 들려 있던 석괘가 바닥에 묵직이 떨어져 내렸다. 넓게 펼쳐진 그것이 마치 주문을 읊듯 언령을 흘려 냈다.

「12번째 달의 신부가 사궁으로 시집을 가나니.

그 반려가 진실로 참된 사랑을 알게 하리라.

그의 심장이 열 번의 만월 전에 애(愛)로 물들면

달과 사가 합하여 생명을 잉태하리라.

그 아이는 또 하나의 달의 신부가 될 운명을 타고났으니
이는 월국과 사국의 축복이라.
달의 신부여
달의 아이여
달을 애(愛)로 품으라.
그것이 네게 주어진 사명일지니.」

"헛소리. 미쳐도 단단히 미쳤군. 어디를 봐서 이 아이가 달의 신부라는 게야."
"월야와 너의 아이니까."
"흐음."
억누른 신음이 이안의 입술에서 흘러나왔다. 명이 그에 개의치 않고 맑은 미소를 머금으며 단야를 응시했다. 단야가 똘망한 눈을 들어 그를 마주했다.
"이름이 어찌 되느냐?"
"단야."
"그래, 단야로구나."
"안 줘. 못 줘."
떼를 쓰듯 단야를 끌어안은 채 명을 향해 으르렁거리는 이안을 명이 차분한 눈으로 바라보았다. 부드럽게 말려 올라가는 명의 입매가 이안의 심기를 건드렸다. 이를 드러내며 적의를 표하는 이안을 향해 명이 나직하나 분명하게 말했다.
"이안, 그 애는 내 것이야."
빠드득.

이안의 분노 서린 이 갈음이 전각을 가득 메웠다. 그에 반해 느긋하게 차를 따라 머금는 명의 얼굴엔 득의양양한 웃음이 만개하였다.

인들의 움직임이 활발한 시전. 그 혼잡함을 틈타 간혹 인이 아닌 이들이 스며들곤 하였다. 야(夜)는 물론이거니와 낮에도 그들은 긴밀히 인들의 세상을 노닐었다. 시전이야말로 인으로 화하여 움직이기에 가장 적당한 장소였다. 바삐 움직이는 인들에겐 다른 것에 눈을 돌려 살필 여유가 없기 때문이었다.

수많은 점포들 사이로 사람들의 출입이 극히 은밀한 서점 하나가 자리하고 있었다. 너른 길목을 벗어나 좁은 골목길로 접어들면 입구가 닫힌 오래된 점포 하나가 나타났다. 그곳으로 청도포 자락을 흩날리며 여유롭게 산보를 즐기는 듯한 사내 하나가 들어섰다.

사내의 등장에 반색을 하며 자리를 털고 일어서는 이는 어딘가 음흉한 구석이 있어 보이는 사십 초반의 점주였다. 마치 책을 사러 온 듯 책장 사이를 거닐며 책들을 뒤적이는 사내 뒤를 점주가 뭐 마려운 강아지마냥 졸졸 뒤따랐다. 마주 비벼 대는 손에서 구린내가 나기 직전에야 사내가 걸음을 우뚝 멈추었다. 그에 점주의 얼굴에 기대 서린 미소가 떠올랐다.

"뭐 좀 읽을 만한 것이 있소?"

"아이고, 무슨 그런 말씀을. 그 읽을거리는 공자님이 주셔야지요."

"어허. 이 사람. 손이 무슨 글을 판다고 이러는가."

"에이. 그러지 마시고 이만 내어 주시지요. 이놈 애간장이 다 녹아내릴 지경입니다요."

"홋. 참 사람하곤."

느른히 입매를 늘여 웃은 사내가 주위를 의식해 살피자 점주가 아무도 없다 은밀한 눈빛을 보냈다. 그제야 사내가 고개를 끄덕이며 품에서 뭔가를 꺼내 들었다. 그에 점주의 눈이 빛을 발했다. 먹이를 탐하듯 탐욕에 가득 찬 시선을 보내며 혀를 축이던 점주가 급기야 애가 타는지 마른침을 꿀꺽 삼켰다.

"이번 것은 두부를 이용한 오묘한 색의 환락이 축이라네."

"두부이옵니까?"

"연한 것일수록 더 농후한 즐거움을 선사하지."

"오호, 그런 것이 있었군요."

"꿀도 괜찮긴 하나 흔하디흔한 수법이니 좀 질리는 감이 없지 않아 있지 않은가."

"헤헤. 그렇습지요. 두부라, 뭔가 은밀하고 신선한 감이 있습니다요."

"늘 하던 대로만 셈을 치면 될 것이야."

"여부가 있겠습니까."

줄 듯 말 듯 손에 든 것으로 애간장을 태우던 사내가 드디어 그것을 점주의 손에 내려놓았다. 점주가 흥분을 감추며 서책을 주르르 넘겼다. 그림을 곁들인 야설이 그의 침샘을 자극했다. 아랫도리가 불끈거리는 것을 억지로 참아내며 급히 서책을 덮었다. 점주의 만면에 만족의 미소가 떠올랐다.

"죽여줍니다요."

"여자들이 안달하여 더욱 좋아하기도 하지."

"오호!"

점주의 부름에 밀실에 숨어 있던 점원 하나가 나타났다. 서책을 건네며 필사가 몇 부라 은밀히 말하는 것을 사내는 못 들은 척 외면하였다. 지시를 다 내린 점주가 이어 벽 어딘가를 더듬어 누르자 비밀 공간이 드러났다. 그 속에서 뭔가를 꺼내 든 점주가 음흉하게 웃으며 사내 곁으로 다가섰다.

"애첩에게 선물하기엔 그지없는 물건입니다요. 제 작은 성의이니 받으십시오."

옥을 깎아 만든 것인지 그 정성이 온전히 느껴지는 물건이 사내의 손으로 건네졌다. 사내가 그것을 들어 이리저리 살피더니 한쪽 입매를 슬쩍 끌어 올렸다. 짐짓 아무것도 아니라는 듯 물건을 챙겨 든 사내가 뒷짐을 지곤 처음 왔던 그대로 유유자적한 걸음을 옮겨 입구로 향했다.

"고맙게 받겠네."

"빠른 시일에 또 뵙기를 바랍니다."

답 없이 웃은 사내가 문을 열고 나섰다. 골목을 지나 너른 길목으로 접어든 사내가 얼굴을 한 차례 쓸어 내렸다. 마치 가면을 쓴 듯 순식간에 바뀐 얼굴은 좀 전과 다른 낯을 하고 있었다.

"좋은 물건을 손에 넣었군. 하여튼 인들은 못 만드는 게 없다니까."

품에 넣었던 물건을 손으로 더듬어 느끼며 은율이 느른히 웃었다. 사내의 물건을 그대로 빼닮은 이것으로 수많은 몸시중들의 불평을 조금은 잠재울 수 있을 것이다. 자급자족. 뭐 그다지 어울리는 말은 아니나, 없으면 그를 대신할 것을 찾아 채우면 그만 아닌가.

히죽.

입매를 끌어 올린 은율이 향혼을 향해 발길을 옮겼다.

은율이 다녀간 서점으로 또 다른 인영이 소리 없이 스며들었다. 별다른 기척 없이 나타난 인물에 화들짝 놀란 점주가 헉 하고 마른 숨을 삼켰다. 귀공자풍의 고운 미를 지닌 사내 하나가 떡하니 눈앞에 서 있었다. 놀라 부릅떴던 눈을 평소처럼 되돌린 점주가 능글맞은 웃음을 입가에 달고 사내를 맞았다.

"아이고, 어찌 이리 빨리도 알고 오시는지."

"말이 많아."

"흐흐. 마침 때를 맞춰 잘 오셨습니다요. 방금 따끈따끈한 신작이 들어왔습니다요."

"야왕(夜王)의 서가 맞느냐."

"틀림이 없습니다요. 직접 두고 가신 것이니 믿으십시오. 이번 편은 더 죽여줍니다요."

"어서 내어 오너라."

"헌데 값이."

"어허. 말이 많다 하였다."

툭.

사내가 품에서 뭔가를 꺼내 탁자 위에 던져 놓는 것을 점주가 얼른 챙겨 살폈다. 금전이 자그마치 다섯 냥이다. 흡족한 미소를 금세 지우고 대충 이만하면 되었다 고개를 끄덕인 점주가 직접 비고에 들어 물건을 꺼내 왔다.

"여기 있습니다요."

"오호. 이런 신비로운 일이."

건네기가 무섭게 책을 펼쳐 든 사내가 고개를 끄덕이며 눈을 빛냈다. 점주의 눈이 슬며시 사내의 아랫도리를 훔쳐 보았다. 가려진 도포 사이로 분명 주체할 수 없는 욕정이 용솟음 치고 있으리라. 점주의 음흉한 미소가 짙어질 즈음 사내가 책을 품에 갈무리하며 서둘러 서점을 나섰다. 걸음걸이가 불편한 것으로 보아 점주의 예상이 빗나가지 않은 모양이었다.

"또 향루가 한동안 꽤 시끄럽게 들썩이겠구만."

서점을 나온 위랑은 서둘러 근처 제일 큰 기루인 향루로 향했다. 이름난 기생들이 온갖 향락을 제공하는 곳이었다. 사궁에서 여러모로 충격을 받은 위랑은 인의 세상을 유랑하던 중 야왕이라는 작자가 써 낸 금서를 접하게 되었고, 그에 새로운 세계에 맛을 들이게 되었다. 정사에도 여러 가지가 있음을 깨달은 그는 곧장 향루로 향했고, 한 달이 넘게 기생들의 자지러지는 색음을 들으며 몸을 탐했다.

명색이 해왕인 위랑이 주색에 빠져 허덕일 줄이야. 이 모두가 야왕의 야설 때문이었다. 그 내용이 어찌나 자극적이고 충격적인지 행하지 않고는 궁금하여 견딜 수가 없을 지경이었다. 향주로 들어서는 위랑의 눈에 야릇한 이채가 발하였다.

사해를 바라보는 이안의 얼굴에 근심이 서렸다. 아직 어린 단야를 데려가 어찌할 마음은 없다. 은근히 이안을 비꼬아 말하던 명의 얼굴이 떠올랐다. 충분히 사랑받으며 온전히 성인으로 자란 뒤에 반려로 맞을 것이라 확언하고 떠나긴 하였으나 그리 믿음이 가지는 않았다.
"명을 믿으시어요."
"기분 나빠."
"명은 나쁜 이가 아닙니다."
"그래도 단야의 반려로는 마땅치 않아."
"허면 뉘가 좋으련지요."
그리 물으니 딱히 떠오르는 인물은 없었다. 허나 명 또한 그에겐 불가였다. 어지러운 머리를 흔들어 생각을 떨쳐 내려는 이안을 월야가 등 뒤에서 가만히 감싸 안았다. 낮은 숨을 토해 내며 이안이 월야의 손을 잡아끌었다. 그에 월야의 몸이 반쯤 돌아 이안의 품에 안착했다. 손을 뻗어 월야의 턱을 쓸어 내던 이안이 월야의 입술을 취했다.
사뿐히 턱을 내리는 손길에 월야의 입술이 벌어졌고, 그 안으로 이안이 혀를 밀어 넣었다. 숨을 삼키듯 월야의 호흡을 취한 이안이 그녀의 혀를 제 혀로 휘감았다. 지분거리는 입술의 부딪힘이 고요한 침전을 가득 메웠다. 자연스레 턱을 타고 내린 손이 쇄골을 지나 월야의 가슴골을 파헤쳤다. 낮은 울림이 월야의 입안에서 터져 나오지 못하고 삼켜졌다.
이안이 눈꺼풀을 들어 올려 파르르 가는 떨림을 전하는 월야의 긴 속눈썹을 응시했다. 끊임없이 월야의 입술을 탐하며 그녀의 가슴을 지분거렸다. 그녀의 여린 속살이 그의 손길에 반응할 때마다 이안의 가슴에 불꽃이 일었다.
이안은 다른 손을 뻗어 탁자 위에 마련된 곽의 뚜껑을 열었다.

찬 기운을 품은 부드러운 두부가 손에 잡혔다. 야릇한 미소를 머금은 이안이 두부를 조금 덜어 거친 숨을 몰아쉬느라 틈을 벌린 월야의 입술 사이로 밀어 넣었다. 뭔가가 들어오자 월야가 눈을 깜빡였다. 미처 그 맛을 음미하기도 전에 또다시 이안의 혀가 침범했다.

"색을 맛있게 먹기 위한 곁들임 음식이라고 은율이 말하더군."
"아."
"뭔가 느낌이 묘해."
"맛있다."
"음. 그래도 네가 더 맛있어."
"으음. 난 이안 당신이 그래요."
"큭. 천천히 음미하며 즐기자구."

반쯤 벗겨진 월야의 자리옷 안을 파헤치며 이안이 막 그녀의 수풀을 더듬을 때였다.

두두두두.

침전을 울리며 다가서는 뭔가의 움직임이 이안의 미간에 주름을 아로새겨 넣었다. 월야가 짙은 신음을 흘리는 이안의 품에서 얼른 벗어나 옷을 여미는 그 잠깐 사이, 벌컥 침전의 문이 열렸다.

"어마마마! 나 잠이 안 와요."

쪼르르 월야의 품을 파고드는 단야의 조그마한 머리를 이안이 가늘어진 시선으로 응시했다.

끄응.

며칠째 제대로 된 밤을 보내지 못하였다. 저 어린것으로 인해. 아무리 제 핏줄이라지만 어찌 저리 눈치가 없을까. 이안의 눈이 단야를 다독이는 월야에게로 향했다. 모전여전.

후우, 깊은 한숨을 토해 낸 이안이 곰곰이 뭔가를 생각하며 단야를 쏘아보았다.

저것을 그냥 빨리 시집보내 버려? 후우. 미치겠다.

고뇌에 가득 찬 이안의 비명이 소리 없이 사궁을 맴돌았다.

난데없이 격하게 요동치는 사해의 물결을 헤치며 흑룡이 나난을 품에 안았다. 불안한 듯 바르르 몸을 떨던 나난이 이내 평정을 찾은 듯 흑룡의 품에 고개를 묻었다. 행복한 미소를 머금은 나난을 부드럽게 쓰다듬으며 흑룡이 그녀의 정수리에 입을 맞췄다.

"가자. 알까기 하러."

—응.

가볍게 주고받는 이 대화를 이안이 들었다면 당장에 둘을 죽여 놓겠다, 으름장을 놓았을 것이다. 깨어난 아이만 해도 일곱에 낳은 알만 해도 아홉이라 은율이 말하였다. 허나 그들도 미처 알지 못했던 것은 알까기가 하루 이틀에 끝나는 그리 단순한 놀이가 아니라는 사실이었다. 사해로 직접 들어가 살피지 않은 이상 숨겨진 동굴 곳곳 그들이 남겨 놓은 애의 흔적을 알아내기란 쉽지 않은 일이었다.

입을 맞추며 심해를 유영하는 그들 뒤로 아름다운 산호에 둘러싸인 은밀한 동굴이 모습을 드러냈다. 그 동굴 곳곳 아늑하게 자리한 둥지마다 알까기의 산실이 그대로 머물러 있었다. 눈대중으로 그 수를 쉽게 헤아리지 못할 만큼의 양이 쌓여 있었다.

어둠이 내려앉은 동굴 깊은 곳에 여느 알과는 다른, 오색 창연한 빛깔의 알 하나가 둥지 하나를 독차지하고 있었다.

꿈틀.

지금 그 알이 저 혼자 몸을 들척이고 있었다. 알을 깨고 나오려는 분주한 움직임이 알 표면에 엷은 금을 만들어 내고 있었다. 여러 갈래로 뻗어 나간 금이 마침내 정점에 다다랐을 때 쫘직 하는 낮은 소음과 함께 알이 깨졌다.

―삐오?

툭.

작고 앙증맞은 손 하나가 알 밖으로 빠져나왔다. 뭔가를 움켜쥐듯 꿈틀대던 손이 다시 알 안으로 사라지고, 얼마 지나지 않아 알이 파사삭 형체 없이 일그러졌다. 동그랗게 말린 몸을 쭉쭉 늘여 기지개를 켜는 아이의 머리는 칠흑과도 같은 빛깔을 지녔다. 피부는 마치 도자기를 빚은 듯 매끄럽고 하얗게 빛났으며 입술은 붉디붉었다.

풀쩍.

몸을 일으킨 아이가 고개를 갸웃하며 주변을 살폈다. 아무런 기척이 없다. 잠시 자리에 털썩 주저앉은 아이는 제가 깨고 나온 알을 집어 우적우적 씹어 삼키기 시작했다. 주린 배를 알 껍질로 채운 아이가 주섬주섬 일어나 동굴 바닥을 거닐었다.

아이 뒤로 슬렁슬렁 바닥을 이리저리 끄는 꼬리 하나가 늘어졌다. 흑룡의 꼬리였다. 저만치 걸어가던 아이가 문득 걸음을 멈추고 머리를 긁적이다 대뜸 뒤를 돌아보았다. 그러다 히죽 입매를 끌어올려 장난스레 웃는다. 그 벌어진 입술 사이로 날카롭게 벼린 송곳니가 반짝 빛을 발했다.

─삐오. 배고파.
 청옥의 빛깔을 닮은 눈이 보석처럼 빛났다. 깜빡 눈꺼풀을 내렸다 올린 아이의 고개가 갸웃 기울었다.

그리고 아이들

 사나무 꼭대기에 검은 그림자 하나가 드리웠다. 청명한 하늘을 마주하고 느른히 눈을 내리며 아래를 살피고 있는 것은 분명 청아였다. 나무 아래 어지러이 쫓아다니는 어린것들을 피해 하늘 위로 숨어들었다. 이것이 시끄럽게 매달리며 놀아 달라 졸라대는 어린것들을 떨쳐 낼 수 있는 유일한 방법이었다. 귀찮아.
 손에 닿을 듯 가까이 구름이 머물렀다. 저것을 따라 흘러가면 혹여 이곳을 벗어날 수 있을까? 깊은 한숨을 내쉬며 가만히 눈을 감았다. 귓속을 파고드는 어린것들의 웃음소리가 머리를 어지럽게 만들었다. 틈만 나면 알을 까 대는 철없는 부모가 원망스러웠다. 방목이 최선이라는 듯 낳아 놓기만 하고 돌보지를 않으니, 그것들의 뒷바라지는 먼저 난 것들의 차지였다. 미치게도 흑룡의 기질을 이어받은 것은 오직 저 혼자뿐이었다.

"지겨워."

해서 매정히 굴어도 좋다 매달리는 어린것들이 수두룩하였다. 아비를 닮아 하늘을 날 수 있는 청아의 능력을 경의롭게 여겨 그런 것이다. 그게 뭐 어떻다고. 쳇. 날개라고 있으면 뭘 해. 예서 벗어날 수도 없는 것을. 투덜거리며 혀를 차던 청아의 귀에 저를 부르는 또렷한 목소리 하나가 날아들었다. 번쩍 절로 눈이 떠졌다.

"청아야, 어서 내려와."

내리뜬 눈에 저 아래 점처럼 작은 단야의 모습이 비쳤다. 시야를 밝게 하자 허리에 척하니 손을 올리고 단단히 화가 난 얼굴로 위를 올려보고 있는 단야가 보였다. 청아가 사나무 위로 튄 것을 알아차린 모양이었다. 청아의 눈이 더 가늘어졌다. 그냥 애들이랑 잡기놀이나 할 것이지 괜한 것에 신경을 쓴다. 후우, 낮은 한숨을 내쉬며 훌쩍 날아올랐다.

공중을 선회해 서서히 아래로 내려오는 청아를 단야가 곱지 않게 흘겼다. 저만 혼자 편하자고 튀다니 얄미워 죽겠다. 그에 사뿐히 땅으로 내려선 청아가 뭐? 하며 눈을 휘었다. 저는 잘못한 것 없다 오히려 당당한 태도로 나선다. 웃겨 정말.

"대체 술래가 튀면 어쩌라는 거야?"

"계속 도망 다니면 되지. 종일 지치도록 뛰어다니면 쉬이 잠들고 좋잖아."

"하아. 기막혀."

"막히면 뚫어."

"청아!"

귀청 떨어진다, 귀를 후비적거린 청아가 저를 향해 까르르거리며 달려드는 어린것들을 마뜩잖게 바라보았다. 팔이며 다리 할 것 없이 대롱대롱 매달리는 것들을 한숨으로 맞이한다. 자칫 방심했다간 아이들의 홍수에 파묻혀 질식할 수도 있을 것 같았다. 대체 무슨 생각으로 이리도 많은 것들을 낳은 것인지. 넋이 반쯤은 나간 듯 제 풀에 지쳐 한숨만 내쉬는 청아를 단야가 고소하다 조소했다.

"다시 해."
"숨기놀이로 바꿔."
"그래."

단야가 손을 휘젓자 어린것들이 일제히 흩어졌다. 저마다 숨을 곳을 찾아 신나게 내달렸다. 그를 부드러운 시선으로 바라보던 단야가 청아를 돌아보며 눈을 가늘게 치떴다. 그리곤 낮은 목소리로 경고했다.

"또 튀면 죽을 줄 알아."

답 없이 빨리 가라 손을 휘젓는 청아를 못미덥게 바라보다 단야도 이내 방향을 틀었다. 아이들이 흩어진 곳으로 달려가는 단야를 차가운 시선으로 쏘아보던 청아가 피식 비틀린 웃음을 흘려 냈다. 하여튼 잘도 속아. 단순하긴.

터벅터벅, 산책을 즐기듯 느긋하게 숲을 거닐었다. 찾지 않으면 그만이지. 어디 지칠 때 까지 숨어 있어 보아라. 비틀려 올라간 입매가 느른히 미소를 머금었다.

사해로 유유히 걸어 나온 청아가 날카로운 시선으로 심연을 노려보았다. 어디서 또 알까기에 열을 올리고 있을 제 부모를 향한 원망이 서렸다. 무한 증식의 말로가 어찌 되는가를 적나라하게 보여 주고 있는 최악의 본보기였다.

쯧.

짧게 혀를 차며 고개를 저은 청아가 시선을 멀리 향혼에 두었다.

저기라면 편히 쉴 수 있겠다. 발길을 돌려 향혼으로 향했다. 사왕의 허락 없이는 함부로 오를 수 없는 향혼이었다. 허니 여기 있으리라곤 아무도 생각지 못할 것이다. 뱃전에 올라 차게 사나무 숲을 돌아본 청아가 훌쩍 아래로 내려섰다. 배 한가운데 대자로 벌렁 드러누워 가만히 눈을 감았다.

찰박이는 잔잔한 물여울 소리와 은은하고 달콤한 달꽃향이 평온을 불러들였다. 나른히 하품을 한 청아가 서서히 잠에 빠져들었다. 시간이 더디게 흘렀다. 숨죽인 듯 고요가 찾아든 숲에선 아이들이 청아가 오기를 기다리며 몸을 숨기고 있었다. 사해로 향하는 모래사장 위에 점점이 찍힌 발자국이 여린 바람에 흩날리어 흔적 없이 사라졌다. 애초에 아무것도 없었던 듯 사위가 조용하기만 하였다.

바람이 불었다. 돛대 없는 향혼이 바람에 서서히 몸을 움직였다. 사해를 가르며 앞으로 나아가기 시작한 향혼을 그 누구도 눈치채지 못했다. 배 가운데 드러누운 청아와 뱃전 아래 어둠 속에 몰래 숨어든 단야와 배 뒤편 창고 속에 자리한 아린조차도 그를 알지 못했다. 향혼이 물빛 여울을 헤치고 인의 세상으로 스며들었다.

그믐이다.

비밀스럽고 은밀한 달이 사궁을 은은히 비추었다. 숨기놀이에 여념이 없던 아이들이 하나 둘 지쳐 거처로 돌아오고도 한참이 지났다. 배고픔을 견디지 못하는 단야가 제일 먼저 쫓아왔어야 마땅하거늘 어찌해 아직도 기척이 없다.

동월궁 뜰을 서성이던 월야가 낮은 한숨을 흘려 냈다. 소녀가 되어서도 이리 천방지축이니 어찌하면 좋단 말인가. 철없는 단야를 반려로 맞으려는 명이 요즘은 괜히 측은해지곤 하였다. 버릇없고 막무가내인 것이 꼭 사왕을 닮았다. 기질이 그러하니 명도 만만히 대적할 수가 없었다. 하여 여태 월국으로 시집을 가지 않은 것이다.
  열아홉이면 충분히 여인으로서의 모든 것을 다 갖추었다. 허나 겉만 그러하니 문제였다. 속은 아이와 다름이 없었다. 그러니 여태 어린것들과 노니느라 밥때도 놓치고 돌아다니는 것 아니겠는가. 하늘 높이 떠오르기 시작한 달을 바라보며 월야가 깊은 한숨을 흘려 냈다.
  "때가 되면 돌아오겠지. 그만 들어와."
  침전 창으로 내려다보며 이안이 무심히 말했다. 올려보는 월야의 눈이 부드럽게 호를 그렸다. 달주를 기울이는 그의 시선이 멀리 소야궁 쪽으로 향하는 것을 봤기 때문이었다. 소야궁은 지금 단야의 거처가 되어 있었다. 밥때도 잊고 문안 인사도 거른 단야가 혹여 피곤에 절여 제 거처에서 잠이 든 것은 아닌가 하여 그런 것이리라. 속내와 달리 무심을 가장해 말하는 이안이 사뭇 귀엽게 느껴졌다.
  "잠자리에 달주는 어이해 드십니까."
  문득 눈앞의 인기척에 시선을 옮긴 이안이 느른히 웃었다. 어느새 둥실 떠오른 월야가 창밖에 머물러 있었다. 술은 몸에 해롭다 말하던 때가 떠올랐다. 세월이 흘러도 어찌 저 아름다움은 변함이 없는가. 가히 팔불출다운 생각을 만면에 드러내며 이안이 우아하게 팔을 펼쳤다. 그에 해사한 미소를 머금은 월야가 와락 그의 품에 안기었다. 스륵 말려 올라간 이안의 입매가 부드럽게 곡선을 그려 냈다.

"뜨겁게 달아오르라 마시는 게지."

"으음."

달주를 머금은 이안이 월야의 입술에 제 입술을 맞물렸다. 입안으로 스며드는 달주의 달콤하고 알싸한 맛에 월야가 흡족한 미소를 띠었다. 은은히 여운을 남기는 달주의 향을 마저 취하겠다. 이안의 입안을 샅샅이 탐했다. 이안의 입에서 엷은 신음이 새어 나왔다. 어느새 자리옷을 파고드는 월야의 야릇한 손놀림에 이안이 나른히 녹아내렸다.

"밤이 깊었으니 벌써 잠이 들었는지도 모르겠군."

"노느라 지쳐 정신없이 곯아떨어졌을지도 모르지요."

"하여 밤새 깨지 못할지도 모르지."

"허면 날이 새도록 일어나지 못할 테지요."

"그럴 테지……."

밤마다 찾아드는 불청객이 오늘은 웬일로 잠잠하였다. 종일토록 어린것들과 뛰어다니더니 아마도 지쳐 잠든 모양이라고 소망을 담아 결론지었다. 이 밤은 오직 둘만 즐기며 보낼 수 있으리라 속으로 기뻐하였다. 월야의 옷을 벗겨 내며 이안이 손가락을 부딪쳐 창을 닫았다. 행여나 불청객이 깨어 들이닥칠까 미리 단속하려 단단히 문을 걸어 잠갔다.

빙글, 날듯이 월야를 안아 몸을 일으킨 이안이 침대를 향해 성급한 걸음을 옮겼다. 걸음 하는 동안에도 뜨겁게 서로를 탐했다. 이 얼마만의 평온이던가.

　나신의 월야를 얌전히 침대 위에 내려놓고 낮은 신음을 흘려 내며 이안이 매끄럽게 그녀의 발을 더듬어 올랐다. 뜨겁게 맞물린 입술이 질척이는 색스러움을 담아냈다. 이안의 길고 수려한 손이 월야의 가슴을 지분거렸다. 손가락 끝으로 돌기를 자극하자 그에 반응해 꼿꼿이 고개를 들고 일어선다. 거친 호흡을 토해 내며 입술을 거둔 이안이 열기 가득한 시선으로 월야를 내려 보았다. 마주한 시선도 그에 못지않았다. 달뜬 신음성이 월야의 타액으로 물든 입술을 적셨다. 한숨 같은 부름을 월야의 가슴 위에 흘려 냈다.

　"월야."

　흐트러진 호흡이 묘한 색을 불러들였다. 뜨겁게 타오르는 숲을 헤치고 이안의 손이 부드럽게 스며들었다. 야릇하게 간질거리는 자극에 발끝이 찌릿해져 몸을 비틀었다. 그에 더 농후해진 손놀림으로 이안이 월야의 다리 사이를 침범해 들었다. 이 밤, 날이 새도록 월야를 먹고 먹을 것이다. 먹겠다 덤벼들면 또 능히 먹혀 주기도 하면서.

　"이제 맛있게 먹어도 되겠군."

　"하아."

　엷은 숨을 토해 내는 월야의 얼굴에 홍조가 깃들었다. 꽃물로 촉촉이 물든 손가락을 혀로 핥아 내며 이안이 야릇한 미소를 머금었다. 월야의 긴 다리를 제 어깨에 걸치며 이안이 그녀 안으로 깊숙이 스며들었다.

　소란스러운 인기척에 무거운 눈꺼풀을 밀어 올린 청아가 가만히 흐린 시야를 다스렸다. 감았다 뜬 눈 안으로 밝은 등불이 스며들었다. 곁을 스치며 지나는 등불이 점점이 허공을 밝혔다. 청아의 고개가 갸웃 기울었다. 대체 왜 저것이 허공에 떠다는 거지? 벌떡 몸을 일으켜 등을 뒤좇던 청아의 눈이 화등잔만 하게 커졌다. 저게 혹여 배인가?

뱃놀이를 즐기는 낯선 이들의 배가 주변을 가득 메우고 있었다. 등을 켠 것은 비단 그 한 척만이 아니었다. 주변을 둘러보는 청아의 눈이 휘둥그레졌다. 대체 여기가 어디란 말인가.

"인들의 세상이다."

목소리가 들린 쪽으로 고개를 돌리니, 뱃전에 단야가 그와 비슷한 눈을 하고 앉아 있었다. 하아, 청아의 입에서 헛웃음이 터져 나왔다. 단야 저것이 왜 여기 있는 것인지 도무지 알 길이 없었다. 분명 홀로 향혼에 올랐었는데 이게 어찌 된 영문인가 말이다. 혹여 여기 몰래 숨어 있었던 건가? 하여튼 간도 크다.

"축제인가 봐."

또 다른 목소리가 배 말미에서 들려왔다. 놀란 청아의 시선을 무심히 받아치며 아린이 중앙으로 걸어 나왔다. 아이들의 놀이에도 끼지 않고 종일토록 두문불출하던 아린이었다. 어딜 갔나 했더니 저도 향혼에 숨어 혼자만의 시간을 보내고 있었던 모양이다. 청아의 낮은 한숨을 귓등으로 흘리며 사뿐히 곁에 내려앉은 아린이 손끝으로 뭍을 가리켰다.

시전. 인들의 물결이 홍수를 이루는 축제의 야시전이 벌어지고 있었다. 그 색다른 풍경에 세 아이의 눈이 묘한 이채를 발하며 빛났다. 사국을 떠나 인들의 세상으로 나온 것은 태어나 처음이었다.

말로만 들어 알던 것과 눈으로 보는 것은 사뭇 달랐다.

홀로 움직인 향혼이 시전이 한창인 뭍으로 다가갔다. 그믐의 어둠은 훤히 밝혀진 등불에 이미 자취를 감추었다. 사방이 대낮처럼 밝았다. 나루터에 정박한 향혼이 움직임을 멈췄다. 그에 멍하니 시전을 바라보던 셋이 시선을 맞췄다. 어떻게 할 거야? 눈으로 묻는 물음에 청아가 먼저 행동으로 답했다. 벌떡 일어선 청아가 입매를 비틀어 웃으며 보란 듯이 몸을 날려 땅으로 내려섰다.

"청아."

단야가 서슴없이 시전으로 걸어가는 청아를 불러 세웠다. 답 없이 손을 휘저은 청아가 돌아보지 않고 계속 걸어 나갔다. 향혼에 남은 단야와 아린의 시선이 맞물렸다. 여기까지 와서 그냥 갈 수는 없지. 암묵적인 시선을 주고받은 둘이 곧 향혼을 벗어났다. 앞선 청아를 따라 걸음을 재촉했다. 인의 물결이 무섭게 밀어닥쳤다. 그에 뒤따르던 단야와 아린도 흩어지고 말았다. 우뚝 멈춰 서 살펴본 시야 안 어디에도 청아와 아린은 없었다. 어쩌지? 고개를 갸웃한 단야가 이내 씩씩하게 인들 속을 파고들었다. 돌아다니다 보면 어련히 만나질까. 근심걱정은 잊은 지 오래였다.

인들의 세상은 참으로 별나고 신기한 것들이 많았다. 공물로 바쳐지는 것들을 제외하고 단야가 접한 것은 그다지 많지 않았다. 해서 보이는 것마다 신기하고 놀라웠다. 각가지 장신구들부터 맛난 먹을거리까지 눈과 귀와 입을 현혹시키는 무수한 것들이 단야의 정신을 단숨에 빼놓았다.

"아, 당과다!"

달고 단 과실 위에 엿물을 들여 만든 새로운 당과가 단야의 눈길을 사로잡았다. 입에 가득 고이는 침을 꿀꺽 삼키며 단야가 깊은 한숨을 토해 냈다. 옷섶에 달린 주머니를 물끄러미 내려 보다 또 한숨을 내쉰다. 주머니라 해도 딱히 든 것이 없었다. 어린것들과 놀아 주느라 지니고 다녔던 공기 몇 개가 다였다.

"맛있겠다."

옅은 한숨이 입을 벗어나기 전, 풀이 죽어 돌아서던 단야의 입술에 당과가 닿았다. 달디 단 첫 맛이 입안으로 스며들었다. 덥석 생각 없이 당과를 베어 먹었다. 작대기를 잡고 있는 길고 미려한 손에 시선이 머문 것은 당과를 거의 다 먹어 삼킬 즈음이었다. 스륵 시선을 올리던 단야의 귀에 아름다운 미성이 깃들었다. 익히 들어 알고 있는 음성이었다.

"맛있느냐."

당과를 마저 삼키며 단야가 고개를 끄덕였다. 그에 환한 미소를 머금은 명이 부드러운 시선으로 단야를 내려 보았다. 남은 작대기를 주인에게 돌려주며 명이 단야에게 물었다.

"더 먹겠느냐."

힐끔 다른 과실이 꽂힌 당과를 바라보며 단야가 침을 꿀떡 삼켰다. 명이 입매를 끌어 올리며 종류별로 당과를 주문했다. 명의 손에 건네진 당과를 눈으로 좇으며 단야가 한껏 숨을 들이켰다. 당과의 달콤한 향기가 콧속으로 스며들었다. 절로 군침이 삼켜졌다.

"어느 것으로 줄까?"

다정히 묻는 명의 말에 단야가 엷게 웃으며 노란 것을 가리켰다. 그에 그것을 집어 건네려던 명이 거의 단야의 손과 맞물린 시점에서 멈추었다. 잔뜩 기대하고 손을 내밀었던 단야의 미간이 살포시 찌푸려졌다. 게서 멈추면 어쩌라는 것인지. 마뜩잖은 시선을 들어 명을 바라보았다. 시야 가득 노란 당과에 입을 가져다 대는 명이 보였다. 아, 그걸 저가 먹으면 어쩌란 말인가. 스륵, 단야의 눈매가 내려앉았다.

"쳇. 줬다 뺏는 건 뭐람."

구시렁거리는 단야의 붉은 입술로 당과를 머금은 명의 입술이 내려앉았다. 말캉하고 달콤한 당과가 단야의 입안으로 스며들었다. 제가 씹는 것이 당과인지 명의 혀인지도 모를 만큼 입안의 것은 맛있었다. 맞물려 입안을 탐하는 것은 분명 명의 혀일 것이다. 헌데 그 혀마저 무척 달콤하게 여겨지는 것은 뭐란 말인가. 당과가 술을 부린 것인가?

입술을 거둔 명이 나른히 웃으며 혀로 남은 잔해를 핥았다. 그에 지켜보던 단야도 제 혀를 핥았다. 큭, 저를 따라 하는 단야가 귀여워 명이 낮은 웃음을 터트렸다.

살아온 세월에 비해 단야를 기다리는 시간은 무척 짧았다. 허나 단야가 커 가는 동안 그를 지켜보는 명의 마음엔 조급증이 일었다. 저 귀여운 것을 당장 데려와 키워야겠다. 벼르고 벼르던 것이, 매번 저는 아직 어리다 부모를 떠나 살 수 없다 하며 고집을 부려 대는 통에 자꾸만 미뤄졌다. 해서 애타는 심정을 무겁게 억누르며 견뎌 왔다. 단야가 마음을 열고 저를 찾을 때까지 기다리리라 다짐했다. 저는 결코 사왕처럼 막무가내로 굴지 않으리라 굳게 마음먹었었다.

헌데 하루하루 지날수록, 고독이 그를 견딜 수 없게 짓누를수록 단야가 그리웠다. 항상 우물에 비친 단야의 모습을 주시하며 마음을 졸였었다. 헌데 오늘 예기치 않게 향혼에 오른 단야가 사궁을 나와 인의 세상으로 숨어들었다. 지켜보던 명의 심장이 불안하게 뛰어 댔다. 해서 망설임 없이 우물로 뛰어들어 인의 세상을 밟았다. 극히 드문 일이었다.

"이번엔 또 어떤 것을 먹겠느냐."

명의 미소가 짙어졌다. 가만히 그를 바라보던 단야가 손가락을 들어 쭉 당과를 훑었다. 그 손길이 머문 초록의 당과를 제 입술에 머금으며 명이 고개를 내렸다.

덥석.

단야의 입술이 서슴없이 명의 입술을 머금었다. 이 또한 맛있다. 먹는 족족 맛있지 않은 것이 없었다.

달콤함에 젖어 연신 당과를 취한 단야가 텅 빈 명의 손을 눈에 담으며 제 혀를 핥았다. 여직 단맛이 남아 있었다. 입술에 밴 모양이다 배시시 웃은 단야가 반짝이는 눈으로 명을 응시했다. 손을 털어 내리며 명이 화사하게 미소 지었다. 놀이 삼아 시작한 것이 단야의 흥미를 끌어 입맞춤까지 이어졌다. 이보다 좋을 순 없다. 명의 얼굴에 흡족한 미소가 머물렀다.

"맛있었느냐."

"응."

"다행이구나."

고개를 끄덕이는 명의 얼굴로 단야가 손을 뻗었다. 갑작스레 제 얼굴을 잡아 고정시키는 단야의 손길에 명이 고개를 갸웃 기울였다. 왜? 물음 가득한 명의 눈길을 당당히 맞받아치며 단야가 매끄럽게 입매를 끌어 올렸다. 명의 눈길이 단야의 빨갛게 영근 입술에 머물렀다. 그 입술이 맹랑하게 말을 흘려 냈다.

"이것도 꽤 맛있었어."

무슨 말인지 알아듣지 못한 명이 의문을 담아 단야를 내려 보았다. 그에 살포시 반월을 그리며 눈을 늘인 단야가 잡은 명의 얼굴을 끌어내리며 발을 돋우었다. 단야의 입술이 엿물이 묻어 반짝이는 명의 입술을 덥석 머금었다. 꽤 오래토록 열심히 명의 입술을 취한 단야가 파르르 떨리는 명의 속눈썹을 담아내며 가만히 눈꺼풀을 내려놓았다.

"먹어도 없어지지 않아서 더 좋아."

맹랑하기 그지없는 단야의 말이 명의 심장을 사르르 녹여 내렸다. 맞물린 입술을 살짝 거둬 내며 단야가 좋다 말한다. 그 잠시가 못내 아쉬워 명이 와락 단야를 끌어안고 거칠게 입술을 탐했다. 나도 좋다. 먹어도, 먹어도 먹고 싶을 만큼. 단야 네가 좋다.

어린것들의 눈을 현혹시키기에 충분한 것들이 즐비하게 시전을 채우고 있었다. 허나 아린의 호기심을 끌기에는 부족한 감이 있었다. 무심히 그것들을 훑은 아린이 낮은 한숨을 내쉬었다. 뭐가 이리 시끄럽고 정신 사나운 것인지. 복잡하여 거닐기도 벅찬 대로를 벗어나 아린은 좁은 골목을 누비고 다녔다.

인적이 드문 골목으로 접어든 아린은 사궁과는 다른 이들의 거처를 살피며 호기심 서린 눈을 빛냈다. 그러다 어느 한 곳에서 발길을 멈췄다. 상점 하나가 집들 사이에 은밀히 자리하고 있었다. 낡고 허접한 문이 곧 허물어질 듯 위태롭게 달려 있었다. 과연 저

문이 제대로 열리기는 할까 의아해하던 찰나에 그 문을 열고 나서는 이가 있었다.

뭐가 그리 급한지 댓돌을 밟지도 않고 바닥으로 날듯이 내려선 자가 앞에선 아린을 보지 못하고 발을 딛다 놀라 허우적거렸다. 그 짧은 순간 참으로 많은 것을 한다 생각하며 아린이 무표정하게 그를 바라보았다. 찰나의 순간 그의 얼굴이 아린의 얼굴 가까이 닿았다. 부딪힐 것이 자명한 상태였으나 아무 일도 일어나지 않았다. 제 얼굴 위에서 딱 멈춘 사내의 얼굴을 아린이 건조하게 바라보았다.

"이런."

사내의 입에서 낮은 탄식이 흘러나왔다. 술을 부리고 말았다. 그것도 인이 보는 눈앞에서. 하필이면 야설을 파는 서점 앞에서 말이다.

쯧.

짧게 혀를 찬 위랑이 스르르 뒤로 몸을 물리며 비릿하게 입을 끌어 올렸다. 뭐 할 수 없지.

"인은 그다지 맛이 없긴 하지만. 먹어 없애는 수밖에."

매끄럽게 올라간 입매가 서슬 퍼런 이빨을 드러냈다. 귀공자다운 아름다운 얼굴이 시린 살기를 흘려 냈다. 천천히 아린을 향해 손을 뻗던 위랑이 목 바로 앞에서 손을 멈췄다. 뭔가 이상했다. 죽음을 눈앞에 둔 것치고는 너무 덤덤했다. 보통의 인이라면 위랑이 흘려내는 사기만으로도 지레 겁을 먹고 벌벌 떨며 쓰러지기 일쑤인데 이것은 아무렇지 않게 버티고 섰다. 무심히 올려보는 아린의 시선에 위랑의 미간이 한껏 찌푸려졌다. 뭐야 이건.

아린의 눈이 제 목을 죄일 듯 다가선 위랑의 손에 머물렀다. 스륵 시선을 들어 올린 아린이 피식 위랑을 향해 비웃음을 흘렸다. 하아. 웃어?

"색한 주제에."

"허어. 뭐?"

스윽, 아린의 맑은 눈망울이 위랑의 가슴께로 향했다. 그 눈길을 따라 시선을 내린 위랑이 헉 하고 짧은 숨을 삼켰다. 품에 잘 갈무리해 두었던 금서가 삐죽이 튀어나와 있었다. 이걸 어찌 알았지? 은근슬쩍 아무것도 아니다 시치미를 떼며 금서를 집어넣었다. 어린 것이 알아볼 리 없다 여겼다. 허나 그것은 아린이 누구의 딸인가를 모르고 한 판단이었다.

"금지된 환락."

"헉!"

그새 어찌 제목을 보았단 말인가. 위랑이 품에서 금서를 꺼내 확인했다. 한 자도 틀리지 않았다. 나온 지 몇 시진도 채 되지 않은 따끈따끈한 신간이었다. 아린을 내려 보는 위랑의 눈이 묘하게 휘었다. 저것은 대체 뭐란 말인가.

"그건 별로야."

"뭐?"

"볼 것 없다고."

"허어. 어린것이 뭘 안다고."

별스레 희한한 것이다. 인들 중에도 간혹 정신이 온전치 못한 것이 있다 하더니 이를 두고 한 말인 모양이다.

쯧.

가볍게 혀를 차며 고개를 저은 위랑이 한 발 물러서 아린과 거리를 두었다. 정신 나간 것은 상대할 필요도 없다. 본 것을 떠들고 다닌다 해도 믿을 이가 없을 것이다. 그냥 두자. 발길을 돌린 위랑이 채 몇 걸음 옮기지도 못하고 우뚝 멈춰 섰다. 고개를 돌리자 제 옷깃을 잡은 겁 없는 손이 보였다. 그 손을 따라 시선을 움직인 위랑이 이를 드러내며 사납게 아린을 노렸다.

"놔!"

거칠게 제 손을 쳐 내는 매서운 손길에도 아랑곳이 없다. 뭐 이런 괴적인 것이 다 있나 싶을 지경이었다. 낮게 한숨을 내쉰 위랑이 몸을 돌려 아린을 마주했다. 올곧게 저를 바라보는 아린의 눈이 괜스레 거북했다. 마치 저를 속속들이 꿰뚫어 보는 듯해서였다. 겉보기와 다른 음흉한 속내를 다 들킨 듯 속이 뜨끔하였다. 해서 부러 더 힘주어 목을 세웠다.

"뭐."

투박하게 내뱉는 말에 아린이 피식 또 건방진 웃음을 터트렸다. 그에 위랑의 눈매가 매섭게 치켜 올라갔다. 웃었어? 위랑이 손을 뻗어 아린의 목을 거머쥐었다. 파르르 떨리는 손에 힘을 가하려는 순간, 뭔가가 위랑의 시야를 가렸다. 위랑의 눈이 모로 휘었다. 이건 또 뭐야.

"아낙들의 은밀한 속사정?"

눈앞에서 책이 촤라락 펼쳐졌다. 검은 것은 글이나 그 외에 것은 그림이다. 은밀하고 색스러운 야화. 제 손에 있는 금서에 버금가는 현란하기 그지없는 것들이었다. 위랑의 눈이 번쩍 빛났다. 빨려들 듯 책을 탐하던 위랑의 눈이 순간 가늘게 찢어졌다. 책이 시야에서 감쪽같이 사라졌다. 대신 목이 잡힌 채 저를 건조하게 바라보고 있는 아린이 보였다.

"야왕(夜王)은 저무는 해고 여제(女帝)가 떠오른 해지."

"여제?"

"사궁 몸시중들의 은밀한 사생활을 담은 이계의 금서라고 들어는 보셨나?"

"그게 조금 전 그."

"금 여섯 냥."

닷 냥도 꽤 많은 돈이었다. 금서의 최고가가 닷 냥이라 치면, 여섯 냥은 넘친다. 느른히 내리뜬 눈이 잠시 망설이는 듯하자 아린이 시큰둥하게 그를 바라보다 책을 품에 감추려 하였다. 그에 덥석 가슴께에 머문 아린의 손을 잡아챈 위랑이 묘하게 눈을 비틀어 올렸다. 손아래 지그시 눌려진 봉긋한 가슴의 감촉이 예사롭지 않았다.

"일곱 냥에 이것까지."

제 가슴을 가리키는 위랑의 눈짓에 아린이 무표정하게 그를 바라보았다. 그것이 허락의 뜻이라 여긴 위랑이 목을 감쌌던 손을 거둬 가슴께로 움직였다.

탁.

매섭게 그 손을 쳐 낸 아린이 색기 서린 눈을 내려 위랑의 중심을 뚫어져라 응시했다.

"한 냥."

"허."

감히 해왕의 그곳을 한 냥에 사겠다고 하다니. 기가 막혀 헛웃음이 터져 나왔다. 미친 게다, 그냥 두었더니 저것이 진정 미쳐 날뛰는구나. 비릿하게 입가를 틀어 올린 위랑이 죽이겠다 이를 드러내며 아린을 노렸다.

"아님 말고."

쌩하니 찬바람을 일으키며 한 치의 망설임도 없이 돌아서는 아린을 위랑이 멀뚱히 바라보았다. 그냥 가면 어쩌란 말인가. 저만치 멀어지는 아린을 뒤쫓으며 위랑이 간절히 말했다.

"한 냥, 아니 안 줘도 돼. 허니 금서만. 그것만 보여 줘."

그 거만하고 잔악스러운 해왕은 어딜 가고 금서 하나에 절절매는 색한만 남아 있었다. 우뚝 멈춰 선 아린이 다분히 색기가 충만한 위랑을 돌아보았다. 잘하면 금세기 최고의 야설을 만들 수도 있겠다. 곁으로 바짝 다가선 위랑의 면전으로 슥 얼굴을 내밀어 그의 색스러운 입술을 마주했다. 뭐 이 정도면 봐줄 만해. 모로 휘는 위랑의 눈썹을 눈에 담으며 아린이 삐죽이 입을 내밀었다.

"해왕님 먼저."

해왕이라 정확히 저를 지칭하는 아린의 말에 위랑이 의아한 시선을 던졌다. 대체 누구이기에 저를 이리 잘 안단 말인가. 그 의문에 답하듯 대로변 가까이 나온 그들을 알아챈 인물이 반가이 알은체했다.

"아린."

명을 옆에 끼고 등장한 단야가 아린을 향해 손을 휘저었다. 사궁 운운하더니 사국에 속한 것이었나 보다. 이안의 아이는 저 단야 하나뿐이고, 흑룡의 아이는 그 도드라진 특징이 있어 쉽게 알아볼 수 있으니 그도 아니다. 허면 딱 하나, 대사성 은율이 남는다. 그것의 자식인가. 쓰게 웃은 위랑이 아린의 가슴께로 손을 뻗어 덥석 금서를 빼 들었다. 그리곤 제 비단 옷을 한 꺼풀 풀어내며 은밀하게 속삭였다.
"먹어. 마음껏."
그를 바라보는 아린의 눈이 처음으로 반짝 생기롭게 빛났다.

따르는 떨거지들이 없다는 걸 확인한 청아가 나른히 입꼬리를 말아 올렸다. 인의 세상이다. 그토록 벗어나고 싶었던 사궁을 드디어 빠져나왔다. 지긋지긋한 어린것들도 더 이상 그를 괴롭히지는 못할 것이다. 흡족한 미소를 띠며 시전을 걷던 청아의 어깨에 난데없이 표창 하나가 날아들었다. 살을 파고들어 깊이 박힌 표창을 청아가 무심히 내려 보았다. 날이 박힌 부위에서 피가 새어 나왔다.
"괜찮아?"
다급히 달려온 여인 하나가 걱정스레 물으며 표창이 박힌 부위를 살폈다. 제법 깊이 살을 파고든 모양이었다. 반이 사라지고 없는 표창을 바라보며 여인이 곤혹스러운 표정을 지었다. 시범 삼아 던져 본다는 것이 사람을 공격하고 말았다. 어떻게 여기까지 날아올 수 있었는지 자신이 하고도 믿을 수가 없었다.
"옹주님!"
거대한 덩치가 숨을 헐떡이며 곁으로 다가왔다. 어찌나 버겁게 숨을 내쉬는지 지켜보는 이의 숨이 다 막힐 지경이었다. 호위무사치고는 몸이 너무 둔하다 가벼이 혀를 찬 청아가 아무렇지 않게 표창을 뽑아냈다. 그에 지켜보던 옹주가 눈살을 찌푸렸다. 청아가 드러난 상처에서 흘러내린 피를 손으로 닦아 입으로 가져갔다. 그리곤 아무렇지 않게 손에 묻은 것을 혀로 핥았다. 쓰다. 내 피는 쓴맛이 나는군.

쯧.

짧게 입맛을 다신 청아가 무심히 저를 바라보고 있는 옹주에게로 눈을 내렸다.

"꺼져."

옹주의 눈이 깜빡거렸다. 저를 두고 한 말인지 몰라 어리둥절한 눈치였다.

툭.

청아가 손가락 끝으로 옹주의 이마를 밀었다. 휘청 몸이 밀린 옹주가 허, 하고 숨을 삼켰다. 태어나 처음 겪어 보는 일이었다. 감히 이방인 주제에 옹주의 이마를 함부로 밀다니. 있을 수 없는 일이었다. 귀찮다는 듯 미간을 좁힌 청아가 옹주를 두고 다른 곳으로 발길을 돌렸다.

"야, 거기 서."

서란다고 서면 천하의 청아가 아니었다. 깔끔히 옹주의 말을 무시하며 성큼성큼 걸음을 옮기던 청아의 주변으로 무기를 거머쥔 병사들이 일제히 몰려들었다. 청아의 눈이 저를 저지하며 서서히 거리를 좁혀 오는 병사들에게 닿았다. 뭐야 이것들은.

"비켜."

"감히 어디서 함부로 입을 나불거리는 게냐!"

매섭게 눈을 부라리며 부러 더 힘껏 팔을 휘둘러 위협하는 병사 하나를 청아가 가소롭다는 듯 바라보았다. 해서 내 몸의 털끝 하나라도 건드릴 수 있다고 생각하느냐. 피식, 속으로 웃은 청아가 병사를 겨냥해 손끝을 튕겼다. 순간 어디서 날아왔는지 모를 돌에 눈을 맞은 병사가 억 소리를 내며 뒤로 물러섰다. 그 틈을 타 그곳을 벗어나려던 청아를 다급한 손길하나가 붙들었다. 돌아보는 청아의 눈길에 짜증이 서렸다.

"너 방금 뭐라고 했어?"

"몰라 물어?"

"뭐?"

어찌 이리 무례할 수가 있을까? 분명 호위무사를 통해 제 위치를 알아챘을 터인데도 이리 안하무인이다. 옹주의 눈이 날카롭게 빛났다.

"나는 이 나라의 옹주 가흔이다."

이리 말하는 대도 거만을 떨까. 허나 그는 청아를 몰라 하는 말이었다. 세상 무서울 것 없는 청아가 한낱 인의 옹주 따위를 두려워할 리 만무했다. 도도하게 내리뜬 눈으로 저를 향해 콧대를 세우는 가흔을 가소롭다는 듯 바라보며 청아가 비식이 이를 드러냈다.

"꺼지랬지."

일순 바람이 일었다. 서서히 가속을 붙인 바람이 사방을 휩쓸고 명류를 덮쳤다. 그에 거센 물결이 일어 뭍으로 휘몰아쳤다. 놀란 인들이 비명을 지르며 흩어졌다. 거센 물기둥이 순식간에 병사들과 앞에 선 가흔을 덮쳤다. 흠뻑 물벼락을 맞은 가흔이 놀라 눈을 부릅떴다. 분하여 파르르 몸을 떨어 대는 가흔 곁으로 한 발 다가선 청아가 나른히 고개를 기울여 귓가에 속삭였다.

"까불면 죽어."

스륵, 눈동자를 굴린 가흔이 저를 노려보고 있는 청아의 눈빛에 낮은 신음을 흘려 냈다. 감히. 어찌 술을 부려 물을 다스렸는지는 중요치 않았다. 지금 가흔에게 중요한 것은 제게 물벼락을 끼얹고 죽인다 겁 없이 위협을 가한 청아를 잡아 벌하는 것이었다.

표창을 던진 것이 미안해 옹주라는 신분을 내세우지 않고 사과하였다. 헌데 돌아오는 답은 무례하기 그지없는 말이었다. 제 신분을 밝혔는데도 굽힘이 없다. 미치지 않고서야 어찌 저리 안하무인으로 설칠 수 있단 말인가. 저는 목숨이 수십은 되느냔 말이다.

가흔의 거친 호흡에 청아가 느른히 눈을 내리며 그 목 줄기를 담아냈다. 뜨거운 피가 흐르고 있을 핏줄이 그 아래 머물렀다. 번쩍, 청아의 청안이 묘한 빛깔로 일렁거렸다. 먹을까? 힐끔 들어 올린 시선으로 저를 죽일 듯 쏘아보는 가흔의 시선이 잡혔다.

피식.

"죽일 수 있으면 죽여 봐."

가흔의 가는 목 위로 뜨거운 숨결을 흘려 내며 청아가 은밀히 속삭였다. 목에 닿는 청아의 입술이 시렸다. 그에 파르르 몸을 떤 가흔이 놀라 청아를 돌아보았다. 볼과 볼이 맞닿은 부위가 또 차게 식었다. 살아 있는 것의 피부가 아니었다. 바들거리는 가흔의 몸을 한껏 즐기며 청아가 나른히 웃었다. 아까부터 코끝을 자극하는 묘한 향취에 청아가 참지 못하고 슬쩍 입을 벌렸다. 한입만 먹을까? 이를 드러낸 청아의 입술을 가흔의 부릅뜬 두 눈이 담아냈다. 인의 것이 아닌 날카로운 이빨이 제 목을 노리고 달려들고 있었다.

"청아!"

퍽.

뭔가가 날아들어 청아의 머리를 강타했다. 결에 청아의 날카로운 이가 가흔의 목을 찔렀다. 아찔한 통증에 가흔이 날카로운 비명을 터트렸다. 목에서 흘러내린 피가 청아의 입술을 적셨다. 맛있다. 피에서도 향기가 묻어났다.

"너 아무거나 먹으면 탈난다고 했지."

등 뒤로 다가서는 낯익은 목소리에 청아가 입매를 비틀어 올렸다. 떨쳐 낸 줄 알았더니 끈질기게 따라붙는다. 쓰게 웃은 청아가 혀를 내밀어 재빨리 가흔의 목에 흐른 피를 핥아냈다. 혀가 닿을 때마다 가흔의 몸이 움찔거렸다. 그도 좋았다. 반응이 제법 마음에 들었다. 혀를 따라 들어온 피가 목구멍을 스쳐 심장으로 스며들었다. 뜨겁게 용솟음치는 심장의 고동이 역으로 흘렸다. 입을 통해 흘러 들어온 피가 심장을 물들이고, 이어 언령이 되어 입으로 흘러나왔다.

"피의 맹약."

가흔의 미간이 살짝 찌푸려졌다. 제 피를 핥아 머금은 것도 역겨운데 피의 맹약이라니. 헛소리 집어치우라 말하고 싶었다. 씨익, 입매를 끌어 올린 청아가 나직이 내뱉었다.

"너 꽤 맛있어."

"하아."

"계속 내 거 해라."

"뭐?"

"맛있어."

말도 안 되는 헛소리를 나불거리던 청아가 갑자기 훅 뒤로 밀려났다. 의아해 바라보는 가흔의 시야로 뭔가 이질적인 인물 여럿이 들어섰다. 뭐야?

"가자."

"싫어."

낭창한 목소리의 단야가 눈을 흘기며 팔짱을 끼고 바라보자, 곁에 선 명이 휙 청아의 뒷목을 낚아챘다. 말 안 듣는 어린것은 이렇게 다루는 것이다, 손수 보여 주며 명이 잘했지? 하고 단야를 돌아보았다. 고개를 끄덕이는 단야의 모습에 흐뭇하게 미소를 머금은 명을 위랑이 마뜩잖게 쏘아보았다. 팔불출이 따로 없었다. 설레설레 고개를 젓는 위랑을 아린이 물끄러미 바라보았다. 그에 히죽 어설프게 웃으며 위랑이 금서를 가슴에 꼭 그러안았다.

"이씨! 이거 놔!"

"금."

간략한 주문에 청아의 입이 봉하여졌다. 꼴좋다. 기분 좋게 웃은 단야가 먼저 향혼에 올랐다. 그믐. 뜻하지 않게 인의 세상으로 마실을 나왔던 어린것들의 유희는 그렇게 끝이 났다. 허나 정작 그들이 사라진 것에 대해 무관심한 사국은 고요하기만 했다. 일탈도 받아 주는 이가 있어야 하는 것이라던 인의 말이 하나 틀린 게 없었다.

향혼을 머금은 물여울이 여린 달빛을 향해 안녕을 고했다. 곧 달이 기울고 해가 떠오를 것이다.

終

후기

어느덧 여름이 되었네요.
아직 매미는 울지 않지만 장마는 뭐가 그리 급했던지 먼저 찾아왔습니다.
이제 좀 놀아야지, 하고 있는데 말입니다.

불현듯 머릿속을 맴돌며 앙증맞게 뛰어다니던 월야가 드디어 세상으로 나오게 되었습니다.
'월야 애(愛) 묻히다.'는 사악하기 그지없던 사왕, 이안이 월야의 사랑에 물들어 점점 빠져드는 이야기입니다. 무겁지 않은 상큼 발랄한 사랑 이야기, 돌 맞을 정도로 나쁜 캐릭터가 없는 예쁜 이야기를 만들고 싶었습니다. 잘 따라와 준 우리 월야 멤버들이 너무 사랑스럽네요.

월야가 책으로 나올 수 있게 해 주신 스칼렛 출판사에 진심으로 감사드립니다.

앞으로 나올 아그(?)도 힘드시겠지만 많이 도와주시고요?

작가의 길을 가겠다 결심하고 모인 우리 作's 식구들, 물신양면으로 도와줘서 배리배리 땡큐합니다. 글 쓴다고 올빼미 탈을 쓰고 밤마다 컴퓨터에 눌러앉아 있는 마눌 때문에 항상 독수공방하는 우리 신랑, 바늘 많이 사다 줄게 조금만 더 참자?

컴퓨타라고는 자판 두드리는 것밖에 모르는 날 위해 항상 출동 준비 중인 형부. 후기에 꼭 넣어 달라는 협박(?), 통하였나이다. 앞으로도 계속 잘 부탁합니다.

더불어, 함께 기뻐해 주고 용기 북돋아 준 우리 식구들 모두 모두 감사해요.

끝으로 우리 두 꼬맹이! 게으름뱅이 깜빡쟁이 엄마 때문에 니들이 고생이 많다. 맛난 거 사 줄게 앞으로도 협조 잘해 줘.

월야 애(愛) 묻히다가 부디 오래도록 사랑받길 바라며.
화연은 이만 물러갈까 합니다.

읽어 주신 모든 분들 알럽하옵니다.

월야 愛 묻히다

1판 2쇄 찍음 2012년 7월 30일
1판 2쇄 펴냄 2012년 8월 6일

지은이 | 화연 윤희수
펴낸이 | 정 필
펴낸곳 | 도서출판 뿔미디어

편집장 | 이재권
기획 · 편집 | 손수화, 주종숙
편집디자인 | 이진선
관리, 영업 | 김기환, 임순옥

출판등록 | 2002년 9월 11일 (제1081-1-132호)
주소 | 부천시 원미구 상동 533-3 아트프라자 503호 (우)420-861
전화 | 032)651-6513 / 팩스 032)651-6094
E-mail | BBULMEDIA@daum.net
카페 | http://cafe.daum.net/scarletR

**값 9,000원**

ISBN 978-89-6639-775-4 03810

※파본은 구입하신 서점에서 교환하여 드립니다.

※이 책은 (도)뿔미디어를 통해 독점 계약되었습니다.
저작권법에 의해 보호를 받는 저작물이므로 무단 전재와 무단 복제를 엄금합니다.

# Scarlet
## 스칼렛

# Scarlet
## 스칼렛